秦兆阳文集

Qin Zhaoyang Wenji

2

长篇小说·在田野上，前进！

秦晴　陈恭怀/主编

湖北省学术著作出版专项资金资助项目

武汉出版社
WUHAN PUBLISHING HOUSE

(鄂)新登字 08 号

图书在版编目(CIP)数据

秦兆阳文集. ②,长篇小说. 在田野上,前进! /秦兆阳著.
—武汉:武汉出版社,2016.8
ISBN 978-7-5430-9193-1
Ⅰ.①秦…　Ⅱ.①秦…　Ⅲ.①文艺-作品综合集-中国-当代
②长篇小说-中国-当代　Ⅳ.①I217.2

中国版本图书馆 CIP 数据核字(2015)第 096279 号

著　　者:秦兆阳
责任编辑:刘国刚
封面设计:刘福珊
封面绘画:刘福珊
出　版:武汉出版社
社　址:武汉市江汉区新华路 490 号　　邮　编:430015
电　话:(027)85606403　85600625
http://www.whcbs.com　　E-mail:zbs@whcbs.com
印　刷:武汉中远印务有限公司　　经　销:新华书店
开　本:787mm×1092mm　1/16
印　张:24.25　　字　数:385 千字　插　页:7
版　次:2016 年 8 月第 1 版　　2016 年 8 月第 1 次印刷
定　价:680.00 元(全 6 册)

1952 年的秦兆阳，意气风发，当时担任《人民文学》小说组组长。

1956年夏，秦兆阳在北戴河修订《现实主义——广阔的道路》一文，他因此文蒙冤20年。在那里，他给他的妻子、孩子拍下这张照片（上图）。20年后，秦兆阳夫妇又来到北戴河，旧地重游（下图）。

1964年，秦兆阳得到中共广西壮族自治区区委宣传部副部长陆地的支持，回京创作长篇小说《两辈人》，并与家人团聚。

1956年夏，秦兆阳和严文井在北京小羊宜宾胡同3号《人民文学》编辑部合影。当时严文井任主编，秦兆阳任副主编。1957年秦兆阳被打成“右派”，停止工作，后又下放广西。

1979年，秦兆阳受韦君宜、严文井之邀，到人民文学出版社工作。分开20多年后，他与严文井又成为了同事。报到当天，他们俩与韦君宜合影。

目　录

历史在咀嚼着生活的滋味，
大地上浸透了欢笑与眼泪。

消逝的未必会全都消逝，
泥土在抚慰着衰草的根须。

流出的如果是滚热的血液，
终归会给人间添一点生机。

作　者

1981年10月

第一章　两位县委书记

王书记：

现在我向你报告一个问题。我们的农业生产合作社可坏了，要垮台了。正社长郭木山急病了，副社长李祥闹情绪，不管事。所有社内事情，我和李宝成两人领导不起来。请上级赶快派人来吧。别不多谈。

敬礼！

曲堤村李幼章上

县委副书记张骏看完了这封信，皱着眉，用他那负过伤的腿在屋子里一拐一拐地来回走了两趟，然后把通信员小赵叫来，用生气的口气问他：

“这信是谁交给你的？”

“刚才收发室送给王书记的，王书记看了，叫我交给你。”

“王书记回来了？”

“刚回来。嘿，刚一进屋，收发室就给他送来一大堆，又是信，又是报纸文件。”

“好吧，给我把被子绑在车子上，我马上出门。”

小赵一愣，眼睛一眏一眏地看着张骏那苍白瘦削的脸，心想：真怪，昨天下午才从省里回来，路上坐了二百多里的大车，昨天夜里没有吃东西，今日早晨也只喝了两个鸡蛋，也不休息两天！

张骏责怪地看了小赵一眼，像是说：“叫你干什么就干什么，愣着干吗？”然后把信往口袋里一掖，往正书记王则昆屋里走去。

王则昆是刚刚从四区检查了秋耕工作回来的，正在脱掉沾满了沙土的鞋袜，准备洗脚。炕旁边的椅子上搁着一盆热水，冒着热气。组织部长黄永清坐在桌子旁边，在谈着三区几个村子整党的情形。一看见张骏进来了，他把鞋袜一丢，光着脚站起来：

“嘿！老张，你看，我刚回来，还来不及到你屋里去看你。听说你又犯了胃病？”

“嗯，犯了。”张骏勉强笑了笑，坐下来。

“更瘦了，腮都瘪下去了。”黄永清也笑着说。

王则昆提着袜子到门口去抖掉尘土，回过身来，像是很高兴地眯着眼：

“老张，你学学我对付胃病的办法吧，喝它两盅，暖和暖和，一方面也是你刚回来，欢迎欢迎；再一方面……”

他大声对着窗外叫小赵告诉伙房里添两个菜。小赵高兴地在外面应了一声。

“对，我同意！”黄永清还在微笑。

每逢跟这两位书记个别接触的时候，黄永清脸上常常会挂着这样的微笑。这微笑给王则昆的印象是遇事心里有底，不慌不忙；给张骏的印象却相反，是不亲切，不坦率，使人摸不透他的心思。

“不用！”张骏那刷子一样的黑眉毛又皱起来了。“我是向来不喝酒的。我马上就出门，到曲堤村去！”

“干吗？”王则昆睁大了眼睛。

张骏掏出了那封揉皱了的信：

“就为了这。咳！国家已经开始进入了社会主义建设，我们县就这么一个农业合作社，还要垮台……”

一阵沉默，黄永清脸上的笑容没有了。

王则昆把脚泡在盆里，满盆的水马上变成泥汤。

“咳！”他耷着眼皮子看着自己的脚，叹了口气，自言自语起来，“去年，批准成立这个社时，我就考虑到这一点：别看那些人要求建社时情绪高，到秋后，咳，一定要出问题。怎么办？两个搞互助合作的专职干部——张鸣山跟胡凤如，都到五区去解决互助组的纠纷去了。家里，人是有，可对农业社的事情都不内行，也不了解曲堤这个社的情况……”

张骏明白了：在他到省委党校去学习的这十个月里，除了张鸣山和胡凤如这两个专职干部以外，县委办公室的其他干部大概都没有到曲堤农业社去过。但他不愿意一回来就跟王则昆闹得不痛快，只得忍着。

王则昆慢慢擦干了那泡红了的脚，继续咕噜着：

“上级叫我们‘稳步前进’，这不是没有道理的。从去年一批准他们成立，我就估计到这个社会成为俺们的包袱……”

他埋怨地把头朝窗户外边一扭：

“小赵！叫伙房添两个菜嘛！你在那儿鼓捣什么？”

“早告诉了！”小赵用他那孩子气的声音答应着。他正在给张骏擦自行车。

张骏再也忍不住了，跳起身来：

“不行！我这就走！”

不想他刚走到门口，小赵一头撞了进来，手里拿着有煤油味的破布，挡住他：

“张书记，我可不让你走！你两顿没有吃饭，饿着肚子就走？可不行！”

“你两顿没有吃饭？”王则昆也叫起来，“那可不行！小赵，再去叫伙房下碗挂面汤，多搁两个鸡子儿！”

小赵高兴地跑出门去了。黄永清也帮着劝说。张骏只得重新坐下来。

王则昆穿好了鞋，在屋里来回溜达起来，一会儿抓抓他那灰白色的光头，一会儿又无意识地拍拍肩膀上和裤腿儿上的尘土，不知不觉又叨咕起来了：

“咳，叫农民走集体化的路，可不简单！可不简单！我早先也当过农民，现在我家里也还是农民，就拿我父亲、兄弟、老婆来说吧，那股自私自利的劲儿，咳，到集上去买个碗都要掂量半天，生怕吃半个钱的亏……”

他有四十多岁，粗短个儿，背微微有点驼，由于多年来工作劳累，头发灰白了，脸上颇有些皱纹，看起来像个五十多岁的老头。性情也有些像个老年人，动作迟缓，说话爱拉长声，思考问题时爱自言自语，就因为这，本县很多干部和群众都在背地里叫他是“老书记”。这一切正好跟副书记张骏相反。张骏是个瘦高个儿，三十五岁，虽然身体很弱，性情和举动却有些像青年人。

去年冬天，王则昆确实是不同意批准成立这个社的。曲堤村的人们向县委会呈请了一回，他不同意批准。后来张骏特地到该村去住了三天，了解了一下情况，回来做了报告，王则昆还是不愿批准。他当时的理由是："上级的指示是'稳步前进'，办坏了要受批评。别的工作还忙不过来呢，又找这个麻烦？算了吧，算了吧，别平白无故找批评受吧！"当时是在县委会的会议上，别的县委们，从县长林树直往下数，银行行长、公安局长、县供销社主任等人，向来都是各人只熟悉各人的本行业务，农业生产合作社在这个县还是新鲜事儿，谁也摸不着头，又觉着自己没有这个责任去摸，而本省个别地区又在纠正互助合作运动中的盲目冒进倾向。只有张骏一个人大声提出了相反的意见："我们不能对群众走向社会主义的热情泼冷水！我们拿什么理由不批准人家建社呢？就因为我们'怕'犯错误吗？就因为这些社员将来'可能'会出问题吗？咱们的这个县根本没有什么冒进不冒进的问题，正好相反，咱们是'盲目不进'！"

张骏说话向来是又干脆又洪亮，但是他常常并不承认自己是个性情暴躁的人。在村子里跟农民接近时，群众总是觉得他亲切、热情、痛快，说起道理来清清楚楚，常常是很愿意跟他接近的。他觉得，在会议上讨论严肃的问题时，特别是对着一些疲疲软软很不容易被说服的人们，特别是在一些令人恼火的问题上，如果不像这样说话，难道要人学旧社会里大姑娘上轿似的捂着鼻子嗡嗡吗？

王则昆却从来是不欢喜跟同志们作激烈争论的。他常常对那些性情急躁的人说："同志，讨论问题就讨论问题嘛，干吗要口里喷白沫子呢？"但是当时他听了张骏的那些话以后，心里也不怎么平静，就用很低的声音对坐在旁边的黄永清咕噜了几句："这么说，我们都没有做工作吗？这套理论，嘿，真不简单！"黄永清点点头，又向大伙儿摇摇头，笑着说："老张，你说得有点过火儿啦，我们躺着……嘿！""什么？过火儿？"张骏又站起来，严肃地看了大家一眼，"是的，我们一年到头忙得汗都顾不得擦。可是，为了什么呢？单纯为了完成上级交下来的任务吗？是的，任务是应该完成的。可是，总还得有个长远的目的吧？比方，镇压反革命，是为了巩固人民民主专政，为什么要巩固人民民主专政呢？我们奔着什么样的目标建设新中国呢？怎么达到社会主义社会呢？——这就是问题！又比方，春天，我们一次接一次布置耙地保墒，防旱抗旱，送粪播种，完成国家所需要的各种作物的种植指标；夏天，秋天，又是根据不同的季节，一套套儿贯下去；怎么完成呢？对个体农民，只停留在形式主义的一般号召上；1村里的干部和党员团员尽忙于开会，他们自己的生产比群众还差劲得多。又比如，整顿基层组织——整党，这个工作当然是很重要的。怎么整呢？反对强迫命令，贪污腐化，违法乱纪。拿什么去反对呢？拿'不要强迫命令'，'不要贪污腐化'去反对。不认真对他们宣传社会发展前途，不同时去组织互助组和农业社，不检查党员们对互助合作工作是否关心。结果，反对了他们旧的一套，没有给他们新的一套，党员和农民们都没有明确的政治方向……"

当时，这个县的第一个初级农业生产合作社，就是这样在一场很不愉快的争论以后被批准的。

现在，王则昆和张骏同时都想起了十个月以前的这段事情。张骏心想："在这快一年的时间里，你们对这个唯一的农业社谁也不过问，现在发生了问题，我刚一回来，就把这封信给我看，想将我一军。好吧，我既是那时答应了负完全责任，就要负责到底！"另外，他确实在为这个唯一的农业社着急。这就是他为什么急于要走，而且很生气的原因。他觉得这个将一军的办法一定是黄永清想出来的。他以为：王则昆这人虽然有缺点，倒还不至于要这样的手法。

王则昆还是在屋里走来走去，他猛地猜到了张骏的一部分心理，就很后悔不该马上把那封信给他看了。他本来也是想让张骏到曲堤村去一下，准备等自己洗完了脚就去跟他谈，却没有想到张骏的胃病犯得这么重。

忽然，桌子上靠墙的一堆信件里边有一个小小的信封引起了张骏的注意，笔迹挺熟，"王书记收，二区尹寄"，是二区的区委书记尹华珍寄来的。尹华珍是黄永清的爱人，信封上并没有黄永清的名字，可见不是私信；而二区正是曲堤村所在的区，尹华珍又是全县关心互助合作工作的少数区干部之一。所以张骏顺手拿起它来，看见信口儿已经拆开，知道王则昆已经看过，就问他：这封信是不是谈的曲堤农业社的事情？

“不是反映曲堤农业社的情况，是要求到刘庄乡和曲堤村去工作。”王则昆说着，不知道为什么，看了黄永清一眼。

张骏有些奇怪了：

“她是二区的区委书记，随时都可以到刘庄乡去，干吗要向你要求？”

王则昆抓抓他那灰白色的光头，叹了口气，把洗脚水端出去倒了，又回到屋子里来，才说道：

“这次做普选重点试验，分配她到西槐村去了，她对这一点很不满，提过两回意见。这个同志，就是个性强，对工作个性强，对老黄也个性强，给我来信就不附带给老黄写几个字。刚才我还跟老黄谈到她，老黄正不痛快呢。”

黄永清跟尹华珍之间的关系，张骏是知道的。难怪黄永清现在沉沉闷闷地坐在那里，眼睛看着地，一动也不动哩。另外，张骏也知道王则昆他们使用干部的习惯：不培养，不教育，每逢任务一来，就把他们调得满天飞，弄得他们天天忙忙碌碌，能力既提不高，工作也没有扎下根。但他再也不愿意马上又为了这类问题引起争论。他想起了一件私人的事情——应该抓紧时间给在省里干部速成中学学习的爱人写封信；如果到了曲堤村再写，寄信不便，她就得晚收到好几天，就要多盼望好几天了。

通信员小赵还在廊檐下边擦自行车，看见张骏走出来了，就直起腰来说：

“张书记，你看见我种的那花儿没有？”

张骏回头一看，在东西两边房角的两块小空地上，长着两丛半人高的美人蕉，老绿苍紫的肥大叶子，托着鲜红金黄火一样的花朵，竟给这座古老的大院子添了不少的生气。

这院子从前原是全县最大的一家地主的宅院，快解放时这家地主据说是跑到天津去了，临走时故意把房子毁坏得不像样儿。县委会搬进来时，所有的门窗都是重新潦潦草草地安上的，用的是没有油漆的白木头，格子框子支钉得不很平整。现在，幸亏有这两丛子火一样鲜艳的美人蕉，才显得像个办公的机关。他很想夸奖小赵几句，就对他说：

“小赵，等明年再多种上几棵吧。”

"明年我得把满院子都种上，弄得像个花园似的。"小赵得意地说。

"我非常同意！明年咱俩先设计一下，多弄些花种儿，菜籽儿，发动全机关的人来闹它一下！"

"我也同意。咱们又有抽水井，工具可以找附近的老百姓借。"

"对，工具买一点也行。"

张骏走进了自己的屋子，在桌子跟前坐下来，从抽屉里拿出了信封信纸，提起笔来。"小莹："——这是多么亲切，多么好听的一个名字呵！但是，只写了这两个字就再也写不下去了。怎么写呢？在省里临分别时，她所最担心的就是他的身体，怕他在一路上累坏了；怕他到了县里以后，又像从前那样，自己既不知道注意身体，也不愿意让别人照顾。为了这一点，临别时她恳切地，简直是哀求地，对他嘱咐了很多话，要他一到了县里就给她去信。现在，他的身体不光是已经累坏了，而且还要马上带病下乡，要骑自行车在不平的庄稼路上颠动几十里。不把这样情形告诉她吗？撒谎吗？怎么能对她撒谎呢……"你说我不注意身体，你呢？"他在心里对她说，"你从前在耀华县做妇女工作时——这过去了的事情且不去说它，就说现在学习的事儿吧，除了正式的学习时间以外，夜里，熄灯了，别人都睡觉了，你还躲在被子里用手电筒照着看书。你三天就换一筒电池，每天才睡五个钟头的觉……""我比你年轻，身体也壮！"马上，他眼前出现了她那可爱的倔强的脸面，耳朵里听见了她那小姑娘似的好听的声音，"我才二十二岁，好容易有这么个提高自己的机会……你，负过伤，又有病……""你年轻，身体就是铁打的吗？""比铁还硬！比钢还强……"她小声地、调皮地唱起《团结就是力量》来了……

窗子对面的办公室里传来了田秘书跟地委通长途电话的声音，还有宣传干事小王跟什么人谈话的声音……窗户纸破了一大块，露出了那鼓鼓歪歪的白木格子，一个蜘蛛在格子当中结了一个网，现在它正爬在网当中，在微风里颤动着。为什么窗户破了也不糊糊呢？人住的屋子竟让蜘蛛在窗户上结网，这真太不像话了。莫非十个月这间屋子就一直没有住过人吗？不会的，至少到县里来开会的区干部们总在这里住过，大概谁都是住个一天两天就走了，所以就谁也不去收拾。这几个通信员们也太不像话，不是经常住人的屋子就不打扫……但是张骏自己也并没有马上去把那蜘蛛网弄掉，他的思想已经跑远了。“我又回来了，”他在心里对自己说，“又回到这个县来了！看起来，工作还是那么落后，还是那么没生气，咳！”他深深地叹了口气，心里像被什么东西塞住了一样地难过，索性站起身来离开了桌子，在屋里来回溜达起来。“看起来，真是难！哪怕大家吵个脸红脖子粗呢，只要能够改进工作，倒也不错。问题就是连吵也吵不起来，你吵他们不跟你吵，有时就是跟你吵几句，也得不到什么结果。这真像拳头打在棉花上……咳！这怎么不叫人着急……”他越走越快，像是有要紧事赶路的人一样，把桌子上的信纸都带得飘动起来，负过伤的腿响起了轻重不匀的声音。“困难！真是困难！我这个性急的人偏偏碰到这么个工作环境……”他想起了来这个县以前在耀华县工作的那一年，那是多么痛快啊！全县有四十多个农业生产合作社，有二百多个互助组，一年当中全县的生产增加了百分之八。县委委员们在工作方向上都很明确。有时也在一些问题上争论得很凶，可是很痛快，因为争论得有结果。那真是朝气勃勃的工作啊！真有一股打仗的味儿啊！“在那一年里边，我真是学到了不少东西……为什么在同一个省里边，县跟县工作上相差这么远？听说附近十几个县里的工作都是这么乱糟糟的……这情况非改变不可，要不我真受不了。好吧，那就拿出全身的劲儿去改变吧！在困难的环境里不是更能锻炼人吗？对！就从这次到曲堤村去开始吧……”听见王则昆在北屋里大声喊他吃饭，就走到桌子跟前，把信纸往抽屉里一塞，同时在心里说：“索性到了曲堤再给她写吧！”

第二章　一尺多宽的地边子

秋天，是这华北平原上一年当中最好的季节，没有漫天的风沙，没有盖地的积雪，炎热已经退了，寒冷还没有到来。在庄稼已经收割尽了的原野上，没有什么东西挡住你的眼界，你可以一眼看得很远很远，真的，很远很远……你看，有个人坐在装满了山药蔓子的牛车上走过来了，看样儿一定是个青年人吧？他为什么要眯起眼睛来一个劲地往远处瞅，为什么瞅着瞅着又闪出个笑脸来了？为什么又拖长了声音呵——呵——地喊叫起来了？是那蓝得耀眼的天空和这一马平川的土地叫他高兴吗？你瞧，一根银白闪亮的游丝飘过来了，正好粘在这小伙子的脸上了，小伙子的手忙乱地晃动了一下，像是有些吃惊地向四外看了看，接着就嗨的一声，挺起了那枣红色的胸膛，一动也不动了。他为什么又出起神来了呢？难道他是在盘算今年的收成，是满意多种了几亩玉米，而后悔多种了几亩山药吗……是的，人们一年的劳动——一年来用汗珠儿凝成的梦想，现在得到结果，装进小小的谷仓了。现在，年轻的姑娘媳妇们穿着花衣裳在房顶上晒粮食，老太太们在院子里推得磨盘隆隆响，黄昏时灶膛里哔哔剥剥地响着新豆秸子爆裂的声音，早晨时锅台上蒸腾着新饽饽的香气。现在，人们不是可以舒舒服服地坐在晃晃荡荡的牛车上，对着蓝得刺眼的天空，对着无边的旷野，痛痛快快地吆喝几声，悠闲自在地眯起了眼睛吗？你们打下的粮食够不够一年的吃喝花用？能不能给自己的妻子儿女多添置两件衣裳？那走路比蜗牛还慢的老黄牛能不能换成骡马？明年后年，又是什么样的年月？什么时候才再也不会发生天灾？什么时候才再也不会凭着碰运气过日子呵？你们是不是知道，一个理想的幸福的年月就要到来……啊，你这调皮的家伙，原来你是在看那个娘儿！原来，那远处的道儿上来了个花朵儿似的女人，是她那鲜红的衣裳使得你眯起了眼睛！她那么年轻，又没有带着孩子，大半是个新结婚不久的新媳妇吧？大半是刚刚忙完了秋收，要到娘家歇几天去吧？她手里提着个花布包袱，她男人——一个穿蓝衣裳的小伙子，走在她的旁边，看样儿两口子是很亲热的。从侧边另一条道儿上过来了几个人，大半是从集市上回来的人们，手里提着油瓶子一类的东西，擦着他俩走过去了。这新娘子臊得低下了头，啊，原来她那乌黑的头上还有一朵鲜红的花儿……

土地是多么湿润柔软，多么光辉灿烂啊！那边，是谁家这么懒，把秫秸一堆一堆又一堆，像散兵线似的堆在地里，还不套着大车拉回去呵？看，这边那些新种下的麦苗儿已经出土了，一片片淡淡的娇嫩的绿色，跟那些新翻耕的紫褐色的地块儿间杂地排列着，真像姑娘们穿的花格子布衣裳呢。那一行行的树木，叶子还没有完全变黄。金色和蓝色的野花到处在向走路的人点头微笑。小得看不见的鸟儿，藏在土坷垃下边的蟋蟀，不时发出银铃儿般的响声。河水咿柔咿柔地向东方流去，空气里充满了干谷草的香味……

路旁边一溜排得很整齐的柳树丛子那面，传来了一个青年人吆喝牲口的声音。白头巾和白褂子在树缝儿里闪了过去。张骏认出了那瘦瘦的身影，跳下自行车来，钻进了树丛。

"是李栓子吗？怎么一个人在这儿耕地？"

李栓子回过身来，用忧愁烦躁的眼神朝这边瞟了一下，对牲口吁吁着下了停止前进的命令，接着就手扶着犁把，勉强笑着：

"哎，是张书记呀，你可很有个时候没有到俺们村来啦！"

"你怎么一个人在这儿耕地，别的社员们呢？"

"吁——吁——！这，用不着他们，我一个人也对付得了。"李栓子把肩膀上的手巾拉下来假装擦汗，盖住了脸。

"这是你自家的地，对吧？你是退社了吧？"

大灰驴大概是不大习惯这样突然的停顿，甩着尾巴，顿着蹄子，猛地把腰一躬，往前一冲，李栓子趁势把鞭子一扬，"呵喝！呵喝！"跟在犁后边走起来了。

"张书记，"他走了两步又回过头来说，"你来得正是时候。"

“怎么正是时候？”张骏赶上两步问他。

“哼，一锅水烧得咕噜咕噜大翻花，我爹，你是知道他那心性的，急得什么似的！”

“到底是怎么回事儿呢？”

李栓子又啪地甩了个响鞭，把牲口轰得走得更快，一面用他那洪亮的声音叫着：

“喝！喝！看你像个大姑娘上轿似的……张书记，社里的事情一句半句说不完，你到村里就知道了。”

张骏只得钻出了树丛，跳上了自行车，飞快地向村子跑去。

离村边不远的一块地里围着一堆人，嚷嚷得挺热闹。从人群里走出一个穿青衣裳的人，手搭着凉棚对着大路这边观察了一会儿，然后大步跑起来，脸上的近视眼镜一晃一晃地闪着亮儿。张骏老远就看出来了：正是农业社的会计李幼章。他把车子倒在路边，也快步迎了过去。

“哈！张书记，你来了，可好了！”李幼章手扶着眼镜，差点被地里的土疙瘩绊了一跤；又回身指着人群说：“郑洪兴，跟咱们社里找麻烦，为地界的事儿。张书记，你什么时候从省里回来的？见到我的信了吧？哈……”

人们向这边涌过来了，把张骏包围了，七言八语地打着招呼，询问着，告诉着。他们一部分是农业社的社员，一部分是社外的群众。

“张书记，你还记得我吧？”一个名叫曹老鸭的小个儿挤到跟前来。“咳，我，昨儿夜里还想着：张书记准快回来了，一回来就得到俺们村来。你忘不了俺们的社，我保险！”

“什么你都要保险，就是保险不了你自个的脑袋。”社里的农业股长李宝成狡猾地对众人眏巴着眼睛。

“我的脑袋怎么着，碍你什么事？”曹老鸭问他。

“忘了你媳妇昨日夜里拿扫帚头儿揍你啦？”

“你放屁！你自个大概是挨揍挨出经验来了……”

“我？我这个儿高，老婆子够不着我的脑袋……”

众人一阵哄笑，领着张骏往刚才嚷嚷着的地方走去。

在一块新翻耕过的地边子上，一动不动地蹲着个人。他两只手扶着一个量地亩的“弓子”，脸色有些难看，撅着八字胡儿，小眼睛里闪着不安的光亮。这就是郑洪兴，人们都叫他是“仁丹幌子”，简称“郑老幌”，因为他生着两撇翘翘着的小黑胡子，很像解放以前到处销行的日本暑药“仁丹”包儿上的商标人像。

李宝成，高个儿，长壶脸，是个四十来岁的中年人，在对张骏介绍着事情发生的经过：

“这边刚耕过的这块地，是他郑老幌的，他往社员唐经柱的地里多耕过来一尺多，占人家唐经柱的地……”

郑老幌慢慢地站起身来，把量地的弓子往地上一摔，手往袖子里一捅，眼睛看着地，装出个倒了霉的样儿，瓮声瓮气地咕噜着：

“嗯哼，你们农业社是沾官气儿的买卖，又仗着人多势众，我算说不过你们……哼，不能侵犯别人的私有财产，这也是上级的政策……”

无论什么事情，只要装出个吃亏受屈的样儿来，没理也就有了三分理——这是他郑老幌多年的经验。

李宝成的脸色猛地变了，把胳膊一扬：

“喝喝！你想对俺们倒打一耙呀！地，你来来回回量过三遍了，完全证明了是你多耕过来一尺多，还说是俺们侵犯你的私有财产……”

“什么叫侵犯私有财产？是你侵犯俺们还是俺们侵犯你？”别的几个人同时问他。

郑洪兴往后退了两步，脸色渐渐紫涨起来，用冒火的眼睛偷着看了张骏一下，决不定是发作好还是忍耐着好，只得咬着牙，嘟哝出了两句不清不白的话：“我人是一个，命是一条……”好像他有无限委屈，如果被人们逼紧了的话，在不得已的时候，只好拼命。

曹老鸭看了张骏一眼，分开众人，有些害怕地走过去两步，结结巴巴地说：

“郑老幌，咳，你听我说两句吧。你是个挺会看风驶船的人，怎么今日你就没有看准风儿呢？今日，咳，当着张书记的面，你还……”

“你算什么东西！”郑老幌再也忍不住满腔的怒气，但声音仍然很低。“你是农业社的人吗？”他向曹老鸭逼近了两步。“别人欺负我还有点谱儿，连你这狼不叼狗不啃的人也来欺负我？我谁都怕，就是不怕你！”

曹老鸭被吓得一个劲儿往后退：

“哦哦，你怎么啦，我，咳，说的是好话呀！”又求救地看了张骏一眼，“张书记，这……”

“郑洪兴，你到底讲理不讲理？”李幼章走了上去，“要是讲理，咱们就说理；要是不讲理，咱们就按另外的道儿办。”他的态度好像很平静，只是眼镜子后面的眼神里含着一股气愤劲儿。

“我怎么不讲理？”郑洪兴把两手一摊。“唐经国把这地卖给我时，言明是三亩，这是不错的。可你们也知道，我早先给经国家做过短工，这地边儿实际上宽出来一尺多，我还不知道！早先，村里的地块儿哪有一定的准头儿？凭良心说，你们各家的地，能说三亩就刚好是三亩吗？五亩就刚好是五亩吗？地头地边的没有个宽一点窄一点的吗？我昨儿耕地没有事先跟你们言明，就自动往唐经柱这边多耕过来一个犁沟，这是我的不对，该受批评。可要是按照一尺多来说，应该耕过来两个犁沟才对，我只耕过来一个犁沟……”他摇着头长长地叹了口气，把卷着的袖子抹下来，往脸上擦了擦汗。“唉！既是你们大伙儿动了这么大的气，那就，我吃点亏就吃点亏吧，算了吧……”

“喝！你又找出了新理由了！”李幼章讽刺地笑了。

“你说你这地实际上多出一尺多，有什么凭据？”李宝成问他。

“有什么凭据吗？”郑洪兴扫了大家一眼，又故意冷笑了一下。

“头一条，卖地的唐经国本人知道。第二条，地邻——经国的哥哥经柱知道。第三条，我郑洪兴知道。经柱哥，”他转身对着一个六十来岁的老头叫道。这老头正跟他老婆子一块儿坐在那边地头上发愣。“你摸着你的良心想想看。你也是六十来岁的人了，早先也是个直性子人，不要一入了社，一沾点官气儿，就学会了对别人顺着风儿扬土！”

无论是社内社外的人，都被他这篇话气得喘起气来了。

李宝成往前走了一步，用沉雷似的声音问他：

“郑老幌，你愿意打官司不？”

“哼哼，”郑洪兴眼睛望着天，“打官司我也不怕，我要等唐经国回来，让他找唐经柱说话去！”

“你个老废物呀！”唐经柱的老婆子忽然像被蝎子螫了一下，猛地跳了起来。“头年冬天，我叫你别入社，你像是被鬼迷住了似的，说入了社这么好哇，那么好哇，今日你看好不好吧！常言说：占人的地边子就是割人的肉。你瞪着眼看着人家割你的肉，人家还说你是仗着社里的势力欺负他，还要跟你打官司，这就是你那入社的好处！”

她转动着身子，甩着手，一会儿对着她老头子，一会儿看着众人，一会儿又笔直地看着张骏。很明显，她的话是说给大伙儿听的，也是说给张骏听的。最后，她一把抓住老头的肩膀，把他拉了个跄踉：

“你怎么不说话，哑了吗？只会在家里对着我这老婆子发狠，一见了外人，就成了松包货！”

老头儿气得全身哆嗦，跳上去抓住了她的头发髻儿，“你，你”地吼叫起来。众人赶紧跑了过去，拉的拉，劝的劝。

这半天，张骏一直在观察着事情的发展，观察着社内社外人们的义愤情绪，也注意到郑洪兴那种又狡猾又狠毒的神气。他觉得，起先郑洪兴是怯弱的，不安的，后来大概是看见他张骏一直不说话，就慢慢地有些得意了，想着转守为攻了。众人一直在暗暗地等着他张骏的行动，他也觉得自己到了该说话的时候了，就不慌不忙地走到郑洪兴跟前，按着他的肩膀让他坐下来，用关切的口气对他说：

“老郑，嘿，你今日可把话说错了哇！”

郑洪兴不硬不软地笑着，问他是什么话说错了，求他“指教指教”。

“社里侵犯你的私有财产，这可是个政策问题，是不能随便说的，你既是说了，敢负责任吗？”

郑洪兴有些犹疑地点了点头，表示敢负责任。

“你真敢到法院去打官司吗？”

“怎么不敢？”郑洪兴说，“张书记，你也看见了，他们社里是多少人在这儿，我可是只有一个，他们又是沾官气儿的，是谁欺负谁，不是明摆着的吗？”

“嘿嘿嘿，”张骏笑了，看了看周围的人们，“这儿人倒是不少。可不光是农业社的人吧？也不光是农业社的人说了话吧？”他又盯着郑洪兴的脸，态度突然严厉起来了，“未必社内社外的人都欺负你，你郑洪兴也未免太不得人缘了吧！你说农业社是‘沾官气儿’的，我可对你这句话特别注意，难道上级领导建立农业社，就是为了仗着势力欺负人吗？你这是什么样的政治态度！”

郑洪兴不住地睐着眼皮子，脸色开始红一阵白一阵的。

“你说全村的地亩尺寸没有准头，这可能是解放以前的情况。解放以后，实行土地改革的时候不是丈量过了吗？”

郑洪兴的头低下去了，眼神完全慌乱了。

“你要是真的敢去打官司，好，马上给你们双方写介绍信，你们一块儿到法院里去吧！”

周围的人们脸上露出了笑容，有的在暗暗点头，有的故意咳着嗓子，像是伤了风。曹老鸭把他那散披着的破夹袄大襟夹在肋窝下边，叉开腿站在郑洪兴对面，挺着肚子勾着背，剃得光光的头一会儿偏到这边来，看着郑洪兴的左脸；一会儿又偏到那边去，看着郑洪兴的右脸，像是在欣赏一个稀奇古怪的玩意儿；同时又在一步一步地往后退，怕的是郑洪兴一下子暴跳起来，他好转身就跑。可是郑洪兴到底是郑洪兴，他很快就振作起来了，猛地抬起了头，脸上完全变了样儿，眼里闪着快乐的光彩，嘴咧开了，皱纹松散了。

“教育！教育！哈！”他眼睛望着天，像演戏似的。“教育就是重要！我这脑瓜子，”他打着自己的头，“就是该挨打，嘿！”又猛地跳起身来，得意地对众人说，“你们猜怎么着？张书记这几句话，抵得上我一辈子的经验！真的，我算是佩服他了！”他拾起弓子来，“张书记，今日到我家里吃饭，我得谢谢你……”

张骏推着车子，随着众人往村里走去。

西斜的太阳把人们倒映在地上的影子拉得挺长。一阵微风把残留在地沟沟里的枯豆叶子带了起来，飘到人们的脸上和身上。一只饿鹰在人们的头顶上侧着翅膀盘旋着，像是在观察下边的世界上发生了什么事情。

张骏想起了一路来时最担心的一个问题：

“今年社里的秋收怎么样，每亩地平均打多少粮食？”

“怕总有一担往上吧！”人们说。

“一担？”曹老鸭大声叫道，“你们打场扬场，装口袋分粮食，咳，哪一回我都在场。后来我又想着法儿调查过，你们猜怎么着？我早算了个账，每亩地少不了，咳，一担三！”他对着前前后后的人有力地做了个手势。

这曹老鸭有四十多岁，矮小个儿，全身精瘦，上宽下尖的三角脸，嘴角上生着几根黄胡子楂儿，像经了霜的草儿似的。他说话声音嘶哑，使得听的人觉得他挺费劲。他却又最爱说话，而且最爱在人多的场合里，特别是在工作人员面前露露脸。他好像经常有一种表示自己的存在和引起别人尊敬的欲望，所得到的却总是轻蔑和嘲笑。好在他还有个长处，不到五分钟就会把不愉快的事情忘记得干干净净，等到有了新的机会，就又要呱呱呱地露露脸了。他是农业社的两个“特别社员”之一。去年酝酿建社时，他是积极分子，不光经常参加开会，还经常帮着跑腿儿召集人。可到了农业社正式成立时，他却说：“咳，有唱戏的就得有看戏的。把我算个特别社员吧，我参加你们的会，可我的地不入进来，你们也别算上我的份儿。”从此他就当了特别社员，只要一有空儿，就到社里人们经常碰头儿的地方呆着，听人们说话和开会，有时也发表意见。他真心真意关心农业社的成败，对社里的什么事儿都想弄个清楚明白，可他实际上不是社员。

“嗯，就算没有一担三，也少不了一担二。”李幼章补充说。

“你看怎么样，我的话半点也不假！”曹老鸭高兴了。

张骏又问：

“社外的人们收成怎么样呢？”

“哈，今年春旱秋涝，再加上俺们村的土地差，恐怕谁家也到不了九斗吧。”

“老曹，你今年的收成怎么样？”

“嘿，张书记，你怎么单问我？叫我当着大伙儿丢人！”

“每亩有一担吧？”

“没——有！”曹老鸭使劲摇着头，把“没”字拉得特别长。

“九斗？”

“不——到！”

“八斗？”

“着着着，你，一猜就着。”

大家都笑了。张骏又问：

“郑洪兴的收成怎么样呢？他是全村最富足的一户，是种庄稼的能手，有粪，又有劳力。”

“嗨!”李宝成往鞋底上使劲磕着烟灰。“去年冬天俺们刚建社时，他到处说怪话：‘什么社，我看是赊，赊了本拉倒!’‘百人百条心，还能有好下场？等着看笑话吧!’”

一说起郑洪兴跟农业社的关系来，李宝成就想起了许多有趣的事情：春天，社里挖坑泥当做肥料上地，郑洪兴一家父子三个也去挖坑泥上地。后来实行棉花密植，他也实行棉花密植。社里八十多人，牵成线到河里担水点种棉花和山药，他也全家出动，到河里担水点种棉花和山药。社里有三分之二的地达到了铺两车底粪，他也有一小部分地达到了铺两车底粪。社里全部的土地保证出全苗儿，有缺苗儿的地方，就补种。他也一样。社里的地耪几遍，什么时候耪，他也一样。后来，社里的庄稼长得人人夸，他的庄稼到底没有社里的好，因为他到底缺儿道手续：他不相信优良品种，不相信浸种拌种；他的地也耕得没有社里的深，耙得没有社里的细；他不会上追肥，不知道实行玉米人工授粉，也没有喷雾器给棉花除虫。他父子三个，要像社里这样精雕细刻，到底还是劳力不够。他白天从农业社的地边上走过去，低着头，连看也不看。黑间他可就偷着去看，叫社员们碰见了，问他：“你在这儿干吗?”他说：“这儿凉快。”“俺们的棒子个儿太大，当心掉下来砸了你的头。”——人们俏皮得他瞪着眼说不出话来。前些日子打场的时候，他从地里拉庄稼回来，故意绕着道儿，不从农业社的场边走。有人问他：“你怎么放着近道儿不走，走远道儿?”他说：“远是远一点，可道儿平坦。”……

张骏想起来了：刚才郑洪兴跟李宝成面对面说话时，眼珠子歪斜着，腮帮子上的肌肉微微扯动着，他大半是嫉恨社里这个能干的农业股长，也嫉恨社里的一切事情吧？他侵占唐经柱的地边子，大半就是想当着社里闹问题时趁风儿拔火吧?

唐经柱证实了和补充了张骏的想法。老头子这时也高兴了，摸着胡子，笑眯着眼睛：

“张书记，你知道郑老帨今日是怎么回事吗？我这块地，是三亩大的块儿，三面都是他的地，他想买我的想了三年，跟我说了总有一百回。要是我卖给他了，他的地不是连成片儿了吗？耕种起来是多方便！头年秋后，我想：人老啦，地多了种不过来，就卖给他吧。我们当面说好了，他正在准备钱哩，赶巧郭木山酝酿建社，我就参加了，就不卖了。从这以后，他一见了我就翻白眼。他恨我，恨俺们的社，哼，就是这么回事！”

张骏笑着说：

“还是入社好吧？不怕缺劳力，用不着卖地；劳力多的，也用不着给人家做短工。”

李幼章也笑了：

“不光经柱叔是这样，连老吉寡妇，也因为入了社，才没有把地卖给郑老幌哩。”

“哼，”李宝成也笑了。“今日跟郑老幌嚷嚷的这些人，你看，杨大个子、郭老品、曹老鸭……都是看着社里好，对社是拥护的，要不，他们干吗来打这个抱不平？咳，偏偏社里还有些人要闹情绪，明明家家比往年收的粮食多，偏偏硬说是吃了亏……”

“她就是一个，死脑筋！”唐经柱指着走在后面的老婆子说。

张骏又想起李栓子一个人耕地的事，就问人们：李德才——这个全村有名的直性人，去年建社时的积极分子，现在情况怎么样，今日这样的事，像他那么个性情的人为什么没有来？

“嗨，也在闹情绪哩！”人们说。

“连他也闹起情绪来了吗？”张骏不相信地问。

“嘿嘿，他，倒不是因为嫌粮食分得少，倒是因为嫌粮食分得太多了。”

“那是怎么回事？”张骏更加奇怪了。

“嘿嘿，因为他父子两个壮劳力——光李德才一个人就顶人家两个，今年比往年多收入十几担粮食，听见那些闹情绪的人说是劳力剥削了土地，又气又急，又怕社垮台，就——也像咱们的社长一样，躺在炕上对那些闹情绪的人闹起情绪来了。”

第三章　社长郭木山

社长郭木山躺在炕上哼哼，已经有两天了。

他女人几次给他熬了绿豆小米粥，下了鸡蛋挂面汤，轻手轻脚搁在他的枕头边，劝他喝一碗。他翻身坐起来，拧着眉毛瞪着眼，狠狠地说："吃！喝！除了吃喝，你还知道什么？你知道我这肚子是饱的吗？"同时把肚子拍得山响，惊得外边房顶上的鸽子都飞走了。他女人只好偷偷地摇头叹气。

医生来给他看病，说他不发冷也不发热，恐怕只是心里有点火。他摸着心口冷笑着说："大夫，我心里是有点火，可你要是能够治得我这心里凉快起来，实行社会主义就不用费劲了，只要你给每个人开个药方儿就成了。"弄得医生莫名其妙，不好意思地摇着头走了。

只有他那十八岁的女儿贞妮子不去答理他，有时还故意把屋子里的柜子板凳弄得噼啪响。郭木山生气地拿眼瞪她时，她就对他扭着头，噘着嘴，使劲把辫子往背后一甩。有时她心里暗暗想道："可惜俺哥到县粮食局工作去了，俺兄弟也在中学里，他俩要是在家，俺们准得联合起来批评批评他！"

今天下午，郭木山瞪着血红的眼珠子，对着女儿嚷叫起来了：

"你胡折腾什么！你干吗对我使气？我哪一点亏待了你？你的事我没有帮你吗？我没有让你自由吗？我没有……"

贞妮子知道他是说的什么，脸红了，一甩辫子说：

"我不是说你对不起我，我是说……"

"你说你说！你上哪儿去找这样的爸爸？在你的事情上，我有半点儿封建意识没有？我病得这样，你一天到晚在我耳朵边上胡折腾……"

"我的天，亏你说得出口！你是真的有病吗？你别往我个人的事情上扯，我是怪你对不起社里的人们，对不起工作！”

“哈哈！”郭木山又酸又苦地笑起来了。“我对不起社里的人们？我对不起工作？哈哈！一年到头，我吃饭不知道味儿，睡觉做梦也梦见社里的事，是为了谁们？可结果怎么样？他们，拆我的台！”

“你放着问题不去解决，躺着不起来，这就不对！”

“对这样一些自私自利得铁了心的人，我怎么去解决？”

妈妈把贞妮子拉出去了，郭木山重新倒在炕上，气得胸脯子一起一伏，鼻子里出气儿像拉风箱一样。

“我对不起谁？”他在心里自言自语地问。“我对不起谁？对不起李祥吗？喝喝，他！去年酝酿建社时，他死乞白赖要把他的互助组全部参加进来，我就让他当上了副社长。到如今，他偷着鼓动别人闹情绪，拆我的台……自私自利，都是自私自利！要想把这么一帮自私自利的家伙领导到社会主义的道儿上去，门儿也没有！”

在郭木山心目中，只有他自己是最不自私自利的，这，不光他自己承认，他觉得全村的群众也是这样看的。人们正是因为这一点才尊敬他，拥护他的。他这种想法是完全有事实根据的。

单说在一九四八年土地改革时候的事吧，那时，他郭木山按成分说是全村最穷的贫雇农，按职权说是全村的农会主任，在分房分地时，他却自动挑了全村最坏的房子和最坏的地。

“……我这院子，是住人的地方吗？是早先财主家的羊圈，是羊倌们躲不了风雨的地方。我就是挑了这么个破院子，垒了垒院墙，糊了糊窗户，全家人就搬进来了。你们谁不知道？我郭木山个子大，每逢走进院子时，先得拍拍牲口屁股，叫它让开道儿；再踢踢猪的鼻子，叫它缩进圈里去；我郭木山这才一弯腰，一低头，走进屋子里来。我这破院子就是这么窄小！我那地，那是什么地！土改第二年的春天，刮大风，我到那白沙地里去看麦苗儿，嗨！风刮得那沙子啊，在我脚底下啊，像水一样，流得多快，我真像是站在浅水河里一样！那麦苗儿，低的地方，被沙子淤得不见影儿；高的地方，叶儿摔得又枯又黄，根儿搜得露出来，变成了干丝瓜络子了！唉，完了，过了半辈子，头一回自己种了这么十几亩麦苗儿，一下子全完了！眼泪，在我这满是沙土的脸上流成了两道沟！回到家里，贞贞的妈拍手顿脚埋怨我:‘谁叫你疯,谁叫你傻,挑了那么一片沙窝地呀!’我疯吗傻吗?我缺的是那份自私自利的心!从那时候起,我郭木山就下了决心,要把地面上一尺多深的沙子翻下去,把好土翻上来;要把臭坑泥上到地里去。我全家人起五更睡半夜,一春天才翻了二亩地。喝!这二亩地到了秋天就看出来啦,每亩打了一担零五升粮食!村里,凡是有沙地的人家就都想学我的样儿啦。我们就组织互助组,翻地,在地边上种柳条子拦沙……我郭木山这才成了全县的劳模;去年,上级才调我们几个人到专署去受训,我才坚决要走社会主义的道儿,费劲出力,这才成立了农业生产合作社——全县的头一个社!我郭木山哪一点对不住你们?呃,哪一点对不住你们……”

他一会儿翻身朝里,一会儿又翻身朝外,脑子里不断地翻腾着这些思想。

阳光斜射在窗户纸上。院子里,贞妮子的娘在轻手轻脚地扫地。猪在圈里嗡嗡着要吃儿。大白马把嘴伸到窗户跟前,鼻子里发出咻咻声,同时焦急地顿着蹄子。

“这疯丫头,又不知跑到哪儿去了,准又是忘了给它拌料了!”郭木山在心里骂着贞妮子,接着又埋怨贞妮子的娘:“她去玩去了,你呢,你是死人吗?你在院子里扫地,就没听见它叫唤?”

他最心疼这匹马,简直把它看得像亲人一样,真想爬起身来去看看它,摸摸它,跟它亲热亲热。

胡同里响起了一阵脚步声。猛地,贞妮子的娘悄声嚷起来了:

“嗨哟,我以为是谁来了哩,可真是稀客……把车子靠在这边吧……你这一来,他的病可就好得快啦!幼章跟宝成知道,他饭也不吃,药也不喝,简直急得我旋风儿转。你们看,这是那药罐儿,使了好几年,他一扬胳膊就扔到窗户外边来了,成了碎碴儿啦……”

随着这些话,脚步声已经走过窗前,进了屋子。

“老郭,我来给你治病来啦,哈哈!”张骏大声笑着。

他后面跟着李幼章和李宝成,三个人都很高兴。

郭木山猛地跳下炕来,“我的鞋哩?”同时摸摸头,好像鞋在头上搁着的。“鞋哩?”又用打雷的声音问他女人。

女人在门口甩着手说：

“刚才扫地，我搁在柜底下的。”

“藏在柜底下，大半以为我一辈子不下炕了！张书记，你什么时候从省里回来的？看你这模样，瘦了，身体怎么样？还站在门口，不烧水沏茶去！”他又对女人瞪了一眼。

“哈哈！我就知道，张书记一来，你的病不用吃药也能轻八分。”李宝成大笑着，在炕对面的板凳上坐下来。

“病，病，你们光会说我有病！”郭木山扭身对着李宝成和李幼章瞪着眼睛，意思是叫他俩不要揭他的老底子，免得在他所敬爱的这位上级面前丢脸。

不知道为什么，一看见这位敬爱的上级来了，他就特别感到羞愧。他想起了去年建社的时候，张骏是怎样跟他睡在一条炕上跟他谈到半夜，叫他精神上准备迎接困难，还用好多好多道理来鼓励他，他自己也对张骏做过保证。……他猛地恨起自己来了，转身坐在炕沿上，阴郁地低下了头。

“嘿嘿，身子是没病，就怕心里有病。”张骏笑着说，同时往炕上的被子垛上一靠。

“是，我心里是有病，可你们别以为我是灰心丧气。”郭木山又看了李幼章和李宝成一眼，马上被他俩脸上的笑容弄火了：“你们笑什么？我灰心丧气？这两天我这心里早起了誓：要是社垮了，我首先请求上级给我处分，以后，哪儿有农业社我往哪儿去；本县没有，我到外县去参加，我全家搬家；凭我郭木山这份骨架，人家还不要我吗？我老郭死也要死在社会主义的道儿上，决不在个体农民的道儿上伸腿！”他硬着脖子，脸看着炕对面柜子上的破玻璃瓶，像是在对着瓶子发誓。

“大嫂！”李宝成对着房门那边叫道，“你们母女俩愿意搬家吗？”

“哼！”贞贞的娘在外边灶门口冷笑了一声。“那好说，我到县里跟俺小子过日子去，俺家贞贞赶紧跟她的对象结婚，一家人散伙！”

连李幼章这老实人也笑了。

“妈，你们说笑话干吗拉上我呀？”随着这唱歌儿似的声音，贞妮子一阵春风飞花似的飘了进来，兴奋得红光满面，喘着气飞快地说：“哈！张书记，我一听说你来了就赶紧跑回来了。”她打量了一下张骏的脸色，又愉快地看了她爸爸一眼，然后转身对着房门外边："娘，你是在烧水吧？我等一会儿去买挂面去，看样儿张书记准是又犯了胃病。"又转身对着李宝成和李幼章："怎么你们俩还呆在这儿，张书记不是给你们任务了吗？"

"什么任务？"李宝成像骗小孩似的撇着嘴做着怪样儿，同时用欣赏的眼光看着她。

"不是张书记叫你们算算账，看看咱社里到底每亩增产了多少粮食，到底每家分了多少粮食，准备当着全村的人公布吗？我一听就觉着这是个好办法——堵住那些人的嘴，看他们还说吃了亏不！看他们还在村里放空气不！"

"根本没有这回事。"李宝成故意不慌不忙地吧着烟锅，摇了摇头。

"怎么没有这回事？刚才街上曹老鸭他们都这么说哩。张书记，是有这回事吧？"她把卧柜上的瓶瓶罐罐挪动了一下，一跳坐了上去。

张骏微笑着没有回答。去年冬天他到这村来时，这姑娘还有些像个小丫头，经过了不到一年的工夫，她竟完全变了样儿，个儿长高了，皮色又红又白了，眼睛变大变亮了，胸脯子也挺起来了，乌黑放亮的头发梳着两条油光光的辫子，完全是个大姑娘了。额角微微有点突出，眼睛大胆而又倔强，细看像她爸爸；端正好看的鼻子，薄薄的小嘴儿，光下颏儿，又透着温柔细腻，像她娘。穿得干净合体，上身是深绿色的细布褂儿，下身是青细布裤子，脚上是绣花鞋。看起来好像她全身充满了欢乐，好像她小时候没有跟着爹娘过过不可想象的苦日子。

"你这闺女真厉害。"李宝成站起身来，磕掉了烟灰，"幼章，咱们走吧，这个事儿是得赶紧办，也省得叫人家丫头子撵俺们。"

两人走了以后，屋子里稍为沉静了一会儿。贞妮子用发亮的眼光盯着爸爸的脸，像是在聚精会神地想着什么事。她并不是一个挺浮躁的姑娘，考虑事情的时候神情是很安静的。

她娘往炕上摆了张小炕桌儿，提进来一壶茶。张骏一边喝着茶，对郭木山说：

"老郭，有什么苦恼事儿，对我这个治病的说说吧。"

郭木山阴阴沉沉地看了女儿一眼，叹了口气。说是张骏一来，他就有了靠山了，他的病就好了一半，不过，还有另外一半，那得等到把社里的问题完全解决了，才能完全好。

“对，完全对！”张骏点点头，声音很低，“社里的问题是得完全解决，可有一样，先得从你这当社长的着手。今日我要表扬你，也要批评你。今年，你总算把社办下来了，还得到了丰收。你别看这是个小事，可不小，对全县的工作有很大的影响，等以后慢慢地你就会知道了。这一年你是够辛苦的，二十三户人家的担子压在你肩膀上，县区领导上对你帮助又不够，你到底把它担下来了，这，很好！真是有功！这是应该表扬的一面。”

郭木山不转眼地看着自己那双又粗又大的手，下巴上的胡子楂儿动了动，不知道是欢喜，是心酸，还是受了感动，眼角上挤出了两颗豆大的泪珠，从鼻子旁边滚了下来。这使他自己也吃了一惊。四十多岁的硬汉子，总有三十多年没有哭过吧？受过多少艰难困苦也没有哭过吧？怎么今日倒流起眼泪来了呢？

他是背对着贞妮子坐着的，只有靠在门口的贞贞的娘看见了他的眼泪。她不由得眼圈儿也发潮了，轻轻地叹了口气，颤着声儿说：

“唉！还是张书记明白他。这一年，他为了社里的事情……”

“大嫂，你先别忙，”张骏打断了她的话，又转脸对着郭木山，这才发现他的眼窝下边有点湿，不觉顿了一下，但是应该说的话他还是要说，“老郭，另外，我也得批评批评你。你是个领导人，又是个共产党员，社还没垮哩，你就做了垮的打算，自己就先垮了，躺在炕上不起来了，这像话吗？这能解决问题吗？”他停下来，等待着回答。

郭木山想了一会儿，又有些激动，脖梗子硬起来了：

“社还没垮？拾棉花，刨山药，翻耕地，样样事情都叫不动人，大家不说长不说短，都闷着，我不着急吗？特别是李祥，是个副社长，哼……”

“李祥怎么样？”

“哼！在别的事情上不怎么样，在闹情绪上倒起了带头作用！”

事情是这样发生的：三天以前的一个下午，社里分完了最后一部分粮食以后，李祥忽然对郭木山说，他已经有几宿没有睡好觉了，心里难受，老是考虑着，觉着社太大，容易出问题。郭木山立时就对他那不自然的神气起了疑心，就问他应该怎么办。他说：“我觉着，明年，咱们可以缩小几户。”郭木山问他是不是有人想着退社，他说，他不大清楚，只是隐隐约约听到一些反映。就这样，郭木山一个劲儿追问，李祥一个劲儿含含糊糊。郭木山就有些忍不住火了，李祥又连忙解释："老哥，你可别误会，我是听说，人们对咱们的分红比例有些意见，说土地分的红少了些，劳力占了便宜……"郭木山就更忍不住了，直截了当地问他："大半就是你自个觉着吃了亏吧？大半你就是为了这才睡不着觉的吧？"李祥也生了气，嚷了起来："好吧，我就是想退社！不光是我，还有别人，我们对你有意见！""好！"郭木山气得声音像打雷，"我知道，你想把你的互助组那原班人马撤回去，把你们那些中农户的大牲口、大车、大农具都拉回去，故意拆我的台，是不是？"他想起了李祥原来那个互助组的人不好领导的一些事实，想起李祥平常的一些表现，他猜着李祥是嫉妒他的正社长的地位，是总怕吃亏……两人就这么吵叫了一场。

第二天上午，情况就严重起来了。郭木山和李宝成一块儿去叫人下地刨山药时，这个说是家里有事，那个又说是身子不大舒服，问他们是不是对社里的事情有什么意见，怎么也问不出个门路儿来。郭木山辛辛苦苦提心吊胆地干了一年，看见秋天的收成不错，本来满以为这一下可好了，全县唯一的一个农业合作社算是办成了，他的社会主义的路子算是走稳当了，他的光荣算是保住了。却没有想到，猛一下出了这么个情况——是个大垮台的情况，是要在社会主义的道儿上摔跤……李祥还口口声声说他自私自利，还好像事先就布置好了，故意等到这么个时候来"拆他的台"，让他从非常高兴的兴头上猛一下摔下来，让他心里猛一下空得难受，压得难受。于是，他就躺在炕上不能起来了。

为什么不开个社员大会，让大伙儿对社里这一年的事儿提提意见呢？

郭木山是想到过这着棋的，可是害怕，觉着一部分人像是事先约好了的，本来现在还都是闷着的，要是在会上把一层纸儿捅破了，都明白提出退社的要求来了，那可就再想把这层纸补起来也补不住了。

那么，为什么不找社员们个别谈谈呢？

郭木山不是没有找人谈。一部分人是闷声不响；一部分人是跟他一样，着急，失望，生气；还有一部分人觉着，自己辛辛苦苦干了一年，到如今人家倒说是咱的劳力剥削了他们的土地，占了他们的便宜，真是泄气；还有几个跟李祥最相好的人，郭木山根本不敢去找他们，只要一谈，他们准得提出退社的要求来。

张骏又问他：那么，像他这么躺在炕上就是办法吗？

郭木山把头低到胸脯上，用发抖的手指头在炕沿上摸来摸去。

贞贞的娘还是站在房门口的，这时又轻轻叹了口气。这女人的心肠真是软得怪，无论郭木山对她发过多少次脾气，她当时也许有点怨恨，可到了儿还是要同情他，原谅他。她心想：他这一辈子是怎么顾这个家的呀，是受了多少苦才过起这么个日子来的呀，他还不是为了俺们娘儿们吗！除了顾家，他还要顾村里的工作，还要顾社；他饭也顾不得吃，觉也顾不得睡，心都操碎了，如今，他吃力不讨好，急得两天没好好吃饭，现在这个张书记又批评他；你看，他那太阳穴上的青筋都暴出来了，心里一定苦得很……她看了看坐在柜上一直没有说话的女儿，希望女儿说两句打圆场的话，缓和一下局面。

贞妮子也看了她娘一眼，像是下了决心，猛地跳下地来，扭身坐在爸爸跟前，想了一下，却尖声嫩气地对张骏说：

"张书记，你跟着我到那边屋里去一下好吧？我有点事儿跟你谈谈。"

张骏实在是有点累，不大愿意动身，就问她有什么事，为什么要背着她的爸爸妈妈谈。贞妮子又犹疑了一下，柔声说：

"好吧，我就在这儿谈。爸爸，你要我说说你那心里的事儿吗？你不怕我当着张书记的面对你提意见吗？"

郭木山扬起了眉毛：

"走开！"

"爸爸，我不走开。"贞贞把头一摇。"这两天我都忍着，不敢说，今日张书记来了我还不说吗？"听见娘在门口叫了她一声，她又一摆头，"妈！你不用管！就因为他，咱这社差点垮了，我是多着急，多难受，我还不该说说他吗？"

"怎么？"郭木山的红眼睛瞪圆了，"是我把社搞垮了的？"

"爸爸，你先别急，"贞妮子的声调更柔和了，可是话还是说得很快，"我就是这会儿不说，等会儿也得跟张书记说。我是青年团的委员，你是党支部的委员，又是社长，我这下级不能对你这上级提意见吗？我问你：头年冬天，一部分人不同意让李祥叔当副社长，你为了团结他的互助组进来，为了把社办大点，就一定要人们选他。后来，你觉着自己本来是劳模，又在县里第一个办起社来，秋天快到了，眼看收成很不错，‘这可闹了个突出的！’你的英雄劲头就上来了，就骄傲起来了，有什么事情，想起来了就跟李祥叔商量，想不起来，或是心里不痛快的时候，就不跟他商量。你讨厌他的滑头味，老是对他态度不好，弄得他恨你。别人对你提什么意见，也是有时候爱听，有时候不爱听，碰巧儿还要跟别人着急，弄得有些人就不愿意跟你提意见了。到最近，因为粮食打多了，你就更得意了，有人对你提意见时，你时常几句讽刺话就把人家挡回去了。等到问题闹大了，没法解决了，你就慌了，怕社垮台，怕你这劳模垮台，就着急，生气，就躺倒了。你别想岔断我的话，我说得不对吗？”她看了张骏一眼，“我让张书记知道这些情况，是为了让他好帮助你改正缺点，不应该吗？爸爸，我平常老是劝你：别以为自己在村里的威信高，就骄傲，办事就粗心大意。可你总以为我年幼，把我的话当耳边风。我年幼是年幼，可你是我爸爸，你的事儿我还不知道？爸爸，改改你那脾气吧！”

郭木山很惊慌地看着女儿，慢慢站起来了，突然一转身：

“张书记，你相信她这篇胡说八道吗？”

“我完全相信！她完全说得对！”

郭木山连头带脸都变成紫红色了。

“好，”他低声对自己说，“家里人，外人，都……我变得里外不是人了！”又看着贞妮子：“我把你养得毛儿干了，翅儿硬了，宠坏了……”

他不能发作，不能暴跳，也不能反驳；女儿的话语和态度都好像有一种驳不倒的力量，而且张书记又支持她。

张骏跳下炕来，热情地抓住了他的胳膊，正想说些什么，郭木山却拦住了他的话头。

“张书记，我想起来了，你这胃病……死丫头，说去给你买挂面又不去，我给你买去！”

他转身冲出了房门，差点把门口贞贞的娘撞倒了。

贞妮子像做了一件大事，松了口气，撇了撇嘴儿，脸上的酒窝儿一闪，又天真地笑了，轻声对张骏说：

“他是出去压压心里的火儿，等一会儿回来时，脸色准没那么红了。

这是他的老习惯，在上级面前受了批评，心里别扭得慌，就跑出去遛一圈儿，等气儿平些了，自个又会回来，还是照样儿谈问题做工作。”

她出去做饭。她娘埋怨地瞪了她一眼，又叹了口气。做娘的不明白：为什么脾气暴躁的、已经有了四十五岁的丈夫，有时候倒被十八岁的女儿给制服住了。

大约过了半个钟头，郭木山果然买了挂面回来了。贞妮叫他到屋里炕上等着，说是挂面一会儿就熟了。

“什么一会儿就熟了？你们叫我吃这个？”郭木山大声问她。

“你两天没有怎么吃饭了，胃弱。”贞贞的娘用怜悯的声调儿说。

“胃弱？我连石头都消化得了，吃这个反倒不过瘾！”

郭木山说着，走进屋里，坐在炕对面的板凳上。张骏看见，他的脖子和脸果然不红了，眼神里好像多少有了一点兴奋味儿，朝满屋子的东西看来看去，好像他是头一次看见这些东西，好像这不是他自己的屋子。一会儿，他低声叨咕起来：

“嗯哼，郑老幌这人，这几年老是假装好人，到处对人讨好儿，可骨子里，哼！一心往富农的道儿上走，暗地里老是对咱们的社不服气，这一回以为咱这社要垮了，想趁机会捣捣乱，不想可碰了个大钉子。嗯哼，我是在幼章那里听说的。”

说到最后，他才看了张骏一眼。

母女俩端进饭食来，郭木山像是有些不好意思，在屋里转转身子，抓抓脑袋，这才坐到炕上拿起碗来。贞妮子母女俩一边继续往屋里端碗端菜，一边互相撇嘴儿挤眼睛，弄得郭木山更加不好意思，把碗一搁，拧着眉毛说：

“你娘儿俩尽装什么怪样儿，像小孩似的！你们就不知道，我这心里……只要社能保得住不垮，只要我能够带动大伙儿往社会主义的道儿上走，我死也甘心！”

“快吃吧！快吃吧！”贞贞的娘朝他斜了一眼，歪坐在炕沿上，也拿起了碗筷。“说着说着，你那疯魔劲儿又发作了。去年冬天，也是在吃饭的时候，跟幼章宝成他们说到建社的事，‘只要社能建得成，砍我的脑袋也行！'使劲把碗往桌子上一搁，正好是个有裂缝儿的破碗，一下子裂成了两半儿，刚出锅的热粥，烫得手上起了泡。四五十岁的人了，做事还是那么没斤没两儿的……"

贞妮子也笑着说：

"那两块破碗片子还留着的呢，老说等钉碗的来钉钉它，老忘了。"

张骏笑着说：

"留着它吧，连刚才我看见的那破药罐子碴儿也留着吧，做个纪念，等将来全村都富起来，把这些东西都拿出来，开个展览会，叫人们回想回想过去的事儿，也有好处。"

郭木山吃得很香，巴掌大的新玉米面饼子一口就咬掉了三分之一，脸上的肌肉动了几动，下颚骨奇怪地响了两声，马上就又咬第二口。贞贞的娘不时抬起头来，痛心地关切地看着他的每一个动作。她那满含着柔情的眼里，也不知道是刚才的眼泪还没干呢，还是现在又挤出了新的眼泪。

贞妮子的心也软了：

"爸爸，你吃慢一点好不好，当心……"

"怎么？别的事情你管着我，批评我，吃饭你也管得着吗？"

张骏一面在微笑着注意这一家人互相关切的情形，一面在想一个问题：这村里有二十一名党员，数目真不算少，支部书记郭大海也还有些工作能力，去年建社时一再地关照过他，叫他发动党员团员们都来关心社。那么，这一年来……现在社里出了这么大的问题，支部是不是知道呢？是不是开过会呢？他把这个问题提出来问郭木山。

"哼！支部？"郭木山把碗一撂，使劲抹了一下嘴，"你也知道，从去年起，郭大海就被窑上的事情拖住了，最近个把月里，在村里你更是找不见他的影儿。别的支委们也是各顾各，对村里的工作敷敷衍衍。党员们连个会都召集不起来……"话还没完，已经溜下炕来穿好了鞋，站起来就走。

"还没吃饱你就走？"贞贞的娘一把拉住他，大声叫起来。她是知道丈夫的饭量的。

"不吃了，我得赶紧到社里催他们算账去！"郭木山甩脱了她的手，大步冲出去了。

第四章　胜利——差点儿失败了

夜，看起来是这么安静。村外那大苇坑里的苇子纹风不动，只有那不知名的水鸟儿不时响起梦呓般的呻吟。绕着村子有几十棵高大的杨树，树顶上浮着一层稀薄的雾气。枯黄了的叶子像很安于自己的命运，既不留恋也不声响，轻轻地从树上飘落下来，掉进人家的院里。树木的阴影使得街道显得更加深远，使得房屋的墙壁也显得更加银白。天上，那银盘儿似的月亮是不是在凝视着人们的生活？是不是在观察着这个奇妙的世界？也许它对人们的生活并不发生兴趣吧？为什么它不停下步来，对着这美丽的村庄露出一个会心的微笑？它只是静静地洒布着银色的光辉，只以为这秋天的夜晚是水一样的透明，是梦一样的安静。其实呢，人们并没有全都安静下来，有好几家人家的窗户上还有灯亮，还晃着人影。如果有人站在这些窗户外边朝里看去，他就会看见，原来是张家的老太太跑到李家来串门儿，李家的老头儿却坐在张家的炕头上；他们都在谈话，都在抬杠，差不多都是说的下边这样的内容：

“你知道吧？县里的拐腿儿张来了！”

“哼，去年建社的时候他来了，今年社垮台的时候他又来了，他大半是管收生又管送葬的吧？”

“你别瞎说，人家是来解决问题的！”

“解决什么问题呢？”

“人家一来，郭木山的病就好了，就从炕上爬起来了。”

“爬起来了怎么哩，想一个人顶住天吗？”

“你怎么老是胡扯！人家这会儿正在幼章那儿算账呢。”

“我知道，可知道是知道……算什么账？”

“咱们社的账呗！”

“什么咱们社？”

“不是咱们的社是谁们的社？”

“你一个人去‘咱们的社’去吧！”

“怎么？大伙儿都提出退社来了吗？”

“大伙儿提不提出的……哼！”

“你哼什么哩？”

“我哼什么，我，哼！”

他们到底也说不清自己“哼”什么来，因为他们谁也不知道事情将会怎么发展，因为他们活了几十年都没有经着过这样的事情。他们家的青年人都到夜校上学去了，壮年人都去李幼章家里参加算账去了，娘儿们都在窝着孩子睡觉。这些老头老婆们只好等着给在幼章家算账的人开门，等着听听社里的消息。他们说累了，就眯着眼不动，或是不住地吧着烟锅子，也许停了一会儿又要从头说起，而最后还是要用不明不白的“哼哼”来当做结论。

一年以来，李幼章这间睡觉的屋子里差不多每天夜里总是坐满了人，总是有事情要商量要讨论。李幼章自己总是趴在炕上的小炕桌儿上，不是做记录，就是记工账。他的身子旁边总是搁着一个红漆金花的小木头箱子。这原是他那死了的媳妇装梳子篦子的匣子。他是个温柔细腻而又多情的人，想念媳妇把心都想念碎了，所以就出奇地喜爱这个匣子，常常摸弄它洗擦它，甚至偷偷地拿脸亲它。自从成立了农业社，这匣子更是成了老李的百宝箱，更是跟他的命运连在一起了。他把社里所有的账本儿和笔墨纸砚都搁在里面，白天下地干活儿时就锁起来，压在炕头上的被子底下；夜里，人们来了，就拿出来，开开锁，取出办公的用品来；等人们都走了，他把踩脏了的炕席打扫了，铺好了被子，就把匣子搁在枕头旁边，挨着它睡觉。五年里边他家一连病死了三口人——父亲、媳妇和一个两岁的小女儿。家里本来就不富裕，这一下更加穷下来了。继续到外边去当小学教员吗？家里剩下的几亩地没人种，还有一个六十多岁的老娘没人照管。呆在家里种地吧，自己干庄稼活又不行。幸亏郭木山他们酝酿建社，他就当了会计。他热爱这个工作，如果有一天不打开这小匣子来翻翻里边的账本儿，就觉着像是掉了个什么东西。农业社的命根儿，他自己的名誉，都在这个小小的匣子里边，都在这些账本儿上。要是弄错了一个数目字，或是丢掉了一页纸，就会发生很大的影响。他常常夜里做梦也梦见算账，常常在梦里念数目字念醒了。

今天，坐在这屋子里的都是社里的积极分子，也有三两个来串门儿的社外的人。

灯油点完了，灯花爆散着呛人的烟气。但是人们谁也不愿意到油坊里去打油，因为账目已经算到最要紧的地方了。

李幼章索性把那缩小了的灯焰儿吹灭了，把小炕桌挪得紧挨着窗台，借着窗外银白的月光，把鼻子尖儿低到算盘上，算盘子儿在他手底下响出轻脆好听的声音。李宝成坐在炕桌的另外一边，扒弄着另外一个算盘，为的是跟李幼章算出来的结果互相核对。一个叫王保坤的中年人坐在李宝成对面，把一本厚厚的账本子，对着窗户捧着，念着上面的数目字。

李宝成抬起头来说：

“王洛奎家，谷子棒子棉花各样东西折合起来，分了三十五担！他三十三亩地，全家只有他和他女儿两个半劳动力，还分得少？他今年要是单干的话，就算他一亩地打一担吧，也不过三十三担吧？你们说，是人心不足不是？”

“他跟郭万德是一路的货，多好的事他也说不好，反正总是不如他的意！”是李德才那炸耳朵的嗓子，没有防着的人准得被他吓一跳。他是最后听见了信儿才来的。张书记一来，郭木山一起炕，他的心里也就松快多了。

“明明吃得撑破了肚子，还要对人说三天没有吃饭。”那边墙角的暗影里，响起了曹老鸭沙哑的声音。

“把这三十五担归到总数上去吧，老李，弄快点！”郭木山不耐烦地催促着。

没有人说话了。除了算盘子儿的声音和王保坤念账的声音，只听得见人们的呼吸声。

窗外墙根下边，蟋蟀的叫声像是小铃儿在因风发颤。对面屋里，李幼章的娘在睡梦里吁吁着，翻了个身。自从成立了农业社，她已经习惯了每夜听见人们的吵闹声，总是早早儿就睡了，总是在人们散伙以前就睡熟了。

李幼章猛地把腰一直，大声宣布说：

“一担二斗五，对吧，宝成？”

“对！”李宝成也大声说，“我这里也是这个数目！”他使劲把算盘一推。

“什么一担二斗五？”郭木山和别的几个人同时问他们，声音是那么紧张，好像怕吓着谁似的。

“大家听着，我再说一遍。”李幼章像在大会场上讲话一样。“秋天——光算秋天，夏天麦收不算——全社每亩地平均产量是一担二斗五升，这是把各种作物按价钱折合成玉米计算的。跟全村平均每亩九斗相比，每亩超过三斗五升。跟村里两个互助组平均每亩九斗五升相比，超过三斗。听清楚了吧？这，还没有算上副业收入。”

暂时没有人回答他。大家心里都像喝醉了酒一样。

“不行，我得出去！”郭木山猛地从炕上站起来，不想头碰着了顶棚纸，掉下了一团灰尘，人们起了一阵骚动。

“你干吗？”有人问他。

“我全身出汗！”郭木山说着，跳下炕来。“张书记，你也出去吧，咱俩一块儿走走！”

“我身上也像是出了汗，”张骏笑着说，“可不是因为天气热，天气倒很凉快，是因为心里热。”

他有好半天一句话也没说，只是注意听着每一个数目字，仔细观察着每个人的表情。他早就大致上预料到了这个总的计算结果，早就在心里放下了一块石头。他心里的感动不光是因为数目字，还因为人们紧张兴奋的情绪，还因为这不光是曲堤村这一个农业生产合作社的胜利……

人们又沉静了一阵子，大概心里边都在说着这样两句话：糊里糊涂辛苦了一年，今日才算闹了个明明白白！

“哈！咱们没有从汽车上摔下来，咱们坐稳当了！”又是李德才那吵架似的声音。他也想站起来活动活动，可是说完了话又坐下了。平常他总是把单干户比做牛车，把互助组比做马车，把农业社比做汽车，把集体农庄比做火车。

"你们别看我不是社员,我也,咳,身上出汗,不知是怎么回事。"曹老鸭也在黑影里跟在郭木山后边往外挤,用袖子擦着脸,嘟囔着。等挤到房门口时,却又站住脚,回过身来说:"张书记,我今日得跟你说说老实话,我,咳,当了快一年特别社员,社里人们开会商量事儿,哪一次也有我一份儿,我算把这农业社的事了解透了!你们信不信?"

"你了解透了怎么着?"有人笑着问他。

"怎么着?咳,我,你们信不信?我没有什么犹疑的了,我总有一天会下决心的!"

"下决心干吗,一顿吃三大碗干饭吗?"李宝成问他。

"三大碗干饭?我,总有一天,要入社!"

"哈哈!总有一天?三年以后再说吧!"

"干吗要三年以后?"曹老鸭有些生气,"你们不愿意吸收我吗?凭良心说,我曹老鸭,为了社,跟村里那些落后脑袋,那些看嘻嘻哈的人,作过多少斗争!我,咳,不关心社吗?那天,你们在地里收棒子,我一看这棒子长得太爱人,心里痒痒了,就丢下自家地里的活儿,帮你们掰了半天棒子,你们大半总还记得这些事吧?我,咳,不够社员资格吗?"

李宝成装得一本正经地说:

"你资格倒是够,我们大伙儿对你也没意见,就是怕你老婆子批不准。得等三年以后,全村差不多都进来了,她才……"

"你们真是,咳!"

"你别咳呀咳的,快回去求你老婆子批准去吧,你这样对她说:'小秃他娘,我有个话,可不敢说,你,咳,先在心里琢磨琢磨,我再说。''你还没有说哩,我不知道是什么事,叫我怎么琢磨?''咳,你看,你要是不先琢磨琢磨,叫我怎么说?''你疯了吧?你要是不说出来,叫我怎么琢磨呀?''你看,我还没有说出来哩,你就生了气,我不说了!'……"

很明显,这大概是被人们传说了一百遍的老笑话,再加上李宝成把男女双方的声音都学得很像,所以人们简直笑得喘不过气来。

曹老鸭咳嗽着,跑到房门外边去了。

李幼章笑着把眼镜摘下来,擦了擦眼泪,叹口气大声说:

"真的,俺们要是把这些数目字当着群众一公布,准有不少人要入社。

哪怕李祥他们那几户把好地和大牲口、大车、大农具都退出去了，咱也遭不了多大的难。我说呀，木山哥，甭发愁，他们那几户别不死咱们！要是今年扩大到三十几户，明年，后年，用不着多少年，咱全村都得集体化了！”

“那咱们就下了汽车坐上火车了，就也不颠得慌了！”又是李德才的大嗓门。

“哼哼，”李宝成又故意冷笑了一声，“就是全村都集体了，你李幼章在外边是集体，在家里也还是个单干户。”

“我怎么……宝成，你又想缺什么德！”

“从你那位知冷知热的人一死，你老是想她，老不找对象；今年，叫你老娘逼的，总算看准个对象了，可你还是不积极进行。要老是这么耽误下去，等到全村都集体化了，你在家里——自个做饭扫地，洗衣裳铺炕——还不是个单干户？”

大家又哄地笑了。

郭木山的高大个子堵住了房门口，用从胸膛里发出来的嗡嗡声说：

“大家先别嚷嚷这些事好不好？先说说社里的正经事好不好？张书记，你给俺们说点什么吧，开开俺们的脑筋吧。”

好几个人附和他。张骏在黑影里站起来了，故意咳了一下嗓子，好半天没有说出话来。大家都安安静静地等着，听得见每个人的呼吸声。

“今日我得先说个笑话：有个老太太穿针，线头儿对着针眼儿，穿呀，穿呀，穿呀，穿呀，怎么还穿不上呢？‘孙女，你看看这根针是不是有眼儿？’她孙女噗嗤笑了：‘什么没有眼儿，我看是你自个那眼不管事。’‘你看这闺女，怎么我的眼……’‘你的眼，你的眼，早穿上了你还不知道！’‘嗨！早穿上了吗？我还以为针没了眼儿呢！’……”

“我没有多的话说，”张骏用很低很低的声音接着说，“我跟大家一样高兴，我只对大家提出一个问题，让大伙儿动动脑筋：咱们闹了一年，一方面，生产成绩不小；另一方面，有一些人在闹情绪；那么，这个针到底是穿上了呢，还是没有穿上呢？也就是说，咱们到底是闹成功了呢，还是闹失败了呢？”

有的人在咧着嘴笑，有的人在点头，有的人拿着烟锅子在慢慢装烟，大家好像都明白了什么。

“嗤，”李宝成笑了，“连社外有些人们也以为咱们要完蛋呢。白天里郑老幌占地边子的事，俺们还不是撑着劲儿跟他斗吗?”

“依我看，”王保坤大声插话了，同时使劲打了一下自己的头，“咱们真是糊涂透了！社怎么会垮呢？没有他们那些好地好牲口好农具就办不了社？有好人就行！这不是丢了帽子就以为是丢了脑袋吗?”

人们都明白他的意思，一片声地嚷起来。

张骏又重新站起身来，不慌不忙地说：

“现在大伙儿都知道了，咱们明明是打了个胜仗，倒以为自个是失败了，这里边就有个问题：为什么会以为自个是失败了呢？是像那个老太婆似的，眼老花了看不清针眼儿吗？老郭，你说说看！”

郭木山摸摸下巴，抓抓脑袋，咕噜着：

“咳！这，只怪俺们缺点儿理论，只怪俺们是头一年办社，半点经验也没有……”

他想起来了，今天在座的这些人都跟他自己一样，都是从个体农民猛一下迈到社会主义的道儿上来的，心里没底，平常老是怕出事，老是心里紧张得过了火儿，所以一看见有些人要退社，并且连副社长也要退社，就慌了，错以为社要垮台了，再加上村里人们七言八语，就糊里糊涂消极起来了。人们的灰心丧气的情绪和消极态度影响了他，使他以为社要垮台；他的愁病反过来又影响了人们的情绪；这就真的造成了一个垮台的局面。当问题刚刚发生的时候，他也考虑过刚才王保坤说的那个办法，也把这样的意见跟个别的人谈过，可是人们说：“就算剩下几户也能办社，人家不笑话咱们这社越办越小吗？那还有什么劲呢?”他心想：这也是个理。他这才真正觉得，自己在紧要关头上没有掌住舵，正像贞妮子批评他的，“社差点叫你弄垮了!”幸亏有个乐观派的李宝成和沉得住气的李幼章，支持了这么两三天……上级的领导真是重要啊！有时候只要上级点这么两句，人的脑筋就像黑屋子开了窗户一样，猛地亮起来了……

这最后的想法他没有说出来，因为他从来还没有发过上级的牢骚。他激动地重复着这样的话来结束了自己的意见：

“理论，理论，真是太重要了!”

“对！很对!”张骏高兴地肯定了郭木山的结论，“这怪咱们平常光是忙着生产上的事，不注意政策学习，不知道农业社的优越性首先是表现在生产成绩上。只要生产上有成绩，就能扩大影响，就会有人要入社，就是往前发展的趋势，再大的困难就也能克服。在这点上，曹老鸭倒比你们强，你们别看他有时候说话逗人笑，他可早就对你们的生产成绩做了调查研究哩！好啦，现在咱们可以大声说一句：咱们的成绩是很大的！咱们大家是有功劳的！所以我提议：咱们要摆出个发展的兴旺的架势来！要拿出劲儿来干！该做什么就做什么，决不惊惊慌慌！咱们要让人们看看咱们的信心！……哈哈！大伙儿琢磨琢磨，我这话对不对？”

“对！一百个对！”郭木山挺有劲地伸了一下拳头。“咱们应该马上就干起来！咱们要着手干的事儿多着呢！这两天我躺在炕上，一想起这些事情来就着急……”

一谈到具体工作的计划，郭木山当然很有办法，可李宝成和王保坤这些人比他也一点不差：十亩地的棉花还需要多少人工；十二亩地的山药还需要多少人工；还有多少应该秋耕的地没有秋耕，需要多少人工；在副业里面，油房需要恢复生产，每天得占去多少人工；按现在的情况，能够动员到多少人干活，应该用什么办法去进行动员……

“应该先把一部分能够动员得起来的人，召集起来先开个小会，对他们报告报告生产成绩，然后让张书记讲讲话，打打气，保险能起作用！”郭木山满有信心地说。

“对！”李宝成同意说，“叫他们各家男的女的都来，都受受教育！”

“咱们是太需要打气了，”李幼章感慨地说，“上级一年也不来给咱们开开会，打打气，人们都有个印象：好像这个社是可有可无，好像咱们是没娘的孩子……”

“依我说，咱们把那些思想最成问题的人，把那些要退社的人，也叫他们来听听，让他们也知道知道，咱们这辆汽车翻不了车，咱们坐得稳稳当当！”李德才又站起来挥着胳膊，唾沫星子喷了李宝成一脸。

好几个人都同意他的意见。郭木山也考虑着：这样也好，灭灭他们的威风，长长咱们的志气。

“我说，要是社真的垮不了，眼看地里的活儿也不很多，你们干吗不搞豆腐坊？”房门外边，老头子赵洛常也说话了。

他说“你们”，是因为他跟曹老鸭一样，是两个“特别社员”之一。他家里别的人都入了社，在社里干活，只有他自己留着二亩园子地单干。可他又非常关心社里的事，常常自动地帮社里做点零碎事儿，又坚决不要社里给他记工；还常常自动来参加社里的会议，总是一言不发，坐在房门外边的黑影里听着。今天他却破格地发了言，大概也是心情激动得忍不住了吧？

人们因为这老头子的发言更加兴奋了，嚷嚷得更热闹了。叶子烟的烟气把屋子里变得像蒸笼里一样，虽然窗户上的月光很亮，却谁也看不清谁的脸，只听得清说话的声音。

人们谁也没有想到，在院子里，在窗户侧边猪圈短墙的阴影下边，藏着一个灰黑色的人影。只有天上的月亮看见他是什么时候来的，只有圈里的猪微微听见了他的声音。他蹲在这儿已经有一个多钟头，尖着耳朵听着屋子里的每一句话。这时，他听见郭木山说：“好吧，今日就商量到这里吧……”他就赶紧跳起身来，像猫一样，缩着身子轻轻地溜到大门里的影壁后面，略为定了定神，才不慌不忙地走出了大门。

屋子里，人们揉着被烟气弄得疲倦了的眼睛，开始往外走了。

李幼章站在大门旁边准备插门，李宝成最后走出来，捅了一下他的胳膊肘儿，尖着嘴唇，好像说什么秘密事儿似的，声音低得差一点听不清：

“幼章，对你说，昨儿个夜里我还跟我女人打了一架哩！”

“为什么？”

“为的，哼！为的是她故意气我，说：‘社都要垮了，你还是照样儿每天夜里到幼章那儿跟那些人说东道西，这么晚才回来！’我说：‘我知道你就巴不得社垮，好叫我成天里守着你是不是？真是个落后脑瓜！’她说：‘好，我落后，你就成天里到外边去呆着好了！’说着说着，她已经钻了被窝躺下了。我也解衣裳上炕。谁想呀，她把被子压得紧紧的不让我拉。我就说：‘得了得了，不说你落后了，咱俩互助合作一下吧！’你猜她说什么？嘿，‘我才不跟你互助合作哩，滚你的吧！’嗤——！”他猛地耸了一下肩膀，做了个鬼脸。

“你就为这个跟她打起来了吗？”李幼章也嗤地笑了。

“光为这个？哼！”李宝成像是很生气，其实他下面所说的却完全是相反的内容："哼！你猜她接着又怎么说，她说：'快进来，别冻着了！社里正闹问题，我是怕你像木山似的，操心生气，把身子弄病了。'你看看，这说的是什么话！"

"这不是几句好话吗？"李幼章的脑子里还没有转过弯儿来。

"你这傻瓜！你以为我真的跟她打架了吗？有这样的女人我还舍得打她？嗤——！"李宝成又做了个鬼脸，转身就走；可走了两步又回过身来，尖着嘴头儿说："今日我是高兴，又跟你这书呆子闹了个小玩笑。你呀，不懂得有老婆的味儿，所以才老不结婚，嗤——！"这才真的转身走了。

李幼章微笑着看着这家伙的背影，耳朵里好像还在响着那种从牙缝儿里挤出来的滑稽的笑声，心想："真有意思，快四十岁了，还是这么个乐观派！"他总是把李宝成叫做"乐观派"，把自己叫做"稳健派"；又因为郭木山有一股拼命的干劲，叫做"硬干派"；另外还有些别的人叫做"少壮派"、"老成派"……他喜欢这些人，这些人也很喜欢他；正因为这样，他才更爱自己的工作，更爱自己的农业社；他愿意就这么跟着这些人往前走去，一直走到社会主义社会。

夜校刚刚散学，一群青年男女唧唧嘎嘎地走了过来。连他们那映在地上的影子也在摇头晃脑，指手画脚。

他们只看见了郭木山，没有注意到张骏，因为张骏是走在墙根阴影下边的。

"哟！老天爷，社长起了炕啦！"好几个姑娘同时尖声叫起来。

"疯丫头们！"郭木山假装生气地说，"什么老天爷老地爷的，老天爷管得着我的病？"

"嘻嘻嘻……"

"我是说，社长的病好了，该解决社里的问题了。这两天我爸爸老是对我说：社长愁病啦，不想办社啦，看你还迷着社里的事儿不！"一个穿花衣裳的姑娘——王香儿噘着嘴嘟哝着。

"他造谣！明日我去找他，叫他看看我是不是有病！"郭木山真的有些生气了。

"哟！没病你干吗躺着不起来？"那姑娘又调皮地问。

"我愿意躺着!"

"我知道你为什么愿意躺着,"旁边一个十四五岁的小姑娘说。

"为什么?"别人问她。

"为了量量他家那炕有多长……"

"我打死你们!"郭木山顿着脚,装做追赶的样子。

姑娘们尖叫着跑了。连那些害臊的年轻媳妇和不爱嚷叫的男青年也笑起来了。

郭木山回过身来,满得意地对张骏说:

"你看俺们村的夜校怎么样?除了农忙的时候,没有断过学习;这都是过去李幼章打下的基础,现在是亏了吴小正领导的。"

旁边胡同里,一对人影儿躲在墙根的阴影下边,晃了两晃就不见了。郭木山和张骏都起了疑心,快步进了胡同,轻悄悄地追了过去。

从前面的墙拐角那边,传来了一对男女说话的声音。

"我告诉你个事……"是一个年轻姑娘的哧哧声。

"什么事?"男的问。

"可是,你先告诉我吧,你老爷①还想退社不?"

"怎么不想?今日还跟我吵了一架呢,是这么回事:吃饭时,他又叨叨起社里的事儿来了,我刚想劝他,他就生了气,把筷子一摔,说:'你不用对我宣传,我知道社里有谁勾住了你的魂儿!'他又提那老话,说我姓郭,你也姓郭,咱俩是同姓,不能……我就又像那儿回一样,说:'我不是姓郭,我姓吴,不是你的孙儿,是你的外孙!'他又拍胸跺脚地叫起来了:'好哇!我从小儿疼你热你,把你过继过来做我的孙子,把我的全副家当都传给你,指望你接我的香火……'我懒得跟他闹,就跑出来了。"

停了一会儿,女的叹了口气:

"咳!他要退社,到底也不知道主要的是因为咱俩的事哩,还是因为别的。要是主要因为咱俩的事,我以为咱们可以……"

"什么?"男的着急了,"我坚决反对!"

"嘻,看你急的,你反对什么?真是!"

---

① 老爷,即外祖父。

“你刚才说……”

“我是说：为了不让他退社，咱俩往后可以少在一块儿，装做像没事儿的一样，等他的气儿平了，不退社了，再说。”

“哼嘿，你算是白等。你又不是不知道，一提起社里的事，他不是说分红吃了亏，就是说跟你爸爸不对劲儿，再不就是说土地要归公，他这个日子白过了，就气得呼呼地吹胡子。”

“哼！这都怪我爸爸，社里有问题不解决，躺在炕上装病。今日，气得我再也忍不住了，就当着张书记的面批评了他一顿，把咱俩那天谈过的他的缺点全抖搂出来了！我才不怕他生气呢！可倒好，张书记也同意我的意见，他有脾气也发不出来，气得跑出去了……”

听到这里，张骏悄声笑着对郭木山做了个鬼脸，两人又轻手轻脚地退出了胡同。

郭木山笑着说：

“你知道这男的是谁？就是吴小正，郭万德的外孙子，青年团的支部书记。去年冬天，你大半还记得吧，为了要入社，他跟郭万德闹得躺在炕上两天没有吃饭。”

一直走进了院子门，郭木山的脸上还挂着笑容，还不住地用手摸着满下巴上的胡子楂儿，像是刚刚做了一件称心如意的事情一样。

大白马从棚子里伸出脑袋来，对着郭木山亲热地“咻咻”了几声，像是表示欢迎，接着又用脑袋去抵那栅栏门，弄得那门吱吱地响。这牲口棚实在太小，这马在里边转不动身子，大概是憋得难受，想出来。郭木山吼叫着跑过去，扬起拳头来对它威吓了一下，把栅栏门扣得更结实了一些，又摸了摸槽里的草料，回头正要领着张骏往屋里走时，贞贞的娘悄悄儿从西屋里走了出来，神气紧张地压低了声音说：

“李祥来了！刚来了不大一会儿，在北屋里等着你们的……”

话还没完，只见李祥那瘦长的灰黑色的身影已经出现在北屋门口了，用他那卷舌头味儿的口音说：

“张书记，我临要睡觉的时候才听说你来了，这十来个月里，俺们常念叨你……”

“怎么样，听说你也有点不舒服？”张骏说着，走进了屋里。

“没什么，不过是伤了点风，今日黑间出了点汗，就……”李祥也随后跟了进去。

郭木山在院子里愣了一会儿，用不耐烦的口气责备他女人给马拌的料豆子太少，又嘟哝了几句别的什么，等女人回到西屋里去了，他才像是下了决心，走进了北屋。

张骏靠在被子垛上，李祥坐在炕对面的板凳上，一种难堪的闷声不响使得郭木山更加难受起来，他后悔不该进来，现在既是进来了，也只得在炕沿上坐下了。

“木山哥，”李祥到底说话了，只是声音有点不大自然，“社里明日计划干什么活儿？”

“怎么样？”郭木山哑着声儿说。他的意思是：干什么活儿跟你有什么关系？你不是要退社吗？

“我，这两天不怎么舒服，社里的事情也没过问……咱们的棉花再摘个一回两回就完了吧？”

“棉花，眼下就得动员妇女们去摘。”郭木山低声说。

又是一阵难堪的闷声不响。李祥站起身来：

“好吧，明日动员妇女们……张书记，这儿有地方睡觉吗？要是嫌窄狭，我给你找个干净地方去。”

“张书记不嫌我这儿脏！”郭木山瓮声瓮气地说。

张骏已经没有刚才那股兴奋劲儿了，实在有些疲倦了，却还是振作了一下精神，跳下炕，跟着李祥走到院子门口，拍着他的肩膀，用诚恳的压低了的声音说：

“老李，我告诉你个好消息。”

李祥有些慌乱。月光之下，他那乌黑的长脸上的肌肉扯动了一下，眼睛不住地眏着。刚才在李幼章院里偷着听到了算账的结果，又知道要在群众大会上公布，要吸收新社员，他就慌了，就想着到这儿来，在张骏面前掩盖一下，试探一下……现在，他想从张骏的脸上看出什么来，同时在心里打着主意。

“我告诉你个好消息，咱们这社今年得到了丰收，每亩地达到了一担二斗五，这也有你一份功劳……”

“哎哟我的张书记！”李祥连忙接口了，像是非常高兴，一连气儿地说：“说到产量，庄稼还没有收下来我心里就有个数目，知道每亩地跑不掉一担二斗五。干什么事儿心里没个计算还行？你说是不是？可说到功劳，嘿嘿，反正，我这人啊，就是这样：能力低点，办法少点，光知道傻卖劲儿。这一年，要不是俺们的正社长经常批评着我，指引着我……嘿，谈不上功劳，反正是为大伙儿服务呗！为了咱们的社会主义社会早早儿实现出来，不掏把力气还行吗？可我就是没经验，办法少，特别希望张书记指出我的缺点来，开开我的脑筋……”

张骏本来想跟他诚心诚意地谈一谈，这一下热情猛地冷了一半，心想：“还不到三十岁哩，就学得这么滑！”就敷敷衍衍地对他说：

“好吧，咱们改日再谈。”

“好吧，张书记你也累了，改日见。”李祥脸上的笑模样一下子没有了，转身就走了。

张骏重新回到屋里，上了炕，铺好被子躺下了。

郭木山出去给马又拌了一回草料才回到屋里来，却还是不睡，不声不响地缩在炕角上出神。一看见了李祥，他刚才的那股兴奋劲儿就冷静下来了，他考虑着：社，现在总算有救了。要是只退出个五户六户的，那倒是影响不大。就怕李祥把他原来那个互助组全都鼓捣出去了，这里边有王洛奎、郭万德、郭汝安、唐经柱、唐经梁，有的是老中农，有的是土改以后才把日子过好了的，都是土地又多又好，农具又好又全，要是他们都退出去了，虽说也能吸收新社员进来，可到底是个大损失啊，明年搞生产就缺些有利条件啊。那么怎么办呢？硬不叫他们退社是不行的，总得想个什么办法才好啊……

他摸摸下巴，又抓抓脑袋，嗓子里不住地咳嗽着。

外边，院子门一响，贞妮子用她那唱歌儿似的声音问她娘，爸爸和张书记回来了没有，得到了回答以后，她那梳着两条辫子的影子就映在窗户纸上了：

“爸爸，结果怎么样？”

“什么结果？”郭木山从愣怔里醒过来了。

“你看你，你们算账的结果呗！”

郭木山嫌她打断了自己的思想，有些烦躁，但还是告诉了她。

“哈！”窗户上的黑影子一跳，接着闪了一下就不见了；接着，贞妮子已经脚步轻盈地进到屋子里来了。

“爸，是真的每亩平均一担二斗五吗？”她的声音很低，是怕吵醒了张骏。

其实张骏并没有睡着。

贞妮子的兴奋劲儿又提起了郭木山的精神，他跳下炕来，从桌子上摸着了洋火，点着了灯，又从卧柜上的瓷瓶子后面摸出个小本儿来。

“妮子，你来得正好，给我写上两条吧。”

“不，”贞妮子把头一扭，“你先告诉我，什么时候开群众大会宣传咱们的成绩呀？”

“明日先开社员大会……你先给我写上两条吧。”

“不，你再告诉我，要是有人不管咱们的生产成绩多么高，坚决要退社，怎么办？”

“你看你，先给我写上了再说不行？”

父女俩像两个小孩似的这么争论了几遍，最后还是贞妮子妥协了，从衣襟上摘下自来水笔，郭木山念着，她往小本儿上写。张骏听见郭木山念的是：“周世荣，脚踏两只船，占了便宜，好多人有意见，应该早解决。”“农业社的优越性，主要表现在生产成绩上。”对于头一条，张骏刚才在李幼章家里听见人们谈到过。这个周世荣是个新中农，他在入社以前跟他那寡妇嫂子假分家，说是他嫂子厉害，只分给了他十五亩坏地，他就把这十五亩坏地入到社里，父子两个壮劳力，白日干社里活儿，夜里趁月亮光儿干家里活儿，结果他在社里主要凭劳力挣了二十一担粮食，家里的地粮食也没有少打，所以全社的人对他这种投机取巧的行为都很生气。张骏又想：“他说的第二条完全是我刚才说过的话，记下来干什么呢？莫非是为了学习，怕忘了吗？”他不愿意打断父女俩的兴头儿，就忍住了没有问。

贞妮子已经写完了。

“现在该告诉我了吧？”

“告诉你什么？”郭木山像是又不知道想到哪儿去了。

“你看，我刚刚不是问你：要是有人一定要退社……”

"哦，这个事，要退就让他退呗！"郭木山笑着，满不在意地摸着下巴，仰着脸看着房顶棚，他明摆着是想开个玩笑。

"爸爸，你是怎么啦！要退就让他退，要退就让他退……我问你，这两天你干吗要躺在炕上装病，不会'要退就让他退'吗？好，我不跟你说了！"

贞妮子扭身就走，郭木山却叫住了她，叹了口气。他知道她的心思，是怕郭万德坚决退社，弄得吴小正变成了单干户，影响了她。过单干户的日子，那是多苦恼啊！他安慰女儿说：这个事情不要紧，张书记来了，慢慢总会想出办法来的。

贞妮子身子靠着桌子半天不动。她大半是有些害臊吧？大半是跟别的姑娘们一样，总有些话是不好意思对爸爸说的吧？大半是觉得屋里还有个旁人，而这个旁人又也许并没有睡着吧？她回头看了张骏一眼，又犹疑了一下，就快步走出房门去了。

郭木山叹了口气，吹灭了灯，抖开被子躺下来。他这才发现张骏并没有睡着，两人就又谈起话来了。

张骏对他说：做工作光凭一股干劲，或是光凭一些空洞的大道理去说服人，那是不够的。必须要多用脑筋，要把一些实际情况提到政策上去考虑。他批评郭木山刚才不应该用那样的态度对待李祥，不应该凭气性办事，应该从团结中农的政策上来考虑这个问题。

第五章　阴　谋

郑洪兴家通后院的过道屋里，当地摆着一张小炕桌，桌子上搁着一盏有玻璃罩儿的小风灯，还有一壶茶，一堆瓜子花生，一包纸烟，一本账簿子。郑洪兴、郭万德、王洛奎、李祥，四个人围着桌子坐着，正在喝着茶吃着花生说话。在他们背后，靠墙的地方堆着几口袋粮食，发散着带泥土味儿的香气，跟满屋子纸烟的气味混在一起。

郑洪兴低垂着眼皮子，出神地微笑着，完全陶醉在数目字所造成的幸福里了。

"四四一十六，四九三十六，剩下个小零头儿，五万二，一四得四，四三一十二……嘿，这一趟，把一切缴用刨干去净，顶少也得落下这么个数儿。"他伸出手指头来比示了一下，摸了摸黑仁丹胡子，意味深长地笑着，"可是，还有三家的粮食没有来呢。李祥兄弟，明日得空儿的时候你再催催他们。这些人，做事就是这么没有准斤两儿，他们也许是觉着明日后日还不走，就不着急，不知道早点把事情弄妥了，心里是多踏实！……又看着郭万德说，"万德叔，你不捎点么儿吗？"

郭万德摇了摇头，说了个"不"字，同时声明：这一回决不要郑洪兴给他捎什么人情礼物。

"你老两口子的寿衣[①]都置备好了吗？"郑洪兴又问他。

"嗨呀，"郭万德的胡子抖动了一下，用他那特有的感叹的口气叫起来了，"我不置备那玩意！一说到它我就腻味！我连棺材也懒得置备呢，要不是头年你一再劝我趁木料贱，手头又有钱……我老两口子还要活几年呢！"

---

① 寿衣，人死了以后进棺材时所穿的衣服。在这一带地方，中等以上的人家都用比较差的绸料子做寿衣。

“老叔，我是说这个：你家闺女痛心固然是痛心，可她婆家也是一大家子人呀，顾不了你呀。至于小正这孩子，这如今的年轻人，脑筋新，说个不该说的话，到了你一口气上不来的时候，他未必肯跟你操持这些事。嘿，他们年轻人只管活人的事，入社呀，开会呀，讲恋爱呀，快活；可不管死人的事。要是叫他跟木山家那疯丫头双双对对儿去赶赶集，挑两件红花儿绿叶儿的衣料，他倒是挺乐意，嘿嘿嘿……”

王洛奎和李祥也陪着笑了。

郭万德叹了口气，摇了摇头，不愿意再在这个问题上扯谈下去。

郑洪兴又耷拉着眼皮子，出神地说：

“嗯咳，出门儿，真受罪。上回，走到石板桥镇子外边，车轱辘陷到泥潭子里去了，牲口挣得浑身流汗腿发抖，只好一口袋一口袋把粮食卸下来……咳，赶车，不是人干的事，辛苦。李祥兄弟，什么时候——等退社的事儿弄妥了吧，你也出去一趟，好吧？”

李祥假装谦逊地哼哈着，没有明确表示态度。今天县里张副书记一来，一连串的事情使他心神不安。他安安静静地坐在这里，脸上挂着微笑，心里却七上八下的没有主意。

只有王洛奎很少说话。他本来是个遇事心里有底却又不爱说话的人。他知道，老婆子在家里早等他等得不耐烦了，他所以还坐着不走，完全是为了朋友们相好的情分，为了郑洪兴今天又再一次对他们表示好感，特地沏了细茶，买了瓜子花生和香烟，还一再留住他们多坐一会儿。

“李祥兄弟！”郑洪兴又两眼放光地说，“我就是不赞成你这个不决断的劲儿。社，你说退又不退；说想要求修改社章，又不想办法明明白白提出来；我的计划，你考虑了两三个月，到今日还没有给我个准信儿，俺们的事情也不能弄个名正言顺。你到底想怎么着？”

“嘿，名正言顺，不简单！”李祥叹了口气，脸朝着一边说。

“有什么不简单的呢？钱，我们各家手头上都有个几十万[①]，再想想办法的话，买一辆胶皮轱辘大车还成问题？实在不行的话，咱们就先用我这一辆车干着，只要人家都知道俺们是互助组，只要名正言顺，省得老是这

① 当时的钞票一万元相当于人民币一元。

么偷偷摸摸的，老是我郑洪兴……弄得村里人们——要是万一传开了，还以为是我郑某人一个人发了大财——做这么大的买卖，都对我郑某人红眼。对你们说，要老这么下去，我可不干，我不能当傻瓜！”郑洪兴说到最后时，像是有些生气，带着点威胁的味儿。

“洪兴哥，你又急了！”李祥说，“我是考虑到这么个问题：互助组，做粮食买卖，要是叫人家识破了呢？不是违反政策吗？还不跟这么偷着弄好不是？”

“要是这么弄也叫人家知道了呢？”郑洪兴更加带威胁味地盯住李祥的脸。

“就是知道了，谁弄得清咱们有多大个势派呀？只要不是大本钱的投机倒把，就不犯法。”

“不管犯不犯法，我虽说是为了朋友义气，也不能老是这么一个人挑着一副担子走路啊！你们看，装粮食的车是我的，赶车的人也是我，到时候我不落个满身膻气吗？对你们说，我可真有点吃不住劲，我可不想老是这么干下去！并且，你也知道，陈家台陈奉泰的互助组，也是一辆胶皮轱辘车，半月二十天闹一趟，已经闹了四五个月，谁也不知道，谁也不去管，可发了大财啦！”

“我知道——我最近又了解了一下，人家也是起五更趁黑夜的，也不敢明打明地闹。”

“虽说不敢明打明地闹，可人家总是个互助组，总是个‘进步组织’，总是大家负责是不是？”

“好吧，洪兴哥，你再容我个十天半月，这不是县里姓张的来了吗，看他对社里的事怎么个弄法，咱再观观风儿好不好？”李祥站起身来了。

谈话就这样结束了。

郑洪兴抢先走到后院，轻轻开开后门，把自己身上的一件棉背心脱下来披在郭万德身上，嘱咐他不要受了凉；又小声对李祥和王洛奎说了一些什么，这才把后门轻轻地关上了。

这时候，如果有人看见了郑洪兴的神气，一定会觉得又奇怪又好笑。他一动也不动地站在月光下边，满脸惊疑不定的神气，眼睛对着满院子的东西溜来溜去，好像是在怀疑：“这是我郑老帨家的后院吗？我没有走错了门儿吗?”他当然知道自己并没有走错了门儿;他是在回想刚才跟这儿个人的谈话,看看有什么不恰当的地方没有。在做了一件大事情以后,一定要回想一下和琢磨一下,这是他的习惯。现在,郑洪兴想起了李祥,“这家伙,老是这么犹疑不定……不过,反正……也差不多了!”他摸着鼻子下边的两撇胡子,一个轻微的笑容在脸上一闪,又马上收敛住了,眼珠一转,又想起了一件不大痛快的事情,“唐经柱的地……哼!偏偏凑巧,来了个拐腿儿张!”他咬着牙,足足有五分钟的时间一动也不动。“好吧,咱们等着瞧吧!”又使劲摸了一下胡子,然后背着手往前走了两步,对着院子里扫了一眼,这才把心思转到别的事情上去了——实际上,这样的事情他已经考虑过多少遍了,“是得再到郭大海窑上去定下两千块砖,趁这会儿活儿不紧,天又不冷,把院墙头儿铺盖一下,防它冬天下大雪时要塌——院墙是年头儿太多了,太不像样儿了……”那边,墙角上堆着有六千块砖,也是从郭大海的窑上买来的,是准备给二小子娶媳妇时盖房用的。三小子高小快毕业了,也该准备给他娶媳妇了,也要盖房了。往后,这后院里盖成了四合房,住着两房儿媳妇,大人小孩,唧哩哇啦,咳!

前院是大儿子的,后院是二儿子和三儿子的,中间,过道屋两边的两间北屋,是他老两口子的。另外还有仓房,榨油房,弹花房,都是粉墙青瓦,宽屋大舍。这是他郑洪兴的三辈子计划里的一部分。其他的部分是什么样的呢?总归一句话:“脚踏楼梯步步高。”高到什么地方去呢?人上人,人尖子……只要一想到这些未来的远景,他心里就舒服得很。

他经过过道屋,轻手轻脚地走进前院,悄悄地站在东屋的窗户下边,憋住气儿,侧着耳朵。里边炕上,男人女人嘘嘘的说话声,女人哧哧的笑声……他猛地全身打了个颤抖,一股怨恨的火儿涌上了心头,轻手轻脚闪到离窗户远一点的地方,把倒扣在枣树下边的水桶踢得咥噔一滚,骂了起来:

“妈啦巴子的!说你不成材,就是不成材,担了水,水筲老是搁得挡着道儿。荣生!荣生!睡死了吗?起来!”

儿子郑荣生装做刚被惊醒的样子,嗯哼了两声。

“叫你自然有事,粮食,扛到后院柴火屋里去!”

“明日早起扛不行吗?”

“少废话，快起来！”

一会儿，东屋的门开了，月光之下，郑荣生披着衣裳，噘着大嘴，没精打采地走了出来，粗眉毛阴影下边的眼睛里含着怨恨。他的性情老实得有些过分，平常光知道干活儿，听惯了他老头子的命令，好像不是郑洪兴的儿子，而是他的长工。但是他也是个人，也知道怨恨。他心里在说：“一点点粮食，你又不是弄不动，偏偏要把我叫起来！”

郑洪兴看着他走进过道屋，一直在不住声地骂着：

“妈的！干吗噘着嘴，谁欠你二百大钱吗？你们早睡了一觉，我呢？起五更睡半夜，是为了谁？……扛到后院柴火屋里去，堆好了，用柴火盖上，听见没有？……我是为了谁，还不是为你们？你们以后的日子长远着呢，糊涂东西们！”

他把“你们”两个字说得特别重，同时狠狠地向东屋的窗户看了一眼，又有一些在心里埋了很久的话猛地涌上了喉咙，嘴唇就无声地张了两张，话没有说出来，一滴贪馋的口水却顺着嘴角流下来了，这使得他微微吃了一惊，不觉向四面张望了一下。院子里，除了月光和墙阴树影，就只有北屋里他老婆子的咳嗽声。这使他更加懊恼了，又朝东屋看了一眼，在心里恨恨地说：“哼！嫌我——老？”他实在不愿意把这个“老”字说出来，“我人老心不老！身子骨儿也不老！”

真的，他虽然已经是四十多岁的人，却仍然有多余的精力，仍然是眼邪心坏，又很有一套对付女人的办法，所以他正像一只不爱落家的野猫儿一样，在村子里找下了两三处野窝儿。自从儿子荣生一娶了亲，他马上又对这位年轻俊气的儿媳妇动了不可克制的邪心。他对她讨过多少次好儿，进行过多少次试探，但所得到的却只有冷冷的面孔和鄙视的眼色，有时甚至还要碰个不软不硬的钉子。有一回，儿媳妇在后院往绳子上晾衣裳，绳子太高，她踮起脚来才够得着。郑洪兴悄悄儿站在过道屋的门口看了一会儿，说话了：“哎，别那么使劲伸直腰，当心身子……”意思是：当心肚子里的孕，别弄得流产。其实，她是不是有了身孕，连她自己也不知道呢！当时她红了脸，连看也不看他一眼，把衣裳往地下一摔，说了声：“不要脸！”转身走到后门外边去了。当时，正好邻院的房顶上有个女人在晒粮食，把这事看得清清楚楚。从此村子里就传说着这个故事；从此，郑洪兴就对小两口儿有了深仇毒恨，就经常把满肚子的醋意往他俩身上发泄了。

他走进后院，看着荣生把粮食藏好了，又回到过道屋，拿起炕桌上的账本子，气愤愤地走进了北屋。

他老婆子还没有睡觉。她有个咳嗽气喘的毛病，夜里老是不能睡觉，现在正就着窗户台上的小油灯，给住在高小里的三小子缝小棉袄儿。天气一天冷一天，二小子贵生在城里姨家的铺子里当伙计，没有带棉衣裳去，他老子光顾得搞一些买卖上的事情，也不愿跑一趟给他送去，他自己也不回来拿。老婆子想起这件事来，急得更加咳嗽得厉害了。郑洪兴厌恶地朝她那老丝瓜瓤子似的干瘪样儿看了一眼，也不跟她说一声，就把小油灯挪到这边桌子上来，打开抽屉，把拿进来的账本子搁进去，又拿出另外一本日用账来，在上面写了两笔："付纸烟钱一千五百元整，花生瓜子钱三千元整。"这就是刚才招待李祥他们的那一包烟和那些瓜子花生。每年，全家人吃多少粮食、油盐、鱼肉、蔬菜，烧多少柴火，穿多少布，添置多少农具，总之，全年一切的开支，郑洪兴都给规定了一个预定的数目，经常要记账，要核算，只许盈余，决不许超过。如果有了额外支出，好比像今天这样买了瓜子花生和烟，或是像前几天请李祥和郭万德在小铺里喝了两回酒，就一定要把其余的开支缩减一些，或者是想办法从做买卖和放高利贷里边捞进来一把，弥补这个损失。"该花钱的地方要花，不该花钱的地方要省。"——这是他郑洪兴为人处世的格言之一。所以他对待亲戚朋友有时候显得非常大方，好像他是一个最讲义气和最重感情的人，其实，到最后总是于他自己有利。他就是用了这样的"义气"在村子里拉拢住了一部分人，甚至连郭万德这样不好团弄的人，连李祥这样心眼儿很多的人，连那些明明知道他是坏人的人，也被他笼络住了。比如，他最近两个月出去卖粮食时给郭万德就捎过两次"人情"，头一次是四两茶叶，第二次是一把梳胡子的小拢子，就使得郭万德感谢得不得了。在"该花钱的地方"里边，还有一宗是最该花钱的，就是偷着给他的野窝儿——村里两三个跟他相好的女人——买针线鞋袜，甚至有时候还瞒着家里给送去整斗整斗的粮食。什么是"不该花钱的地方"呢？那就是对他自己没有利益的事情，比如家里的日用。这样，他一家人的生活，除了他自己有特权享受以外，别的人都是受苦的；尤其是他所不喜欢的大儿子，现在又加上大儿媳妇，可以说是受的苦中之苦。正是因为上述这样一些情形，他郑洪兴才会“在社会上活动得开”，再加上他的劳力多，能干活，他才能够放账，囤粮食，做买卖，使得钱生钱，利滚利，然后才能盖房，置地，买牲口，实现他那伟大的三辈子计划——他自己叫它是“三辈子的长远打算”。

他写完了这笔账，又翻看了一下最近几天以来的开支账，不觉对着灯亮儿出起神来了。儿媳妇刚才那哧哧的笑声还在他的耳朵里响。他猛地想起来了，听见别人说，今日后晌郭老根两口子狠狠地打了一场恶架，老根这怕老婆的㞞包货，夜里一定不敢在家里睡觉，一定是到他叔家里借宿去了。于是，他把账本儿一合，站起身来，同时砸了一下自己的脑袋：“差点儿把这个好事给忘了……”他老婆子看着他往外走，也猜得着他是干什么去，却好像根本就没有权利拦他，反而问他：

“插上后门吗？”

“这还用问？天快亮的时候再给我开开！”

郑洪兴走出后门时，脑子里又有了一个新的主意。在他的野窝儿里面，他最心迷的不是郭老根的媳妇，而是另外一个更要命的名叫魏月英的娘儿，他已经有好久没有到她家去了，心里实在熬得慌。他拐进一条胡同，穿过大街，又进了路北一个更窄的胡同，在一个小黑门前边站住了，从地下拾起个土疙瘩来扔进院里，等了足有五分钟，里面没有动静。又扔进一个土疙瘩，又等了五分钟，还是没有动静。等扔进第三个土疙瘩还是没有动静时，他就在心里骂起来了：“妈啦巴子的！我怎么得罪了你呵？干吗老是叫别人占住窝儿呵？你看不上我吗？哼……”他只得又走出胡同来。五分钟以后，已经攀着一棵树跳进郭老根家的院子里，轻手轻脚走到一个窗户下边，看见墙脚下靠着一块捶衣裳的石头（这原是预先规定了的记号），知道郭老根确实不在家，就用手指头在窗棂子上轻轻弹了三下，马上就听见窗子里边轻轻地，但听得出来是有些惊喜地“哧”了一声……

这时候，他的老婆子还坐在家里的炕头上，把头勾到胸前，继续缝着衣裳。但现在所缝的已经不是三小子的小棉袄儿，而是一件特别的衣裳：雪白的料子，宽腰身，大袖子，宽条儿的红布抄领，背心上有一个太极图，图四边有“混元一气”四个黑字——是一件道袍。这道袍必须用细细的针路儿缝它七七四十九天，还必须瞒住一切不在道的人，连自己的父母，夫妻，儿女，都得瞒住，要不然就会发生想象不到的灾祸。这老婆子一辈子劳苦过度，受尽了丈夫的折磨，四十多岁竟像个六十多岁的人了。郑洪兴在家时，她甚至连咳嗽也不敢放出大声来，因为郑洪兴最讨厌她那嗓子里带痰的声音。她在生活里早就没有了别的希望，更谈不上有什么乐趣，只有把希望寄托在来生来世，所以她就参加了一个秘密的道门，经常偷着烧香许愿，希望来生至少是不要变作牛马。

这时候，李祥和郭万德还没有回家。他俩跟王洛奎分手了以后，因为各人心里有各人的苦闷，就相约着到郑洪兴的叔伯兄弟郑洪升的小铺里喝了半斤酒，这时才走了出来。

村子安静得像睡着了一样，月光耀得人眯起了眼睛。天气确实有些冷，郭万德缩着脖子，把郑洪兴的薄棉背心紧紧裹在胸前，禁不住又要自己对自己说说话儿了：

"嗨呀，这天气，到了，要变冷的时候啦。这狗日的背心，真顶事，要不是它，嗨呀，明儿，我又得心口痛，我那老没牙的呀，又该用她那瘪瘪嘴唠叨我了，该说我不当心自个的身子骨儿了……"

"嘿嘿，老幌这人就是有眼力，会看风行事。"李祥带着嘲笑的味儿说。

"不是有眼力，是良心好！"

李祥呃嘿了一声，没有回答。

停了一会儿，郭万德长长地叹了口气：

"你说这是怎么回事？我这一辈子，办过什么亏心事吗？怎么我老了，倒落了这么个结果？我干吗还要怕死？……吁，吁，吁……"

他是又想起了自己没有后代，过继了这么个不孝顺的外孙吴小正；想起了去年冬天小正闹翻了天要入社，害得自己这一年在社里是生了多少气；又想起了刚才郑洪兴劝他买寿衣，看起来，自己确实是活不了多少日子了。冰冷的微风吹着他的脸，酒的热力却烧着他的心。他眼里挤出了泪水，看不清道儿了，脚步也有些颠倒了。

"侄子，你到底说说，什么时候实行'社会'？"他的意思是：什么时候实行土地公有。

"哼,反正不是十年八年的事,社会主义不是一下子就能够实现的。"李祥对这点倒很放心。一方面,在他的想象里,土地归公不是一下子就能够实现的;另一方面,不是还有个"自愿互利"的政策吗?要是各人不自愿,谁还能强迫着把你的土地归公呢?

"哼!十年八年,十年八年,我看是快了,等不到我死……吁,吁,吁……"

李祥知道,如果再让老头子吁吁下去,他一定又会想起了这一年来跟郭木山所怄的气,和最近分粮食时觉得自己吃了亏,也许还会对土地归公的问题发半天牢骚,最后,就会埋怨李祥去年冬天不该动员他入社。他甚至会扯着他李祥的袖子,就站在这深更半夜的月亮地里,跟他唠叨一两个钟头。他有些着急,说了声"大伯,你慢慢走,我不送你了",赶紧拐进了自家的胡同,三步两步就走进了自己的家。

屋子里,有一股使人觉得舒服的温暖的气味。

炕上,孩子响着甜蜜的均匀的鼾声。女人在被子里翻了个身,鼻子里柔声柔气地嗯哎着。李祥照着这声音摸了过去,习惯地把手伸进被子里,摸着了她那光滑的肩膀,啊,多么温暖!这就是他的家:贴心的漂亮的媳妇,聪明白胖的儿子,他的温暖的小日子……他心里的不快一下子消掉了一半,一种很满意很自信的情绪又涌上了心头。

"怎么这时候才回来?去!手冰凉的!……哎,酒气,你又喝了酒!"

"是喝了点儿,跟万德大伯一块儿喝的,嘿嘿。"

"难怪回来得这么晚,左等你也不回来,右等你也不回来……干吗又要喝酒?"

"为了……无论怎么着,反正郑老幌这一趟买卖要是搞得顺手,俺们各家又得分个十几万;农业社,郭木山,去他娘的蛋吧!"

"你又骂人家了,刚才干吗要找人家去讨好儿?"

"我是去找他?我不是对你说了吗,是去找张书记。"

"找张书记还不是一样?叫人家拿冷面孔对你,讨了个没趣!"

"他拿冷面孔对我,哼,咱们等着瞧吧!"

"我看你折腾来折腾去,非落个丢了人才拉倒!"

"丢不了人,你放心……"

整个后半夜里，李祥在睡梦里老是看见两个面孔在眼面前晃来晃去：一个是郭木山那冷冰冰的、讽刺的、甚至有几分仇恨味儿的面孔；另一个是郑洪兴那自信的、甜腻腻的笑脸。他心里翻来覆去地想："跟郑老幌一块儿搞互助组，做买卖，赚大钱，这不能不说是个好路子。可有一样：必定得先把这个社闹垮，要是社不垮，我这个副社长怎么好意思退出来？就是退出来，人家的社照样儿热热闹闹地办下去，我们这个互助组能比得过人家吗？互助组天能赚钱也是个互助组，社，总是个光荣的事儿……哎，郑老幌这人也不是好惹的，万一他再让我上他的当……不会，我这心眼儿比他也不少，不怕他耍手段！……反正郭木山已经把我的落后名声宣传出去了，反正他一见了我就讨厌，我一见他也不自在，俺俩再也弄不到一块儿；反正郑老幌这人是个捞钱的精怪，跟他在一块儿反正是能捞上几把，为什么放着进钱的道儿不走呢？要是再这么拖着，把老幌惹烦了，不干了，两边够不着，那可就……那就一不做二不休吧，先把这个鬼社闹垮了再说吧……"

第二天早晨，他一起来就出了门，到郭汝安家里，唐经梁家里……一连串了几家的门儿，跟每一家都进行了一次内容相像的谈话。

"县里的张书记来啦——搬来了大官儿来啦！"

"大官儿来了又怎么哩？"

"坚决解决问题呗！"

"怎么解决，你听见了信儿吗？"

"呆一会儿郭木山他们就要来动员咱们去开社员会，后晌，女人们要去摘棉花，男人们要去耕地。"

"俺们不去！"

"不去？嘿嘿，可得考虑考虑，可别跟我一样，成了落后分子啊！"

"怎么哩？"

"人家积极分子们昨日夜里开了个会，早琢磨好了：反正这一年他们是占了俺们的便宜，是打下了基础；反正社章是决不能修改，分红比例是决不能改变；往后，人家反正有咱们也要办社，没有咱们也要办社；人家已经做好了一个吸收新社员的计划，到时候把新社员一吸收进来，把俺们这些落后分子——你要是再想调皮捣蛋，再想改变分红比例，那就去你的吧！”

“你这话是真是假呵？”

“我要说瞎话就不是人！”

“那他们还叫俺们去开会干吗？”

“开会，是为了报告今年各家分了多少粮食，为了说明俺们比起往年来并不吃亏，好堵住俺们的嘴，叫俺们想闹也闹不出理由来。”

“啊，办法真高！那你去不去开会呢？”

“我反正是坚决不去！既是闹翻了，落后分子的名儿是怎么着也摘不下去了，要闹就坚持闹到底；妥协，更丢人！”

“对，不能去开这个会，不能送上嘴巴叫人堵！”

李祥的话在这些人家引起了很大的不安，家家都在商量、讨论，最后差不多都得出了同样的结论：上午的会决不参加；下午，让娘儿们去参加摘棉花，跟社里来它个不远不近，等以后看看动静再说。老实说，他们并不是全都下定了退社的决心，社里总还有些什么东西叫他们留恋；今年各家收入的粮食不比往年少——这也是事实。李祥猜到了人们会采取这样的决定，他早已想好了主意，最后走进了郭老根的家里。

郭老根不在家，他媳妇——有了名好吃懒做的娘儿——起得晚，头没梳，脸没洗，刚刚才动手做饭，心里在得意地回味着郑老幌对她的恩情，连拿柴火的手都是懒洋洋的。

李祥又用那些原样儿的话开了头儿：

“县里张书记来啦……前晌开社员大会，后晌妇女们下地摘棉花，男的去耕地……”

“俺不去！”老根媳妇大声说。

“我的天！你、不、去？”李祥一字一板地问。

“不去！”

“哈哈！”李祥冷笑了，“你要是去的话，也许他们的会也开不成，棉花也摘不了；你要是不去，他们倒要朝南作一个揖，叫一声阿弥陀佛哩，哈哈！”

“那是怎么哩？”女人翻着肿眼泡儿问。

“怎么，你这么个聪明人，自个还不知道自个的事？”

真的，村里干部们都叫老根媳妇是搅屎棍子，只要人多的地方一有了她，大大小小总会闹出点乱子来。

老根媳妇自个也笑了，猛地想起个事情，从灶门口站起身来，想问李祥又不好问得，只好假装生气地把嘴一噘：

“李祥，你别跟老娘嘻呀哈的，我知道你们那勾当，当心我给你宣传就是！”

“你知道我的什么勾当？”李祥故意伸长了脖子，装出个轻佻样儿。

“若要人不知，除非己莫为！”她似笑不笑地向李祥斜了一眼，“你们几个人合伙……哼！”

李祥微微一惊，心想：“怎么老郑把咱们合伙买卖粮食的事情告诉她？可了不得！”表面上却还是沉住气，嬉皮笑脸地问：

“你可别给我造谣啊！”

“给你造谣？赶快给老娘到小铺里去买两个馃子请请客吧。不的话，我就给你宣传出去！”

“你给我宣传？我还要给你宣传呢！”李祥眼珠子一转，“昨儿夜里张书记召集了一个积极分子会，研究了一下社里的坏事根子，你也是一个！”

“怎么算上我呀，我坏了他们的什么事呵？”

“你平常尽跟一些落后娘们闲言闲语，在地里干起活来又尽捣乱，最近又逼着老根退社，还不够条件吗？”

“我就是坏！看他们能把我怎么着吧！”

“他们早已研究出办法来了，你就等着好受的吧！”李祥话音刚落，转身就走了。

老根媳妇压不住心里那股兴奋劲儿，索性连饭也不做了，从锅里舀出一瓢热水好歹洗了一把脸，就甩着大脚丫子出了门。事情真像俗话说的“不谋而合”，她所要去的人家，正是李祥已经去过了的人家。

“哟！怎么这么个时候才吃了饭，才刷碗！”一走进人家的大门，她照例总是先找个事由儿嚷叫两句。

“你吃了吗？”人们问她。

“早吃了！”接着就压低了声音，“听说今日又要俺们去开会，去摘棉花？”

“嗯，刚才郭木山来通知的。你呢，去不去？”

“俺不去！俺家坚决退社，参加郑老幌的互助组。”

“怎么？郑老幌要成立……”人们吃惊了。

“嗯，跟李祥合伙儿成立。他们早商量了两三个月了。郑老幌把他的牲口车都参加到组里来，想着在今年冬天先搞几个月的副业。”

“怎么俺们没有听见李祥说起？”

“我的个亲人，他才不告诉你们呢！这是秘密，知道吧？”

在老根媳妇的习惯里，“秘密”两个字包含着很多意思，比如：新奇的事情，并不新奇而自以为新奇的事情；别人不知道的事情，怕别人知道的事情，怕别人知道但为了高兴又怕别人不知道的事情；她自己不知道、不懂得、一时说不清楚的事情；她用歪心眼儿去猜测却又猜不透底细的事情；以及本来就没有发生和不可能发生的事情……她一天到晚满村里串门子说闲话，就是为了去打听、传播，还加上编造家家户户和村里各种组织的这类秘密事情。她从心眼儿里喜欢“秘密”这个新名词儿。要是没有这个词儿所包括的那些莫名其妙的内容，要是她没有发现这个词儿里有那么一股不可言传的秘密味儿，总之，要是她一天不对别人说几件秘密事儿，那她就简直不知道怎么过日子了，就简直要一天到晚懒洋洋的了。

可是，李祥跟郑老幌合伙成立互助组的事为什么是秘密呢？为什么她刚才对李祥要保守秘密而现在又对别人泄露秘密呢？这个事情既是秘密，为什么偏偏她又知道了呢？对于这些问题，她不能回答，而且在暗暗高兴自己不能回答，高兴别人明明知道她的秘密是从哪儿来的，明明知道她一定不能回答，所以才并不问她。她不能回答，而且高兴，高兴别人不追根问底，是因为这秘密是郑老幌告诉她的，并且暗示她叫她去告诉别人的——这，当然又是秘密。

她猜得出这些人家对她所说的秘密不一定完全相信，也不一定完全不信。她总觉着这些人家跟李祥和跟郑老幌之间一定有什么秘密勾当，不过是她一直还没有打听出这个勾当来。她心想：“哼，我总有一天会从老郑口里掏出来的！”她想起了昨儿夜里郑老幌对她说的话：“你别以为县里的拐腿儿张来了，就不敢逼着你男人退社了。对你说，现在农业社这锅粥早咕噜咕噜响了好久了，郭木山他们就是不敢揭开盖子来瞅一瞅。可是，不管你锅盖盖得多紧，就算你拐腿儿张坐在上边也好，只要有人再往锅下边加火，粥总是要满出来的……”郑老幌怎么对农业社的事儿知道得这么清楚呢？也许——他跟这些人家，还有李祥——哼，秘密！“……哼！你们开会研究，说我是坏事根儿，要想办法治我。你们研究去吧！你们治去吧！我就是个坏事根儿，我就是要逼着老根退社！我还要逼着他卖地哩！把卖地的钱入到郑老幌的互助组里去，做买卖，赚大钱，看你们谁还逼着我去干那死没出息的庄稼活儿不！看你们谁还给我‘评工记分’不！我跟别的娘儿们一样儿耪地，给她们记九分工，八分工，最少也有个六分工，可单单给我记四分工！往后我就不要你们那屁的四分工，我要呆在家里，躺在炕上，吃烧饼馃子！我要……在你们这粥锅底下添上一把火！哼，这，不能说，是秘密！”

第六章　棉花地里的风波

夏末秋初，当庄稼正需要强烈的阳光的时候，一连闹一个月的阴雨天，棒子长了钻心虫儿，其他庄稼的籽粒儿也长得不很饱满。特别是棉花，黑色的小黏虫多得像芝麻点儿，一个个原来长得又肥又大的棉桃儿从枝杈上掉下来，令人痛心地烂在地里；一部分没有掉下来的，也迟迟地不肯开花。有些人像往年一样，到了一切庄稼都收拾完了，光剩下一两块山药和花生了，就把棉花棵子拔掉了，把那些没有开花的桃儿摘下来晒着，三两天以后，桃儿就裂开了。这样晒出来的花是半生不熟的，纤维短，分量少，颜色也不洁白。也有些人看见满棵子沉甸甸的桃儿挺可惜，一直让棉花棵子长在地里，不想节令已经到霜降以后了，却碰到了初秋似的暖和天，桃儿倒一批又一批地开出了花，这些沉着一些的人倒得了益。

郭木山农业社的人们也是因为舍不得，同时又听了村里有经验的老年人的劝告，没有把棉花棵子拔掉。这是十亩地的丰产棉花，原计划每亩地要收四百斤到五百斤，现在这计划是破产了，直到今天，每亩地才收了二百几十斤，可是，却也比村里一般单干户的棉花多收了一百多斤，这也是让一些单干户暗暗吃惊的事实之一。

女人们有好几天没有来摘花了。今日下午却出乎郭木山和李宝成的意料之外，前半天的社员会只到了一半人，弄得社员会没有开成；现在却有这么多人来摘棉花，连那些闹情绪的、挑唆男人们退社的女人们也来了。她们头上扎着头巾，腰上系着白布口袋。年轻的姑娘媳妇们，因为刚过完了秋，没有什么重活儿干了，都穿上了干净一些的红绿衣裳，使得一片紫褐色的棉花地里像是开遍了鲜艳的花朵。

妇女们干活时只要不累，嘴就会跟手一样忙，一样巧。今天又加上有一些存心不好好干的落后妇女参加，就更加叽叽喳喳得热闹了。

“俺们社里出了新闻，你们知道吧？”中年妇女黄玉枝对着身边的几个伙伴说。

她是社员周世荣的媳妇，瘦高个儿，说起话来嘴尖舌快。周世荣就是昨儿夜里郭木山记在小本儿上的，跟他的寡妇嫂子假分家的那个人。他这媳妇跟他是一样的心性，不同的只是这女人更爱在嘴头子上得罪人，而周世荣却圆滑得多。

“出了什么新闻啦，尖嘴猴儿？”她身边的两个女人问她。

“你们叫谁是尖嘴猴儿，人家没有正当名儿吗？”

像这样玩笑了一阵以后，黄玉枝才正式报告新闻了：

“俺们的郭社长，病得稀奇，好得也古怪。病得怎么稀奇呢？嘿，简直是满脸通红，眼珠子发黑，耳朵凹进个洞儿，嘴巴裂成了两片肉，牙齿都成了白的啦，吃饭放不下碗啦。好得怎么古怪呢？拐腿儿张书记一来，生气地对着他瞪了几眼，喷了几口仙气，就好了……”

她的话没有引起哄笑，倒招来了责骂：

“真是个尖嘴猴儿，尽说些没油盐的话！”

“我说得不对吗？”黄玉枝还自以为得意呢。“当个头目人，就是应该特别一点儿嘛，你们谁不知道？他养的马也特别，不是干活的，是遛着玩儿的；他说起话也特别：‘是怎么回事？是怎么回事？我就知道，又是自私自利！”她把郭木山的口气学得很像，就又得意地笑起来了，“哈哈哈！所以害个病儿也就要特别嘛！”

这娘儿知道社里的人们对她家占了便宜的事不服气，特别是那些地多劳力少的人家，对她家更是不服气得厉害，他们闹情绪也许跟这一点也很有关系。她想在现在讨讨这些人家的好儿，就决计当着大家来揭揭郭木山的短处。她特意把嗓门提得很高，让离她很远的郭贞贞听得清清楚楚。

郭贞贞跟王香儿她们几个年轻的姑娘排成了一排，几双手儿像蝴蝶一样，在紫色的枝叶之间翻飞着，颤动着。她们的眼光也不住地飘来飘去，决不愿意漏掉每一朵应该摘掉的棉花。但是她们的耳朵也并没有闲着。她们不是那种软弱怕事的姑娘。郭贞贞首先出来说话了。

她把辫子一甩，昂起头来，把刚摘下来的一把棉花按在一起一伏的胸脯上：

“黄玉枝！你这说的像什么话？凭大伙儿说说看，我爸爸不是因为社里的事情着急才病的吗？不是为了大伙儿的事吗？这也值得拿来当笑话说吗？”

“真是！”王香儿接着说，‘在俺们村里，当干部就是难，你多辛苦，多好，多有功劳，也总有些心眼儿不正的人怨你！恨你！”

她那胖胖的圆脸被太阳晒得发了红，映着红花褂儿，显得更加好看，使得旁边的李宝成媳妇羡慕得“啧啧”了两声。

“哟！”黄玉枝挑战地叫起来了。“有功哩！有功哩！社都要垮了，还有功哩！”

“黄玉枝！”贞妮子气得红了脸。“不管有不有功，凭良心说，谁家不比往年收的粮食多？你家今年得益没有？社为什么要垮？不是因为你们这些人闹的吗？自私自利，白日干社里活儿，黑间干家里活儿，投机取巧！我知道你今日为什么在这里装鬼叫，就是因为我爸爸今上午跟你那投机取巧的男人谈过话，是吧？对你说，社垮不了，外边要求入社的人有的是，不缺少你们这样的搅屎棍子！”

这篇话引起一部分人的同情，不管黄玉枝还怎么嚷叫，人们都纷纷议论起来了。

“真是，早就该讨论讨论她家了。”

“这样的人家，少一百也不嫌少。”

“问问她男人看，往家里扛粮食时把肩膀压肿了没有？”

“人，得把心搁在当中……”

黄玉枝没有想到会造成这么个情况。她感到孤立了。她那黄黄的脸发青了：

“俺家分粮食多，是你们白给俺们的吗？是凭劳动力得来的，是自个挣的！对你们说，别看见别人吃肉眼睛馋！”

“哟哟哟……”

人们叫成了一片，许多阴阳话，刻薄话，理直气壮的话，都朝着黄玉枝的耳朵刺过来了。

“好！你们结成伙儿欺负我！我不摘花了，我走！我找地方说理去！”

黄玉枝通通通地走到地边，把腰上的白布口袋解下来往筐子里一塞，拿起筐子来就走了。

她生气是生气，可并没有真的气得挺厉害："反正今年俺家没吃亏，你们不服气，活该！"她一边走一边小声嘟哝着。

人们继续对着这女人的背影嘲笑了一阵，就安静下来了。但是安静的时间并不长久，那边又像风吹窗户纸似的响起了嘘嘘嘘的声音，是郭汝安媳妇，唐经梁媳妇，和几个四十岁上下的妇女在小声嘀咕。

"嫂子，你说说看，今年俺们南坝子那二十亩地，收了多少玉米跟黄豆？"

"两样东西加在一起，怕不有个二十多担吧？"

"哎，你真舍得说，三十多担都不让给你！那些日子你没瞅见？那是从地里拉回了多少车！整拉了一天，堆在场里像山一样！"

"少倒是不少……"

"要是知道今年收黄豆，俺家才不入社呢！二十亩地打了快有三十担粮食，都扛到别人家里去啦！实话对你说，心疼得我好几天吃不下饭哩！"

"你光说你那二十亩地，俺家东洼里那十六亩地的谷子呢，满地里的穗头儿长得像狗尾巴似的，金红金红的，看着爱死人！可你猜怎么着？俺家才分了六担五斗谷子，都叫那些地少劳力多的人家分去了，咳！"

"你们家别的粮食分了多少？"

"我不是说没分别的粮食，我是说……反正，他们劳力多的人家占便宜。"

"真是，还说什么！往年秋天，咱们高车大垛地往家里收粮食，他们呢，用小车往家里推，用肩膀往家里担；哪一年他们不看着俺们眼儿红！老实说，我是个过日子好胜的人，总想遇事比人强。人活着，除了养儿育女，不就是在这秋收麦收的时候有个意思吗！今年可倒好，叫他们赶上俺们了，俺们倒看着他们眼儿红了，气得我……"

"真是，春天，要不是木山他们对俺家当家的左说右说，俺家才不入社呢！粮食虽说比往年也不少收，可就有一样，跟那些占了便宜的一比，气得慌！"

她们越说声音越大，引起了满地里人们的注意。

老根媳妇知道自己的机会来了,连忙凑到她们跟前去了。

"你们说得可对哩!"她用不大不小的声音说,"不说别的,就看老吉婶子家这十亩棉花吧,今年村里家家的棉花一亩地都过不了一百斤,可这十亩地早收了两千斤往上。两千斤,紧包紧扎也得装一大车!要都是她自个的,你们想想看……"

马上就有人附和她了:

"可就是,你们看开的这花,多爱人!"

"这棵子是多高多大,光烧柴火就烧不清,也用不着她一年到头去拾柴火了。"

"你们看,老吉婶子穿的那衣裳,要是有——不说两千斤,就说一千斤吧,五百斤吧,再说少点,二百斤吧,她也不会穿那破破烂烂的了。"

老吉婶子在她们身子侧边不远,这些话她都听得清清楚楚。她是个六十五岁的老寡妇,头发都老掉了,人们有时候也叫她秃寡妇,还给她编了个歌儿:"秃寡妇,富不富?面儿上穷,里边富。"面儿上穷,是说她穿得破,吃得坏,并且一有空儿就到村子外边的坑坑洼洼里拾柴火,真是土里滚,泥里爬;里边富,是说她有余粮,有存布,有两三年也烧不清的柴火,还时常偷偷儿对那些用钱很急的人们放高利贷。她舍不得用白布缝成口袋,只要拦腰扎一条草绳子,把摘下来的棉花都塞在胸前的大襟里边。由于身子矮小,摘花不用弯腰,动作也快,胸前已经鼓鼓得像个大圆球了。有一小团棉花从她肩膀上的破洞里钻出来,随着她那摘花的动作一颤一颤。她耷着眼皮子,苦着脸。她心里想些什么呢?六十五年,多么长久的年月啊!从二十多岁就死了男人,接着又死了儿子,接着女儿又嫁了人,剩下她一个人,吃口水都是困难的。几年前,女婿又干活儿累死了,丢下了她的寡妇女儿和一个瞎了眼的外孙,跟她在一块儿过日子。现在这个寡妇女儿不愿意守寡,又要嫁人了,又要离开她了。六十五年,她受过多少不可忍受的损失啊!她行动就得求人,挨过多少欺负,吃过多少亏啊!六十五年的经验使她认识了这样的真理:最大的痛苦就是受损失,就是吃亏,就是给别人占了便宜;最大的快乐就是积蓄,用各种办法积蓄,辛辛苦苦地积蓄;人,只要"有",那就"有钱能使鬼推磨"……最近一两个月来,人们常常在她耳朵边上嘘嘘这样的话:"你呀,一个老寡妇,只有你女儿这么个半劳力，土地可不算少，你可吃亏透了！你可傻透了！你趁早儿退社吧！”她听着听着，一声不响，却在心里积蓄着痛苦和悔恨。在这一方面她也是积蓄了一辈子的。她的痛苦到底有多大呢？悔恨到底有多深呢？最近个把月来，她常常整夜睡不着，在炕上翻来覆去地叹气；有时还摸着爬下炕来，开柜子，打箱子，摸摸这，摸摸那……

老根媳妇还不满足，索性走到她跟前去，对她说，

“婶子，你真是劳动模范呀，当心把衣裳撑裂了啊，你听见了俺们的话了吗？”

最后这句问话是对着她的耳朵小声儿说的，同时对这边几个女人丢了个眼色，努了努嘴，表示自己是在故意发坏。

老吉婶子没有回答，苦着脸，头也不抬。

“你看这是多大片棉花！多好的棉花！你不心疼吗？”

又有一个落后女人走过来了：

“怎么会不心疼！她守着这十亩地过了多少年！脚儿小，在地里耪苗儿站不住，跪着干，谁没有看见过，容易吗？”

旁边有个老太太不知道这两个女人的用意，竟勾起了对老吉寡妇的同情心，叹了口气，自言自语起来了：

“孤孤寡寡的一个人，没劳力，种不了，跟别人种分收又不合算，年年月月，催人，求人，如今入了社，总算松心多了，可又这个说吃亏，那个说上当……”

忽然，老吉婶子不声不响地手背贴在脸上，歪歪倒倒地走到地外边，往地下一坐，低下了头。

人们都吃了一惊。她女儿郭桂容赶紧从地那边跑了过来，扶住她：

“妈，你怎么啦！”

“闺女，咱回家吧！”她把手从眼睛上拿开，扶着女儿站起身来，走了几步，又回过身来，指着老根媳妇她们说：

“你们别看我的笑话，对你们说，你们别看我的笑话，别假模假样地说话刺我的心，我知道你们是什么样的人！……我孤孤寡寡过了几十年，我孤孤寡寡……老根媳妇，你做什么鬼脸儿？我知道你！”

“你们这些嚼蛆的，对俺娘说了些什么，呢？要嚼蛆到你们自个家里

嚼去，别对着俺们孤老寡妇嚼！对你们说，俺们也不是好欺负的！”郭桂容涨红了脸，甩着手指头。

没有人敢回答她母女俩的话。连厉害精老根媳妇也愣住了，等她母女俩走远了，才张皇失措地说：

“你们说，这不是怪事？倒说起俺们的不好来了！”

“一点也不怪！”贞妮子又气得嚷起来了。“平白无故地嚼蛆虫，吐坏水儿，勾得人家伤了心，可人家并不领你的情，人家知道你们是什么样的人！知道你安的什么心！”

“一个好好儿的社，就是叫这些搅屎棍子搅浑了的！”连向来不爱嚷叫的李宝成媳妇也忍不住了。

“宝成媳妇，”对方有人答话了，“谁是搅屎棍子呀？”

“俺们是搅屎棍子，你们是金花儿银茎儿吗？”老根媳妇又有了劲头儿了。

“你们今日是来摘花的，还是来吵架的？”一个名叫玉娥子的姑娘帮着贞妮子提出了质问。

“花也摘，话也说，摘花就不许说话吗？”

“你们这叫说话吗？”贞妮子说，“谁占便宜？谁吃亏？土地劳力对半分红，社章上有这样规定，是你们同意了的，是谁骗了你们吗？你们今年的收成比往年少吗？比那些单干户少吗？老吉婶子这十亩地，这棉花是长得好，可要是她不入社，凭她尽雇人干活，能把十亩地全种上棉花吗？能有这样好的收成吗？好收成是哪儿来的？是劳力种出来的！劳力多的人家分红多，是应该的！”

“要是没有土地，人的胳膊上会长出棉花来吗？”

争论就这样纠缠不清地继续下去。人们分成完全对立着的两派了。只有几个老太太站在中间，着急地对双方进行劝说。那几个落后的中年妇女红着脸，嗓音特别高，抢着说话，一步一步向对方逼了过去。但对方也不示弱，她们人数较多，而且紧紧地站在一起，虽然并不前进，却也绝没有后退的意思。

正在这时，地外边的道儿上急急忙忙地来了一群人。这些人是因为上午的社员大会没有开成，就在南洼里耕了一上午地，现在才回来吃晌午饭的。他们里边有郭木山、李宝成、王保坤、赵更学、李德才……还有曹老鸭。曹老鸭跟着这些人去耕地，完全是为了——像他自己所说的话："像张书记说的，咱们的社既是垮不了，就得摆出个兴旺的架势来。所以我也响应他的号召，到地里去给你们助助威。"他们在棉花地跟前站住了。郭木山把手里的牲口缰绳交给李宝成，分开棉花棵子，走到两条阵线的当中，没有像往日那样红着脸"怎么回事？怎么回事……"却平平静静，微笑着，摸着满下巴的胡子楂儿，用又低又慢的声音说起话来了：

"喝，你们在这儿开起讨论会来了，倒不错。俺们老远就听见了你们是嚷嚷的什么……咳，棉花快收完了，地也翻耕了一部分，还有几亩山药，也用不了两天工夫。今年，算是我郭木山没有领导好，对不起你们，吃亏占便宜不用说了，过几天再开会，你们，愿意留在社里边的，咱们拍着手欢迎；愿意退出去的，咱们也决不强留。这正像俗话说的，有的人站在干岸上怕湿了鞋，有的人捋着大腿过河来——外边还有的是要入社的呢！"

他顺手摘了一球儿棉花，在手心里捏得紧紧的，像是有力没地方使。

"郭木山，头年冬天是你叫俺们入社的吧？"一个女人问他。

"怎么？"郭木山把眉毛一扬，"今年你家少收了粮食吗？不错，头年冬天我也动员过你。可是，主要是谁动员的你，你最后是听了谁的话才进来的？不是咱们的副社长李祥吗？你为什么不去问他？"

几个落后女人互相瞅了一眼，谁也答不出话来。

郭木山又转过身来看着老根媳妇，冷笑着说：

"劳力占了什么便宜？不靠劳力，地里反正不长东西。有的人，好吃懒做，专门串门子，说闲话，到如今正要卖地呢！"

"谁要卖地！谁说的！"老根媳妇把腰一叉，两个大奶头子一挺，跨近了一步。一方面在心里想："往日我是你的社员，你拿大道理扣住我了，今日我可不怕你……"

这时李宝成已经走进地里，站在郭木山的身子旁边，被老根媳妇那股蛮横劲儿逗得生了气，安心要刺她一下，就故意伸着脖子扬着眉毛，像是感到非常奇怪，用怪亲热的口气问她：

"好弟妹，你怎么问起这样话来了？"

"怎么……"老根媳妇疑惑不定地说。

“你看看！”李宝成把身子往后一仰，两手往左右一分，“你怎么，你怎么——木山明明说你要卖地，你倒问是谁要卖地——我是说，你怎么不问问卖给谁，谁来买，对不对？”他又狡猾地向周围的人看了一眼，像是征求意见。

老根媳妇知道自己要上当，脸有点红，愣住了。

“我知道你要卖给谁，是他——”李宝成又把腰往前一弯，一只手飞快地往嘴巴两边一摸，正像郑洪兴摸他那仁丹胡子的动作，接着又从牙齿缝儿里“唏——”了一声，然后把腰弯到棉花棵子上去，装做笑得喘不过气来，从嗓子里发出一种奇怪的“轰轰”声。

这边地里的人和那边路上的人全都笑了。娘儿们递着眼色，姑娘们抿着嘴儿。

老根媳妇红着脸，咬着牙，要发作又发作不了，说了声：“要死！扯你娘的臊！”又赶紧扭过身去，嘟哝着：“卖地又不犯法，真你娘的管得宽！”就装做去扎裤腿儿，走到一边去了。

郭木山也笑了，拉着李宝成走出了棉花地。路上那群男人们又牵成了一条线，嘻嘻哈哈地说着笑着，往村子那边去了。

女人们又摘起棉花来了，只是有的在生气地鼓着嘴儿，有的低着头暗笑，有的却在思摸着什么。

“哼，干吗要退社，俺家就不退社！”李宝成媳妇自豪地说。

“真是，”旁边一个老太太附和说，“俺家也是土地不少，劳力不多，今年分的粮又比谁家都少，可俺家就是不退社。干吗呢，谁不知道没劳动力种地的艰难？那年，六月里，俺一家老少四口在地里耪高粱。俺孙子年幼——才十一岁，哪里拿得动锄！天又热，高粱棵子里又不透风儿，真像蒸笼里一样。他耪两下，歇半天，又抱起瓦罐来，咕咕咕地灌一阵子凉水。猛地，他叫了声娘，倒下去了。你们猜怎么着？可了不得！闭着眼，咬着牙，手脚冰凉！吓得我跟他娘哟，就哭起来了！抱着他回了家。他爷爷埋怨我舍不得花钱雇人，让孩子受罪；我埋怨他爷爷不该让俺小子出去参加工作；俺儿媳妇——说起来真是个好样儿的，抹了把泪就出了门，简直是跑，来回八里，请来先生，扎了一针……咳！互助组有什么不好？农业社有什么不好？事事不用咱操心，能干什么活儿就干什么……俺家说什么也不退社！"

"真是，上哪儿去找贞贞她爸爸这样好的当家人，处处为咱们着想，费的那心就不用说。"

"说起单干户的难处，那年，俺家种了二亩地山药，一亩地棉花，几亩谷子棒子。正是耪谷子的时候，棉花该掐尖打杈儿，山药该翻蔓子。刚拾掇完棉花，谷子地里的草就有半人高。耪谷子去吧，刚好下了场雨，山药蔓子晚翻了几天，疯根长得拉都拉不动。刚把山药拾掇完，棉花又该着第二遍捋裤腿了……咳！结果，哪样庄稼都没长好。第二年俺们就入了木山的互助组，到秋后一算账，除了少雇人，还比往年多收两担多粮食，有什么不好？今年，说实话，比在互助组时又多收了三担。人不能没良心，俺家可不退社。"

"不说粮食分多分少，还出息人呢。俺家那小两口儿，早先，你们都知道，是一个模子铸出来的，都不爱干活儿。从一入了社，嘿，像拼命似的……"

"真是，一个两个人耪地，看着老大一片，越耪越着急，就越没劲。人多干活儿是多热闹，一大片地一会儿就完了，怎么不越干越爱干？"

"你记得今年春天的事吗？百把口人，男女老幼，往河里担水，抗旱点种……"

谈话就这么继续下去，没完没了。那些闹情绪的女人又有些忍不住了。

"这些人，得了便宜还卖乖！"郭汝安的媳妇首先咕噜了一句。

"眼时就让俺们退社好了，干吗要等着开会？"老根媳妇紧接着也叫起来了。

汝安媳妇想起了李祥的话，心里气往上涌，嚷的声音更大了：

"你们没有听见刚才人家当社长的说吗？村里有的是要求入社的人家，他们有俺们也办社，没有俺们也办社，俺们算是白吃了一年亏，白当了一年傻瓜。等着吧，等人家把新社员吸收好了，把俺们当落后分子踢出去吧！刚才社长老爷边说边笑，他干吗不像前些日子一样对俺们生气，干吗那么笑眯眯的？他是笑里藏刀！是没安着好心……"

这篇话很有力量，跟她一伙的那些娘儿们马上都想起了而且完全相信了李祥的话，都气得瞪眼鼓腮的了。

“对，就是没安着好心！”

“对，就是没安着好心！”

贞妮子她们这一回没有回嘴，因为郭汝安媳妇的这篇话实在是出人意外，实在是不知道从哪儿说起。

“对啊！对啊！”老根媳妇拍着手，身子一晃一晃，大奶子在胸前的衣裳底下跳动着。“干吗要等着人家来踢咱们呵？干吗不自个先提出来呵？你们看我，我就要跟他们来个先下手为强，我就要去自个提出来……”

“对呀，俺们干吗不去找郭木山去，干吗要等着人家开会来讨论俺们？”

“不找郭木山，要找就找县里来的拐腿儿张！”

“对，找拐腿儿张去！”

老根媳妇首先通通通地冲出棉花地，叉着腿站着，拍着胸脯，挑战地说：

“咱们别光是空嚷嚷，有本事的就跟着我走！”

娘儿们犹疑着，互相观望着。

“怎么样？”老根媳妇又冷笑了一声，“要是怕事，就趁早儿闭住嘴别嚷嚷，免得叫别人看笑话。要是不怕事，就痛痛快快走出来。要是见了人家不会说话，有我，我打头阵，我领着头儿……”

“好，走就走！”汝安媳妇首先响应了号召。

接着，这些娘儿们就一个接着一个，分开棉花棵子，通通通地跑到地边边上，拿起装棉花的筐子，一阵风似的往村子里去了。

事情发生得这么突然，这么快，把地里剩下的女人们都吓呆了。连贞妮子也觉得实在出乎意外，也愣了一会才清醒过来，心想：“幸亏张书记后晌不在家——到窑上去找大海叔去了。他昨儿后晌赶了几十里路，夜里算完了账又跟我爸爸说了一宿话，够累的了。要是再跟这些疯娘儿打交道，得花多大精力，万一累病了，可了不得……”她和王香儿几个人都想快点摘完了花到村里看看去；她们那好看的手儿啊，在紫褐色棉花棵子上，在雪白的棉花球儿间，更加紧张地活动起来了。

第七章　支部书记郭大海

村支部书记郭大海有三十多岁，墩墩个儿，又宽又厚的胸脯子老是挺挺着，把胸前的纽扣都绷断了，露出了领口下边一片红得放光的肌肉。如果你跟他谈什么问题，他就老是结结实实地站得离你很近，扬着眉毛，眼睛不看你的脸，面孔上没有表情，总像是在不慌不忙地考虑什么问题，使你一看就知道他是一个精神挺足、自信力挺强的人。

在残酷的战争年代里，他那又粗又壮的胳膊是夹过枪把子的；也就是说，他也在战争环境里表现过坚决勇敢，受过一些磨练。以后，环境好转了，在反霸斗争、支援前线、镇压反革命和土地改革这些工作当中，曲堤村都不是一个落后村，他这个支部书记也不是一个不好的支部书记。每当县区干部来到村里，对他交代什么任务，比如，支援前线，要多少担架、大车、民工，两天以内就要出发，问他："你考虑一下，能完成任务吗？"他总是不动声色，挺着胸脯，眼睛看在一边，用低沉的、一点也不夸张的声调说："没问题，今日后晌开会！"或者是："行，要通知他们带干粮吧？"好像他是一个挺沉着的当家人，知道有多大的家当就一定能办多大的事业；而实际上他也总是按期完成了任务。他有个习惯：在半夜以前不愿睡觉，就是睡，也睡不着，这是因为多年来经常在夜里开会、放哨、带着民工担架夜行军养成的。也正因为长年熬夜，再加上这一带所特有的春季风沙的摧残，他那眼睛才眯成了两条线，经常红肿着，人们猛一见他时，总以为他是刚刚哭过的。

但是，现在郭大海也跟全县的某些干部一样，跟以前不同了，思想复杂起来了，情绪消沉了，精神萎靡了，县区干部到村里来时，很难见到他的影儿了。

这情形是从去年——一九五二年开始发生的。

去年初春，县里召开全县扩大干部会议，宣布以生产为全年压倒一切的中心工作，号召“组织起来，爱国增产，支援朝鲜前线”，发动全县各村的干部互相挑战。郭大海正像别的许多村干部一样，好胜心很强。“我郭大海在战争里露过脸，在土地改革和镇压反革命里也没有装过孬，现在在生产运动里还能落后吗？”于是，他红着脸站在红红绿绿的讲演台上，用低沉的、自信的声调向全县的村干部提出了挑战条件：

“俺们曲堤村保证：组织起来的人数达到百分之八十，粮食平均增产二成。志愿军在朝鲜前线什么样的艰苦困难都能受，难道我们在后方的人连这点事情都做不到吗？老实说，这面红旗是稳稳当当插在俺们村里了，你们谁也拔不动！”

回到村里以后，他像以前搞别的工作一样，召开干部、党员、团员、群众、军属烈属，一系列的会议，激发了人们的爱国热情，组织了三十个互助组。郭大海自己组织了一个特别的互助组，全村最穷，最缺乏劳力，最不好团弄，别的组不要的人都被他搜罗进来了，因为：“这些人你们都不要，他们的地怎么种，怎么增产？”

到了春耕播种的时候了，刚好又遇到春旱，县里号召打井抗旱，于是，考验全村的互助组和郭大海本人的事情来了。砖井打不起，土井，挖深了就塌，挖浅了出水少不顶事，白白糟蹋地。可是，上级的任务能不完成吗？模范村的挑战条件能不保证吗？再加上县区干部督促得又紧，挖吧！郭大海和全村干部费了九牛二虎的力量，硬逼着人们每六亩地挖了一眼应付上级的不出水的土坑坑，全村合计有几百个这样的土坑坑——完成了任务。

接着，上级又布置了清洁卫生运动、爱国日、有奖储蓄等一连串的中心工作，每一样工作都需要数目字，都经过村与村的互相挑战，每一样工作都是以上面那样强迫命令的方式完成的。

啊！全村三十个新成立的互助组里边，问题多得真是像乱麻一样；为了上面所说的那些工作，夜里开会开到半夜，白天下地干活时到得先后不齐，影响了组员们的团结和生产上的积极性。下雨了，必须抢种，该先种谁家的地呢？伙买的牲口，确定了大家摊钱摊草料、轮着喂、大家使的原则，可是，草料有的摊得起，有的摊不起；有的愿意喂，有的怕负责任不愿喂；有的人使牲口细心爱惜，有的人却相反。劳力评分，强的弱的，男的女的，发生了争执。牲口和人力换工，不是牲口户说吃亏，就是劳力户说吃亏。副业账目不清，或是赔了钱……这些问题谁来解决呢？村干部没能力，没经验。县委办公室里的两名搞互助合作的专职干部，一名经常在家收集汇报和整理材料，只有一名经常在外面跑，当然跑不过来。其他的县区干部对互助组这一新的工作都是外行，他们只是把互助组当做推行各种临时任务的组织机构，无论什么工作，总要召开若干次互助组长和组员的会议，要求他们起带头作用。这样，互助组纷纷垮台就成了全县的普遍现象。

郭大海组里，几个老头在大风沙里挖土井累病了。伙买的一个牲口在耕地时掉到土井里去摔坏了腿。接着又发生了劳力不够和其他的一些问题，他的组就成了曲堤村三十个新互助组里边最先垮台的一个。从此，村里村外就天天听见互助组员们吵架的声音，就天天有人来找郭大海："组织起来是你领的头儿，垮台起来也是你领的头儿，你有什么脸还来批评俺们？""不是什么互助组，是开会组，俺们开不起会，耽误不起工夫……"互助组就这样一个接着一个垮台了，最后，只剩下郭木山那个老组和在他帮助下巩固住了的其他两个组了。

从此人们就越来越不听村干部和郭大海的话，到处是怨言，甚至连党团员大会和群众大会也召集不起来。

郭大海就这样慢慢地耷了脑袋。

冬天，县区工作组来到村里，进行了一个半月的整党工作，在党内外配合下，对形式主义和强迫命令的工作作风进行了很严厉的批评。但是，新的作风呢？没有建立起来。

"以后工作怎么做？"大多数干部心里都有了这样的疑问。

大多数干部都像郭大海一样，耷下了脑袋。

整党的时候也正是郭木山酝酿建社的时候，那么，郭大海和其他的许多党员干部为什么不入社呢？这说起来原因也很多：上级只注意从原来互助组的基础上办社，所以没有特别动员党员们入社，郭大海他们对农业社的事比对互助组的事更加外行，怕进去后无法插手；农业社果真能办好吗？不会像互助组一样闹得一团糟吗？最后一个原因，是郭大海还有砖窑上的事情脱不开身。

这砖窑的事也是在去年春天发生的。当时，郭大海为了要保证增产，就发动全村的互助组和单干户养猪积肥。大家都来养猪，就得新砌很多的猪圈，就发生了没处买砖的问题。“为什么不把咱们自己村里的砖窑收回来自己办？为什么借给人家去发财？”人们都这么嚷嚷了。这砖窑过去是地主的，土改后归了全村，却借给外村的人们经营去了。于是，人们把它收回来，由郭大海承头，集股开业了。这原是必需的民用手工业，所以县建设科也支持。谁想得到，开了窑不久就烧坏了两窑砖，赔了一百多万！人们又找郭大海嚷嚷了，那些还没有拿出股金的人们说：“俺家出不起股金，不出了……”那些已经出了粮食的人们说：“俺可不能拿着粮食去填那个无底洞，给俺们退股吧！”……于是，弄来弄去，这两座砖窑就像两座大山一样，压在郭大海一个人肩膀上了。

现在，村里像郑洪兴这类人一想起这件事情时，就暗地里高兴，常常冷笑着说：

“瞧着吧，要是弄得好，他郭大海还能落个干净身子；要是弄得不好，连郭大海自个的骨头都得烧成了砖！”

“嘿嘿，砖窑，好比是如来佛的五行山，压得孙悟空翻不了筋斗云……”

张骏从郭木山和别的党员们口里了解到了村支部的一些情况以后，心里有些着急了。他觉得现在最迫切的问题是整顿党的组织。如果党的组织在社会主义的事业上不起作用，甚至起相反的作用，社会主义就不可能在群众的思想里面成为方向，农业生产合作社的巩固和发展就会碰到更多的困难，而且将来也还是经不住风吹雨打。

他决定亲自到窑上去找一趟郭大海。

现在，他越是走得离窑场近了，就越是觉得这两座窑像是两座黄褐色的小土山，他的心里就不知不觉地有些气闷了。

窑北面是一片宽阔的广场。场子的一边，是一长排码得很整齐的灰黄色的砖坯子；另一边是排得更长更高的烧好了的砖，一片耀眼的蓝色，像一段刚刚修起来的城墙。几个强壮的中年人在场子上忙着打坯、搬坯、和泥。另外还有担水的、用小独轮车推土的，在场内场外穿来穿去。每个人都忙得只穿一件单小褂儿，个别的人甚至光着脊梁。

比起周围的村庄来，这里真是一个特别的世界。

张骏顺着窑坡上砖砌的螺旋小路上了窑顶。看啦，平坦的原野像一个极大的圆盘，没有一点起伏，没有一点障碍，农人们把它分成了无数的小块，用犁和锄给它画上了无数排列整齐的线条。靠村南远远的地方有些人在那儿耕地，有四匹牲口和六七个人。张骏想看出是不是郭木山他们，却怎么样也看不清楚。他愣怔怔地出了一会儿神，回过身来时，这才发现旁边还有个人。原来窑顶上有一个冒着热气的水坑，一个五十多岁的老头一动不动地蹲在坑边，不转眼地瞅着坑里的水。张骏小的时候听见人们说过烧窑的事情，知道这人大概是在研究"火候儿"，那一脸神圣不可侵犯的神气好像是说："我在这儿干正经事，别妨碍我，这不是游山玩景的地方！"这使得张骏很不舒服，就赶紧顺着原路走了下来。

在另外那座窑的东边，有一溜矮矮的泥顶平房，是工人们住宿的地方。看起来，原来大半是为了取土打坯子，才挖成了一个大坑，后来人们就利用它用木料和秫秸篷成了屋子。这真是一种非常少见的特别屋子：墙壁高出地面只有一尺多，上面有几个一尺见方的小破纸窗户，屋子正面有一个向下倾斜的坡子，通向洞口一样的秫秸门。

这时，从门里走出一个三十来岁的女人，模样长得还不错，却穿得相当破烂，一面走一面唠叨：

"半月二十天不回家，孩子有病也不回家看看，来叫你还不耐烦，你还像个人吗？你还有人心吗？你成了野人！你不要家！对你说，你再也别回去，那个家没有你吃饭睡觉的地方……"

等她走远了，张骏就顺着坡道进了秫秸门，由于个儿高，头在顶棚上碰了一下，歇在顶棚上的一群苍蝇嗡的一下飞了起来。张骏心想："这屋里一定太暖和，要不然现在不会有苍蝇。"只见迎面靠墙有一排锅灶，一个人正趴在灶门口烧火，三口大锅里冒着热气，响着咕咕咕的声音，饽饽和咸菜的香味呛鼻子。锅灶两头是两排用秫秸铺成的地铺，上面搁着十几个被子卷儿。顶棚上和四边的墙壁上吊着一些瓶子包裹。烧火的人原来也是个老头，回身对张骏打量了一下，就叫起来了：

"掌柜的，有人找你！"

"谁？"郭大海像是在地底下应了一声。

张骏这才发现，右边地铺的后墙上有个洞口似的小门，郭大海的脸在那儿露出来了，有些意外地哦了一声。张骏叫他不要出来，自己从地铺上爬了过去。

里边是一间挺小的屋子，只搁得下一张单人床铺和一张小长方桌儿。除了郭大海以外，床铺上还盘着腿儿坐着一个工作人员模样的人，两人都往墙角里缩了缩，同时把腿边的算盘和账簿子都挪开了，张骏才有地方蹲了下来。

看见郭大海从前那红光照人的脸变得油黄了，浮肿了，完全没有那股自信的沉着的味儿了。张骏心里就又是一阵别扭，好半天没有说话，使得那个工作人员模样的人也有些不安，对郭大海说了声"就这么定规吧"，就翻身爬了出去。

"这是谁？"张骏到底开口了。

"县中学的管理员，买砖盖新校舍。"

"刚才那个女人我像是有点认得，是你老婆吧？"

"张书记，你的记性真好……"

"哼，在这和平建设时期，你还在这儿坚持地道战哩！"张骏又对这鸽子笼儿打量了一下，"你这支部书记倒是找了个好办公室！"

郭大海脸上的肉动了动，想说话没有说出来，喉咙里像是被什么东西哽住了。

"我在这儿呆不住！"张骏再也忍不住了，"你这窑上的事能耽误一会儿吗？"

"行，没什么要紧……"

"好，那咱们就走！"

两人爬了出来，到了外面。张骏用力吸了口新鲜空气，快步走着，回过头来看了郭大海一眼，问他：

"大海，你怎么啦，你那嘴给砖头堵住了吗？"

"咳，我还说什么？"郭大海有气无力地说，"今年这一年，老是先收人家的定钱，给工人们发工资，等到交货时，砖就涨了价。张书记，我不是不管村里的工作，实在是……最近个把月里，我想抓紧一点，把窟窿补起来，把这一摊子结束了它，我就痛快了，所以我干脆住在窑上。另外，你不知道，只要我在村子里一露面，我女人就粘住我了，你看，我就是不在村里，刚才她不是也找来了？”

“她来找你干什么呢？”

“说我不顾家。又说：‘窑本来是大家的事儿，现在大家都脱得干干净净，就你一个人陷在坑里，连家门儿都不进，要是把个小家当填进去了怎么办？’嗨！娘儿们就是这样。”

“她不是说你的小孩有病吗？”

“屁的病！村里短不了有人来，我还不知道？”

一想起了老婆孩子的麻烦事，郭大海就更加苦恼，更加不爱说话了。张骏问他：支部委员们有多少日子没有开会了？他还是不响。又问他：党员们最近有些什么样的思想情况？他微微地摇了摇头。又问他：支部宣传委员徐翠莲偷着往大城市里倒运粮食，一回弄个担儿八斗的——共产党员做投机买卖，他是不是知道？看见他还是不回答，张骏又好气又好笑了，说：

“同志，你是砖没有烧好不能开窑门是不是？你想闷到什么时候为止呢？”

郭大海到底不能老是闷下去了，他说，徐翠莲有两次搭船出远门的事他是知道的，可不知道她是去做粮食买卖的。张骏又问他，为什么不去了解了解，跟徐翠莲谈谈。他叹了口气，声音有些发哑地说：

“我……自个这样，还有脸批评别人？”

“哼，这真不错！”张骏的口气有些沉重了，“你，当了窑上的掌柜的，特别是最近一个多月，简直不管村里的事；宣传委员徐翠莲——并且是个妇女，违犯党纪，做投机买卖；组织委员翟老印，是贾庄的集市委员，三天赶一回集，对村里的工作也是不问；治安员王洽，有六十岁了吧？忠诚老实，对村里这样情况挺着急，可就是没有能力；村主任王建，工作还不错，因为是宣传员，最近被县民教馆调出去说大鼓——配合普选运动去了，听说得一个多月才能回来；郭木山又为农业社的事愁病了；还有一个团支部书记吴小正，对团的工作倒是积极，可到底年轻，独木不成林。这就是你们支部的七个支部委员。这像个党的组织吗？”

“我请求上级撤我的职，给我处分！”郭大海的声音更加嘶哑，情绪更加激动了，“我知道迟早反正是免不了，最近我就挨了区里县里三回‘批’……”

“撤职，处分，就算你对村里的工作尽了责任吗？”

“村里的工作，就算我一个人鼓起劲儿来了，也没有办法。”

“为什么呢？”

“工作又多，一不准强迫命令，二不准脱离群众，俺们都是大老粗，能力差，谁也没了招儿，谁也不知道怎么办才好。”

郭大海能够把心里的话吐出一部分来，这使得张骏有些高兴。就把声音放得平和了些，问他：今年上级布置了“以生产领导生产”没有？他们村里有一个农业社，生产上很有成绩，支部为什么不对群众进行宣传？为什么不扩大社的影响？为什么自己不入社也不过问社里的事情，也不去动员党员团员们入社？对农业社多关心，多宣传——这不是以生产领导生产的具体办法吗？

最后，张骏又特别着重地说：

“同志，就算是窑上的事情把你拖住了，对这些应该管和能够管的事情总能够抽点空儿管管吧？你是个有九年党龄的人！是有过光荣历史的人！当支部书记，从你们村有了支部算起，大概也当了六七年了吧？”

郭大海的脸色由紫红变成铁青色了，那肿眼泡儿简直发乌了。他知道自己的错误是严重的，但是他并没有服气，他还有满肚子的话一时说不出来。进了村子以后，他忽然像想起了什么，说是口渴得厉害，要顺便找个地方弄点水喝喝，就领着张骏往副乡长余品芝家里走去。

余品芝是个三十多岁的妇女，是今年新提拔起来当副乡长的。她每隔三天到离此三里地的乡政府去值日一天。今天恰好在家，正在怀里搂着孩子，盘着腿儿坐在炕上吃饭。看见张骏和郭大海进来了，她起先是一愣，接着就朝坐在对面的男人丢了个眼色，然后放下碗筷，笑着打招呼，把孩子递给她老娘，让坐儿，拿茶拿烟，一片声忙乱起来。

她男人马健是本区的区委组织委员，这时也慌慌张张地跳下了炕，嘴里包着一嘴饽饽，一时说不出话来，急得脸都红了。

“嘿嘿！”郭大海轻声笑了笑，慢吞吞地说，“老马同志，昨儿傍黑时，我看见有个人骑着车子从窑南边路过，觉着像你，果真不差！”又转向余品芝，“你别拿眼瞪我，老马同志十天半月回一趟家，这不是什么秘密，不用怕人知道，嘿嘿……”

张骏从这三个人的神气上，从郭大海的话里，知道郭大海领他到这里来是为了叫他看看：一个是副乡长，经常在家；一个是区委委员，十天半月回来一趟；他俩对村里的事，对农业社的事，管过没有？张骏知道：这余品芝能力较差，又被孩子拖累住了，村里的干部对提拔她当副乡长都有意见……他皱着眉，告诉马健吃了饭到李幼章家里去找他，就跟郭大海一块儿往外走。

“大海，要解决问题，就得开会；我想召集个支委会，召集得起来吧？”

“支部委员才几个人，还召集不起来？”

张骏脸色很难看地说：

“要是光看你今天这股劲儿，恐怕连支委会也召集不起来哩。”

“张书记！”郭大海的脸色又有些变了，“好，我这就去通知他们！”

媳妇正坐在锅台旁边出神，一看见郭大海回来了，吃惊地“哟！”了一声，猛一下站起身来，脸上马上光彩起来：“我说吧，天冷了吧，你该回来拿衣裳了吧，还是忘不了这个家吧……”就跟着他走进里间屋，告诉他：这些日子家里有些什么事情——地里的柴火都弄回来了，山药和白菜都装进窖里去了，秋收时雇人的工钱也都给了人家；另外，这些日子有谁来找过他，说了些什么话，她又是怎么回答人家的；还有他的棉衣——小棉袄儿已经给他拆洗好了，缝好了，大袄和棉裤还没有动手，还有孩子们的棉袄棉裤，实在忙不过来，有什么法子呢？总之，一切都是她辛辛苦苦操持好了的，一切都亏了她。难道不是亏她吗？你看，她身上头上还沾着从地里带回来的烂柴火叶子呢。土改翻了身，家家的日子都在往上升，只有她还穿着一身有补丁的衣裳。她才三十来岁，年岁并不大，难道不欢喜穿得干干净净的吗？可她总是省着，省给孩子们穿，省给孩子的爸爸穿，她是怕窑上的买卖万一再赔下去……唉！难道她不是一个挺好的女人吗？当她说这些事儿的时候，并没有埋怨他啊，好像把刚才在窑场上的气恼也忘记了。只要男人回来看她，守着她，她就满意了，就只想哄得他高兴了。哪怕他只把一半儿心思放在家里哩，哪怕他隔个一天两天跟她和孩子们团圆团圆哩，她也就心满意足了。她心里说："你当干部，我拉过你的后腿吗？我反对过吗？在那些打仗的年月里，我为你担受过多少惊险啊！如今解放了，你还是白天夜里为村里的工作忙，我夜夜歪在炕头上等着给你开门……你不能没有良心啊！"

她含着眼泪，揭开了锅，把饭端进屋里。正好大孩子也从学校里回来了。小女孩也睡醒了，从被子里伸出小手来，揉了揉眼睛，像她的哥哥一样，惊奇地看着爸爸。

郭大海拳着腿坐在炕头上，头埋在两个膝盖当中，手扪住脸，一动也不动。村里的工作和家里的事情都在咬他的心……

唉！现在，女人的心更是完完全全软下来了，她轻轻地走了过去，顺手从炕前边的晾竿上扯下一块手巾来，一只手轻轻把他的头扳起来，把手巾递给他：

"你那眼又肿得厉害了吧，快擦擦吧；桌子抽屉里还有点儿眼药哩。"

郭大海擦着眼睛。他的眼里并没有眼泪，像他这样的人是不会流泪的。

吃了饭，他走出门来，先到宣传委员徐翠莲家里。

"老徐，县里张书记来了。"

徐翠莲正在院子里洗一盆鱼，一双手被凉水浸得通红。她男人是个有名的懒汉，不爱干庄稼活，却最爱到河里去捞鱼，捞起劲来时连饭也忘记了吃，觉也忘记了睡。这样，地里的活儿和操家过日子的事情就多半落在徐翠莲身上了。她什么都干，热天在街上卖开水，冬天摆纸烟摊子。她越来越把心思放在赚钱过日子上去，甚至担儿八斗地往大城市里倒运起粮食来了。

"我知道张书记来了，有什么事吗？"

"上级来了，我不在家，你们也不去找他接接头，能怪他生咱们的气吗？"

"嗨，他不是专来解决农业社的问题吗？"

"你以为农业社跟咱们没有关系吗？对你说，你的事情他也知道了。"

"我的什么事情?"

"你还装样儿哩！运粮食的事情……一会儿就要开支委会,哼！咱们等着吧,有好受的哩!"

第八章　最简短的会

张骏闷闷不乐地回到了住处。他是今日早晨从郭木山那里搬到李幼章家里来的。李幼章去忙社里的事情去了，老太太也睡晌觉去了，张骏正在喝茶，马健来找他来了。

这人是个高大个儿，一身蓝制服紧紧地绷在身上，黄蜡蜡的脸有些浮肿，大概是长年东跑西颠起早睡晚的结果。张骏让他坐下来，从暖瓶里给他倒了一碗水，就开门见山地问他：

"这村的农业生产合作社快垮台了，你知道吧？"

"知道，品芝对我说了。"

"嘿，你在这村的活动范围只在你老婆一个人身上吗？你为什么没听见郭木山说，也没听见郭大海说？"

"他们社里有人，哼，有问题都包着，不肯暴露。"

"到底是你一进了村子就藏在老婆屋里不出来，还是他们把问题包着不肯说？他们包着，为什么县委会倒知道了呢？"

"我们区委们都分了工，尹书记负责互助合作工作。"

"分了工，你就可以不闻不问吗？"

马健没话可说，低着头，眼睛不知道朝哪看才好。

"尹华珍负责互助合作工作，至少你也应该赶紧把问题告诉她吧。我知道，她在西槐村搞普选试办工作。你呢，对农业社不管，别人也不管。那就让这个社垮台吧！我再问你：这村的支部也快垮台了，你这区委组织委员总该知道吧？总该管一管吧？"

"这村的支部，是有些问题。"

"有些什么性质的问题呢？"

"区里乡里早就说要在一块儿研究一下这村的工作，老没空儿。"

“对这样的事没空儿，对什么事有空儿呢？”

“最近正忙着普选重点试办工作，一个乡搞一个重点；另外还有秋耕翻地工作，麦田调查工作，还要准备秋征工作。”

“你们永远是忙的，可永远是盲目的，被动的！”

马健不大懂得这“盲目的，被动的”是什么意思，心想：“难道我们不是按着上级的布置做工作吗？不是按着政策办事吗？真是，我只说回家休息会儿喘口气哩，偏偏就碰见了他，倒霉！”他站起身来：

“我到西槐村去叫尹书记来一下吧？”

“你叫她来干什么？”

“她早就想到这个乡来深入一下，给县委提过两次意见了。另外，她对农业社的事也比俺们内行。”

“这些我都知道。去吧，去忙你的去吧！”

马健站起身来，走到房门口时又停住了，好像还想说点什么，最后到底还是不声不响地掀开门帘子走了。张骏从窗子眼儿里看见他那宽大的身影一摇一晃地走出了院子门。不知道为什么，他对这人最后这一会儿的表情印象很深，那是一股又懊丧又不服气的劲儿，正跟刚才郭大海的神气有些相像。他叉着腰在屋里来回溜达起来，受过伤的左腿使得脚步响出了轻重不匀的声音。

“我干吗要对他们生气呢？”他开始责怪起自己来，“这能完全怪他们吗？平常光是叫他们一个任务赶着一个任务地忙，不教育，不提高，到时候又叫劈头盖脸地批评一顿……”

他奇怪今天自己的心情为什么这么坏，为什么这么容易烦躁。是因为昨天一夜没有睡觉吗？也许有点关系。不过……他想起来了，主要的原因是：他从这村支部的情况，想到了造成这些情况的原因，又联想到农业社的没人管，这就归结到县领导上一贯的缺点上去了；又想到这些缺点竟造成了这么严重的恶果，这简直叫人不能忍受，自己却又没有能力来根本扭转县委领导上的这种情况。这样，他就禁不住要生气要烦躁了。

“我在党校学习时下过决心不再对人乱嚷乱叫，可现在又忘了，又有些沉不住气了！”

他猛一下对自己懊恼起来，好像做错了事情的不是马健和郭大海他们，而是他自己。

“确实，我自己并不是没有缺点的。去年，从我来这个县的那天算起，到年底去省委党校学习为止，一共有两个半月的时间。这两个半月我做了些什么呢？我研究了本县的情况，发现了工作中的一些严重缺点，就想拼命说服别人去认识和改正这些缺点，有时说得很激烈，很尖锐。可是效果怎么样呢？我也下过乡，解决过几个互助组的问题，完成过一次所谓中心任务，在一区召集过两次互助组长座谈会；最后，为了了解这村郭木山酝酿建社的情形，到这儿来住了三天……”

他有些难为情了。

“那时候，我来这村住了三天，在这三天里我干了什么呢？我只注意人们的思想打通了没有，是不是真正愿意入社；只注意社章是不是订得合理；总起来一句话：光是把思想限制在由组转社上，光是注意这二十三家人家；没有想到，在一个村子里成立一个农业社，这是全村和全党的事情，我没有去大力发动党员；农业社，本来就是农村党的最重要的工作，是个方向问题，我只召开了一次支委会和一次党员大会，号召他们以后要领导社，关心社，这是很不够的！没有抓住关键性的环节！”

脚步越走越有劲，通踏通踏的响声越来越大。他想起了这次在党校学习的收获……小时候是个拾柴火放羊的穷孩子，从二十岁参加了革命，最初是当战士，当班长，现在变成这样个人，负起这么大的责任，在文化上也像个知识分子，不就是因为学习、锻炼和党的培养吗？

他心里猛地升起了一股热。为什么呆在屋子里胡思乱想呢？应该出去找事情做，应该更多更多地工作，应该时时刻刻跟人们生活在一起！

他走出了大门。

今天是离这村五里地胡各庄的集，许多人刚刚从集上回来，有的夹着一块布，有的提着一瓶油或是一包盐。张骏跟每一个人亲热地打着招呼，心里却在想：“任何事情改变起来都会有困难的。你看，他们各人都是为了几两油和半斤盐跑几里路去赶集，这是浪费多少人工！要是有个人提个意见说：‘咱们十家二十家选个代表，让他把咱们要买的东西捎回来好不好？’人们一定会反对……”他正想跟人们说说话儿，听见唐经柱家的院子里传出了一阵笑声，就信步走了进去。

院子当中堆着两堆山药，唐经柱的老婆子正在把大个的和小个的分开，掐掉根儿，准备上窖，同时微微噘着嘴，做出个又好气又好笑的神气。李幼章和唐经柱两人坐在山药窖旁边的土堆子上。李幼章的笑声还没有停，用一只手扶住近视眼镜，肩膀不住地抖动着。看见张骏进来了，唐经柱笑着站起来，让他坐下，给他一封信看。

信封上写着“军人家书”四个字，是老头子的儿子从特种兵团里寄回来的。里面装着两页写得密密麻麻的信纸，开头说的是部队里的日常生活，接着就告诉家里说：他已经学会了开坦克车，在文化上已经提高到了高小以上的程度；最后又打听家里的情形，劝父亲母亲在农业社里好好儿干，坚决走社会主义的道路，决不要三心二意。

“我本来就不想退社嘛，”老头子对张骏解释说，“都是他娘落后，成天唠叨，再加上李祥他们左一说右一说，弄得我没了主意。说起来真是个笑话，刚才，幼章给她算了个账，俺家三十五亩地，只有我这个老弱残兵的劳动力。往年秋天，年头好的话，收三十六担粮食，除去给互助组人们的工价米，除去肥料籽种，实际上也就是顶多收入三十来担。今年呢？虽说年头不好，可没有一切的花销，净落了三十二担。幼章问她：‘你到底是真吃亏还是假吃亏？’你猜她怎么说？‘不吃亏！不吃亏！等我再生下个胖小子来，有了劳动力，不用老头子累死累活地干活儿，就更不吃亏了！’幼章就跟她逗起笑儿来了，嘿嘿嘿嘿……”他笑得咳嗽起来了。“她，不是怕别的，是怕我年岁大，累坏了。以前，无论是单干，无论是在互助组，什么时候累了就歇着，反正给别人多出点工钱，粮食就能收回来。从一入了社，我这干活儿的瘾就大啦，在家里就歇不住啦，这真怪！这就是她那心病，今日她才说了老实话……”

张骏心想：“可见事情还是要靠领导，从夜里算了全社的账，李幼章就想到给某个具体人家算细账了；算账，是最能说服人的……”他有些高兴了。

“大伯，”他笑着说，“这么一来，你是决心不退社了吧？”

“不退了！不退了！要是再闹情绪，不光对不起木山跟幼章他们，连俺小子也对不住哩！”

“大伯，对不起人倒是其次，要是不入社——你去年不是因为缺劳力想卖地吗?”

“对!”老头更高兴了。“这又是入社的好处。我不是说过吗?郑老幌干吗恨俺们?就是因为买不成我的地……”

“那么,大妈呢,你还想等你那有出息小子写信回来批评你吗?”

“我个老婆子能做什么主!”老太太看着手里的一个大个山药,像是在跟山药商量,“光是俺们一家不退社也不顶事,别人家呢?”

老头又着急地插嘴了:

“你总是看着别人,你自个就没个主意?别人,人心哪会一样?有坚决要退社的,有不怎么坚决的,有坚决不退社的,还有不是社员的想入社呢!你为什么不向好人学?”

“好吧,不退就不退吧!”老婆子努着嘴,眼睛却在笑。

又说了一会儿闲话,张骏把李幼章拉到大门外边,问他:

“像唐家这样容易说服的人家还有几家?”

“也许,至少,还有个三四家吧。”李幼章考虑着说。

“走,咱们也去跟他们算算账去!”

李幼章感到奇怪:不是要在群众大会上公布全社的生产账目吗?那个办法——让全村的人们都知道——不比这么到各家去说更好吗?

张骏告诉他:群众大会是群众大会……并且,开个群众大会也不简单,必须先把党员们发动起来,同时把一部分要求入社的人们都说妥了,再开群众大会,那才能得到更大的胜利。一个比较长远的计划已经在他心里现出个轮廓来了。

支部委员们都到齐了,在李幼章的屋子里等着开会。

张骏跟着李幼章串了三家门儿,很满意地走了回来,一进了屋子就觉得这些支部委员们的情绪不大对头:每个人都是勉强笑着跟他打招呼,坐定了以后,又都闷声不响。郭大海坐得靠着墙,用他那又红又肿的鼓眼泡儿愣怔怔地对着窗户,像是故意要不看张骏的脸。徐翠莲靠在炕角上的被子卷儿上,让郭木山的大身个儿遮住她。组织委员翟老印,治安员王治,都坐在炕对面的板凳上,腰弯得下巴搁在膝盖下,一个劲儿吸烟。弄得郭木山也慌张起来,瞅瞅这个,看看那个。只有团支书吴小正的态度是正常的，安静的，正在翻看张骏丢在炕上的一本书。

张骏扬着眉毛问郭大海：

“你是怎么召集人的？”

“不是都到齐了吗？”大海吃惊地说。

“你是叫人们来开会的，还是叫人们来挨‘批’的？”

郭大海一愣，接着又笑了。真的，他通知每个人时都说过这样的话：“今日大伙儿说话注点意，别讨不好受的……”

“今日的会很简单，”张骏坐下来，认真地说，“现在地里没什么活儿，白天开会大半也不会耽误各人的工夫。我计划在一两天以内召开个党员大会，大伙儿估量估量，召集得起来吧？”

“那怎么召集不起来？”郭木山抢着说。

“大海，能保证到齐吧？”

“能，”郭大海和其他的人同声说。

“很好！第二个问题，就是大家在全支部的会上不要像今天这么个劲儿，不要准备挨‘批’，不要把开党的会议当做是负担，是受罪，要当做是痛痛快快的事儿。”

大家都不声不响地听着，有的人心里在想：“这就快来了，好比吃萝卜，辣的在下半截儿呢。”最近半年来他们挨过几回区县干部的“批”，而这位张书记，据说是个挺厉害的人，连县里的王书记和别的县委们都挺怕他呢。

“完了，散会吧！”张骏说。

郭大海的肿眼泡儿睁大了，徐翠莲的身子离开了被子卷儿，翟老印和王治直起腰来了，郭木山张着大嘴不出声地笑了，连吴小正也睁大了光亮好看的眼睛。他们从来没有开过这么简短的会，倒觉得这个会不过才刚刚开始呢。

停了一会儿，张骏又问大家：

“你们来的时候怕开会，怕磨的时间太长，怕挨‘批’，现在既没有挨‘批’，时间又短，散了会怎么还不走呵？既是你们不想走，那我就再说两句。我问问你们：要是上级半年一年的不来跟你们开会，也不对你们布置工作，你们觉得怎么样，闷得慌不？”

人们的眼睛转动着，在猜想这个问题的意思，暂时没有回答。

“郭木山，你说说看，闷得慌不？”

“怎么不闷得慌？”郭木山说，“不光闷得慌，那简直是，咱们就不像党员了！就像是被党开除了！”

“不光是不开会闷得慌，因为不开会，工作做坏了，才更闷得慌哩！”年岁最大的王治小声说。

“对！所以，既是党员，就得过组织生活，就免不了要开会。开会，本来不是什么讨厌的和可怕的事，相反的，倒本来是个好事。我再告诉你们，明日的会决不批评人；明日的会就是要让大家从这以后愿意开党的会，高兴开党的会，就是这样的内容，哈哈！”他大声笑起来，“就是这样内容！不信，你们明日都来试试吧。把我这些话告诉每一个党员，叫他们也来试试吧。好，完了，散会吧！”

人们脸上出现了笑容。但是，好像这个会还是太短，好像还是不大习惯。过了一会儿，翟老印首先不好意思地站起身来，接着，徐翠莲也溜下了炕。大家都像是有些恋恋不舍地走了。最后，只剩下郭木山和吴小正了。

吴小正又拿起炕头上那本介绍米丘林的小册子，不好意思地要求张骏借给他看看。张骏更高兴了，又从文件包里找出两本别的通俗小册子来，一起借给了他。

他们一块儿走出门来，想到油房里去看看人们收拾得怎么样，明日是不是能开工。张骏想起了夜里听见吴小正和贞妮子谈话的事，就故意问他有多大岁数，有了对象没有，如果有了对象，他老爷郭万德是不是让他婚姻自主。他喜欢这个平常很稳重，在上级面前有些腼腆的青年人，为他和贞妮子那幸福的前途高兴。他从他们的幸福想到了自己的生活，他的爱人吕玉莹跟贞妮子她们正是一个时代的青年人。看见吴小正很少回答他的问话，老是不好意思地哼嘿着，微笑着，他就更觉得有趣了。接着，郭木山又谈到吴小正他们有一块试验地的事，希望张骏什么时候去参观一下，指导一下。正说着，只听见从街对面老远的地方传来了一阵唧唧喳喳的声音。一会儿，从一个胡同里转出了黑压压的一群人，男女都有，当中还夹杂着一些孩子，笔直地朝这边来了。隐约地听见当中有个女人尖声叫道：

“你们看，那不是正好拐腿儿张跟郭木山来了吗！”

第九章　退　社

从棉花地里回来的那几个娘儿们，进村以后并没有马上去找张骏和郭木山，却先到农业社存棉花的地方把各人摘的棉花扔给了李幼章，然后在一个空场里靠着柴火垛坐了下来，为的是松松腿带儿，倒倒鞋里面的土，喘口气，压压心里的紧张劲儿。

汝安媳妇事到临头又有些犹疑了，提议说，应该先商量商量再行动。老根媳妇反对，认为，当着那么多人嚷出来了，说干就干，没有什么好商量的。她们就这样议论了一阵，弄得大家都没了主意，连老根媳妇自己也有些惶惑了。最后，她们决定先去找李祥商量商量再说。

李祥正跟他媳妇在院子里剥玉米棒子的苞皮，听了人们的来意以后，把手里一个还没有剥完的棒子一丢，装出个十分发愁的样儿，长长地叹了口气：

"唉！都怪我！都怪我！怪我头年冬天叫鬼迷住了心，鼓动得好多人都入了社。社，社，去他娘的蛋吧！到如今，我挂着个副社长的名儿，上不能上，下不能下，真是有苦难言啊！"

他把头埋在手里，像是十分痛苦，一动也不动。他媳妇何凤仙也低着头没精打采地撕着棒子皮儿，轻轻地叹着气，又小声埋怨他当了傻瓜，背了个副社长的空名儿，这如今，想退社，出不了头儿；不退社，盖不住脸儿；有苦没地方说，也对不起乡亲朋友们。这些话倒真的勾起了李祥的心思，他刚才是假难过，现在倒有一半儿是真的了，索性揉着眼睛呜呜地说：

"我，真想哭一场……"

弄得这些女人们你看看我，我看看你，想安慰两句，不知从哪儿说起；想埋怨李祥去年不该天花乱坠地动员她们入社，说不出口来，而且说也没用；想叫李祥一块儿去要求退社，又觉得他也实在是有他的难处。她们却没有觉着，正因为这，各人心里更加烧起了一股火，更加气恨起来了。只有老根媳妇的心情反倒更加冷静下来，她是在回味李祥两口子的这些话，在心里对自己说："哼，这，是李祥的秘密……"她觉得自己像是猜到了一点什么，却又不大清楚，就费劲地捉摸起来了。

李祥猛地抬起了头，眼睛果然揉红了，用他那卷舌口音慢慢地说：

"嫂子们，婶子们，拉倒吧，不用要求了，要求也没用……"

"怎么没用哩？你跟俺出个主意吧。"女人们要求说。

"你们这么三五个人，尽老娘儿，孤孤单单的，说又不会说，去了，还不是叫人家三句话就挡回来了？"

"俺们不会再去多约几个人吗？"停了一会儿，老根媳妇说。

"要是多约几个人，人多势众……"李祥像是在考虑着，自言自语。

"对！咱们再去串串门儿，吆喝吆喝别的人去！"

汝安媳妇首先站起身来，往外就走。别的女人们也跟着她走出来。

她们在路上又商量了一阵，决定先找退社的心思最坚决的郭万德。

郭万德老头正在屋里摆弄两筐梨。这是从他家后园里那几棵梨树上刚刚摘下来的。鲜黄水嫩，实在讨人喜爱。他因为有个咳嗽病，又向来最会当承自个的身体，所以天气虽然还不很凉，却已经穿上了薄长棉袍儿。现在他却把薄长棉袍儿脱了，换上了短棉袄儿。这也是他的习惯：不论是干什么活儿，哪怕是擦擦桌子扫扫地哩，也得把长衣裳脱了换上短的，把厚衣裳脱了换上薄的，倒不一定完全为了干活方便，还多半是为了"干活就应该像个干活的"——不，主要的还是为了怕弄脏弄坏了穿在外面的"体面衣裳"。他一件棉袍儿穿三十年，一件皮袍子穿四十年，一双布袜子也要穿个三五年，一块洗脸手巾——为了怕泡湿了揉拧坏了，洗脸的时候总是先用手从脸盆里捧着水往脸上抹，然后才用干手巾擦。至于脸盆，他家里有两个，一个是祖上传下来的木盆，已经不记得用了多少年代了；另一个是他老婆子做媳妇时从娘家带来的陪嫁，是个铜盆，已经用了四十几年了，还是没有半点儿破损。说到他家的农具——镰刀已经成了初二三一条线似的月牙儿了；犁铧子如果跟铲锅的铲子相比，也许大不了多少……他常常向人夸说自己最能爱惜东西，夸说他老婆也是跟他是一样的心性——最能摸摸索索，收收捡捡。如果是来了客人，喝茶时他也许会跟人家谈起茶壶的历史来，吃饭时也许会谈起饭碗和饭桌子的历史来，一口气可以说一两个钟点，却忘记了这些陈芝麻烂谷子的事情客人们都已经听过了多少遍。他活在这个世界上好像就是为了保住这份家当，保住已经有了的一切。他常常说：“这份家业是老人们费心流汗挣来的，不容易！”只有他所养的一匹牲口——一匹枣红色的老马，一年干瘪一年，老了，老了，正像他自己一样——那真是没有办法的事！

现在，他正在把两筐子梨分成四等：最大的，中等的，最小的，有虫眼的；分别挑出来搁在四个小笸箩里面。他那驼背拱得像背着个包袱，人从后面看不见他的头。如果发现了一个不平常的大梨，他就高兴得眯着眼，拿起一杆也不知道用了多少年的秤盘来称称它，同时对他老婆子报告说：“耶！耶！六两五钱！一个梨就有六两五钱！”他老婆子正坐在炕头上搓纳鞋底的麻绳儿，随口答应着，同时颤动着脸上的皱纹，给他一个柔和的眼色和甜甜的笑容——这，也是几十年的习惯。

看见进来了这么一大群女人，特别是里面有老根媳妇这个馋嘴娘儿，郭万德猛一下慌张起来了，连忙扯下晾竿上的长棉袍儿把最大的一笸箩梨盖上了，口里却在慷慨地打着招呼：

“啊，你们怎么都约齐了……正好，新摘下来的梨，一个人尝一个吧！”

他把“一个”两个字说得特别重，一面在用眼睛点数着她们的人数。

“俺们不吃梨，俺们是有事来的，”汝安媳妇连忙头一个抢进屋里来，拦住了老根媳妇往前走的道儿。她是怕也许会因为几个梨的小事，破坏了大事。

“万德大爷，今日我可见识了一下啊，你家那孙儿媳妇啊，嗨！”老根媳妇猛一下叫出这么两句来，连她自己也不知道一下子是怎么想起来的。她是常常得意自己有这么一点点挺特别的心窍儿的。她笑容满面，眼睛忍住劲儿不去往筐子里和笸箩里看，喉咙里在咽着唾沫。

“什么孙儿媳妇？”万德老头开始有些生气了。

“哟！你还秘密着呢！你家小正挑的对象，谁不知道呵！”老根媳妇推开汝安媳妇，扭到老头跟前来，甩着手指，压低了声音，像是说什么秘密事儿，“你不知道啊，真是个厉害精呀！”又转身对大家扫了一眼，“俺们谁也比不上，谁也比不上……”又一扭身坐在炕对面的板凳上，“万德大娘，你别怪我说，往后你可别想管她啊，你可管不住她呀！……”

她这么一连气儿说下去，把刚才在棉花地里的情形，贞妮子怎么厉害，怎么欺负她们这些人，怎么把黄玉枝气跑了，把秃脑瓜寡妇气走了，把她们这些人气得再也干不下活儿去了……连编带造，加油添醋，说得像真的一样。郭万德老头听着听着，眼睛红了，脸拉长了，胡子翘起来了。他生气有两个方面，一方面："这如今的世道，这如今的闺女……小正这畜生，偏偏跟她……"另一方面——他弯着身子拱着背，瞅着老根媳妇的鼻子，咬着牙瓮声瓮气地问她：

"你告诉我这些事干吗？她跟俺家有什么关系？"

"哟！你不也是要退社吗？"老根媳妇猛一下站起身来，往旁边一闪，心想，"老天，你可别打我啊！"一面擦着老头子喷到她脸上的唾沫。

"我退我的社，要你告诉我这些事情干吗？"老头又朝着她逼过来。

"哟！"老根媳妇把手一拍，又往旁边一闪。"就是嘛！就为了退社的事情俺们才来找你的嘛！先不说别的，就凭着社长老爷有这么个霸道闺女，就因为要争这口气，并且，就因为看不惯她对着人家的小子们飞媚眼，努嘴儿，肩挨肩地在街上谈恋爱——就因为这，俺们就再也不能在社里呆下去了！……"

别的娘儿们这才知道老根媳妇说了这么半天是什么意思，这才真正佩服她的鬼心眼儿，这才一片声地跟着嚷起来了：

"就是呀，这跟你也沾点关系呀，要不俺们才来找你呵？"

"是呀，要退社咱们为什么不一起去退呢？大伙儿一起去，见了当官的也好说话呀！"

"哦！"郭万德像是猛一下明白了，"这么说，那，我到底……就一块儿去吧？"他想征求老婆子的意见。

老太太一直坐在炕上瞅着这些娘儿们的行动，揣摩着她们的心思。她不相信老根媳妇这么个坏女人说的是真话，也不相信贞妮子是个坏闺女。她跟贞妮子亲近过，也从小正口里了解到一些情况，知道这闺女是正派的，有心眼儿的，有时候也很泼辣，可有时候又很文静腼腆，这正跟小正的性情配得上对儿，并且她模样儿也不错……总起来一句话，她并不反对这件亲事。说到退社的事，她明知道她家今年并没有吃亏，退也可，不退也可;既是小正这孩子不愿退,既是他尽为这跟老头子生气,那就不退吧。就因为这,她就常常站在小正一边,跟老头子斗嘴,怄气。所以现在她提出相反的意见来了,她说:干吗今日这么忙忙急急的呢?一个爷儿们干吗跟娘儿们混在一起去乱嚷嚷呢?干吗不等着跟李祥他们商量商量再说呢?

正在这时,郑洪兴一脚走进来了,说是他老婆子最近咳嗽气喘得厉害,特地来买两个梨给她煮水喝的。只有老根媳妇偷着对他撇了撇嘴儿,意思是说:"你巴不得你那干瘪老婆子快点死了,还跟她买梨……"郑老幌故意连正眼也不看她,对人们问这问那,等人们把事情的根由告诉了他以后,他就像个旁观者似的发表意见了:

"这个事……按说是事不宜迟。从小正这孩子的事情来看,从县里姓张的一来,社里的事……都是事不宜迟,事不宜迟……按说……咳,娘儿们,老头老婆们……办起交涉来,也有好处。要是尽去一些当家主事儿的男人,人家拿大道理,什么社会主义呀,互助合作呀,往头上一压,反倒拉不下脸皮来跟人家磨缠了……嗨!我这是瞎扯,你们商量你们的,我还是买我的梨。"

他弯下腰去,开始挑梨。

郭万德猛地下了决心:

"好!咱们走吧!"

他对着娘儿们挥了一下胳膊,从笸箩上拿起长袍儿往背上一披,两脚就冲到门外去了。他老婆子连忙溜下炕来,嚷嚷着,分开正在往外走的娘儿们,追到院里,老两口子就在院里拉扯起来。最后,老头使劲一拉衣裳,把老婆子带了个趔趄,她还来不及站稳脚时,老头已经窜出大门去了。

老根媳妇故意走在最后,顺手从筐里拾起两个大梨往腰里一掖,同时对着郑老幌一撇嘴,一斜眼,才跨出了房门。

"老头的梨准都是有数儿的!"郑洪兴追上她说。

"嘻!你不会对他说是你拿了吗?亏你刚才还在这儿充人呢!"她瞪了他一眼,快步追众人去了。

她们在王家院子侧边的场里碰见王洛奎正在那儿收拾晒干了的柴火,就强拉硬拽地把他弄成了一伙,最后又集合到李祥家里,正好碰见郑洪兴又在那里，这家伙又趁风儿扇火，大家又商量了一阵，这才一窝蜂地找张骏他们来了。

现在，这群男男女女已经走到张骏和郭木山的跟前来了。他们让女人们站在前面，男人们站第二层，一些不懂事的孩子们乱哄哄地挤在人缝儿里，周围还有一些看热闹的人。老根媳妇像个闯关夺寨的大将，挺着胸，叉着腿，一只手叉腰，一只手把一绺儿头发往后一掠，扭过身去对着后面的人大声说：

“这不是，张书记跟郭社长都在这儿，你们有话就说吧！”

“各人有什么意见，快发表吧！”汝安媳妇也附和说。

人们睒着眼，犹疑着，谁也没有开口。

从街道的另外一头又来了一群妇女，是贞妮子和王香儿她们从棉花地里回来了。她们都站在张骏、郭木山和吴小正的身子旁边，这就形成了另外一条阵线。

张骏故意不开口说话，脸上是平静的，微笑着的。忽然，他看见街道旁边离人们远远的地方站着一个三十来岁的女人。油光乌黑的短头发，白白嫩嫩的脸儿。上身穿一件墨黑的紧身夹袄，领口、袖口和大襟底下露出粉红色的内衣边儿。下身是一件葱绿色的裤子，裤脚上镶着白边儿。她抄着手儿站着，弯得很好看的眉毛往一块儿蹙着，眼神里和嘴角上含着一股幸灾乐祸的神气，一动不动地往这边看着。张骏有些奇怪，怎么乡村里会有这样的女人？他悄悄地问郭木山：

“那是谁？你们村怎么有这样女人？她那神气……”

郭木山小声告诉他：这女人名叫魏月英，是个伪军家属（男人被判了徒刑），在村里暗暗地跟一些人靠着，村支部和村政权都曾经注意调查过她的行动，一直还没有发现什么问题。他说完了，就回到眼面前的事情上来了，对老根媳妇说：

“老根家的，别人不说你就说吧！”

“我说？”老根媳妇又看看大家，“我说？干吗要让我先说？好，”她猛地下了决心，“我说就我说，说什么呢？很干脆，没有什么秘密……”看见张骏的脸色并不难看，她就滔滔不绝地说起来了，“不为别的，就是要向县里来的张书记提个要求：要退社——很简单！你们大家说是不是？咱们为什么要等着让人家来把咱们当落后分子开除出去呢？咱们为什么不自个提出要求来呢？入社退社，各人自愿，这是上级的政策，是不是？”

要是在平常，她说些没油没盐的话倒是很有本事，可是说不出这些“自愿”呀，“政策”呀，“要求”呀一类的话来的。郭木山一下子就猜出她是有所准备，是有人教给她的。他在人堆里找这个给她当军师的人，先疑心是王洛奎，又觉着不像——这人做事是心里有底，却不爱鼓动别人干个什么事情。郭万德，更不像……他猛地看见那边胡同的墙角上露出了半个人脸，很快又缩回去了。“这是谁？”他快步走了过去，却只看见了一个背影——是李祥！“哼，鬼头鬼脑！”他心里开始有了气，就快步追过去了。

“老李！咱们的副社长！”

李祥站住了脚，回过身来了。

两对眼睛互相盯了一会儿。郭木山冷笑着问：

“嘿嘿，在这儿看热闹呵？”

“嗯啦，”李祥眼珠子一转，在打主意。

“你是副社长，社里发生了这样的问题，倒站在一边看热闹呵？”

“我也问问你，”李祥的脸色有些变了，“我有权利在这胡同里走路没有？”

“走路是走路，可我是问你……”

“既是许人走路，你干吗要把我叫回来？热闹，我爱看就看，不看就走，你管得着吗？”

“你是个副社长不是？”

“我早辞了职！”

“谁批准你辞职的？”

“哦喝！”李祥也冷笑了，“我辞职还要经你批准？你这权限倒不小哇！”

两人又脸对脸地互相盯了一会儿，李祥转身就走了。

郭木山气得咬着嘴唇，捏着拳头的手有些发抖，只得回过身来，走出了胡同。

这边，老根媳妇说完了以后，别的一两个女人又喳喳啦啦地说了一阵。张骏没有马上直接回答她们的话，却往前走了几步，对一个老太太说：

“大妈，你不是郭小秃的娘吗？我刚刚上你家串了个门儿，跟小秃的爸爸算了个细账。你家二十六亩好一点的地，往年，每年也就是收个二十五六担粮食，除去肥料籽种，牲口草料……今年，你们净收入了二十八担，对不对？你家小秃他爸爸搞通啦，不退社啦！我知道，你自个也不是决心退社的，你干吗跟着别人乱哄哄呢？”

“俺家小秃的爸爸不退社，这话是真的吗？”老太太有些吃惊了。

“一百个真！不信你回去问问。”

“你们看这……”老太太把两手一摊，“一家人不齐心，我还操的什么心！我还……”她一边说着，一步一转身退走了，好像怕有人追她似的。

边上看的人有的忍不住笑了。

“你们看看，”张骏接着对大家说，“要退社，容易得很，各人自愿，决不强迫。可有一样：一定要跟家里人商量好了。你们都跟家里人商量好了吗？你们每个人自己都真的下了决心吗？老根嫂子，我看你就没有跟你家老根商量好，我刚才也找他谈了谈，他说你要退社，他不同意。”

“他是个没心没肺的人，做不了我的主！”老根媳妇满带劲地说。

“全村的人谁也做不了你的主。”边上有人小声嘲笑了一句。

张骏又问她：

“他做不了你的主，你做得了他的主吗？男女应该平等，夫妻应该商量，是不是？”

“张书记，退社是凭自愿不是？”这女人已经有些心虚了，可还想挣扎一下。

“是自愿，完全自愿。”

“那好，他自愿不退，我自愿要退，我跟他各人自愿各人的吧！”

“你跟老根分家了吗？”旁边有人问她。

“没分家。”

“没分家，那你这一份儿怎么退呢？”张骏又问她。

老根媳妇没话可说了。边上看的人都笑了。她只得一边侧着身子往旁边退，一边嘟囔着：

“他，他算个什么，他能做我的主？看我不回去叫他……”

“叫他干什么，给你下跪吗？”曹老鸭不知是什么时候来的，这时赶紧插了一句。

“你的老婆才叫你下跪！你是跪惯了的！”老根媳妇鼓着嘴叫着。

边上的人，甚至连郭木山和张骏都笑了。

张骏又朝街那边那个女人看了一眼，只见她并没有笑，相反地，脸色倒有些阴沉了，正好跟他的眼光碰了一下，她赶紧把头往旁边一扭，看着对面房檐上的两个麻雀打架，像是对这边的事情毫不关心。

“张书记，”郭万德往前走了一步，拼命想挺起胸来，他那驼背却不给他争气。“张书记，我能不能算是一家之主？我这么大年岁了，劳动了一辈子，算不算当家人？”看得出来，他是想尽可能把话说得冠冕堂皇一点，给大家一个好印象。

“大伯，”张骏笑着说，“你算不算一家之主，要看你家老太太同不同意，也许她比你还要能干一些呢？也许她也愿意当家呢？”

“她当不了家！”老头赶紧分辩，“村里谁也知道，俺们家只有我能当家，我要退社就退社。”

“我不同意退社！”吴小正在张骏旁边嘟哝了一句。

“什么？”郭万德的脸猛一下红了，“你！你！你这没良心的……”

“我早就跟你说了，我坚决不同意！俺姥姥也不同意！”

“你反了！”郭万德像打雷似的叫着，双脚一跳，向吴小正扑了过去。他尤其生气的是：小正竟当着众人的面叫“姥姥”，而不叫“奶奶”，不承认是他老两口子的孙子。

吴小正往旁边一闪，贞妮子、王香儿，还有赵洛常的孙子赵更学同时拥过来遮住了他。

郭万德更生气了，指住贞妮子的脸：

“你这臭丫头！你干吗挡住我？”

“你骂谁是臭丫头！”贞妮子挺起了胸脯，竖起了眉毛。

“我骂你！我骂你！就是你把俺家小正勾引坏了的！”郭万德嚷一句往前跳一步。

“你胡说！”好几个姑娘同时叫起来。

眼看就要打架了。边上看热闹的人拉的拉，劝的劝，乱成一团。张骏叫贞妮子和吴小正躲开了。人们在劝说里夹着责备，好容易才把郭万德的暴跳劲儿止住了。张骏也有些着急生气。他又朝街那边看了一眼，只见那女人已经转身走进一条胡同去了。他觉得这女人的神气不顺眼，很可疑，心里不知道为什么就更有气，就走到老根媳妇面前，提高了声音对她说：

“老根家的，我还有个事情没有问你呢。刚才，你说不要等人家把你们当落后分子开除出去，谁把你们当落后分子？谁要开除你们？不是你们自己要退社吗？这是谁造的谣言？”

老根媳妇正在因为这场打架高兴呢，没有想到会有这么个突如其来的、无论如何也不能回答的问题，又看见张骏的脸色有些改变，就慌了，嘟哝着：“这，是我说漏了嘴……我得跟俺家老根商量商量去。”不敢再看张骏的脸，拉着汝安媳妇，挤到人圈外边，溜走了。

人们又响起了一阵哄笑。

王香儿挤过去拉住了她爸爸王洛奎的袖子，生气地说：

“爸爸，你怎么也来了？你不嫌丢人吗？走吧！”

其他的人们议论着，笑着，也开始散场了。

张骏和郭木山一块儿往油坊里走去。

第十章　为了爱，要恨

油坊里，窗户纸重新糊过了，地和炕都打扫了，家具也都摆得整整齐齐的。现在屋子里还有四个人：李水平、李德才、赵洛常和他的孙儿赵更学。李永平老头从前是个比较富裕的中农，后来因为自己老了，儿子在抗战初期就出去参加了工作，老婆子又因为下雨天不要命的干活受了湿，得了瘫病，儿媳妇又经常住娘家，家里没有劳动力，再加上历年来鬼子和伪军的抢掠勒索，日子就一年一年垮下来了，弄得连穿的吃的都不够。幸亏郭木山动员他参加了互助组，后来又动员他参加了农业社，大伙儿帮着他——真算是救了他一条老命。他情愿把这几间空屋子让出来给社里开油坊，放农具，存棉花。他说："我保险给你们看着门户，半点东西也没不了。"又说："俺家人口少院子大，怪冷清的，你们用我的屋子，大伙儿热闹。"现在，他刚刚担了一担水，把桌子椅子擦洗了一下，正坐在炕边上抽烟。李德才是他的本家兄弟，更是个对社里的一切事情和一切东西都着了迷的人。自从成立了油坊，他有事没事总是呆在这儿，缺水了，就去担水；没柴火了，就去抱柴火；看见有什么农具家伙损坏了，就去找来斧子和木料，砍砍削削地给修理好。如果从人们的闲谈里知道社里谁家有了病人，他还要抢着给人家到几里路以外的地方请大夫去。他个子高大，宽胸厚背，虽然有四十多岁，却还是全身像铜浇铁铸的一样，能扛二百多斤重的口袋，能推四百多斤重的独轮车。他干起活来一个顶俩，记起工分来却总是嘱咐李幼章："给我少记吧！要是天天给我记十二分十三分，到秋后粮食该分给我一个人了！"又说："要那么多粮食干吗？大伙儿的日子都好过就得了呗！"就因为他力气大，人又爽快，人们就给他起了个"李大"的绰号。对于社会主义，他除了会说"单干户是牛车，互助组是马车，农业社是汽车，集体农庄是火车"以外，还经常在干活干得起劲的时候嚷出这样的话来："我老李，卖力气，为的是高额丰产和拖拉机！"常常影响得人们情绪高涨，互相挑起战来，活儿就干得特别快。正是因为社里有几个像他这样的人，这个社才能够长时间正气基本上压住了邪气。前几天一些人开始闹情绪时，李德才猛一下有些灰心丧气了，一方面是担心这个社要垮台；他觉得：办起这么个社来可真不容易，要是真的垮了台的话，以后哪年哪月再能成立得起来？那社会主义就离得很远很远了，那简直就像是摘了他的心一样。另一方面，他听见闹情绪的人们说是劳力剥削了土地，心想："我一辈子什么时候剥削过人呵？我最恨的就是人家剥削了我二十多年，我还会剥削人？我卖傻劲干了一年，就是为了剥削你们吗？为了占你们的便宜吗？"可是，只要社能够保住不垮，他还是愿意自己受点委屈，就找到郭木山去："木山，你老是这么躺着生病也不是办法呀，起来！"郭木山不知道是怎么回事。他又说："起来找人给我算算账，看我应该退给人家多少粮食。"意思是：只要社能够不垮，他情愿给那些地多劳力少的人家分出一部分粮食去。郭木山说："你为什么说'退'呵？是你拿了人家的粮食吗？"又说："社会主义按劳取酬的章程决不能修改，要是修改了，那还像什么农业社？还有什么社会主义味儿？"他没有办法，又去找李幼章、李宝成、王保坤……当然，幼章和宝成这些人也跟他一样，只要社不垮，情愿吃点亏。可就是明知道不合乎原则，明知道就是分给人家一部分粮食，人家反倒更加以为是劳力剥削了土地。就这样，李德才也是急得两三天吃不下饭，他那肌肉结实的脸显出瘦来了。现在好了，社垮不了了，李德才又全身是劲了。他刚刚把炒芝麻的锅涮洗了一下，现在正往灶膛里添火，想烧壶水喝喝——不，是想让这间几天没有来人的屋子有点烟火气，用他自己的说法就是："咱烧它两把火，熏熏那股死了人似的倒霉味儿，叫它现出个兴旺的味儿来。"他那有力的大手把柴火一抓，柴火就发出一种碎裂的响声。灶膛里的火苗往外蹿，锅里的水唧唧地响了。他又想起了什么，叹了口气："咳！歇了这几天工，社里是受了多大的损失！"这些话是说给赵洛常老头子听的。他喜欢这个老头。当然，这个不爱说话的古怪老头是不会跟他搭腔说话的。

郭木山走进来看了看屋里的情形，问他们：

"这么晚怎么还不回家吃饭啦？"

赵更学用埋怨的口气说：

“这磨盘已经洗了两遍，俺爷爷还怕不干净，还要洗一遍，叫他回去吃饭也不去。”

他是个眉眼清秀的青年，戴着个干部式的帽子，全身的衣裳也干干净净，看起来像县里中学的学生。他爷爷大概是嫌他多话，沉着脸，撅着胡子，因为擦洗得太用劲，鼻子里哽哽地喘气。

郭木山满意地笑着向张骏递了个眼色。

张骏也笑了，跳到炕上去蹲着，跟人们闲扯起来。他先问了问油坊过去生产的情形，接着就谈到了刚才发生的事情，想听听人们对这件事情的反映。郭木山说到了跟李祥顶嘴的一段事，并且说出了自己的怀疑。这就更加肯定了张骏自己心里的怀疑了。他问人们：

“你们琢磨琢磨，这个事背后有人指使没有？”

“要不是李祥，把我的脑袋砍下来！”李德才从灶门口腾地站起身来，生气地说。

张骏问他：

“李祥为什么要挑唆人们闹这样事呢？”

“还不是为了说俺们劳力剥削了他的土地吗？”李德才瞪大了眼睛看着墙角，像问自己，又像问别人。停了一会儿，他又自己笑了：“咳呀，我这才知道，什么好事情也得碰上个挡头，大车轱辘不是常常碰上挡路的石头吗？不要紧的！”他又猛一下蹲下去，使劲往灶里塞了一把柴火，“我说不要紧就不要紧，搬得开就搬开它，搬不开就绕过去，咱还是走咱的路，犯不着为了他们憋气。那两天我憋气憋得吃不下饭，真是傻瓜。”

“现在把他搬开，将来办集体农庄要不要他呢？”张骏笑着问他。

“到了集体农庄，”李德才思摸着说，“火车——有车头就得有车皮，要不的话也装不了东西，咱就在最后边挂上他那个破车皮吧！”

一屋子的人都笑了。李德才又补充说：

“可有一样，得给他编个号码。”

“编个什么号码呢？”郭木山满高兴地问。

“编他个‘二百七十三号’。”人们问他为什么要编给这个号码，他又接着说：“你们想想，咱们村是二百七十三户不是？一户算一个车皮的话，那最后一个车皮是多少号？"

逗得人们又笑了一阵。张骏又笑着问他：

"那么，你是几号车皮呢？"

"我？嘿，是汽笛儿，拼着嗓子嚷：嘟嘟！开车了！"

郭木山一跟李德才这些人在一块儿呆着，就会像俗话说的："屁股沉得站不起来。"直到金盆似的月亮从东边升起来，他才走出了油坊，低着头，看着地面上自己那拉得很长的淡淡的影子，心里有些高兴，又有些乱，想考虑点什么问题，一时又理不出个头绪来。

李宝成跟一个名叫杨大个子的壮大汉子蹲在街道旁边，一边捧着碗吃饭，一边聊天。郭木山快要走到他们跟前时，听见杨大个儿用很低沉的嗓音说：

"良心，哼，人家的良心在心坎儿上，他的良心背在背上的。"

"老杨，"郭木山叫他，"你们这是说的谁？"

"你想想是说谁，全村还有第二个'良心'吗？"

李宝成站起来，把背一躬，下巴一伸，装成了郭万德的样子。

原来，郭万德平常开口闭口总爱说别人没有良心，说他自己是最有良心的人，这在全村已经是有了名的了。

郭木山哈哈大笑，想起了杨大个子要入社的事，就问他：

"老杨，你的家庭会议开好了没有？入社的事确定了没有？"

杨大个子站起身来，认真地说：

"刚才我正问宝成你们什么时候吸收人哩。"

"你家里的不反对吗？"

"她反对？"杨大个子露出满嘴的牙笑了。"你看我两口子，还有我的小子闺女，劳动起来还怕比不过别人吗？不光她不反对，连我兄弟家，我老叔家，都叫我说得有个活动意思了。"

"哦！那好！那好！"郭木山的手不觉捏成了拳头，觉得全身都兴奋得发紧。"什么时候有空儿，我把你们三家找到一块儿开个小会……"

杨大个子又告诉他：社里最近的情况他都听见李宝成说了，不过，开个小会再动员动员那两家也好。接着，李宝成又告诉郭木山一个新的消息：周世荣在傍黑前来找他，说了坦白话，承认自己这一年来确实是脚踏两只船，是想先把一部分土地入到社里来试试看。现在既是对社里的事摸透了，大家伙儿又都对他有意见，何必做个歹人呢？那就全家——连他嫂子家——都入到社里来吧！他女人黄玉枝因为在棉花地里受了娘儿们一顿奚落，又心疼男人白天夜里家里社里两边干活，所以也同意全家入社。

三个人又说了一阵别的闲话，郭木山就一路兴冲冲地走进了自家的院子门，听见西屋里男男女女叽叽喳喳的声音，里边还夹杂着吴小正的姥姥的声音。他想起了贞妮子这件不好解决的麻烦事，不觉又皱紧了眉毛。只听见王香儿那又嫩又脆的声音说：

"老奶奶，要是万德爷爷真的退社了呢，你怎么办？"

"我？孩子，俺家小正怎么办我就怎么办。"

郭木山这才看清楚了，原来这老太太是站在西屋外间屋的黑影里边的，紧挨着身子旁边还有个挺苗条的身影——是贞妮子，两人还好像是拉着手的。

"你也同意，哈呀，他俩——是吗？"这一回不大像王香儿的声音，边说边笑，明摆着是在逗着老太太玩儿的。

"同——意！"老太太拉长了声音说，"你们看，贞贞，这么好个孩子……俺家小正儿姓郭也好，姓吴也好，他们俩——孙儿孙媳妇是我的肉，外孙外孙媳妇也是我的肉，由他们自个挑吧！"

一阵男男女女嘻嘻哈哈的笑声。贞妮子挣脱了老太太的手，走了出来，看清了是谁站在院里时，赶紧咬住了嘴唇，把头一低，走进北屋帮娘做饭去了。"我站在这儿愣着干吗？"郭木山猛地想起来了，"他们孩子们的事情……咳！"他不知道自己为什么老是暗暗地对女儿的事情这么关切，为什么这么心疼这个女儿，而且为什么对吴小正这帮青年人的一些事情这么喜欢。

金盆似的月亮已经升高了，变小了。院子里完全是一片银白世界了。

郭木山担起水挑子出去担了一担水回来，把白马从棚子里牵出来让它喝水，又提起另外一桶水来想倒到屋里水瓮里去，猛地听见街上有人嚷叫——是郭万德那难听的声音：

“你们看见了俺家小正吗？……没有看见吗？……我找遍了全村也没有找着他！我知道，嗨呀！我知道，我知道是谁家不要脸的把他拉到家里去了，把他藏起来了。你们说，嗨呀！天下还有这样的事吗？还有这样不要脸的人吗？难怪你要办什么农业社呢！难怪你要搞什么社会主义呢！原来是为了这呀，为了，为了，嗨呀！为了替女儿勾女婿呀！你们想想，我是个没有后代的人，这不就算是把我的一份家当也勾去了吗？什么土地归公，是归他社长老爷的私吧？嗨呀！原来是这么回事！原来是这么回事……”

郭木山全身发抖，一桶水从手里掉了下来洒了一地，把那大白马也惊得跳了一下。一回头，看见贞妮子娘儿俩也站在北屋外间屋的门口发愣，贞妮子的脸简直白得可怕，眼睛也亮得可怕。

郭万德还在接着嚷：

“……你养的马，是遛着玩的；你养的闺女，是勾人玩的；你办的社，是骗人玩的……”

郭木山猛地跳到了院子门口，一只脚已经踩到门外，他女人赶过来想拉住他时，他却又愣住了，缩回脚来，把院子门使劲一关，把门闩使劲一插，震得院墙都动了。

西屋里的青年们也出来了。忽然，万德老婆子像疯了一样，冲过来拔开了门闩，冲出去了。西屋里的青年们也跟着她后边跑出去了。立时就听见她在街上喊冤似的嚷起来：

“你这个老不死的呀！你还要不要脸啦！你还要不要俺那孩子活命啦……”

接着就是杂乱的脚步声，什么东西的撞碰声，和听不清楚的嚷叫声、说话声。在各种各样的声音里边，忽然出现了郑老幌的声音，他简直像熊自己的晚辈人一样地嚷着：

“你嚷也好，打也好，怎么跟自己人干起来了呵？这不是叫别人看笑话吗？你是糊涂！你是傻！走！跟我走！我有个事情要跟你说……”

接着，郭万德说了几句什么，郑洪兴又说了几句什么，万德老婆子忽然又插了一句：

“郑老幌！我知道，你又做人又做鬼！”

“哎哟，婶子！你……”郑老幌叫着，下边的话又听不清了。

又过了一会儿，一阵脚步声过去了以后，街上就只有闲人们在议论这件事了。

郭木山紧捏着拳头，牙咬得吱吱响，同时在心里问自己：“‘郑老幌，你又做人又做鬼’——这句话是什么意思?”又往墙脚下的一块磨刀的石头上坐下来，两只手紧紧地托着腮帮，心里有一股说不出来的恨劲。恨谁呢？恨郭万德？是的……可不知道为什么，他更恨郑老幌这个人，还恨一些说不出来的别的什么东西。他想起了刚才李德才说的话：“什么好事情也得碰上个挡头，大车轱辘不是常常碰上挡路的石头吗？……”是的，什么好事情都要碰上点挡头，郭木山恨的就是这个挡头。别看李德才这人是个粗鲁人，有时候也能说出真理来哩。可是，他的下半节话就不对了：“搬得开就搬开它，搬不开就绕过去。”凭着几年来的工作经验，郭木山知道，有时候真是搬不开又绕不过，它硬是要死死地挡住你——这才是更加可恨哩！张书记说：“光凭气恨是不能解决问题的。”那么，不气恨又怎么办呢？

贞贞的娘把马牵回棚子里去拴好了，看见他的神气不对，不敢叫他吃饭，回头来找女儿时，女儿也不见了。她走进北屋看了看，没有。以为她一定是跑到西屋去倒在炕上发闷去了，就往西屋走去。为了免得惹得女儿不耐烦，想脚步很轻地进去，轻轻地拍着她的身子，叫她：“妮子，吃饭呀!”不想走到房门口时，却看见炕当中一片窗格子似的月光两边，一边坐着一个男的，另一边坐着一个女的，两人都低着头用一只手在炕席上划来划去，像是都用了很大的劲，弄得炕席嚓嚓地响。她赶紧又轻手轻脚退了出来，到了院里，才用右手背往左手心里轻轻一拍，心里说：“嗨！我还以为小正这孩子走了呢……”然后大声说：

“怎么啦，你们三口人都气饱了吗？不饿了吗?”

郭木山站起身来：

“怎么三口人，还有谁?”

“你说还有谁?”女人斜了他一眼，“特地炒了鸡子儿，快凉了……”

郭木山明白了，走进了北屋。吴小正夹着床被子从西屋里出来了，告诉贞贞的娘：他不饿，不想吃，要到油坊里睡觉去。“这孩子，工作学习太劳心，看瘦的这样儿！”她心里说着，心坎上猛地一阵热，知道劝不过来，只得让他走了，愣了一会儿，又急急忙忙走进北屋，从锅里拿起两块新玉米面饼子，走进了西屋，对着还在低头发愣的女儿说：

“不吃饭还行？快去送给他！”

贞妮子接过饼子，又顺手拿起小正丢在炕上的三本书，一扭身追出去了。

吴小正走得并不远，贞妮子几步就追上他了，把饼子和书本儿塞在他手里，转身就又走了。吴小正觉得她的举动有些特别，就回身跟着她，走进了一条胡同，曲曲拐拐，只见她一闪身进了他姥姥家的大门，不觉吃了一惊，赶紧也走了进去，把被子和饼子搁在门洞里的大车上，正要往里走时，只听见里边屋里姥姥的声音问道：

“谁呀？”

“老奶奶，是我，”贞妮子的声音，“老爷爷在家吗？”

“老天爷！你是贞贞吗？嗨！……他在后院里哩……你怎么……”

没有听见贞妮子回答。小正赶紧抢进院里——他知道他老爷的脾气，也知道贞妮子的脾气，怕两人会嚷叫起来……可是贞妮子已经走进了过道屋，拉开通后院的门，进到后院了。等小正走进过道屋时，正好他姥姥从屋里出来了，他拉住姥姥的手叫她不要声张，他知道：这样的事情只要她一参加意见，他老爷就会嚷叫得更加厉害。

这时郭万德老头子正坐在一棵梨树下边的一个草棚子里：身子旁边搁着一壶茶，手里托着一个碗，眼睛盯着梨树下边深暗的阴影，脑子里想着各种各样的事情。每年秋天梨熟的时候，他每夜都要在这树下边的干草棚子里睡觉，防着有人翻过院墙来偷他的梨。在睡觉以前，总要把后脑勺搁在驼背上愣怔怔地坐很久。他那张圆圆的脸一会儿拉长了，一会儿又皱扁了。眼睛一会儿眯起来，一会儿又睁大了。他尽想些什么呢？是想今年可以摘多少斤梨，可以卖多少钱吗？是回忆这几棵梨树是怎么栽起来的，他两口子在这上面花过多少劳力，费过多少心思，如今才得到了多大的收获吗？也许是感激老辈子人传给了他这么一份产业——想起了小的时候，也许是刚会记事的时候，父亲就把他领到院前院后，领到村东村南一小片一小片的地里，指给他说："小德啊，记住呀，这是俺家的呀……""小德呵，你看俺家这庄稼，多强……"从那时候起，他就对"这是俺家的"这句话有了多么深的感情啊！人家的少，俺家的多，这是好；人家的坏，俺家的好，这是心里舒服；人家没有，俺家有，这是骄傲；人家挨饿，俺家吃饱穿暖，这是福气；人家占了俺家的便宜，这是上当；俺家占了人家的便宜，这是快活……他跟孩子们在一块儿玩的时候，常常说出这样的话来："喂！你怎么动俺家的东西呵？""喂！你怎么把俺的东西拿着玩？"那孩子拿东西的小手就松开了，眼睛里就闪出又羡慕又失望的泪光来。以后，他又学会了很多很多事情，很多很多道理。比如，世界上家家户户有各种各样的"有"法，有的人家有得土地看不见边，房屋一间连着一间，鱼肉白面，绫罗绸缎，吃穿不完——这是人家有本事，也是人家有命；有的人家只有一根打狗的棍子和一个要饭的碗——这是人家没本事，也没有命。干活儿，过日子，有口饱饭吃，不容易。要是你命薄本事也弱，那你就保住你已经有了的这点东西吧。要是有个什么机会，而且保险不会上当失手的话，那也不妨捞它点进项。勤勤俭俭，跳跳跶跶，能进一个就进一个，积少成多，就可以——就算是不能买田置地，也可以以防万一。万一——天灾人祸，是很多的。过日子真不容易啊……所以，郭万德慢慢地就学会了一种本事——"说良心话"。比如，到集上去买卖日用东西，就说："老弟，你说良心话吧，这能值这么多钱吗？"比如，跟人家吵架的时候，就说："你昧良心！你黑了良心！"当他觉着自个吃了亏或是要吃亏时，他就用"你没有良心"去责备人家；当他想不吃亏或是讨便宜时，他也用"你没有良心"去责备人家；当他因为各种各样的原因恨一个人时，就要骂这个人"不讲良心"；凡是他所恨的人，都是没有良心的人；凡是他所喜欢的人，都是有良心的人。当然，在一切有良心的人里面，那最有良心的人就是他自己……

可是，也不知道老天爷为什么不睁眼，没有给他这个最有良心的人一个儿子！

他不愿意从他的本家侄儿们里面过继一个儿子，因为，据他看来，那些侄儿都是想得他的家当，却不愿意白花劳力给他干活儿；就是帮他干活儿，也总是想吃好的，活儿却干得不地道——他们太没有良心。郭木山也是他的本家侄儿，也正是一个没良心的种！

他只好从他的女儿那里找出路了。他的女儿女婿是贴心的，是有良心的。女婿常常来帮他干活，而且干得好，吃得坏。幸亏如今的政府兴女儿有继承权。这样，他就把外孙吴小正过继过来做了孙儿。

可是，偏偏这个孙儿就最没有良心！他放着暖暖和和的小日子不过，硬是要加入什么屁的农业社。要是不加入，他就不做他郭万德的孙儿了，就要回他爹妈那儿去了。为了这个事，郭万德把女儿女婿都接来进行调解。女婿是个老老实实的死庄稼人，没有什么说的；女儿却是她婆家村里的什么干部，不光不管教孩子，反倒也动员他郭万德入社。好，入社就入社吧！咳！他郭万德在社里受了人家的气，受了郭木山的气，回到家里，这小没良心的反倒要向着外人来批评他，叫他更加生气！这还不算，以后，这小没良心的偏偏又要跟一个本家姓郭的闺女，跟他郭万德最气恨的人——郭木山的闺女谈恋爱……

现在，郭万德大半又是想起了这些事情吧？

他听见了脚步声，惊醒了，把头伸到棚子外边：

"谁？"

一个黑头发白脸蛋的姑娘走到了棚子门口，坐在一个木头墩子上——正是郭木山家那死不要脸的闺女！

"是你？你怎么跑到俺们家来了？"郭万德一下子蹿出棚子来，吁——吁——地吹起胡子来。

贞妮子也猛地站起身来，话说得又尖又快，简直像这梨树林里每天早晨的鸟儿叫一样：

"老爷爷，你本来是我的本家老爷爷嘛，我也本来是你的远房孙女儿嘛，所以我要叫你'老爷爷'嘛。我今日不是来跟你骂街吵架的，哪有孙女儿跟爷爷骂街吵架的理呢？我是来跟你讲讲道理的。你六七十岁了，胡子这么长了，总不能不讲道理吧？我问你：你是我的长辈人不是？是我的爷爷不是？你承认不承认我是你的远房孙女儿？"

郭万德看着这姑娘大胆刚强的举动，一本正经的脸孔和亮晶晶的眼睛，简直愣住了，简直吓傻了，只能问出这样的话来了：

"你问我这个干什么？"

“你承认不承认？你是不是我的爷爷？”

“哦喝！”郭万德的脑子转过弯儿来了，以为自己抓住理了。

“你也知道你是姓郭？嗨呀！你也知道你是我的孙女儿吗？我问你：世界上有孙女儿跟孙儿……”

“你先别说这！”贞妮子大声打断了他，接着又压低了声音，“世界上有这样的爷爷吗？在大街上，当着那么多人，嚷着骂着，造谣，说自家没出聘的孙女儿不要脸，勾引人，有这样的爷爷吗？你胡子这么长，有脸说出这样话来吗？不害臊吗？”

郭万德又好久好久说不出话来，撅着的胡子，搁在胸前的一只手都哆嗦起来了。

贞妮子又在木头墩子上坐下来，把辫子往背后一甩，接着说：

“我今日要说清楚，要不然，以后我还有什么脸见人！我跟小正两人有什么不干不净的事情吗？有谁看见了吗？为什么血口喷人？”

“你姓郭，他也姓郭！”郭万德的声音简直是从胸膛里颤抖着挤出来的。

“我姓郭，不错。”贞妮子又站起身来，“他吴小正是不是姓郭，这要看他自愿。反正他对我说他是姓吴，俺们是隔房的表兄表妹，这犯什么法？婚姻自主，这是政府的法令，俺们有什么错误？你为什么要拦挡俺们，为什么在大街上跳起脚来骂俺们？”

郭万德猛地转过身来，使劲顿着脚，苦腔苦调地嚷着：

“我要去找那个小没良心的去呀！我要去问他呀！你到底是姓郭姓吴哇！你到底还有半点良心没有哇！……”

吴小正一直是跟老太太一块儿隐在过道门后边听着的，这时知道老头要进来，要是看见他在这儿，一定会对着他撞头打滚地闹起来，就赶紧跳到院里，躲进大门洞里去了。

老头蹦蹦弹弹地走进过道屋时，被老太太横着身子拦住了。

“你往哪儿去？”她像熊小孩似的熊他，“这么大个村子你上哪儿去找他？你还嫌丢人丢得不够吗？还想到满村里去吆吆喝喝，让全村的人都知道你是个老顽固吗？”

“你也说我是老顽固？”郭万德简直不相信自己的耳朵。

“刚才那闺女说得句句在理，你的理呢？你怎么说不出理来？”

“快叫她走！”郭万德用全身的力气喊起来，“快叫她出去！她再在这儿多呆一会儿，我就要气死！”

“说清了道理我自然就走，用不着谁来赶我！”贞妮子扬着头，挺着胸，从老两口子身子旁边走过去，到了前院时，又补充了两句，“老奶奶，这不怪你，你可别生我的气。”

第十一章　马的故事

土地改革的第二年春天，郭木山平生第一次到集市上去替自己买牲口。头一回，他看中了一匹灰毛儿的大叫驴，仔仔细细把它从耳朵到蹄子都摸索遍了，就是不知道它的腰劲儿和腿劲儿怎么样，很想骑一骑试试看。“不行！”卖牲口的连忙拦住了他，“你那大个子，俺这驴子可经不住！”经不住人，这叫什么牲口？头一次买卖就这样吹了。以后，郭木山又连着赶了五回集，才算买定了一匹油黑放光的大黑驴。他一路牵着往家里走，越看越爱，就一路在心里跟自己说话：“咳！给人家当了半辈子牛马，伺候了半辈子牲口，稀罕了半辈子牲口，今日才算有了自个的牲口啦，真他娘的像做梦！”“我就是这么个人：不养牲口干脆就不养，要养，就豁出来多花点钱，就得养个像样儿的，就得过个养牲口的瘾……”“你看这驴，这骨架，喝！……”回到家里，他先把它拴在院子里，对全家的人夸耀了一番。然后碎草拌料，给它吃了个足饱，牵出大门，拴在街旁边的枣树上，故意把缰绳系得很短，把它的头吊得挺高，嚼口勒得很紧，那驴觉得不舒服，自然就扭脖子蹬蹄子地挣扎起来。然后，他双手抱拳地蹲在一边，眯着眼瞅着它，心里狠狠地说：“看你有多大劲，看你蹦到什么时候！”

街上来往的人站住了脚：

“木山，你买了匹驴？

“嗯。”

“喝！好岁口，好腿脚，好膘！”

“凑合着还行。”郭木山低声说。

“你看它多活跳呀！”人们又赞叹了一句。

“嘿，劲儿怕是不小。”

“拉它上套的时候你可得当点心啊。”

"早先扛长活的时候,我使过多少这样的牲口,不怕它调皮。"

天黑了,郭木山像喝醉了酒一样把驴牵进院里,往它脖子上系了个小铜铃儿,脑门上扎上个红绒球儿。从此以后,他那小窄院里就经常可以听到迷人的嚼草声、晃铃声、蹬蹄声、嗷叫声。夜里,草料吃完了,它就焦急地蹬踏着蹄子,把头伸到郭木山的窗户跟前,从鼻子里响出一种发哑的拉锯一样的声音,郭木山就翻身起来,走进那小小的牲口棚里,一面给它添草,一面用自豪的声调跟它说话:"妈的,吃吧,你吃不穷我,我郭木山不是早先的郭木山,我既买得起你,就养得起你!"那黑驴像是报答他这慷慨的招待,扬起头来舔他,从肩膀舔到耳根,又舔到脸上。"你跟我亲的什么,滚开!"郭木山在它脑门上拍了一掌,心里却有一股说不出来的高兴味儿。

真的,这驴就像他的亲人一样,全家人都疼爱它,都百般地照顾它,甚至给它养成了一些奇奇怪怪的习惯,比如:非刚刚从井里打起来的水不喝;干了活儿以后,非郭木山和贞妮子牵着不打滚儿。他家就像这样养了它三年多。

今年春天,正当春耕播种的时候,社里牲口不够用。郭万德老头子有一匹枣红马,不愿意让它跟别人的牛呀驴的搭配在一起干活儿,他说:"哼,我这马,到底总是个马不是?力气大,走得快,又向来就不会偷懒,跟你们那小牲口配在一起,活儿都叫它一个儿干了……"在他看来,世界上什么东西都是有等级的,比如,人有老幼尊卑之分,牲口有骡马驴牛之别,高一等的东西总要比低一等的东西强。其实,他这匹马正像他的人一样,早已经老了,干活连人家的好牛好驴都比不上。当时,郭木山找他理论,两人就争论起来。

"它干活天不行,也总是一匹马,总比你那驴强!"

"老叔,你别那么说,它干活行不行众人有眼。不怕你怪,你那马要是跟我这驴换,我还不干哩。"

"你把它说得这么不行,那你干吗要套着它干活儿呵?"

"社里一年给它六担八斗粮食的租钱,它不给社里干活还行?"

"你那驴一年多少租钱?"

"七担,怎么?你觉着不合理吗?"

"嗨呀,不多!"郭万德冷笑着说,"驴本来就比马值钱嘛,驴吃草料也比马吃得多，驴是大爷，马是二爷，对不对？要是你郭木山也养着匹马的话，你就不这么说了吧？咳，人，总得凭良心，只有那黑心黑肺的人，说话才驴头不对马嘴！”他说完了，一甩袖子就走了。

气得郭木山浑身发抖，朝着他背后嚷了两句：

“自私自利！就是自私自利！”

原来，社章上规定了：各家原来的牲口，还是由各家私养，归社里伙用，由社里给牲口户出租钱，租钱多少，由大家按牲口的强弱来民主评定。郭万德既是认定了马总要比驴强，所以在租价问题上很不服气，像这样明着暗着地捣乱已经不止一次了。

以后，郭木山老是忘记不了这次争吵，他心想：“什么？你料定我郭木山养不起马？你以为我要是养了马的话，也会像你那样自私自利？”“我早先给财主家干活时是多欢喜马啊！我想养马想了半辈子了！”他想起了马的聪明、漂亮、有劲和其他许多特性，心里真有点痒痒了。社里的人们也怂恿他，说是社里反正缺的是壮大牲口，这匹黑驴要是再不卖，过两年岁口老了，就不值钱了。他就下了决心，含着眼泪把驴牵去卖了，添了些钱，买了一匹雪白的母马。

这匹马全身白得耀眼，像白缎子一样，宽胸脯，高腿脚，颈梁上生着整齐漂亮的长鬃，额前齐眼睛上搭着一绺儿柔毛，站着时总是竖着耳朵扬着头，骑上去跑起来又稳当又快，真像个美丽泼辣的姑娘，又像个剽悍的小伙子。

郭木山是这样个人，爱什么就爱得热烈，恨什么也恨得深。如果说他有了以前那个大黑驴时喜欢得像做梦，现在有了这匹马时就更像做梦了。他这性情也传到女儿贞妮子身上了。这马一到了家，父女俩就围着它转着圈儿看了两个钟头，又牵出去在村里村外遛了一下午，贞妮子还给它起了个名字，叫做雪里白。

第二天，人们要把这白马跟郭万德那匹枣红马套在一起耕地，郭万德说：“既是马跟马配在一起，我没意见，可有一样，得由我扶犁。”他是担心：这白马是个干活的新手，不会出力气，要是由别人扶犁，他的红马也许又要吃亏。

两匹马肩并肩地套好了，犁铧子开始翻动着潮湿的泥土了，站在一边看热闹的人却鼓起掌来了，原因是：那白马像打冲锋一样，简直用不着人吆喝。

“哈哈！叫这白马一比，那枣红马可就显得……”是曹老鸭那沙哑的声音，这样的场合总是少不了他的。

“那红的，不光走得不行，样儿也难看哩。”别的人又补充了一句。

“你看这白马，这才叫马呢！这才真的是‘高一等’呢！”第三个人更露骨地做了结论。

人们的嚷嚷声更刺激了那白马的兴奋劲儿，它扬头甩尾地走得更快了。郭万德心里又气又急，气的是：这村养马的不过四五家，他郭万德一向是把自己的红马当做骄傲的，现在竟被这匹白马比到地下去了；何况人们又在一边冷言冷语？也许郭木山也在一边暗笑吧？急的是：这白马一个劲儿跑，弄得他和他的红马跟着走都挺费劲，他简直差不多连犁也扶不住了。他只得拉紧了那白马的缰绳，弄得它勾着头一个劲儿喷气。它的脚步就混乱了，走的趟儿就不直了。特别是在调头拐弯的时候，郭万德一个不留神，放松了缰绳，它就带着空犁跑起来。郭万德弄得手忙脚乱，累得满身大汗。他耕了一辈子地也没有丢过这样的人。他暴跳着，用最难听的话咒骂着，用鞭子梢儿对着白马的耳朵甩得拍拍响。那马大概还没有受过这样的冤枉和折磨，使起性子来，腾地甩起了后蹄，带着空犁奔跑起来，把郭万德带得摔了一跤，滚得满身泥土，差点儿被犁铧子铲住了脑袋；总算缰绳还没有放手，爬了起来，气得发了疯，拼命赶上几步，抓住了马嚼口，用鞭子柄儿对着马屁股抽了起来：

“妈拉皮的！我看到底是我厉害还是你厉害！我看到底是谁制服谁！”

当事情还没有发展到高潮时，郭木山看见自己的马干活像拼命，就已经暗暗地有些心疼，已经在生气郭万德不对红马多甩两鞭子。他只得忍着，把脸扭到一边去故意不看，心想：“不能为了这点小事，叫人们把我看窄了。”当郭万德用鞭子梢儿对着白马的耳朵甩得山响的时候，他已经有些忍不住，站起身来了；现在，他跟众人一起从老远的那头跑过来，一把抓住了郭万德的胳膊，紫着脸，用压低了的发颤的声音说：

“万德叔！你这不是跟马过不去，是跟我郭木山过不去！你干吗要疯了似的打这马？它不是你的，不心疼是不是？”

“嗨呀！”郭万德横着眼睛歪着脸地叫道，“你是社长，摔死了人你不心疼，管教你的马你就心疼，你是社长！”

“你别这么说，我看得清清楚楚：挨摔是你自讨的，谁叫你拿鞭子甩它？”

“我不甩它行吗？它干活是个新手，不知道按捺着一步一步地走直趟儿，跑得倒是快，可东歪西扭，弄得我这马脚步也乱了，累得直喘气，这你就没有看见？”

“你的马喘气？亏你说得出口！你看看我那马是怎么在喘气吧，你看它这屁股上被你打得凸起了一条条的印儿，你叫他们别人瞅瞅看！”

众人都七言八语说话了，在劝解里夹杂着对郭万德的责备。

郭万德看看那白马的屁股，觉得自己也实在有些过分，愣了一会儿，看看自己满身的泥土，又看看在一边用鼻子嗅着土地的红马，一口气又涌上来了，就又对着天空和旷野叫起来：

“嗨呀！说来说去，原来呀，原来他也知道心疼牲口呀！前几天，为了使牲口的事，他对着我的背后嚷：‘自私自利！就是自私自利！’木山，我记得你这两句话。你这不自私自利的人，又是劳模，又是社长，又懂得什么叫集体农庄，什么叫社会主义，你该做个样儿我看看呀！……我不干了，你们别人干吧！”

他把手里的鞭子一扔，跑过去卸下了自家的枣红马，牵着就往家里走，众人劝了半天也劝不过来。

郭万德的脾气是“顺毛驴”。别人要是顺着他的毛儿摸，他就以为你有良心，一好百好，他跟郑洪兴和李祥的关系就是例子。要是把他的毛儿摸倒了，要是他以为你是个没良心的人，那就一坏百坏，就再也不能跟你合到一起了。再加上郑洪兴常常趁风拨火，说：“老叔，你呀，一辈子是自个的地自个的锄，自个的大车自个的牛，自个的帽子自个的头，从来没价受过人的气。这会儿你算倒了霉啦，入了这个什么屁的农业社，伸出脖子来叫人家掐……”所以郭万德就更加有意地跟郭木山不对劲儿了。郭木山呢，暗地里把郭万德叫做“头痛社员”，总是尽量忍着，一方面是为了社内的团结，一方面也是为了贞妮子和吴小正的婚事。

从这次吵闹以后，郭木山就非常注意：每当别人用他的马干活时，总是故意离它远远的，对它连看也不看一眼。到了晚上，他就用干拭布给它全身擦汗，一面对它说："你呀，跟我一样，干什么都像拼命，你就不会慢一点，把力气匀着使？"——他像怜惜一个脾气相投的知己朋友一样怜惜它。擦完了汗，又牵着它走到村外，遛遛它的腿儿，才牵回来饮水喂料，对它说："吃吧！能干就得能吃，哪怕我少吃点哩，也得省给你多吃点。"郭木山有个习惯：无论晚上开会睡得多晚，早晨也总是起得绝早；如果不需要这么早就下地，就背着粪筐，摸着黑走到村东汽车路上，拾夜里过大车时牲口拉下的粪。"肥料，是种庄稼的根本。"——这是他时常挂在嘴头子上的一句话，也是他能够成为劳动模范的原因之一。现在，当他早晨再出去拾粪的时候，就带着他的白马，他认为：牲口跟人一样，早晨起来活动活动，身体就壮。

他常对自己说："我就是爱牲口、爱马；要是这匹马是社里的，我也一样儿疼爱它，也照样儿要常常遛遛它。"

时间一长，他这爱马的心性就在社员们当中发生了影响，人们心想："他这马干活儿又'冲'，马这玩意又本来就比别的牲口娇气，要是累坏了它，四五百万元，可了不得！"李祥和李宝成在调配畜力的时候，有时就故意不给这匹白马分配活儿，或是尽量给它分配轻松一些的活儿。有一天，李祥劝郭木山把这匹马卖了，买一匹疲塌一点的牲口。郭木山问他：

"干吗，疯了吗？"

"这马干活太'冲'。"李祥说。

"太'冲'还不好？社里就是需要这样牲口，能出活儿。"

李祥就再也没有往下说。又有一天，郭木山把这马牵着让李宝成看：

"宝成，你看看它的肚子是不是大了？"

"让它配过对儿吗？"

"跟县农场的种马配过。"

"那，也许是有身孕了。"

一连有若干天没有给这匹马分配活儿，人们是怕它万一真有了身孕，把它累坏了或是累得流了产，负不起责任。郭木山发现这个特别情况了，就责问李宝成和李祥：

"怎么计划畜力老不把我的牲口算上？"

"说实话，万一它真的怀了孕呢？"

"嗨！就是怀了孕，只要不是产前产后的时候，一样干活儿。"

"它干活太'冲'，不比别的牲口……"

"没关系，使吧！就是使坏了，我自个负责，咱决不能叫别人说闲话。"

其实，这时候早就有一小部分人在说闲话了。

"早先他那匹驴，租价是七担，虽然高一等，总算还干活儿。现在这马，租价——虽然大伙儿还没评议，到秋后，总少不了要七担往上吧？可倒好，它像是俺们的少奶奶，什么活儿也不敢惊动它。"——郭万德这样说。

"我叫他卖了换一匹别的牲口，他不听，不是成心要讨便宜吗？"——李祥也在暗中唧咕。

"他这马不是养着干活儿的，是养着遛腿儿的。"——其他个别的人也这么说。

就这样，郭木山虽然尽量注意，到底还是使得一部分人——像他自己所顾虑的——把他看窄了，以为他在牲口的问题上是有些自私自利了。这牲口问题就成了社内潜伏着的问题之一。有的人甚至以为郭木山一次再次跟郭万德争吵，主要的不能怪郭万德，而应该怪他郭木山，以为他是为了马的事记了郭万德的仇。再加上一些别的零零碎碎的事情，这一部分人对郭木山就确确实实地有意见了。

郭木山并不知道这些内情，倒认为这一部分人是最不好团弄，心眼儿最多，最自私自利，最扯不清拉不直，总是故意横搅。

第十二章　找着了坏根子

夜里，农业社的积极分子商量完了事情，都走了。张骏把郭木山留下来，对他说：

“老郭同志，有人对我反映意见，说你这个社长真正的有些自私自利。”

“谁反映的？”郭木山吃了一惊。

张骏对他说：先别管是谁反映的，先应该考虑一下人家的意见是怎么发生的，是不是多少有一点点根据。

“我记得李祥也说过你有些自私自利——这是你自己告诉我的。”

“这一回准又是他反映的吧？”郭木山冷笑着说；他想起了李祥那鬼头鬼脑的样子。“好吧，”他又冷静了一些，“张书记，你把具体事实说出来，要是我真有自私自利的毛病，我就坚决克服。”

“大概是关于你那匹马的事情，也还有别的，我先不说，你自个好好想一想。”

“张书记！”郭木山痛苦地压低了声音，“你也知道，我这人最恨的就是自私自利，我总是跟自私自利的事情作斗争，好多人都说我没私心，能牺牲个人利益。我在村里说话还能打得响，还能够领导互助组和农业社，就是因为这一条。土地改革时，我分的什么样的房子什么样的地，这谁不知道？”

“同志，不要老是把土改时候的事挂在嘴上，要知道，人是会变的。我很相信你，但是有人对我反映这样的意见——如果是一个人反映的，我也就不一定要跟你谈了；其实是好几个人反映的，所以就得让你好好儿想一想。”

“张书记，我真不明白，”郭木山苦着脸笑起来，“土改的时候我是个个体农民，现在我坚决走社会主义的道儿，当了模范互助组长，又领导全县的头一个农业生产合作社，人是会变的，莫非我还变坏了不成？”

“土改以前你是个体农民吗？”

“不是个体农民是什么？”

“你房无一间，地无一垅，给财主扛长活，你是什么个体农民？”

郭木山不说话了。张骏又接着说：

“同志，知道吧？土改以前你什么都没有，土改以后你可就‘有’了。你搞互助组，搞农业社，这是往好的方面变；可你‘有’了私有财产，就保不住不往坏的方面变；你可要注意这一点。我并不是要你马上明白这些道理，我是先给你提醒一下，让你自个好好想一想，要是你慢慢弄明白了，对你会有好处的。还有，我再对你说一遍：做工作要特别耐心，特别沉着，特别仔细。这两天的事实你也看见了，要是不耐心不沉着，你不得跟人家打起架来吗？这一点你是有进步的。今日天不早了，你先回去睡觉去吧。”

郭木山回到家里，翻来覆去多半夜没有睡着。他并不是绝对不愿意检讨自己的缺点，他也时常考虑自己可能有这样缺点，那样缺点，却做梦也没有想到自己会有自私自利的缺点。凭空对上级反映这样的意见，这真是侮辱人！真是太毒辣了！真是可恼啊……一个最痛恨别人自私自利的人，一个在土地改革时自愿挑选坏房坏地的人，一个在互助组里多少次吃亏让人的人，如今一手成立了农业生产合作社，当了社长，难道还会自私自利吗？要是说李祥自私自利——如果不是自私自利，他干吗嫌分红的比例不合适？如果说郭万德自私自利——那是明摆着的，谁也不会反对。……“我郭木山怎么能跟这些人打比？我是共产党员，是群众的领导人……那么，我到底是不是有这个缺点呢？……”他把这一年来农业社里的事情，只要是记得起来的，都想了一遍。每当想到一件可以怀疑自己的事情时，总是同时又想到了反驳的意见。又想到了贞妮子批评他的那些话，“她说我有些个人英雄主义，有些自高自大，不虚心听取群众的意见……哎，虽然没有她说得那么厉害，可不能不承认，我是有这些缺点。有缺点就承认，就改，那怕什么？我就是欢喜痛快。可是，说我自私自利？哼哼……”他自己简直觉得有些好笑。那么，这是谁反映的意见呢……郭万德在街上叫骂的声音又在他的耳朵里响起来了，他又气得浑身冒汗了。

最后，他忽然想到了郑洪兴，万德老婆子为什么说郑老幌又做人又做鬼？他做的什么人？又做的什么鬼……“那么，张书记为什么要信这些谣言呢？他是个最精明的人，难道还不了解我郭木山的为人吗？他叫我好好想一想，我想什么？我怎么想……”他心里发闷，口里发涩，好像周围有很多看不见的东西在包围着他。“咱这村里真是复杂，”他又对自己说，“暗箭伤人的人有的是，想造谣言破坏农业社的人有的是，我这几年在工作里也得罪过一些人。不过，反正我立得正就不怕影儿斜，既没有脏东西，就不怕胰子水！”想到这里，他又暗自冷笑了几声，这才安心地合上了眼睛，睡着了。

第二天早晨，他比往日起得更早，走到院里，背着粪筐，牵着马，走出门来。

天上还有星星，街上一片朦胧。郭木山跟在马后边，一只手搭在又温暖又光滑的马屁股上，轻轻地摸弄着。那马好像因为主人对它亲热而有些兴奋，不住地甩着耳朵，喷着鼻子，全身的动作都很活泼。“不是因为社里需要壮牲口，我才买的你吗?”郭木山在心里对它说，“我又不想用你去占谁的便宜……”街上静得出奇，各家紧闭着的大门在冷冷地对着他，只有的的得得的马蹄声在回答他的话。“呸！我干吗老是粘在这些鬼事情上？该想一想社里的工作啦……山药，快收拾完了。地，大半还得一两天才翻耕得完。油坊今日就可以开工了。棉花还得收拾一两回——要是能够把全社的妇女都动员到地里去，恐怕只要半天就收拾完了。昨儿夜里没有商量到动员全体妇女的事。这个活儿是绝对不能拖了，要不然棉花球子要被风刮走了，不是损失吗？那就再动员一回吧，不管落后的、进步的、闹情绪的、不闹情绪的，能够叫到地里去的就叫去。吵架？再叫她们吵去吧，反正吵不掉什么东西去，反正要先把这些该做的事情结束了再说……张书记不是叫我耐心、沉着、仔细吗？当个社长，就是得这样。”他朝各家的大门看去，计划着对谁家的闺女媳妇怎么动员，怎么耐心说服，对于上次吵架的事又怎么解释。他从土地改革那年当农会主任时就养成了这样的习惯，在街上走过时，总是在心里对着各家的大门说话，比如：“这家人家，哼，得费点劲！”“他们两家相好，让这一家去说服那一家，准行……”这整个的街道好像是一本账簿子，各家的大门就像是各家的名字，看见了这些大门，就想起了这一家的男女老幼，想起了跟这一家有关系的一些事情。他郭木山就是这样经常翻着这个账本儿，熟悉这个账本儿，就什么事情也忘记不了，就能够经常用各家过去的例子来对照现在，用张家的例子去说服李家，用哥哥去动员兄弟。人们都说他记性好，却谁也不知道他这个秘密的却又很平常的工作方法。

他在路南一个小门口半侧着身子站住了，一只手摸着下巴，出起神来了。这是一个挺破旧的小黑门儿，是秃脑瓜寡妇——老吉婶子的家。小门东边，是老吉婶子住了一辈子的北屋的后山墙。墙脚下边，高出街路一尺多的屋基土被多年的雨水冲塌了，墙壁的一段也就随着往下塌成了弧形，裂开了一道缝儿，缝儿西边的那段墙壁就向西边歪了过去，把小门儿也挤得扭歪了，正像老吉寡妇那张愁苦的脸相一样。从那墙壁裂缝里灌满了的泥土，和泥土上长出的几棵枯草看来，这墙不知道坏了多少年。郭木山每次从这儿走过时，总是担心这段墙壁说不清什么时候要塌，担心这个苦了一辈子的老寡妇会压死在房子里。现在，在昏暗里，这房子好像显得更加危险了。“非得赶紧想个办法不可！”他心里说着，继续往前走去。

两个多月以前，郭木山曾经动员这个一钱如命的老太太买了一部分砖，答应在秋后活儿不忙时，发动社员们给她帮忙把这墙壁修理一下。现在已经到了该动手的时候了，要是一耽误，等到天冷上冻时就弄不了了。

除了老吉婶子这一家以外，还有赵洛常家要拆旧房盖新房，李幼章、王洛奎这些人家都要换炕，现在都因为社里闹问题被耽误了。

“我郭木山不是没有想到这些事……我自个的房子破破烂烂，可我先计划给你们这些人修房、盖房、换炕，你们反倒跟我闹起情绪来了！反倒在张书记面前反映我自私自利！我有什么自私自利的地方？这些年来，我给多少人家谋过利益，给多少人家帮过忙，我白把粮食借给那些困难户，到现在还有人没有还我哩！……”

走到村外的汽车路上了。东边天边上已经有了一片鱼白色的微光。正在那边地里睡觉的雁群被马蹄声惊醒，噗噗噗地飞上了天空，惊得那白马耸起了耳朵，扬起了脖子，嘶叫起来。忽然，从村边上传来了另外一匹马的嘶叫声，接着，又响起了甩鞭子的声音，和胶皮车轱辘跟地面磨擦的声音。郭木山好奇地迎了过去，这才看清楚了大车的黑影，是个三套牲口的车，车上装满了东西，车旁边走着个人，看不清脸面。

“谁？这么早！”

对方没有回答。车已经来到跟前了。真装得不轻，三匹挺高大的牲口都拉得咈咈地喷气。哦，原来前边拉套的两匹牲口是李祥家的大白肚皮驴和郭万德家的枣红马，中间驾辕的是郑洪兴的大酱色骡子；这赶车的人呢，看神气是郑洪兴。

“是老幌吗？”郭木山紧跟着车子走着。“这车上拉的什么呀？哦，”他朝车上摸了一把，“是粮食。哦，口袋上有字，是‘李祥记’，‘万德堂’，我这眼睛不赖，哈！我知道是怎么回事了。老幌，走慢点，我跟你研究研究。”

“研究个屁！我要赶路，跟你研究不着！”郑老幌到底开口了。

“我问你，车上是粮食吧？”

“你管不着！”

“管不着也要管，你不说就是心里有病。”

“我心里有什么病？一不是偷的，二不是抢的……”

郑洪兴猛地朝郭万德的马甩了一鞭子。那马正想跟跑到它跟前来的白马亲热一下，不觉吃了一惊，一用劲，拉直了套绳，车子就猛地往前一撞，把郭木山的粪筐撞得一响，弄得他打了个趔趄。他生气地抓住了车辕，叫起来了：

“站住！我知道你搞什么鬼！”

“青天白日，我起早儿出门，搞什么鬼？你这不是跟我横生事吗？”

“你投机——倒运粮食，扰乱市场！”

“喝！你跟我扣的帽子倒不小！”郑洪兴走得慢一些了，“郭木山，人们说你心眼儿多，会调弄人，可真是不假。你怎么随随便便就给我扣帽子呵？”

“你别跟我胡说八道，我敢叫民兵把你抓起来！”

“你凭什么抓起我来？”

“你先站住，”郭木山扔下粪筐粪叉，抓住了驾辕的大骡子，停住了车，然后转身走到郑洪兴跟前，把腰一叉，“我凭什么吗？第一，你大批地倒运粮食，扰乱市场，是奸商。第二，你跟李祥和郭万德合伙，把我的社员引上了坏路，就是破坏农业社。”

“哈哈！”郑洪兴不慌不忙地摸着胡子笑了，“我也跟你来个一二三四吧。第一，我这车上拉的是粮食，不错。去年年底我给俺家小子娶媳妇，借了我丈人家点粮食，言明今年秋后还他。第二，我是借了李祥跟万德叔两家的牲口跟口袋，你郭木山就从来不借人家的东西使吗？”

“你又在放屁！”郭木山挥着胳膊，“你这样人家娶亲还借人家的粮食？你说是还粮食去，干吗要起这么早？你家还缺装粮食的口袋？你丈人家在丰村，离这儿不过二十里，还用得着三匹牲口拉车？你这些话连鬼也不信！”

“好，你不信就不信。就算我是倒运粮食，做买卖是平常事，买卖粮食的人到处都有，也不犯法；连你们党员里边也有人倒运粮食呢！”

“大批囤积居奇，扰乱市场，跟小买卖不一样，就是犯法！”

“我不懂什么叫大批小批，我们三家，收了秋，一家拿出二三百斤，到集上去换个零钱花……你倒是管得宽！喝！喝！走！”郑洪兴甩了个响鞭，催动了牲口，自己也一跳坐上了车辕，很快地走了。

“你刚才干吗要说谎，干吗说是去丈人家还粮食的？”郭木山追赶着问。

“喝！喝！快走！……我爱说谎就说谎，对你这样不说理的人，没有什么好油盐作料给你尝！”

郑洪兴已经走远了，郭木山气得站在那里好半天不动。

“好！原来坏事的根儿在这里哩！”他咬得牙齿吱吱地响，转身往村里走去，这才发现粪筐刚才被大车撞坏了，心里就更气，不知不觉就想起了副社长李祥：“向上级反映我自私自利，你倒偷偷摸摸地当起奸商来了，走起资本主义路线来了，你还是副社长！难怪你要破坏农业社！难怪你要造我的谣！今日我非刨刨你这个根儿不可……”

他想起了从秋收以来一连串的事情，觉得许多疑问都从这里得到了解释。

黎明已经渗透了稀薄的雾气。天空已经变成透明的银灰色，只剩下几颗摇摇不定的沙粒儿似的星星。野地里猛一看像是布满了月光，其实月亮早已经落土了，原来是夜里下了一层霜，把大地铺上了一层薄薄的银粉，把柔弱的麦苗儿压得紧紧地贴着泥土。村子周围的树上也凝上了一层银色的霜花，远看着像是春天的梨树林。

要是在平常，郭木山一定会对着这样的景色摸摸下巴，眯眯眼，舒舒服服地从胸膛里呵出几口热气来。今天他却没有心思注意这些景色。他牵着马，急急忙忙走进了村里。“怎么办呢？去把张书记叫起来商量商量吗？他这两天够累的了，应该让他多睡一会儿，并且，郑老幌已经走远了，张书记又有什么办法？就是没有走远，还能马上派人去把他抓起来吗？随便抓人扣人，是不行的。只好等以后再慢慢进行调查了……”最后，他猛然想到了一个办法，就走到民兵队长王遇杰家的大门口，用拳头砸着大门，惊得街上的两只狗对着他汪汪地叫起来。

王遇杰是个二十六七岁的壮小伙子，他披着衣裳，揉着眼睛，出来开了门。郭木山声音很低地对他说：

“快！快扣好衣裳，到幼章院里去，骑着张书记的车子——张书记大半还没有起来，不必惊动他；顺着汽车路往南走，跟着郑老幌的大车，看他往哪儿去……”

“你说了半天，我一点也不懂。”

“走，我告诉你，这个事对咱们村的工作，对农业社，关系可大哩，是这么回事……”

他俩一块儿到了李幼章家里。其实，张骏也已经起来了，到村北那大苇坑旁边去遛弯儿去了。王遇杰就推着自行车走了出来。

“一定要弄个水落石出，比方：粮食是在哪儿卖的，什么价钱，跟他接头谈买卖的尽是一些什么人。要是他走得太远，那就没有办法，你不能老是跟着他，就只好回来了。反正总不会白跑一趟，只要知道他是从哪条路往哪个方向去的，以后就好调查……”郭木山最后又往王遇杰怀里塞了一点盘缠钱，看着他骑上车子一溜烟走了，才牵着马回了家。

太阳好高了，张骏在村里串了几家人家的门儿，回到李幼章家里吃饭时，郭木山、李宝成、王保坤、贞妮子几个人才找着了他。他们都是刚刚从地里回来的。贞妮子的脸蛋子被早晨的寒气浸得通红，鞋上还沾着泥土。听了郭木山的报告以后，张骏想了想，摇了摇头。他不相信民兵队长王遇杰会弄出什么结果来。事情有两个可能：郑洪兴用三匹牲口拉着这么一大车粮食，一定是出远门儿，王遇杰不能老跟着他，可能会半道儿回来；郑洪兴这人很狡猾，王遇杰却很老实，要是郑洪兴看见了王遇杰，三言两语也会把他打发回来。

“那怎么办呢?”贞妮子着急地问。

“这不是白闹了一场吗!”郭木山也失望地说。

他们几个人刚才在地里商量过，认为很可能是郑洪兴在背后掌握李祥，通过李祥来破坏社。

饭菜在桌子上冒着热气，李幼章的娘在一边看着着急，张骏却一点也没有想到吃饭的事情，只是咬着牙，一拐一拐地在屋子里来回走着，考虑着。

猛地，他在郭木山面前站住了，用他那亮得出奇的坚定的眼光看住木山的脸，像是要对他证明自己的想法一定很对：

“我一定要详细了解一下郑洪兴这个人！这两天我在村里零零碎碎听说了一点，还很不够；要是能够详细了解一下，一定很有用处！……”

“张书记!”贞妮子插嘴说，“你干吗要了解他?”

“你们刚才不是也要了解他吗?”张骏又把亮得出奇的眼光移到她身上了。

贞妮子跟珠子一转，兴奋得叫起来：

“我有办法！连今日的事你们都靠给我好了，根本用不着叫王遇杰跑这一趟!”

“你有什么办法?”几个人同时问她。

“我找程瑞芳，她什么都知道。”

“程瑞芳是谁?”

“真怪，怎么你们都不知道她的名字？郑老幌的新儿媳妇……”

原来，在今年春天和夏天的时候，贞妮子有两三回在村边的道儿上碰见程瑞芳往地里送饭，两人一路说着话儿，程瑞芳谈到想参加夜校学习，想求进步；谈到郑洪兴怎么对待她和她男人郑荣生；谈到她在这个家庭里的苦楚；她两口子想跟郑老幌闹分家，她曾经跟村主任王建谈过这事，也跟郭大海提到过，王建跟郭大海都觉得这样的家务事干部们很难帮忙；她不知道她的苦楚什么时候是个了，很替自己的一辈子发愁。

“你这个主意很好！”张骏高兴地说，“最好能叫她来跟我谈谈，可不知道她——还是个新媳妇，害不害臊，敢不敢见人说话。”

“没问题！她可不是那没主意没心眼的人，吃了饭我就找她去！”贞妮子把辫子一甩，身子一旋就出了门。

第十三章　党员会

吃了晌午饭以后，张骏到郭大海家里等着开支部大会。

党员们陆陆续续地来了，张骏一边跟他们闲谈，一边等着到得晚一些的人们。“你有多大岁数？哪一年入党的？”他对每个人都提出这样的问题。“啊，又是一个六年党龄的老党员！……你入党的时候，这一带还是敌我拉锯的地方，那残酷劲儿我是知道的；在那时候入党，真要有点决心，那时候你是抱着什么样的决心？……好！这决心不错。要不是每个党员都有这样决心，还能有今天吗？……好，嘿嘿，各人都在长坂坡上显过身手，都是有功之臣！……”

一谈到过去残酷斗争里边的事情，一受到夸奖，人们就有了精神，谈话就活泼起来了。

外边，窗户纸上晃过去两个人影，好像是一个红的，一个绿的。一会，外间屋里有哧哧嘘嘘的说话声，奇怪的是：好半天还不见有人进来。

“谁？怎么不进来呀？”郭大海扬着头问。

“我叫她进来她不进来。”是贞妮子的声音。

“人家在开会……”另一个年轻妇女的声音。

“会开始了吗？”贞妮子掀开门帘，大眼睛朝屋里一忽闪，“不要紧，人还没有到齐哩。”

门外边，原来她们一共是三个人，郑洪兴的儿媳妇程瑞芳不好意思地红着脸，忸怩着。她身子后边还有个穿红格子布小袄儿的姑娘，是王洛奎的女儿王香儿，她嘻嘻地笑着，冷不防地把程瑞芳一推，三个人就都进到屋里来了。

“进来就进来！”程瑞芳下了决心似的往门框上一靠，对炕上炕下满屋子的人扫了一眼，把搭在脸上的头发往后一掠，“正好，干部们都在这儿……”

她穿着一身干干净净的蓝布衣裳，不大像结婚还不到一年的新媳妇的打扮，身材不高不矬，脸面不算漂亮，却很端正，眉眼之间流露着聪明的动人的表情，看起来正像贞妮子所说的：是个有主意的人。

张骏已经看出来了：这媳妇一定有很多话要说，而且很可能对今天这个会有所帮助。他站起身来挪了挪位置，又让坐在炕头上的宣传委员徐翠莲闪了闪身子，给她腾出个地方来。

“不坐，站着说话更方便，”程瑞芳那黄黄的脸色有些泛红了。“今日要不是俺公公出了门，我也不敢到这儿来……”又看着郭大海：“大海叔，我找过你两遍，你老是说办不了，今日当着这些人，当着张书记，我可得说说。”

她把手里一个小小的手巾包儿打开了，里边是两个泥蛋子一样的东西，仔细一看，才知道是两个窝窝头，谁也说不清它到底是黄色的还是黑色的，是玉米面的还是荞麦面的。

“你们大伙儿都知道，俺家的日子，在这村里数不着头一份，也得数第二份吧？可你们看看，这是俺公公婆婆给俺们小人吃的吃食。你们猜是什么样的粮食？玉米面掺一半儿糠！是好玉米面倒还不错，是埋了三年沤坏了的陈玉米！你们闻闻这个味儿……”

人们用不着闻也知道，有的人已经不由得皱起了鼻子。在过去闹大水的那些荒乱年头里，人们就吃过这样的饭食。特别是郭木山，小时候给地主富农家当小工时，每天就是两顿这样的窝窝头。

“他们一家人吃什么呢？”这媳妇接着说，“他们分两等。他郑老幌是头一等：早晨是小米面丝糕，是黄橙橙的新小米，晌午是一顿白面，二两酒；后晌是新玉米面饼子。他家里别的人是第二等：是三顿好棒子面。只有俺们俩——我跟他大小子，是猪狗不如的人！说是：‘谁有出息，谁干的活儿多，谁就该吃好的。这篮子里的饽饽有好有坏，你们各人凭良心拿吧！’他三小子在学里，星期天才回家半天，当然得拿二等饭食吃吧？他二小子（这两天不在家），在家的工夫，一向是逞强逞霸，他还客气？剩下他大小子，受气惯了，窝囊惯了，好棒子面饽饽是有数儿的，坏的他不吃怎么办？我，能看着他一个人吃吗？能饿着肚子不吃吗？好饽饽不够呀！又说：‘粮食埋坏了，扔了可惜，不吃怎么办？’不吃怎么办？你们为什么不吃？为什么单叫俺们吃？”

她说着说着就抽咽起来，把窝窝头往地下一扔，用包窝窝头的手巾捂住脸，忍了忍，到底还是忍不住满肚子的气恨，忘记了一切，嚷叫起来了：

“你们大伙儿不知道，他——郑老幌，表面上像个人，骨子里，存的那心思，比野兽都不如啊！他简直不是人啦！俺刚进门的那几个月，他对俺，假门假事献殷勤，说好话，嗨！以后看着俺不顺他的心，就对俺越变越坏，把他大小子也看成了仇人，成天里嘴唇上带着刀，骂他，唠叨他，刺他，恨不得叫他死了才痛快！他大小子，是多老实个人，光知道生闷气，气得躺在炕上蒙着被子嚎……”

眼泪顺着她那气红了的脸蛋子流下来，她捂住脸，胸脯子一起一伏地哭起来。

人们不声不响地看着她。徐翠莲——这个兼任妇女会主任的干部，大概是不能不有些羞愧，慌张得眼睛没处放，不想却碰上了郭大海那同样慌张的眼光。郭大海为什么慌张呢？是因为以前没有认真对待程瑞芳跟他谈到过的这些事吗？郭木山苦着脸，眼里冒着火。他，说起来也怪，像是天生的就跟郑老幌有仇。从土地改革以前，他还是个寸土皆无的雇农的时候，就暗暗地觉得郑洪兴时常轻蔑他。以后，他当了农会主任，经过土改，翻了身了，就更加觉得郑洪兴老是斜着眼儿看他了。以后，特别是自从他成立了农业社，就更加觉得郑洪兴像个黄鼬，老是躲在角角落落里想偷他笼子里的鸡。现在，他懂得这媳妇所受的痛苦，懂得她那不好意思明白说出来的内容。他真想象不出，一个人怎么能够这样不要脸，人的心怎么能够坏到这样的程度。……王香儿，正在跟一个小伙子恋爱，光是梦想着幸福的姑娘，背过身去偷偷地揉起眼睛来了。贞妮子扶着她的肩膀，眼睛却默默地瞅着张骏，像是向张骏求救。她不知道自己心里是个什么味儿，因她是个倔强的人，所以眼圈儿不会发红；可是，她不知道事情该怎么办，开会的人已经到齐了，这媳妇的话好像还没有完，而张书记却好像还在等着她往下说……

“你们看我这身衣裳，”程瑞芳接着说，她已经比较平静一些了，“我，按说也是年轻轻的，可我就不敢在家里穿得花哨一点，就连走路也不敢大大方方地走。我一天到晚总是低着头。就连这样衣裳，也是娘家给我做的。我脚上的鞋，也是娘家带来的，要是穿破了就没有换的了。我到他家正好一年了，就没有给过我一个零钱花，连买针线的钱也没有。我男人郑荣生，总是他的亲小子吧？这眼看天就冷了，你们去了解了解，他有棉衣没有——他那旧棉袄破成什么样儿了？去年成亲时他就是穿的这件破棉袄，不过是外边罩着个长袍儿，人家看不见。我也知道多少年轻人在家里受气的事，可没有像俺家这个样的。我要分家！我要分家！这不是，张书记也在这儿，全体干部都在这儿，今年贯彻婚姻法时你们说的什么？我今日提出来：俺们两口子跟他们分家，你们得给我解决解决！"

"你敢去告你公公吗？"张骏问她。

"告他？"程瑞芳有些吃惊了，意思是：告他什么呢？难道他那些不要脸的事情也能拿到桌子面上来说吗？

张骏已经猜出了她的心思，很认真地说：

"你刚才不是提到婚姻法吗？你先告他虐待儿媳妇，窝窝头就是证明；再跟他提出分家。"

"怎么不敢？我敢！"

"好，你什么时候去，到乡里到区里，我给你写介绍信；愿意到县法院里去也行。"

程瑞芳松了口气，脸上换了一副兴奋的、下定了决心的神气，好像是在暗暗地对自己说："告就告他，怕什么！"

"你敢告他，这倒是不错，就是怕你说不过你公公那两片嘴。现在我先问问你：要是他说家里困难，连他自个也是吃的这样窝窝头，你怎么办？"

"他困难？光是在本村的地，就有四十九亩。"

"他在外村还有地吗？"

"怎么没有？丰村——荣生他姥姥家那村，多少地我不知道，反正今年麦收时送来了十口袋麦子，前几天又送来秋天的粮食十五口袋！"

"多少？"在座的人们都不相信自己的耳朵。

"十五口袋！"

郭木山给算了个账：要是按对半分收的话（那些地一定是给人家种

着，两家分粮食），今年一般的收成是每亩地合一口袋粮食，那么，郑洪兴在丰村的地就至少有三十亩。屋子里每一个人都有些吃惊了。

“你们都不知道这个情况吧？”张骏意味深长地看着每个人的脸，“你们是二十一名党员，二十一对耳朵和眼睛，村里出了这样的人，你们看不见也听不见，嘿嘿，”他笑着摇了摇头，“我，这两天倒是听到了一些，今日正想跟你们谈谈——不光郑洪兴一家，还有村里别的情况，比如，有多少人家缺劳力……”

“人们怎么会知道呢？”程瑞芳插嘴说，“他这地没有登记在本村，是在丰村，谁家给种谁家拿公粮。今年正月初二，丰村的两个舅舅来拜年，谈到拿公粮的事，我在外间屋里烧火做饭，听见了一句半句。”她索性在炕沿上坐下来了。

“这一条不成问题。”张骏点了点头，给这一条做了总结，“另外，我听说他还做粮食买卖，还给人放账，有这样事吗？”

“怎么没有？”程瑞芳把头发一甩，“今日起黑五更又拉着一车走了，怕总有二三千斤，尽是麦子！”

“拉到什么地方去卖？”

“什么地方我不知道，反正一出去就是三天。”

“听说他是跟别人合伙，尽是谁？”

“常到俺们家来唧唧咕咕的，有郭万德老大爷、李祥叔，还有香儿的爸爸洛奎叔，另外还有些别的人；别的人来得少，就是他们三个来得多。他们怎么在村里收粮食，怎么在集上收粮食，我不知道，反正半月二十天就收个二三千斤，倒运一趟。有一回，我亲眼看见我公公交给洛奎叔一摞票子，总有个三四万元！”

“嗨呀！”王香儿瞪着惊慌的大眼，轻声叫起来了，“我一点也不知道，他瞒得我好紧！难怪他常常深更半夜才回来，难怪这些日子他舍得吃又舍得喝呢！难怪他要退社哩！”

“可真是，”张骏笑着说，“搞这投机买卖比在社里要合算得多。不光香儿不知道，恐怕你们大伙儿也不知道吧？有的人就是知道了，也不肯说吧？有的人恐怕还想跟他们同行合伙呢！嘿嘿嘿……”他笑得很爽朗，笑完了又叹了口气。

真的，这不是一件好受的事情。他注意到，徐翠莲像是挨了一棒，猛地把身子一低，脸红得像火炭，连眼皮子都不敢抬一下。

郭木山忽然脖子一硬，用吵架的口气问程瑞芳：

"你说'还有些别的人'，这些别的人里边还有俺们的社员没有？"

"怎么没有？我光看见郭汝安大叔到俺家去过两回，另外还有谁我弄不清，反正人不少，他们都是在夜里从后门出进，俺们小两口住在前院，夜里光听见人来人往的。"

"这就是那坏事的根子！"郭木山全身用劲地把大腿一拍，又骂了一句，"好狗日的！"

这场谈话就这样结束了。张骏告诉程瑞芳：回到家里再想办法把刚才谈到的这些问题详细了解一下，这些事情比虐待儿媳妇的事情还要严重，要想达到分家的目的，就要详详细细地抓住这些事实。又告诉她：他还想找她男人郑荣生谈话。最后又嘱咐王香儿：

"你别光是着急生气，要做工作，也要帮着了解了解情况，可要注意一点：千万别对你爸爸露出风声来，别直截了当地问他什么……"

王香儿答应着，跟着贞妮子和程瑞芳一块儿走了。

党员们就七言八语地谈论起来了。

"真没想到会有这样的怪事，土地改革了，斗争了地主富农，还有人敢买这么多地！"

"要说郑老幌这人，能干真是能干，花头真不少。"

"他到底想发多大的财呀？他要那么多钱财地产有什么用啊？"

张骏本来是不会抽烟的，这时却把翟老印的烟锅子接过来，一口接一口，吸得烟锅子里边吱吱地响。立时，别的人像是学他的样儿，凡是会抽烟的人都抽起烟来了，都停住声儿思索起什么来了，屋子里变得雾气腾腾了。

"王治同志，"张骏把烟锅子递给翟老印，慢吞吞地说，"我知道你有个故事：你是一九四六年入党的，对吧？在支部大会讨论通过的头一天，你一夜没睡着。第二天早晨，你连饭也吃不下。下午，你正坐在屋里愣怔怔地出神，郭大海进来了，告诉你说：支部大会全体通过接受你为新党员。你猛一下从炕上跳下来，把搁在炕沿边的一个瓦盆儿踩破了，你老伴儿心疼得嚷叫起来,你说:‘踩破一百个瓦盆儿也没关系,我是共产党员了,你知道吗?’有这个事吗?”

“有这个事;嘿嘿,张书记,你从哪儿知道的?”王治还觉得奇怪的是:为什么张书记还不宣布开会,却跟他说起这些闲话来。

“你当时干吗那么愿意入党呢?干吗那么高兴呢?”

“这,”王治把烟灰磕掉,想了一下,“这,反正是觉着共产党好呗。共产党领导人民打败了鬼子,又打蒋介石,又实行减租减息,还听说要给穷人分地。嘿,过了两年——一九四八年,就真的分了地。”

“嗯,”张骏又微微笑着,“这故事是你老伴儿告诉我的。”又转脸看着郭大海:“大海同志,我也知道你的事。听说,是一九四三年的事,有一天,当时的区委书记王泰住在你家里,你问他:‘我入党的事上级批准了没有?’王泰同志说:‘还得等一等再说。’你说:‘大半上级还想再考验考验我,是吧?好!考验吧!我郭大海头也可以割下来,胳膊也可以砍掉,只要革命工作需要,叫我马上去死,我也决不含糊!’后来又过了些时,有一天,你从外边回来,对你女人说,‘今日给我包顿饺子吃吧!’她说:‘你疯了?连过年过节都吃不起一顿饺子,今日是怎么回事呀?’你说:‘别废话了,今日这日子比过年过节还好!家里没面,去借,借不着,去赊,赊不着,把我的棉袄卖了也得吃!’当时你要保守秘密,不肯告诉她你入了党,两口子就吵了一架,对吧?”

郭大海——这个实际上很热情的人,被过去的回忆弄得有些兴奋了,却又不知道张骏今日为什么要提起这些事来,一时说不出话来。

“当时环境那么残酷,八路军和工作人员都只能分散秘密活动,随时随地都有牺牲的可能,可你为什么要坚决要求入党呢?入了党以后又为什么那么高兴呢?”

郭大海红着脸,眼珠子发愣,他是在想。张骏的态度很严肃,很认真,决不是谈闲话的样儿。同志们也都用发亮的眼睛看着郭大海,等着他回答。会场上的空气紧张严肃起来了,有的人在不安地咳嗽着。但是郭大海一时回答不出来。在要求入党和刚刚被批准的时候,他的思想情绪是简单的,也是复杂的。光荣,求进步,打日本鬼子,为穷人谋幸福,减租减息……这些思想情绪每个党员都经验过,都说得出来。可是,入党的事,入党那时候心里的味儿(真的,当时的斗争是那么残酷!)用这些话就能够完全说明白吗?当然是不行的。屋子里的严肃空气使得郭大海心里又有了那种说不出来的、特别的味儿。他不愿意,而且也不能够正面回答张骏的问题,只好用很低沉的声音,像发誓似的说出这么两句话来:

“反正,党就是现在叫我去死,我也决不含糊!”

“同志,党不会凭白无故地叫你去死,党要你去工作,要你走上正路,你知道吗?”张骏严厉地问他。

空气更加严肃,更加安静了,听得见人们一起一落的呼吸声了。郭大海的脸像血泼一样的发红了,别的人的脸色也不大正常了。

“死,有什么用?”张骏用力做着手势,加重着语气,“毫无必要地随便去牺牲性命,那不是好党员。党不是要党员去死,是要党员明白党的政策,好好儿为党工作。有时候不得不流血牺牲,那也是为了工作,为了很好地完成工作。”

他跳下炕来,站在屋子当中的人缝儿里,脸对着窗户,脸上闪射着热情的兴奋的光彩:

“我也对你们说说我入党的事。是一九三九年冬天,当时,我带着一个侦察班,偷偷摸进了一个敌伪据点……咳,一枪未发地俘虏了一个伪军小队,还砍死了三个罪大恶极的日本鬼子,放火烧了岗楼,胜利完成了任务。趁天还没亮,我们撤了出来,回到驻地,钻进了地道,我向大队长做了报告,大队长紧紧捏住我的手,说:‘同志,你英勇机智……我们已经决定了:批准你入党,现在就举行入党仪式。’当时,我的眼泪就流下来了。……我为什么流眼泪呢?是欢喜,是心里发热。为什么欢喜,为什么心里发热呢?因为,我是个穷放羊孩子,是党让我成了人,是党引着我走上了光明大道;因为我热爱党,愿意做一个党员,愿意把党当做亲生父母,愿意为了党的事业奋斗到底。这,你们大伙儿大半也都知道,这样的思想情绪是说不出来的。可是,同志们!现在,全国解放了,土地改革已经完成了,国家已经进入到第一个五年计划了,要建设社会主义社会了!‘为党的事业奋斗到底,为共产主义事业奋斗到底’,大半每个人在入党的时候都说过这样的话吧?那么,现在我们该怎么去‘奋斗’呢?我们该做些什么工作呢?是不是有人以为现在就已经‘到’了‘底’呢?先看看我们这个支部里的情况吧！”

他问郭大海：当砖窑上的掌柜的，对村里的工作丢着不管，这算什么样的思想行为？又问翟老印：土改翻了身，家里有了“三十亩地一头牛，老婆孩子热炕头”，就满意了，就不想再干工作了，就光愿意当集市委员，三天去赶一回集，分个一两块钱的税收红利，这是什么样的思想行为？又问徐翠莲：倒卖粮食，破坏政府的粮价，不做工作，这算什么样的思想行为？又问郭木山：社里发生了问题，不去研究问题是怎么发生的，不去倾听群众的意见，不去检讨自己的缺点，却躺在炕上装病，这算什么样的思想行为……他一连串提到一些名字，发出一些问题，眼光碰到谁的脸上，谁就不好意思地躲避着。但是他并不是在熊人。他的声音越来越低，好像是在认真地跟大伙儿研究一个问题。

“再看看村里的情况吧。从土地改革以来，有多少买卖土地的事？有多少人在往破产的道儿上走？另外又有多少人在往富农的方向发展？有多少缺劳力缺牲口的人家在生产上和生活上都很困难？所有这些问题，我这两天都在进行调查研究，我也希望大伙儿帮着我进行调查。这，以后再说。现在先说说郑洪兴这个人吧。刚才你们也亲耳听见了，他在剥削人，压迫人；他破坏社会主义事业——破坏农业生产合作社和扰乱粮食市场。他现在到底是什么成分呢？是中农呢还是富农呢？所有这些事情大伙儿都不知道。人家打到我们头上了，我们都不知道。我们都在睡大觉，有的人还在客观上对他起帮助作用呢！这就叫‘为党的事业奋斗到底’吗？咳！”他顿了一下，又接着说，“木山同志，人们都说你的记性好，了解村里的情况多，你说李祥他们闹情绪是因为想修改社章，想搞小集团，这是猜得对的。可是，刚才程瑞芳说的这些事你了解吗？你知道李祥他们闹情绪还有别的原因吗？跟做粮食买卖是不是也有点关系呢？”

他停下来，看着郭木山，看着众人。

“我有个意见！”郭木山着急地大声说，“应该马上就召开一个群众大会！”

“干吗？为什么？”张骏问他。

“宣布今年农业社的生产成绩，扩大社的影响，封住那些闹情绪的人们的口，宣传社会主义前途，号召人们入社，揭露坏分子的阴谋。你们不信拉倒，我觉着李祥跟郑老幌他们在搞一套阴谋。最近以来，郑老幌占地边子，娘儿们在棉花地里吵架，后来又是集体要求退社，又是李祥的鬼头鬼脑，又是郭万德在街上骂人，又不知道是谁对着张书记反映我自私自利。这还不明显得很吗？这是有计划的！俺们要赶紧……你们琢磨琢磨吧！”

“好吧，大伙儿考虑一下吧。”张骏意味深长地说着，在炕对面的板凳上坐下来。

人们都在思索着。郭大海发言了：他不同意现在马上就召开这样的群众大会。

“为什么不同意，有什么理由？”郭木山扭着脖子问他。

“理由，我说不大清，反正，我觉着咱们还没有准备好。”

“还有什么可准备的？社里的生产成绩早算出来了，外边下了决心要入社的已经有了五户，社里的油坊也已经复工了，秋冬两季的生产计划，在这几天夜里也唧咕得不差么儿了。”

“嘿，依我看，咱先别着急，先详细了解了解李祥他们的情况再说。我问你：在群众大会上要是有人冷不防对你提出一大堆意见，拉下脸皮来批评你，你怎么办？”

郭大海的意思是：如果郭木山在大会上受到批评，当时也许不能接受，着急红脸的，就会影响不好。

“提什么意见？左右不过是说我‘自私自利’呗！”

“你以为光是李祥对你有这么个意见吗？嘿，老实说，我也听到别人有这样的反映……”

郭大海的话还没有说完就停住了。他像从前无数次的经验一样，恨自己的文化水平和理论水平低，不能把自己心里想到的事情清清楚楚地说出来。他那不慌不忙的态度使得郭木山更加毛躁了。

“反映，有什么事实？”

“事实要靠我们去了解，光是着急反正是不行。”郭大海还是不慌不忙。

“我同意大海的意见，”王治和别的两个党员也说话了，“俺们知道木山的为人，自私自利倒不会，脾气不好，得罪人，处理问题简单化，这倒保不准会有。”

会议的空气又慢慢活泼起来了，人们都认真地把农业社的问题当做是自己的责任来考虑了。这正是张骏所希望的，所以他坐在一边暗暗地高兴。

一个名叫王振山的党员说：群众大会上人家对郭木山提意见倒是小事，意见对，就接受；不对，就拉倒。他对大家提出了一个更重要的问题：如果召开群众大会的话，由谁来主持这个会议呢？当然应该是郭大海，因为，支部应该领导互助合作运动，应该领导生产，应该对群众宣传农业社的优越性。可是，支部书记自己对农业社是什么态度呢？党员们对农业社是什么态度呢？现在村里有的群众就在说这样的话：“光说农业社好，社会主义好，千好万好，光叫别人先迈步儿，他们党员们倒站在一边儿瞅着，就这一点不好。”看得出来，王振山这些话是经过一番考虑才说出来的。他自己早就下了决心要入社，早就在动员自己的家庭。他动员别的党员们也踊跃入社。他有些激动地说：

“要是党员不走社会主义的道儿，那你革的什么命？那算什么党员？”

“我完全同意振山的意见！”很少发表意见的吴小正也压不住心里的激动劲儿了，“咱们自个要是不入社，还怎么领导群众？还怎么在村里说话？还怎么对得起党？”

“是这么回事……”老头儿王治点着头说。

王治是一个互助组的组长——他的互助组是去年保留着没有垮台的两个互助组之一。他想起了一件事情：今年春天，有一个组员用他家的驴耕地，累得那驴站都站不住了，套绳还把它的脖子磨破了一块皮。他老婆子心疼得又唠叨，又流泪。他那哑巴儿子也心疼得吃不下饭。他就劝他们：“这难受什么，驴又没死，并且，土改以前咱们有驴吗？是谁给咱们的驴？是谁让咱们翻的身……”现在他当着人们把这个故事说出来，并不是为了显示自己，而是为了说明一个问题：无论什么事情，党员们自己要是不起模范作用，群众还会跟着走吗？他所领导的互助组为什么一直到今天还能巩固住呢？还不是因为他自己能够起模范作用？要是党员们都不入社，还怎么去动员群众呢？

这正是张骏要在今天这个会上提出来的问题之一，所以他很高兴。

可是他也看出来了，翟老印和徐翠莲两人都低着头闷声不响，有一股担心害怕的味儿，有时还偷偷儿交换一下眼色。

他就又站起来发言了：

“这些意见很好，总的说起来是两方面：一方面，外边的情况还了解得不够（现在，外边的情况比我们预先所想的要复杂）；另一方面，内部队伍也还没有准备好。这就好比是打仗，不能打没有准备的仗，准备好了，一打就十拿九稳。不过，党员入社的问题也不能着急，也要按自愿的原则办……”

他提出了一个工作计划：一方面进行党内和团内的教育，一方面加强对外边的了解，把两方面的工作结合起来。他说：

“刚才程瑞芳说的那些情况不是对我们很有教育作用吗？如果对外边的情况了解得彻底，对内部的教育也进行得很好的话，到时候我们就一定能够打胜仗；到时候，恐怕不叫某些党员同志入社他还不高兴呢！”

散会的时候，西斜的阳光已经从窗户纸上挪到院子里的树梢儿上了。人们都有些兴奋，六十岁的治安员王治对别人说，这两三年都没有开过这样的会。

郭木山往外走时，仰着头眯着眼看着天空上几只飞得很高的鸟儿，心里像喝了酒一样的高兴。今天这个会给了他一颗定心丸，他好像觉得情况要变。他在心里自言自语：“嘿，党员们，这才算开始有了点门路儿……”

张骏一路说说笑笑走出了大门，搭在肩膀上的棉衣快掉下来了，他只是愉快地颠动着肩膀，并不用手去拉。忽然，他想起个事情来，转身对走在后面的吴小正说：

“走，一块儿看看你们的秘密去！”

“对，”吴小正笑着说，“正好儿，说好了今日傍黑时都到那儿去，他们准早就去了。”

“我也去瞅瞅去，”郭木山赶上一步说，“叫大海也去吧，也该拉着他关心关心咱们社里的事儿哩。”

张骏注意到了：郭大海不像别人那么高兴，沉沉闷闷地低着头，像是心里很难过。当郭木山叫他时，他瓮声瓮气地说了声："我还要回家担水呢。"就独自走了。

张骏偶然一回头，看见从西头过来了一个挺矮小的黑色的人影，背着一大捆柴火，走得一晃一晃，因为是背着阳光的，好半天看不清头脸，等走近些了，才知道是个老太婆，头发都老秃了，穿得破破烂烂，大裤腿儿把地上的沙土拖成了两条弯弯曲曲的印儿。张骏赶上去叫了声大娘，把柴火接过来背上，问清了她的住处，就一拐一拐地快步走去了。吴小正和郭木山抢上想替他背，他不让，一直走着，逗得街上的一群孩子嘻嘻哈哈地跟着他，有的偷偷地学他那走路的样儿，有的对他叫道：

"张书记，再给我画个志愿军打老美吧。"

"今日没空儿，明日你们再找我去吧。"

"张书记，给我画个母鸡生蛋好不好？"

"好，给你画母鸡生蛋，生不出来，憋了个大红脸，对不对？"

"哈哈，对！还画个光屁股娃娃，好吧？"

"好，明儿去找我吧，什么都给你们画。"

他把柴火背进了一个歪七扭八的小破门儿，搁在院里，翻身走出来。李宝成的小儿子——六岁的李小福问他：

"张书记，你知这老太婆是谁？"

"谁？不知道。"

"秃脑瓜寡妇。"

"咦！"张骏做了个吓唬人的鬼脸，"屁大个孩子，她比你大几十岁，叫她秃脑瓜，没大没小的！"

这时老吉婶子才喘着气赶了上来，正要对张骏说些感谢的话，他已经迈着大步向郭木山和吴小正那边走去了。

第十四章　明　天

吴小正他们保守秘密的试验地，在“特别社员”赵洛常家的院子里。赵洛常住的是苇坑北边离村半里地远的一个独院，从前是地主家看坟的人住的院子，是土改时分给他的。房子又矮小又破旧，房子前面却有二亩挺好的园子地，地当中有一眼挺深的辘轳井，井旁边有一个挺高大的葡萄架，地周围沿着寨篱还有一些树木。

赵洛常老头是个烈属，是个性情有些古怪的老人。几年前，郭木山开始组织互助组时，去动员他参加，他听了半天互助两利的道理，又想到自己年老了，孙子赵更学还没有长大成人（当时还只有十四岁），土改时分到的那点地实在没法种，就简简单单地说了两个字：“参加。”过了一会儿，又补充说：“我这脾气……我家里别人，参加；我，不参加，行不行？”从这以后，他儿媳妇，他孙子，就常在互助组里干活，他自己却只莳弄房子前面的这二亩园子地。他有时也参加组里的会议，总是不声不响地坐在一边，要是听到了什么不满意的事情，脸上的皱纹就皱紧了，样子很难看，孙儿赵更学就赶紧猜测他的心思，发表意见；如果会议上并没有讨论什么重要问题，没有什么争论，他就不等散会就走了。所以当时人们都叫他是“自由组员”。去年冬天，郭木山发动人们由组转社时，他也去听了人们的几次酝酿和漫谈，郭木山又来征求他的意见，他又简简单单地说了两个字：“参加。”停了半天，又补充说：“集体，社会主义，是好事。可我这脾气……你，还是让我自由吧！”就这样，他全家的土地都入了股，全家人都是社员，只有他自己仍旧留下他那心爱的二亩园子地，还是个人“单干”。他又有时也去参加社里的会议，对社里的事情也非常关心。就这样，他就和曹老鸭一起被称为“特别社员”了。

“人家要我这么个老头子干吗？我参加到他们里边去干吗？为的是

说出话来倔头倔脑，叫别人讨厌吗？笑话吗？他们年轻人——更学娘儿俩，让他们参加进去吧，他们的道儿长远得很，我，还能活几年？”——这是他心里的话。

几个月以前，有一天，半夜下起雨来了，郭木山和李宝成两人惊醒了，想起了社里放农具的屋子漏雨，怕农具淋了雨要上锈，就不约而同由各人家里往保管股走去。两人刚一进院，就看见那漏雨的屋里有灯亮儿，还有一种奇怪的声音，原来是赵洛常在屋子里，已经把锄呀耙的挪到干地方了，现在正弯着腰用草把子擦着锄板上的泥水。他旁边搁着一盏玻璃风灯，一根手杖，一把破雨伞。他是从村外离村半里路的家里趿着泥来的。

又有一次——是麦收的时候，人们正在场里忙得像打仗一样，忽然，赵洛常扛着两张席，夹着一把绳子，歪歪倒倒地跑来了，把席和绳子往地下一扔，叉着腰，对着众人气愤愤地说：“天气上来了，你们就看不见？”人们往西边一瞅，喝！真的，天边上挤压着一大片墨黑色的乌云，暴风雨就要来了。大家赶紧把摊得满场的麦子收拢来，堆成垛，用席盖上，用绳子系上砖块石头坠上。

像这样的事，社里的人们谈起来总是津津有味的。但是赵洛常对杜里还做了一件更大的好事，直到今天大部分的社员们还不知道。

这件事情得从王香儿说起。

从今年热天起，村里数一数二的姑娘，郭贞贞最好的朋友王香儿，就时常到赵洛常家来串门儿。这真是一个乖巧伶俐的姑娘，每次来时，看见院子脏了，顺手就拿起扫帚来扫；看见锅台上碗筷没有搁好，顺手就拾掇到碗橱里去；看见更学的妈妈做针线活儿，就坐在炕上帮着动手；看见赵洛常的鞋袜有了破洞，掏出针线包儿来就给缝补。慢慢地，她就越来越大大方方地跟赵更学呆在一块儿，或是在院子里的井台上，或是在老头儿屋里的炕头上，由赵更学帮着她念书写字。慢慢地，老头儿就欢喜起她来了，每逢估计她要来了，就不声不响在屋里的破桌子上搁上一包花生，或是一块年糕，一根馃子，自己却到野地里去溜达，让两个小人儿单独在一起。慢慢地，这姑娘就时常试着跟这个不爱说话的古怪老头儿谈谈天了。

有一天，她对赵洛常提出了一个问题：

“爷爷，你老是一人这么呆着，跟谁也不说话，不闷得慌吗？”

“我多大岁数？你多大岁数？”赵洛常嗡嗡地说。

“你问岁数干吗，你七十，我才十七。”

“我吃的盐比你吃的饭还多。”

“哟！”姑娘把手一拍，叫起来了，“吃的盐多，就该闷着头不说话吗？就不怕闷得慌吗？”

“嘻，跟你，说不清……”赵洛常笑了，摇了摇头。

停了一会儿，他的脸色又阴沉起来，叹了口气，自言自语起来：

“咳，人，做事，就是怕不靠实。”

“爷爷，你说谁做事不靠实呵？”赵更学问他。

“我说你们，年轻轻的，就怕……”

赵更学对香儿看了一眼，香儿猛地红了脸，两人都明白老头儿这话的意思。

“爷爷，你放心……”香儿低声说。

“爷爷，你放一百个心吧！”更学也红了脸，声音也很低。

“那，好得很！”老头脸上的皱儿又舒展开了，“那，我就操持盖房子。”

“干吗要盖房子呢？”姑娘故意翻着大眼睛问他。

“你真傻！”更学笑着说，“就凭俺家这破房破院，你爸爸那势利眼，会愿意吗？他不怕你没地方住吗？”

“我哪儿也不住，住在树上头那鸟窠儿里！”姑娘嘻嘻地笑着，一阵风地跑了。

从第二天起，赵洛常就不声不响地准备起来了，先把院子里两棵杨树伐了，又推着小车到窑上去买回来一堆砖。

有一天，姑娘又来了，看见老头一家人正在院子里剥玉米棒子皮。她顺手拿起一个一尺多长的棒子来，举得跟眉毛一样高，对老头问道：

“爷爷，你种了一辈子庄稼，看见过这样的棒子吗？”

“没，连做梦也没……”

“你瞅，哈呀，这多好看！多爱人！你喜欢吗？”

“真稀罕，看不够……”

真的，赵洛常那剥棒子的手是发抖的，剥完了一个，要颠来倒去地看半天，才丢到堆子上去。棒子苞儿刚刚吐缨子的时候，他就天天到地里去转着看，他怎么不欢喜呢？

“真是，除了咱们社里，谁家也种不出这样的棒子来。”更学的娘得意地笑着，用爱怜的眼光看着姑娘，递过一个小板凳去叫她坐。

香儿没有坐下，她跑到井台那边去了，跟正在打水的赵更学小声说了几句什么，两人就一块儿走过来，从堆子里挑出两抱大个儿的棒子，走进老头的屋里去了。

一会儿，赵洛常走进屋里去看他俩干什么时，喝！炕上，靠近窗户的房顶上，整整齐齐吊着一束一束金色的珍珠玛瑙。赵洛常眯着眼，咧着嘴，看看房顶，又看看这对年轻人。庄稼人年年秋后留玉米种儿时，都是这样把棒子吊在房顶上的。但是这些棒子束儿是这两个年轻人用了一番心机摆弄出来的，像一朵朵珠串儿束成的花，连那留在蒂儿上的白色苞皮也跟平常不同，成了洁白的荷花瓣儿，映着金色的玉米颗粒，格外好看。

“爷爷，”两个青年人同时说，“俺们知道你喜欢这样的好庄稼，就给你想了这么个办法，你黑间先看看它再合眼，早晨先瞅瞅它才起炕，你心眼里就高兴啦，就不会一天到晚老是撅着胡子啦，哈哈！”

“真！真！……”老头又爱又恨地顿着脚，又摸摸索索地从怀里掏出个手巾包儿来，“给你们，花生果儿，吃去吧！”

正在这时，郭贞贞来找更学和香儿去开团小组会，看见了这场面，喜得拍着手赞叹起来了。

“明年，咱们还要多上肥料，还要叫棒子槌儿长得更大，叫那些单干户看着眼儿红！”王香儿兴奋地说。

“不光是棒子，还有别的庄稼，还有麦子。”贞妮子说着，又叹了口气，“可惜俺们没有闲地方，要是有，也学县农场那样，试验密植小麦，今年种上，明年，你瞧着吧，结这么大穗头子，黄橙橙的，一亩地产八百斤，看那些落后脑瓜还相信不相信小麦也能丰产吧！”

三个青年人就谈起丰产小麦的事情来了。原来，吴小正和郭贞贞前不久在社员大会上提出过试种密植小麦的问题。吴小正平常最爱钻研农业技术。他看了一些书，又到县农场去学习了一下，对于用什么样的麦种，还有一整套的耕作措施，他都详详细细做了解释。可是他并没有说服了人们。今年，人们根据过去郭木山互助组的经验，实行了棉花和玉米的适当的密植,得到了很好的收成。可是人们偏偏不同意试验小麦密植,理由是:过去没经验,麦子种密了不透风,爱长黄疸,哪怕是试着种个三亩五亩哩,也得浪费人工和糟蹋地。

一亩地出产一千斤左右的麦子,这是多么好的事情啊!小正决不能忘记这个梦想。他想自己单独辟一小块试验地做个样儿给人们看看。哪儿去找这块地呢?贞贞家的地全部入了社,不能自由处理。小正家倒是有点自留地,可他爷爷是个说不通的老顽固。求社里给他们一小块地吗?费多少话也不一定能够得到人们的同意。

现在,贞妮子睁着出神的大眼睛长长地叹了口气:

"唉!围着村子尽是地,就没有俺们做试验的一小块儿,哪怕只有房子这么大一块儿呢!……"

三个人都为找这一小块地琢磨起来。

"用不着找社里要,我给你们!"是老头儿的嗡嗡声。他不知是什么时候又到外边窗户下边剥棒子去了。

三个青年人同时吃了一惊,跑了出去。

"我给你们地!"老人用坚决的眼神看着他们,接着又站起身来,用力把手对着周围一甩,"我这二亩园子地,随便你们挑一块!"

第二天,吴小正和郭贞贞就带着几个青年人来了,把这个冷清的院子弄得花开鸟叫的。他们很严格地量出了五分地,用锄翻耕了五寸深,耙了两遍,铺上了一定数量的底肥,然后又匀匀细细地耙了一遍,又浇了一遍水,这才把用赛力散拌搅过的优良品种种下了。

正在忙着时,郭木山来了。

"哈!种上了吗?好!"他是从贞妮子那儿知道的,铺的底粪就是他给的。

"社长,我们不是怕失败——保险失败不了,可俺们要保守秘密,到明年,让那些顽固脑袋吓一跳。"青年们对他宣布说。

郭木山答应了,又走到赵洛常跟前说:

"老叔,听说你要盖房子呵?"

"嗯,"老人点了点头。

"你是想把这边这三间破西屋拆了再盖吗?好,那我就跟你商量商量：俺们社里派人来给你拆房，不吃你的饭，不喝你的水，只要你这老房土当肥料上地。这是社员们团结互助的事，省得你花工钱雇人，你同意吧？”

“那，同意！”老人高兴得像小孩一样，顿着脚，转着身子。他正在发愁自己没有人力，雇人吧，花好多钱不说，自己脾气古怪，不会张罗，麻烦。

郭木山又答应他：以后还要发动社员们帮着他盖新房，帮忙就给他帮到底。

当天下午，人们就来动手拆房了。赵洛常用心用意地监视着人们的一举一动，如果有人走近了麦子地边，他就不客气地吼叫：

“别踩！”

没有人生他的气，因为谁都知道他的脾气。

可是，房子只拆了一半就停了工，原因是：一部分社员闹起情绪来了，郭木山急病了，社要垮台了。

现在，麦苗儿已经出土了。

现在，秋天好像对赵洛常家这个小园子特别多情，不光是给它染上了一片灿烂的金黄颜色，不光是繁密的树木枝条还像在春天时一样的柔软，也不光是在寨篱脚下还残留着一些紫色的扁豆花，园子当中还长出了一块十分鲜艳的嫩绿色的麦苗，像春天雨后新出土的韭黄，像大水退后河滩上的青草——这就是那块秘密的试验地。

十来个男女青年围在井台上边。他们刚刚用秫秸在试验地周围扎了一道防鸡防猪的短围墙，现在正在这儿休息，叽叽嘎嘎的嚷叫声惊得满园的麻雀轰轰地乱飞。

贞妮子那清脆的声音响得最高：

“你们猜怎么着？今日我又碰见一回，更学和他爷爷抬着根檩木，就是那边房檐下边的那根檩木，他爷爷压得歪歪倒倒……更学，你跟你爷爷干吗着急要拆这房子，大半是着急要盖新房，是怕天冷了就动不了手，是不是？”

赵更学没有回答。一个十五六岁的小男孩尖声说：

“哈！昨日，我也碰见了一回——是在那边地里耙柴火回来，隔着寨篱缝儿看见的。你们猜是几个人？四个！有更学，更学的爷爷，更学的妈，另外还有一个，嘻，这，我可不告诉你们！”

“胡说，造谣！”王香儿甩着头发叫着。

大家就这么笑着闹着，热闹得很。急得贞妮子拍着手，尖声吆喝起来，人们才慢慢地安静下来。贞妮子又说话了：

“我的话还没说完，你们就闹起来了。玉娥子！你干吗又朝着香儿更学做怪样伸舌头？你光会疯！……好，现在我问问你们：更学的爷爷给了俺们这块地，还给俺们照看这块地，俺们能不能忘了他的好处？我有个提议：过两天俺们抽个空儿，来帮他拆房……”

“我也来发表点意见吧，”张骏高兴地说着，从寨篱门口的树影后边走了出来。

郭木山和吴小正也跟着他走进了园门。他们已经躲在这儿听了好一会儿了。

青年们起先是吓一跳，接着就笑起来。张骏让大家围着井台坐好，自己也用大衣垫着坐下来。他先称赞了贞妮子的意见，接着又分析说：更学的爷爷这一辈子大概是没有盖过新房，现在盖得起了，又加上疼爱更学和香儿两个孩子，所以就有些着急。青年团员们应该关心这样的事情，关心这样的老年人，关心自己的同志……说到这里，他突然把话题一转：

“现在我想跟你们讨论几个别的问题。你们知道李栓子为什么不痛快吗？”

青年们都觉得这个问题问得又突然又奇怪，都朝李栓子那边看去，有的在暗暗地发笑。

李栓子是李德才的小子，就是张骏刚来的那天碰见他一个人在那儿耕地的那个青年。这小伙子有一段故事，是这样发生的：今年夏天，栓子的恋爱对象——一个名叫周梅仙的姑娘，猛然对栓子变了心，原因是她不愿嫁给庄稼汉，不愿意一辈子死死地钉在庄稼活上受苦，同时也嫌栓子家是个老雇农底子，直到现在日子还不宽裕。她对栓子说：“你们家比俺家还穷，四间小屋，十几亩地，养着个狗大的驴，有什么前途！”以后，她就到大城市里投靠亲戚家找出路去了，这就害得栓子一天一天地愁闷起来。刚开始秋收的时候，周梅仙家里接到她寄回的一张彩色结婚照片，看那模样，咳，穿着绿花衬衣，梳着两条小辫，辫梢儿上结着红蝴蝶结，跟一个头发光亮的小伙子(据说是一个百货公司里的售货员)挨在一起,真是满脸得意呢!在村里一些落后的人看来,光是这张照片上的神气就够人啧嘴的。李栓子想办法看到了这张照片,他就更加忧愁起来了……

现在,这小伙子靠着一棵葡萄根子坐着,不好意思地扭过脸去,想起身走掉,又下不了决心。

张骏又半笑半认真地接着说:

“哈,小伙子们,这可不是什么好笑的事儿啊。农村里的姑娘不愿意嫁给农民,可是个问题哩!你们村里像这样的姑娘恐怕不只一个吧?”

姑娘们都低着头抿着嘴儿笑了。小伙子们可就热闹起来了,你一句我一句,连想也不想地就说出了好几个姑娘的名字,而且说出了她们的心思:她们想嫁干部,嫁工人,想到城市里去找事情做。

张骏笑着叹了口气:

“说是说,笑是笑,这可不是个小问题。要是姑娘都不愿意呆在农村里,小伙子们就都要像李栓子似的不安心,还靠谁在农村里建设社会主义呢?吴小正,贞妮子,你们团里面对这样的思想情况进行过教育没有?”

吴小正看了看大家,回答说:他们青年团里面进行过爱国主义的教育、增加生产的教育和有关农业技术的教育。他们也开过苏联集体农庄的图片展览会,也想过一些别的办法,比如:请复员回家的战士讲战争故事,请老年人讲义和团起义的故事……可就是对于农村社会主义前途的教育没有办法进行得很具体和很有说服力;青年们都觉得集体农庄好是好,可不知道哪一年才达得到。

太阳离地平线只有两丈高了,几块紫灰色的云很安闲地浮在天上。几只晚归的鸟儿飞得那么高,看起来只是几个跳动着的小黑点子。从园外的苇坑里飘进来一股潮气,满园里金黄的叶子微微地颤动起来了。

赵洛常老头不知道是什么时候从屋子里走出来的,坐在西边那几间拆了一半的破屋子跟前,藏在白眉毛下边的眼睛朝着这边闪着光亮。

张骏又说话了:

“为什么你们农业社的姑娘们都比较安心呢?社里有几对儿正在恋爱的呢?贞妮子,王香儿,你们为什么不想到城市里去呢?”

王香儿抿着嘴儿低着头,赵更学也不敢跟大家的眼光相碰。吴小正翻着他那秀气的眼睛望着前面，像是又坠进了幻想。

"你们干吗这么瞅着我呵？不认得我吗？"贞妮子一甩辫子，抬起头来，像是觉得自个想得挺有意思，格格地笑了，"我没到过城市地方，可我听见人们说过，那儿连个长草儿的地方也没有，连个透气儿的地方也没有，尽是房挤房车挨车，连走道儿都不敢放心大胆地走，哪如俺们乡下畅快！"

她瞪着那水灵灵的大眼睛，在幻想着大城市里的情形。一会儿，又扭头向四外看了看，用更加快活的声调说：

"俺们这儿多好！春天夏天，到处是青枝绿叶；秋天冬天，一眼看去没个挡头；又守着一条河……说实话，我就是爱在河堤上走道儿，我爱那景致，爱悄悄儿跑过去吓唬水鸟儿。还有，你们想：热天夜里，在瓜棚里一躺，在大宽场上一躺，风儿飕飕的，蛤蟆咕咕咕，那有多好！活儿累？生活苦？咱又不是资产阶级，要是没价活儿干，我还不痛快呢！还闷得慌呢！"

青年们又你一言我一语地说起来。张骏把大家的话综合起来，说明城市有城市的好处，乡村有乡村的好处；说明城市和乡村的相互关系，工人和农民的相互关系；最后从农村的社会主义前途，说到本村这个农业社的问题上来了，他说：别看这个社现在正在闹问题，过不了多少天就会有很大的发展的。他叫郭木山估计估计，这个社今年可能要发展到多少户。

"也许，"郭木山思摸着，"能达到三十几户吧？"他像是又觉得希望太大了，笑起来了。

"什么？三十户？"张骏扬起了眉毛，"太少了！太少了！太少了！"他一个劲儿摇着头，"头一年就是二十三户，增产了百分之三十还多，到年底才发展十几户吗？哈哈！"

他笑着问郭木山：这村有二百七十三户人家，要是每年只发展十几户人家的话，是不是得二十多年才能达到全村集体化？又问他：为什么头一年他敢一下子就建立一个二十三户的社，到年底反而胆子变小了，是不是被那些问题闹得吓住了。他伸出了巴掌，把五个手指头一晃：

"顶少，五十户！"

每个人都吃惊地看着他。王香儿使劲咽了一口唾沫，赵更学和玉娥子伸了一下舌头，贞妮子猛一下挺起了胸，吴小正很快地睞着眼睛；郭木山呢，把嘴一张，一滴口水突然顺着下巴流下来了，赶紧用大手去擦；连坐在一边的李栓子也出神地睁大了眼睛。

张骏又对他们说：现在社里的问题——解决得了；五十户——能达到。明年后年，还要发展到一百户，二百户。还要发展到全县——各乡各村都要建立社。将来，农村里需要很多领导干部和专门人才。需要农业家、会计人员、电气工程师、拖拉机手。这些人到哪儿去找呢？到大学中学里去找，也要到在座的这些庄稼小伙子里去找。他笑着说，吴小正和贞妮子就是头一个目标。接着，他又谈到了省里有一个根治曲龙河的水利计划，明年冬天可能就有一部分工程要开始动工。几年以后，就可以从这里坐小火轮直到省城，河两边的大堤会变成汽车路；路两边的地里，尽是一条条的渠道，人们可以随自己的意思引水浇地；到那时就再也不会有水灾旱灾了；另外，还要在这条河的上游山地里修发电厂……

青年们都瞪着眼，红着脸，谁也说不清自己心里是个什么味儿，谁也不知道自己的脑子里正在想些什么。忽然，赵洛常在人们的背后咳嗽了声。谁也没有注意到他是什么时候从那边走到这边葡萄架下来的。他愣怔着眼，拉长了脸，那神气使得每个人都吃了一惊。停了一会儿，他那笨重的脚往前挪了两步，腮帮上的皱儿动了几动，胡子翘了几翘，才用他那铜钟般的嗡嗡声说起话来了：

“社会，主义，好！好可是好，就跟这拆房盖房一样，旧的，破房，还没有拆完；新的，好房，还没有盖好，要是人们在这时候散伙，停工，垮台，这像话吗？这，享幸福，门儿也没有！”

他那高大、结实、微微向前弯着腰的身体，再加上那一身鼓鼓囊囊的灰粗布衣裳，还有那满是皱纹的脸和满是疙瘩的大手，整个看起来真像一棵光秃秃的老枯树。但是这棵老树并没有枯。他心里还有的是热，眼里还有的是光。他现在是一动也不动地盯住张骏的脸，眼光里含着希望和责备，是在责备那些闹情绪想散伙的人们。

张骏受到了感动，笑着对老人大声说：

“老大爷，你的话很好！很好！咱们决不能让他散伙，一定要盖出新房子来……”

老人猛一下又像是有些慌张了，“嗯嗯，嗯嗯”着，看了大家一眼，转过身去，走到葡萄架下边，把一根从架子上拖下来的藤子拾起来，使劲往架子上一扔，那藤子又倔强地弹了回来，他又抓住了它，出神地看了它一会儿，好像是要研究它为什么这么倔强，然后把它挽成个圈儿，往一根支柱的丫杈上一挂，看着它再也不能拖下来，才放了心，就又去对别的藤子摸摸弄弄去了。

张骏觉得自己脑子里有很多思想，一时说不出来，就是说出来，这些青年人也不一定能够理解。他就跳起身来，在园子里溜达起来。看起来赵更学一家老少一定是都很勤谨，园子里到处都有扫帚的痕迹，一些木料柴草砖瓦一类的东西都摆置得恰是地方，整整齐齐。新从树上飘下来的叶子点缀在扫松了的沙土上面，真像一些金黄色的蝴蝶翅膀，非常好看。那边寨篱角上有一堆新土，是新挖的一个土窖，大半是准备搁山药或是搁白菜的。张骏在这儿站了一会儿，猛地找到了表达自己一部分思想的东西了。就招着手把青年们叫来，指给他们看这土窖四壁的土色。这个窖大约有七八尺深，土的颜色也可以分成六七层，最上边一层是浅黄色的细沙土，下边是黑褐色的胶泥土，再下边是半沙半胶，再下边是灰白色的粗河沙……看起来，从古到今，这里闹过多少回水灾啊！人民是受过多少苦难啊！现在好了，是人们改变自己命运的时候了。让我们大家努力工作吧！加紧劳动吧！朝着社会主义走去吧！

第十五章　心，热得很

太阳已经收走了最后的光辉，天色暗下来了。野地里响起了秋虫们的歌唱，村子里传来了担水的人们在井台上摇辘轳的声音。青年们依依不舍地跟着张骏走出了赵洛常家的寨篱门，都低着头，心里有一股说不出来的味儿，都在想着老辈子人们的痛苦，想着明天金黄色的生活，想着现在的工作。他们谁也没有注意到，吴小正和贞妮子两人悄悄儿离开了他们，走上了通往村西的岔路，隐进路两边还没有割掉的大麻子棵里去了。他俩跟别人一样，心里也热得不得了，而且比别人更加兴奋，因为他俩想起了那另外一块谁也不知道的试验地。如果这个试验成功了，曲龙河的河堤外边那九百多亩不能种庄稼的沙荒地就可以长麦子了。那是多么大的增产啊！现在他俩要趁天还不黑时去看看那里的麦苗儿，所以走得很快。

郭木山一个人走在青年们的最后边。他的眼睛是红的，脸是红的，脖梗子硬着，也是红的。他顺手从寨篱上折下一根枯柴火棒儿，把棒头儿送到口里，用他那坚硬的牙齿使劲地咬折了一截，又使劲吐掉；又使劲咬折一截，又使劲吐掉。社会发展的前途，农民应该通过合作化的道路走向社会主义，这些道理他是知道的，可从来没有像今天张书记所讲的这样具体，这样动人。原来咱们的政府要进行这么大的建设！原来人可以管天管地，管山管水……哈哈！到那时候，发电厂的机器一开，全村里大街小巷窗里门里到处都亮了，到处都变成白天了；公鸡们以为是天明了，扯着嗓子叫起来；狗们不知道发生了什么事情，夹着尾巴跑起来；孩子们都不愿意去睡觉，在街上跑来跑去地拍着手嚷叫；老太婆们喜昏了头，故意拿着针线活儿在街上做起来；磨坊里、油坊里、轧棉花的厂子里，一切机器都自动转起来；家家户户，收音机开了，电炉子热了；野地里也到处牵着电线，亮着电灯，收割机像在白天里一样，在嘟嘟嘟嘟地抢收一眼望不到边的麦子……这就叫做电气化，是比做梦还要稀奇的稀奇事！他郭木山也做梦梦见过拖拉机（以为那就是整个儿的社会主义），可没有梦见过这样的稀奇事啊！咱们正在朝着这个道儿走啊！咱们农民将来要过这样的日子啊！咱们曲堤村将来也要这么办啊！那么，咱们现在应该做什么呢？怎么做呢？咱们应该掏出全身的劲来！掏出全身的劲来……

郭木山把口里最后的一截柴火棒儿吐掉了。他的眼睛有些潮湿，模糊。他很想一个人安安静静地想一想，就越走越慢，离开那群青年越来越远，不知不觉地走进了路旁边的柳树林子，又穿过苇地里胡同似的小道儿，走到了苇坑旁边，在坑沿上站住了，猛地想起了一件忘记了很久的事情，就出起神来。

这是一个十几亩方圆的大水坑，沿着坑边的干岸上和浅水的地方长着一层茂密的芦苇，中间却是一大片一丈多深的清水。现在，坑边的苇子都枯黄了，坑里的荷叶也凋残了，苍茫的暮色笼罩了一切，鱼儿在水里翻得水响，鸟儿在树上嘎呀地叹气，幽暗的苇丛里响着窸窸窣窣的声音。郭木山对着这样的景色叹了口气。他太熟悉这里的一切了。小时候，他跟一群穷孩子们在这里钓过鱼，洗过澡，捉过蛤蟆，捕过小鸪丁鸟儿。他们把坑边的苇子踩成了一条条纵横交错的小胡同，在里边钻来钻去捉迷藏。有多少个夏天的早晨，他牵着财主家的骡马到这坑边来饮水，看着满坑里娇艳的荷花，听着苇丛里水鸟儿欢乐的歌唱；有多少个秋天的晌午，他逃避东家的打骂，躲在苇丛里，幻想着各种各样向财主报仇的计划。那时候，这苇坑是财主家的财产，郭木山每年看着财主家从这里挖出来一担一担的嫩藕，捞出来一筐一筐的鲜鱼，他是多么眼馋啊！从土地改革以后，这苇坑属全村公有了，全村的人们伙着在这里养鱼和栽藕，每年是很大一笔出产。郭木山每年也吃这坑里的鱼，分这坑里的藕，可是，郭木山在另一方面却有些恨它。原因是，这苇坑周围的地势较低，每年雨季时，四周围的雨水都往这里流，坑里装不下，就漫了出来，常常把坑周围几十亩地的庄稼都泡在水里，造成了灾害。郭木山自己也有三亩地正在坑边，这几年差不多年年只能收一季麦子。土改时分给他的二十多亩沙荒地，他可以凭着自己的两只手，凭着互助组里人们的帮助，把沙子翻下去，把好土翻上来。对这样的水淹地他有什么办法呢？今年，有两家社员也在这里有地，也受到了灾害……

现在郭木山正是站在自己这三亩地的地边子上的。苇坑从这里伸出了一个尖岔子，要是从岔子头上——从自己这块地里挖一条沟，经过郭大海家的四亩半地，再经过郭万德家那五亩地的地头儿，就可以通到社里那块“大块地”了，就可以把那片“大块地”变成水浇地了，一方面也可以排掉一部分坑里的积水，减轻四周围庄稼地的灾害。这“大块地”指的是三十五亩方方正正的一块。农业社里只有二十三户人家，土地自然很分散，只有这三十五亩地是一个最大的整块，耕种起来最方便，所以社员们就给它起了个“大块地”的名字。今年春耕的时候，郭木山想过这个计划，但是他当时不敢细想，更没有跟任何人谈过；因为，要让郭万德和不是社员的郭大海答应在他们的地里挖一条沟——特别是郭万德，简直是不可能。

现在，郭木山又想起这个计划来了，而且越想越觉得这是一个可以行得通的计划。眼前就有杨大个子叔侄三家要入社，治安员王治和郭大海也很有可能入社，他们的四十几亩地都跟这三十五亩大块地连在一起的，这可就真的成了大块地啦！把这么一片八十来亩地都变成水浇地，那该是多产多少粮食啊！如果再把附近的地户吸收几户进来，连成一百亩的大块，把渠沟挖得更长一些，这一百几十亩地就变成了出金子的地方啦；这苇坑周围的地，夏天也就再也不怕水灾啦，这个害人的苇坑就再也不能害人啦……能不能实现呢？开一条渠沟，在沟沿两边密密地栽上两排柳树，年年栽，年年长，不到三年，就会把沟边子弄得结结实实，几十年也崩塌不了。在渠道两边安上水斗子，或是安上水车，都行。如果每年下雨沟里淤了泥，沟浅了坑里的水流不过来，那就把泥挖起来当肥料上地——这是最好的肥料，花钱买还买不着呢！……现在最大的难关就是郭万德，要在他的地里挖沟，那真好比是要割他的肉！

“不要紧！”郭木山对着昏暗的野地小声叫起来。“我拿我的地跟他换！我拿六亩最好的地换他这五亩！他再不愿意我就拿七亩八亩跟他换！为了社会主义，我什么也可以牺牲！”

他走到郭万德那五亩地里，考虑着沟渠的路线。

忽然，从苇坑那边走过来一个灰色的人影。

“木山，告诉你，别做梦！”——正是郭万德的声音。

郭木山吓了一跳，愣住了：怎么这老头会在这时候出现呢？他是人是鬼？他怎么到这儿来的？

郭万德高一脚低一脚地一直来到他的跟前，继续嚷道：

“木山，你以为用女儿把俺家小正勾去了，成了你的女婿，等我死了，你就可以从他手里得我的家当吗？你在我这地里转什么？你口里说的什么地呀地的！告诉你，别做梦，你的梦做不成！我郭万德不要那没良心的后代人了，我要卖地卖房，大吃大喝，死了拉倒……”

“你疯了？”郭木山大声打断了他。

“我一点也不疯，是你疯！是你白日里做梦！”

“你大半又是特地找我来嚷嚷的吧？我不跟你一般见识，我不跟你嚷嚷！”郭木山气得发抖，转身就走。

“你不跟我一般见识，你是什么见识？你那心思见得着人吗？”

看见郭木山头也不回地只顾往前走，郭万德以为自己完全猜想对了，完全抓住理了，就跟在后面追赶起来。最近这一两天来，他心里再也没有别的思想，只是痛恨自己没有后代，痛恨吴小正没有良心，痛恨郭木山心坏，痛恨贞妮子害了他和侮辱了他。他决不能让郭木山家里的人来吃他家的饭，享他家的福，占他家的便宜，弄得他没有一个姓郭的后代人，断了香火，死了也没人上坟。他的心像是被毒蛇咬住了，咬得很痛，像火烧一样的痛。他向谁诉说去呢？在这村里，他只有两个说得来的人，一个是郑洪兴，一个是李祥。当然，只要他一开口，这两个人就又在他心里加上一把火，叫他心里更痛苦。刚才，他正坐在家里出神，老根媳妇来找他买梨，瞅了瞅他那出神的难受的样儿，就随口叫起来了：“哟！你还坐在这儿哩，没有看见公鸡赶着母鸡跑吗？”接着就告诉他：刚才，她如何看见贞妮子先偷偷摸摸往村北苇坑那边去了。接着，吴小正也一躲一闪地溜过去了。她如何远远地看见他俩的影子在苇子地那儿一晃，就不见了。郭万德信以为真，心想：捉奸要捉双，只要捉住奸了，就可以叫这两个不要脸的和郭木山当场出丑，就可以出一口恶气了。他以为，大姑娘小伙子常在一起，是不会不干乱七八糟的勾当的。所以他就悄悄儿来了，不想正好碰见一群人从赵洛常家的寨篱门里走出来了，里面是有那两个“小不要脸的”，却可惜并不是单单只有他们两个。他正在失望时，却看见郭木山闷着头钻进了柳树林子，穿进了苇子地里，差不多是从他的身子旁边走过去的……

以前，郭万德还只是猜想郭木山想通过女儿来得他的家当，还只是在气急了时用这样的话当做资本来攻击郭木山，来取得村里人们的同情。现在，郭木山越是走得快，他就越以为自己的猜想完全对了。天黑下来了，他看不清路，脚下边磕磕绊绊，口里呼哧呼哧地喘起气来，离郭木山越来越远了，等走到村口的时候，竟连郭木山的影儿也没有看见。

郭木山不想回家吃饭，他有满肚子的话想找人说说。找谁说呢？找李宝成？李幼章？王保坤？可惜他们不是党员，这样的话是非找党员们说说不过瘾的。他想起了郭大海。想起了郭大海几年来在工作里边跟他是多么亲密，特别在土地改革那一年，两个人简直是一会儿也离不开。自从郭大海搞起了砖窑的事情，特别是自从他郭木山搞起了农业社以后，两人反倒生分起来了。刚才党员会散会的时候，郭大海那股沉沉闷闷的神气，叫人想起来就觉着刺心……

"大海，你在家呀，还没有吃饭啦?"郭木山一脚迈进门里，因为黑得看不见，踩着了拦在门里边的一小堆棉花柴，身子晃动了一下。

女人坐在外间屋的灶门口烧火，郭大海坐在她侧边的小杌凳上，眼睛愣怔怔地看着灶门口的火光，不知道是在想什么心思。

屋里炕桌上点着个小油灯，两个大孩子趴在灯亮下边做算术题，一岁多的小女孩坐在一边在啃一块生山药。郭木山瞅了瞅郭大海那沉沉闷闷的样儿，说什么呢？从哪儿说起？刚才赵洛常园子里的谈话大海没有参加，自己的一些计划，现在跟大海说还嫌太早。郭木山只得满屋里瞅来瞅去，看见了躺柜上的一面旧穿衣镜，猛地记起了这个穿衣镜的来历：土改的时候分胜利果实，大件家具都分完了，剩下了一些零碎的东西，女人们都围着挑拣，拿起了这样，放下了那样。大海媳妇来得最晚，拿起了一面穿衣镜就走。这镜子名字虽然叫穿衣镜，其实不过只有一尺见方那么大，实际上不过是地主家搁在堂屋春台上的一个摆设，不知摆了多少年，四边的木头框子已经旧得不像样子，镜面很脏，照人也不很清楚，既不好看，也不实用。人们都奇怪大海媳妇为什么单单挑这么个东西，问她，她说：

“嗨，俺地也分到了，桌椅家具也分到了，就缺个照脸的玩意，俺活了这么大还没有照见过自个的脸哩！”从此人们就说大海媳妇是个心儿俏的人。可是现在她年岁不过才三十上下，对郭大海也真是贴心，却穿得破破烂烂，连一双像样儿的鞋子也没有，这破镜子对她有多大用处？

郭木山心里不免有些感慨，找到了说话的题目了：

“大海，你记得土改的时候咱们那股劲儿不？一连两三个月，差不多天天夜里开会开到半夜，一点也不觉累，反倒越闹越有劲，我觉着你那眼主要就是那时候熬坏了的，你说是不？”

停了一会儿，郭大海叹了口气：

“咳！咱们的工作要老是那么一股劲，村里现在也不会这样……”

“他娘的！谁想到没有几年又出了富农！”

“程瑞芳那么一说，我觉着真像做梦一样。谁想得到……”

郭大海脸上的模样又难看起来了。

“大海，你说说，人们反映我自私自利，这是怎么回事？”

“嘿嘿，”郭大海脸上的肉动了一下，想笑没有笑出来，“你大半也像是做梦一样吧？”

“可不？真……”

“我问你：你对李祥说过‘你拆我的台’没有？”

“说过。就是那回跟他吵架的时候说的。”

“你知道李祥最近给你做的什么样的宣传？”郭大海明显地是有些兴奋了，把一只脚跷到板凳上了，身子对郭木山转过来，“人家宣传得可妙哩！他说：哼！社是‘我郭木山的社’，不是大伙儿的社，社要垮台，是‘拆我郭木山的台’，把咱这社当了他的私有财产。难怪他一家三口——连他那老婆子也拼着命地劳动哩，就是想从社里多往家里捞点东西。他开口闭口说别人自私自利，他自己才是最自私自利的，最心眼深的！”

“大海，你以为他这话对吗？”郭木山拼命压住心里的怒气，声音都变了。

“我觉得不是全对，也不是不对；前一半儿是对的，后一半儿不对。”郭大海用一边的嘴角笑着，扭过脸去看着灯亮。

“你真的觉得……”郭木山站起身来了。

郭大海没有回答，两边的脸上都现出冷笑的样儿。

郭木山在炕前转着身子，抓着脑勺，弄得炕桌上的灯亮慌张地摇晃起来，三个孩子都瞪着小眼睛看着他。最后，他还是决定压制着自己，在郭大海的板凳上坐下来，用痛苦的声调说：

"大海兄弟，张书记也这么说，你也这么说，起先我还以为是落后的家伙们造我的谣，没想到你倒以为他们造的谣是有道理的。我真弄糊涂了。要说我是个人英雄主义，这我服，说我自私自利……"

他说不下去了。

"你说我自私自利不？"郭大海突然反过来问他。

"你？我看……"

在郭木山的印象里，大海正跟他自己一样，是很能够牺牲个人利益的。他想起了大海在土改运动里边的表现，想起了当时他俩之所以那么亲热，在这点上心性相同也是一个原因。

可是郭大海听了他这些话以后摇了摇头。最近这一年来，特别是在最近一个多月以来，在窑上睡觉，多年的习惯，前半夜睡不着，就躺在床上七想八想，就问自己："起先我干吗要闹那股英雄劲，干吗要闹什么大生产，要发动人们养猪，要解决垒猪圈的砖，要开砖窑……"就这么又后悔又难过地追问下去，最后得到的结论是：一方面是为了工作，可也是为了"闹突出的"出风头，另一方面是怕外村烧出砖来垒猪圈养猪，比自己村闹得更突出。这一切一切是什么思想呢？怕好了别人，光想自己突出，自己好，这里边不是有一点儿自私自利的味儿吗？他是怎么搞到这样的错误思想里来的呢？追来追去，一是埋怨起上级布置工作老是有那么一股邪劲，"逗"得各村的干部们也都上了那么一股邪劲；二是埋怨自己大老粗，文化低，做工作是瞎闯，结果落了个自己吃亏还不讨好。他很委屈。不过，这都是前几天的一些想法。从今天的党员会以后，他心里又有了一些新的很重要很重要的东西了，不过，他一时还不能完全理出一个清清楚楚的头绪来。

大海媳妇拿进饭食来了，两口子都劝郭木山吃饭，他坚决不吃，坐在一边发愣。不知道为什么，郭大海对他提意见时的那种直出直入的态度，那股又冷又硬的味儿，他想了一想以后倒觉得亲切了。从前村里人们有一句流行的话："木山就是吃大海那一套。"要是经常有大海这么个人对自己提提意见，在工作里不是要少犯些错误吗？

"大海，不管怎么着，咱们一块儿干起来吧！"

"干，你放心，我躺不下来，就光凭着有个郑老幌，我也躺不下来。"郭大海说得声音很低，眼睛看着腌菜碗，嘴在嚼饽饽。

他媳妇盯着眼瞅着他，想猜出他是什么意思。在这样的谈话里，她是从来不插嘴的。

郭木山猛地心里一热，捏紧了拳头：

"大海，你那窑上的窟窿要是剩得不太大了，我发动党员们大伙儿凑点钱给你填起来，把你拔出身子来，咱们村的社会主义就有个闹头了！……"

郭大海把碗一推，下炕穿好了鞋，从衣裳兜儿里掏出两根烟卷儿来，猛地往郭木山跟前一伸：

"抽一支吧！"

"怎么，你抽起烟来了？"郭木山吃惊了。他自己是不抽烟的。

"这是最后两根，我要再抽就是王八蛋！"郭大海大声说着，犹疑了一下，又猛地把烟折断了，往地下一扔，"不抽了！干脆不抽了！"

"老天爷！这可好啦！"他媳妇欢喜得叫起来了，"孩子，嘻嘻，你爸爸……"她抱起小女孩来，使劲亲着她那胖胖的小脸，弄得孩子格格格地笑起来了。

第十六章　改变它，越快越好！

一个县里来的大干部给一个谁也不理的孤寡老婆子背柴火，这给老吉寡妇的刺激很大，觉得这个人一定是个惜老怜贫的好人，一定会说真话。再加上最近两三天已经没有人在她耳朵旁边嘘嘘吃亏占便宜的事了，这又引起了她的疑心，夜里，老吉寡妇就决定要找张骏谈谈。她的话说起来就没有个完：

"嗨呀，张同志呀，你给我拿个主意吧，俺到底是在社好呢，是不在社好呢？俺七老八十的呀，什么也不懂呀……"

张骏等她叨叨完了，帮她大致上算了算账，知道她家今年跟往年的收入几乎相等时，就又告诉她，为什么别人家都比往年多收了粮食，而她家并没有多收，这是因为她家缺少劳动力，多出劳力的人家多分粮食，这完全是公平合理的。可是后边的这些话老太太听不下去，只管自说自听地叨叨起来了；

"还是呀，还是吃了亏呀，我说吃了亏就吃了亏吧？难怪人家说我吃了亏呢！难怪……呢！"

今天，张骏想起这个可怜的老人竟这么糊涂，竟这么顽固地老是以为自己吃了亏，而且唉声叹气地难过得那么厉害，所以很不放心。又想到李幼章正在跟这老太太的寡妇女儿郭桂容搞对象，很想看郭桂容是个什么样的人，所以一早就到她家串门儿来了。

老吉寡妇是个柴火迷，一年四季，除了下雨下雪和刮大风的时候，人们总是常常看见她在村外的沟沟洼洼里拾柴火。甚至连滴水成冰的冬腊月间，她也有时趴在村外大苇坑里一两尺厚的冰层上边，用她那劳动了一辈子的枯瘦的老手，拔那些露在冰外边的残苇子梗儿，让寒冷的北风飘动着她那秃头上的几根白发。今天一早她又到外边拾柴火去了。她女儿郭桂容到社里油坊里去打了点香油刚刚回来，一走进屋子门时，她那七岁的瞎眼儿子小瞎就把打火石似的灰眼睛朝着她，兴奋得叫起来；

“妈！妈！我早就听见啦！”

“小可怜的，你听见了什么呀？”

“听见你来了呗！”

接着，孩子又告诉她：刚才一只鸡小声轻巧地走进屋里来了，他嘟嘟嘟嘟地一逗它，鸡就走到他跟前来，毛儿碰着了他的腿，一点也不怕他，他伸手一抓，鸡一扑翅膀，吓了他一大跳。

郭桂容给锅里舀了两瓢水，往灶膛里点着了火，责备他说：

“又逗鸡哩，又逗鸡哩，要是鸡啄了你的眼珠子，往后有钱想治也治不好了！”

正在这时，张骏进来了。他站在院里听了一会儿娘儿两个说话，才走进了屋里。郭桂容没有想到县里这位张书记会到她家来串门儿，慌了手脚，连忙声明说，早晨连个白开水也没有喝的，又让张骏上炕里去坐，说是炕里暖和。张骏觉得这女人倒挺干净利落，模样也还端正，对人也大方热情，觉得她跟老李倒很相配，心里很替李幼章高兴。他看见炕上搁着一笸箩没有剥完的玉米棒子，就坐到炕上去剥起棒子粒儿来，一面把那瞎孩子抱过来，让他坐在自己怀里，问他几岁了，叫什么名字，看见他生得像个聪明样儿，很替他可怜可惜。郭桂容就对张骏说起这孩子的可怜的遭遇来了。

这女人从自己的生活里得出了一条经验：“一切都是因为穷！一切都是因为穷！”孩子的爸爸在世的时候是个长工，干活累，受财主家的气，正是热天，病了，不想身子本来就挺弱，一病就不能起炕，又没钱请医生买药，吃了两个偏方儿吃坏了，不到半个月就死了。当时这孩子正怀在肚子里有几个月，也许是因为做娘的哭得太厉害了吧？也许是娘在怀孕期间一直没有吃过饱饭吧？一生下来身个儿就很瘦小，眼圈儿发红，眼屎很多。当时也不知道讲卫生，又没钱给他治，又正赶上是春天刮风的季节，大风刮起了漫天的黄沙，门窗关得再严，屋里炕上也会有半寸土。这样，孩子的眼睛就留下了病根儿。因为没有吃的，郭桂容只好带着孩子住在老娘家里。当然，她能白吃老娘的饭吗？能眼看着老娘没人种地不管吗？第二年热天，有一天，母女俩都到地里去耪苗儿，晌午回家时，郭桂容一走进院里就叫："我那可怜的孩子呀，哭了没有啊？"孩子没有回答。开开房门进了屋，孩子呢？炕上没有，地下没有，从炕洞里透出了软弱无力的哭声。唉！没想到孩子会爬了，炕沿上拦着的枕头拦不住他了，爬着摔下了炕，不知怎么就爬进炕洞里去了！炕洞里有早晨做饭时没有散尽的烟，有烧炕时留下的柴火灰，炕砖上边尽是长年烟熏成的黑烟灰，孩子迷了眼，哭，用沾满了灰土的手拼命揉……从此，孩子的眼就瞎了！

郭桂容说着说着，索性也不烧火做饭，抄起衣裳角儿擦起眼泪来。

张骏紧紧地捏住那孩子的小手，好半天说不出话来。

"妈，别哭啦，人家说哭也能把眼哭瞎呀！"孩子哭着声儿说着，飞快地眏着眼皮，眼里却流不出眼泪来。

"孩子，妈没有哭，妈在做饭哩。"郭桂容说着，真的抹干了眼泪，又烧起火来，又对张骏使了个眼色，"别看他没眼，心里可精着呢！"声音很低，很柔，发颤，想不让孩子听见，怕因为自己的难受更加伤了孩子的心。她的意思是："你看，我哭并没有出声，他就知道，是多精！要是眼不瞎，是多好个孩子！"

停了一会儿，她又叹气说：

"唉！要是早一年实行土改分地，他爸爸也不会死，也不会让俺娘儿俩这么苦……"

"唉！"张骏也叹气了，"要是早一点搞起互助组农业社来，地有人种，这孩子的眼也就不会落这么个样儿了。"

"饶这么着，我妈还老是觉得自个吃了亏，想退社呢！"一提起这事，郭桂容就有些气愤了。

张骏说起昨天夜里老太太找他磨缠的事，他认为：像这么个孤寡老婆子，一辈子过日子是多么艰难，自然遇事就要怕吃亏怕上当了，这不能怪她，这，正像郭桂容自己刚才说的，一切都是因为穷，一切都是因为穷。

不想郭桂容却摇了摇头。在全村里，恐怕只有她才最了解她这个寡妇老娘了。她说：

"你以为她真的是觉着自个吃了亏吗？"

这可使得张骏吃惊了。要是她不认为自个吃了亏，昨日夜里干吗要那么磨缠起来没完呢？干吗要老是那么唉声叹气的呢？

“咳，干吗要那么着吗？这就要提到她这一辈子是怎么为人的了。”郭桂容提起这些情况来就更加气愤了，“她以为自个吃了亏？她跟俺娘儿俩的地合在一块儿是十八亩，往年自个种，没劳力，没牲口，没粪，靠雇人，地当然就种不好呵，一年顶多打个十四五担粮食，再算上雇人花的工钱，也就是落个十二三担。今年呢，净收了十六担……”

那么，这老太太为什么要嚷嚷吃亏呢？郭桂容说，她老娘是这么个人：总以为自己是个孤寡老弱，是世界上最不幸的人，是最容易受人欺骗的人；总以为土地改革时没有分给她地，是村里人们不公平，欺负她；总以为，在刚解放那两年政府发救济粮款时有她一份，那么以后年年救济贫苦老弱和军属烈属时，也就应该救济她，如果不救济或救济少了，那也就是村里人欺负她。前两年在郭木山的互助组里时，人们是特别照顾她，给她干活，少要她的工分米，她以为人们这样对她照顾是应该的，并没有特别感谢的意思。加入农业社了，她以为这必定是村里要照顾她了。秋后看见劳力多的人家多收了那么多粮食，她可就眼红了，同时也就糊涂了，以为上级的政策既然是照顾穷人，为什么不特别多照顾她这个孤寡老婆子呢？为什么反而多照顾了那些有劳力的，因而也就比她强得多的人家呢？你说，劳力出得多应该多分红，她心里想的却是：分红还不是为了照顾吗？地少劳力多的多分红，还不是照顾穷人吗？再加上一些落后的娘儿们老是在她耳朵旁边嘘嘘一些吃亏占便宜的挑唆话，她就以为自己真的是吃亏上当了，是受了干部们的欺负了，就老是咬住她的死理不放口，甚至连夜里睡觉也睡不着。她还有个习惯：如果别人拿出正面的道理来劝她，她就更加要咬住反面的理，甚至明知没理也要扯出三分歪理来，跟人搅不清，缠不完。这不一定是她完全不懂你的理，多半是她有意要让你多说话，让你从各个方面把事情说得十分透，甚至要急得你生起气来，对她嚷嚷起来，回头来她好细想一想，也许到底算想通了，这才放了心。那些落后妇女的挑唆话，跟她的心思有相合的一面，所以她常常往耳朵里装；但她也常常存着戒心，有时也能看出她们的坏用意来，甚至还要顶她们几句。她对一切的人都是不大相信的，对许多的事情都是要怀疑的，这是她在几十年的生活里磨出来和积起来的经验，真是一种可怕的经验啊！

正因为这样，所以最近以来，老婆子常常为了吃亏和退社的问题跟女儿郭桂容搅缠不清，而这种搅缠又常常跟女儿想嫁给李幼章，想带走自己的土地和粮食，想丢下她老婆子没人管——又跟这些事情搅缠在一起。郭桂容想嫁人，是为自己；不要娘退社和说她没有吃亏，是为娘；但是老婆子现在甚至连自己的女儿也不相信了。所以郭桂容一提起这些事来就有些生气，就很愿意当着张书记这么个明白人说说了。

这些话又给了张骏一个很深的印象，又引起了他一些感想。他在这一年多的农村工作里，以及在年轻时过农民生活的时候，都曾经碰到过一些像这样遇事缠磨不清的老年人。说他们糊涂，是糊涂，为什么糊涂呢？是他们生得笨生得怪吗？他们在各种各样的糊涂当中总有条宗旨，那就是想办法使自己不受侵犯，不受损害，不受穷。是生活造成的啊！生活——过日子，的确是十分艰难的，是时时刻刻有危险的！

那么，老吉寡妇很穷苦吗？

“哎呀张书记，你以为我娘真的穷得不得了吗？”郭桂容接着说，“你是看见她穿得像个叫花子吧？咳！要说她苦倒是真苦哩。种地，总是想少雇人省点钱。热天，耪苗儿，割麦子，翻山药蔓子，脚小，弯腰弯得太累了，就跪着干，爬着干。拾柴火那更不用说……她一年到头也舍不得买一回肉吃。除了自己种点葱蒜豆荚，也从来不买菜。香油，一碗腌菜滴那么一滴，得吃好几天。每年打下的新粮食她不吃，总是先吃前一两年存坏了的。咳！是不是吃不起穿不起呢？是不是真的穷得那么厉害呢？是省着，省着，积存着，恨不得让柴火呀粮食呀把她自个埋起来，恨不得死了把这些东西都带到棺材里去。咳！张书记，我就不知道我娘活着有什么意思……”

郭桂容说着，叹着气，已经忘记了刚才的气愤，只剩下怜悯心了。为了证明她说得不错，也为了说明她娘是多么可怜可笑，她站起身来，走过去把靠墙的一个破旧大柜子打开，把里面的一些衣裳被子往一边一堆，就现出了三个挺大的麻口袋，是三口袋麦子。接着，她又把柜脚下一块挡着的木板儿搬开了，里面是个破木头箱子，揭开盖子伸手一抓，是一把麦麸子一样的东西——是搁坏了的麦子。她又把张骏领到院子里指给他看：沿着院墙根和四个院子角上全堆满了各色各样的柴火。老吉寡妇每年都是把地里出产的好柴火卖掉，光烧自己拾的柴火还烧不完。卖柴火的钱干什么用呢？只好全部买了粮食。她有一间挺破旧的西屋子，里面堆堆摞摞地搁满了坛坛罐罐，所有的坛坛罐罐里都装着各种各样的粮食。有一年以前的，两年以前的，甚至还有三年五年以前的。很多都已经看不出是粮食来了。一走进屋里就有一股刺鼻子的霉气味。她把这些粮食这么存着干什么用呢？

“喂虫子呗！喂耗子呗！让它发霉呗！”——这就是郭桂容的结论。

这就是一个女人一辈子的生活。从丈夫死了以后，她就失掉了最起码的家庭幸福，最起码的人生希望。在那旧时代的压力下边，在各种传统观念的束缚下边，她甚至也不敢想象，也无力争取；她很难改变自己的命运。在几十年的生活里，她曾经碰到过多少不可想象的困难啊！受到过多少难以忍受的损害啊！为了保护自己，为了活下去，她只好拼命地劳动，刻苦地生活，并且一点一滴地积蓄着。她积蓄着，像蚂蚁准备过冬的口粮那样积蓄着，不为了别的，只是为了“有”。只要有，只要能够每年每月有一点积蓄，她就安心了，满意了。但是“有”也不一定能够使她安心满意，“有”却常常使她更加担心害怕。有，还不够啊，还怕因为各种各样的原因保不住啊。她不能像郑老幌那样，让所有的东西去钱生钱，利滚利；也不能像郭万德那样，把所有的东西好好儿保存着，几十年也不坏。她只好让她所有的东西搁在那里喂虫子，喂耗子，变成霉烂的废物。有，使她安心，也更使她不安。但是她还是要为了有而在人生的道路上挣扎着，因为没有就会使她更加困难，痛苦，空虚，就不能生活下去……这就是一个人的一辈子的生活。

郭桂容把这间搁坛坛罐罐的西屋子照原样儿锁起来，叹了口气说：

“真是叫人可怜也不是，生气也不是。她自个也常常说‘我这一辈子有什么意思！有什么意思！’谁叫你不吃不喝的呢？谁叫你这么苦着自己的呢……”

张骏猛地想起来了：小时候，在他的老家村子里也有这么个老年人——是个七十多岁的老头儿，因为自己那时候太小，不知道去留心这个老头其他方面的生活，只记得他常常弯腰驼背地在村里的街上走过去，眼睛不住地四面瞅，看见了一根柴火棒儿也拾起来，看见一个人家扔掉的破鞋底子也拾起来，看见一段破绳头儿也拾起来。有时候，孩子们正在街上用破碗片子跳“房子”玩，他竟也想把那破碗片子拾起来，弄得孩子们就追着他闹，问他：“你干吗想抢俺们的东西？你干吗……”这老头家里睡觉的屋子里摆满了破破烂烂的东西，比如，缺了半边的剪子呀，破了口儿的瓦壶呀，破了头儿的鞋呀……简直是个破杂货摊子。只有孩子们才对他这个破杂货摊子有兴趣，常常到这里来找老头磨缠着要玩意儿，比如，一个破玻璃瓶子呀，一个破修脚刀儿呀。老头子在没有办法的时候才给他们一样两样：“给你吧，别玩丢了！”但是孩子们在更多的时候是找他讲“古”，什么前清道光二十九年发大水的故事呀，义和团杀鬼子的故事呀，民国元年剪辫子的故事呀，真是多得很，真能使人听得入迷。张骏还记得，老头有时候讲着讲着忽然没有劲了，不愿意讲了，闭着眼睛慢慢地说：“不用讲了，你们哪知道，我这一辈子，没什么意思……”张骏小时候不懂这“没意思”是什么意思，只恨这老头不把故事讲下去，所以才对他的这几句话印象很深。现在他可懂得了，而且印象更深了。其实，他自己的父亲母亲跟这个老头和老吉寡妇又有多少不同呢？他母亲不也是常常带他兄妹俩出去拾柴火、挑野菜吗？不也是看见路上有一根草也要拾起来带回家烧火吗？他父亲，不也是常常在干活累了以后，在受了财主的气以后，在着急家口重自己养不起的时候，用失神的愁苦的眼睛望着什么地方说“活得没有意思”吗？

他们重新回到北屋。那瞎孩子一个人坐在炕上，大半一直都在聚精会神地听着两个大人谈话，这时就用灰色的眼睛朝着郭桂容说：

“妈，俺姥姥还有一罐儿铜板呢！”

“什么铜板不铜板的，大人说话你总爱插嘴，你看见过铜板吗？”

“没看见过，我可摸着过，有一回姥姥拿出来让我摸着玩了一会儿，是圆的，扁的……”

“圆的扁的，那是你姥姥的宝贝。那几年打仗，政府收铜做枪子儿，她还舍不得卖哩，她想带到棺材里去呢！”

郭桂容一边说着，一边重新整理那个破旧大立柜里的衣裳被子，忽然从一卷破布里面找着了一本书，就欢喜得叫起来了：

“小瞎，看你姥姥把我的民校课本藏在这儿了！”

张骏问她，

“你常常上夜校学习吗?”

“可不?就是恨自个脑子笨……”郭桂容微微红了脸,不好意思地笑着。

“是李幼章伯伯叫她上学的,他有时候还来教她识字呢!”瞎孩子又在炕上插嘴了,小脸儿现出笑容来了。

“个死孩子!大人说话你再插嘴我就打你!”郭桂容的脸更红了,连忙低着头往灶里添火去了。

“妈,你不是说幼章伯伯是好人吗?”瞎孩子像是想了一会儿,不服气地问。

“是好人,是好人也不叫你说!你什么也不懂!”

郭桂容自己笑了,张骏也笑了。他心里不觉想起个主意来:“看起来这郭桂容能说会道,模样也挺干净,最难得的是心疼孩子。别看她这孩子瞎了眼,她可是挺心疼他,你看把他的脸呀手的是洗得多干净,倒是一个办农忙托儿所的好人才哩!这一点要记住,以后再说……”

这时,院子里进来个人——说到李幼章,李幼章就来了,是来找张骏回家吃饭的,同时也是为了跟郭桂容亲近一会儿。

张骏心里很沉重,像被一块石头压住了一样。“我,虽然是在农村里长大的,虽然小时候给人家放过羊,后来又当过小做活的,我父亲也是个长工,后来在部队里也尽跟一些农民出身的战士们在一起,可我真的了解农民吗?了解得很深刻吗?很不够!很浅!人们平平常常的生活里有很多道理,应该多研究研究人们的生活情形,应该对一些事情多想一想。为什么有些人觉得活着没意思呢?他们的人生观是什么样的呢……”他低着头走着,心情沉重地思摸着,最后得出的结论是:“努力工作吧!努力去改变旧世界留下来的东西吧!光是从老吉寡妇这老少三口人的事儿看,互助合作运动也是开展得越快越好。……只要入社的人一多起来,造成了风气,像老吉寡妇这样的人家自自然然就没有奇奇怪怪的疑心病了。”他又问自己:“我这个想法能算是冒进吗?什么叫冒进呢?强迫命令,违反了群众自愿的原则,那是冒进;完全不顾群众的经验和干部的条件,那也可能是冒进;这个社没有经验吗?要是没有经验,今年怎么能够达到这么高的增产数字呢？说到干部，郭木山、郭大海、李宝成、李幼章、王保坤、吴小正、王振山……连贞妮子也是了不起的！都是有培养前途的！干部要我们去教育，去培养，不是天生下来就有的。我又拿军队来打比吧，从几万红军，在抗日战争里扩大到一百多万，在解放战争里扩大到几百万，干部从哪里来的？培养、锻炼、提拔，就是这。这些人有几个上过军事学校？有多少大学毕业的？从战争学习战争，边打边学，这就是毛主席的思想。现在我们应该从社会主义建设来学习社会主义建设……”

他越想越觉得自己对，沉重的心情已经烟消云散了，不觉就走进了郭大海家里。郭大海把村政权里的秘书王老先生请到家里来，正在开始结算砖窑上的账目。张骏叫他通知党团员们吃了饭到李幼章家里开会，并且叫他通知每个人带几个今年的新玉米棒子来。他笑着说：

“今日我要跟人们开一个赛宝大会，你就这么通知去吧！”

张骏还没有吃完早饭，人们就欢欢喜喜地来齐了，果然都带着几个今年的新玉米棒子。张骏笑着对郭木山说：

“去！到房顶上去把老李家的棒子搬下一筐子来！”

原来，这一带人们在秋收以后都是把玉米棒子囤在房顶上秫秸编成的囤子里面，让秋天干燥的空气和温暖的阳光把它风干晒干。郭木山搬了一大筐子玉米棒子来了以后，张骏从筐子里面挑出最大的、中等的、最小的三类来，分给每一个到会的人：叫他们数数每一个上面有多少玉米粒。这是他刚才在郭桂容家里剥玉米时想到的一个主意。他等着人们数完了，把各人的数目都记下了，用算盘一打，得出一个平均数：农业社里的棒子平均每个有八十五粒。接着，又用同样的办法让不是社员的党员团员们数数自己带来的棒子，同样算出了一个平均数：平均每个棒子只有六十九粒。接着又找到一杆秤来，从社里的棒子里面找出一个有八十粒左右的棒子称了称，又从人们带来的棒子里面找出一个有七十粒左右的棒子称，得出的结果是：粒数是相差十三粒，而分量却相差更大，原因是社里的棒子核儿细，粒子饱满长大。要是再加上社里每亩地多种的秆数，再加上每两棵平均多结一个棒子，那么每亩地要多打多少粮食呢？张骏扬着眉毛问大家：

“怎么样，大伙儿有什么感想？这个赛宝大会赛出结果来了吧？哈哈！”

看见人们都在思摸着，一时回答不出来，他又接着说：

“同志们，你们年年在村里领导生产，年年是‘党团员带头’，开了多少会，费了多少劲，你们自己的生产怎么样呢？你们的工作成绩在哪里呢？要是以后每年还是这么领导下去，你们对得起谁呢？对得起党和人民吗？不觉得难受吗……”

会议就像这样开始了，人们激动了，不安了，七言八语地争着发表意见了。每年为了领导生产——或者说是为了表面上完成上级布置下来的任务，他们耽误了多少时间啊！每年春天送粪的时候，你到村子里去看吧，凡是还没有动的粪堆，不用问就知道是党员干部的。每年夏天锄草的时候，你到地里去看吧，凡是杂草最多的地，不用问就知道是党员干部的。他们多数是翻身农民，不是缺牲口就是缺农具，养猪养羊也有困难，所以肥料也不足，生产怎么会搞得好？他们成了“夹馅饼子”：群众反映他们强迫命令，家里唠叨他们不过日子，上级批评他们做坏了工作。倒是那些对工作一贯抱消极态度的人，连会也不愿意参加的人，生产反而搞得好；那些工作积极的，郭大海是个最突出的例子，从土改到现在他连半匹牲口也养不起。那么，不做工作行不行呢？国家正在热火朝天地进行各种建设（还要抗美援朝），哪一样事情不要农业来支援？哪一样大的工作可以撇开农村呢？比如镇压反革命，没有农民参加行吗？跟农民没有利害关系吗？那么怎么办呢？只有又做好工作又搞好生产，只有结合生产来推动一切工作。谁的工作好生产也好呢？只有郭木山、吴小正、王治这些在农业社和互助组的人们。郭木山成了会议当中的中心人物，他谈起互助组和农业社里各方面的情况来了，谈起领导生产的经验来了……

一直到李幼章从地里耕地回来了，他娘进来催张骏吃饭，张骏才让人们停止发言，他很高兴地笑着，叫人们把带来的棒子都按分量换成李幼章的棒子，带回家去，能开家庭会的开个家庭会，谈谈社里的生产成绩和生产经验，检讨一下各人自己家里的生产；不能开家庭会的，就对家里人随便谈谈，至少也让家里人数数棒子粒儿，跟各人家里的棒子比较一下。

吃了响午饭，张骏自己也带着两个社里的玉米棒子到村子里串门儿。

第十七章　还只是刚刚开始

晚饭还没吃完，屋子里就坐满了人，大家都不声不响，年岁大一点的在吧着烟锅子；年轻一点的直愣着两眼看着张骏吃饭；只有几个年轻的姑娘在小声哧哧着什么。李德才坐在李幼章装书的一个小柜子上，比谁坐的位置都高，伸着脖子，不转眼地看着张骏的脸，不住地使劲咽着唾沫，同时还吭吭地咳出声音来，好像是嗓子里哽着个什么东西。这就使得张骏有些奇怪了：

"你们怎么都不说话，像是有什么事情吧？"

人们笑着，呃嘿着。停了一会儿，贞妮子首先说话了：

"张书记，你觉累不觉累？"

"你问这干吗？"张骏扬起了眉毛。

"俺们看着你身子挺弱，老怕累着你……"贞妮子柔声说着，又不好意思地笑了笑。

"我今日干了什么呵？是耕了地呢还是割了麦子呵？你们都是特地来看我累不累的吗？嘿嘿，真有意思！"

还是郭大海直截了当地提出了问题。原来，人们现在都对张骏发生了很大的兴趣，夜里没事的时候都愿意守着他坐一会儿，听他说点什么，比如，曲龙河的水利工程呀，农业社能扩大到五十户呀……都觉着听这些事情比吃肉喝汤还要过瘾，比做梦还要迷人。吴小正和郭木山又补充郭大海的意思说。可是，他们又怕把张骏累坏了，怕刚开了个头儿的工作又受影响。

"你们以为我是草扎的吗？来吧！谁来跟我掰掰腕子！"张骏用劲把碗往桌子上一搁，跳下炕来，伸出一只右手，挑战似的看着人们。

大家都咧着嘴笑，没有人上前应战。

"怎么,都是孬种吗?"张骏索性认真地卷起了袖子,站好了姿势,"吴小正,我不在年岁大的人面前逞英雄,你这小伙子来吧!"

吴小正笑着没有动。贞妮子却忍不住了,跳起身来:

"用不着别人,有我就行!"

"你?"张骏斜着眼看着她。

"怎么?张书记,你轻视妇女吗?"贞妮子把胸一挺,伸出手来了。

"喝,你给我扣的帽子倒不小,那就来吧!"

两人互相抓住了对方的手。贞妮子却又笑得前弯后倒了。等她笑定了,坐在高处的李德才自动当起裁判员来,大声叫:"一,二,三!"两人就同时用起劲来了。

"哎哟!哎哟!"贞妮子叫起来了,赶紧缩回了被捏痛了的手,甩着,笑得蹲下去了。

满屋子的人都哈哈大笑了,张骏也仰着脸大声笑着,又走过去抓住了吴小正的手,把他拉到屋子当中,摆好了架势。李德才又用他那震破屋子的声音喊了个"一二三"。张骏原是看定了吴小正生得比较文弱,又仗着自己闹这个玩意有些偷巧的经验,不想一上手就觉吴小正比他的力气大,他鼓足了劲左歪右扭地坚持了一会儿,赶紧趁自己还没失败时宣布停止。在人们的掌声和笑声里,他却假装得意地扬着眉毛说:

"你们以为我这身体弱得连话也说不出来吗?忘了我是扛枪杆子的出身吗?哈哈!有个俗话:'当了十年八路军,坏铁也变成金'……"

在闹着笑着的时候,有人又自动出去召集了一些人来,连杨大个子叔侄三人和其他几户新要求入社的人也来了,把正屋、套间屋和外间屋里都坐满了。当然,特别社员曹老鸭也不请自到,在人缝儿里转动着他那矮小的身子,一面找座位,一面回答别人对他的嘲笑,这就更增加了一股热闹劲儿。有人又重新提出要求,要张骏讲讲根治曲龙河的工程计划。张骏就又从白菜窖里几种不同的土色讲起,说到村里有些人家因为穷,因为缺劳力,想卖地;说到个体的小农经济怎样经不住天灾的摧残和人事的变化,三十亩地一头牛的日子怎么靠不住;农民如果不走集体化的道路,就必然要走向大部分破产,小部分变成地主富农;然后谈到社会主义的道路,谈到曲龙河的工程计划……坐在高处的李德才更加不住地咽起唾沫来了。曹老鸭缩在黑影里不住地呵气，好像是口里含着一个滚烫的东西。连李幼章的娘也不去睡觉了，还特地在外间屋和里边的套间屋里多点了两盏灯……最后，张骏为了测量一下自己这些话的效果，故意说到最有趣的地方停了下来，说是把肚子里的货色倒空了，没有了。可是人们并不相信，都坐着不走。有的人故意提出点什么问题来，想引得他再说下去。

张骏接过谁的一个烟锅子来一袋一袋地吸着，眯着眼睛笑着，突然向治安员王治问道：

“老王同志，你有多少亩地？”

“十二亩半。”王治笑着说。

“你有两个孩子是吧？”得到了王治的回答以后，张骏又说，“你现在全家是四口人，每人平均三亩地。等你两个孩子都娶了媳妇，就是六口人了，每人平均只有两亩地了。以后这两房儿媳妇再生几个孩子呢？每人平均多少地呢？日子怎么过呢？还有，你老两口子再过三五年就不能劳动了，变成吃闲饭的了，你自个有个长远打算没有？”

“这是一百个真的真理！”李德才猛地插嘴了，“依我看，咱们穷人要是不走社会主义的道儿，就永远要跟穷鬼结亲，一点也不假！”

“这可真不假，”杨大个子也用铜钟般的声音说话了，“我眼时才十七亩地。要是不集体了，不用机器耕地，不叫地里多产两倍三倍的粮食，不土地归公，不大家伙着过日子，不工业化，我还不是个永世穷吗？”

“真是呀，穷人，走得慢了穷赶上，走得快了赶上穷呀！”黑影里不知是谁大声叫起来了。

“咱们就这么祖祖辈辈的，不是穷赶，就是赶穷！”

“依我说，这就叫，三起三落。”

“怎么叫个三起三落？”

“怎么叫三起三落吗？三起三落，就是三起三落！”

人们这才听出来，说这话的竟是闷嘴葫芦赵洛常！正在安静下来想听他的下文时，他的话却又像断了线的风筝，一去就没了影儿。

张骏连忙跳下炕来，走到外间屋，从黑影里把老头拉得站起来，搀着他走进正屋，叫别人给他让了个座儿，要求他坐着说下去。老头儿有些慌张地转着身子，看了看满屋子的人，坐下了，又站起身来．往灯亮那边走了两步，慢慢地，白胡子发抖，手发抖，脸红得像抹了酱，眼睛发亮，半天半天，对着灯亮儿嚷起来了：

“三起三落，就是三起三落！我爷爷，手上只有五亩地。起五更，睡黑夜。吃糠，咽菜。穿的，夏天是光脊梁，冬天是破麻袋，两层当中，夹一层草。这样，过了二十年，总算置了十亩地，这是一起。……这些陈芝麻烂谷子的事，说么？”

他对着灯亮儿愣了一会儿，像是后悔自己破天荒说话太多，又转身想往外间屋里走。三间屋子里的人们立时都嚷叫起来：

“你怎么不说下去呵？”

“别让他走！”

‘叫他说完！”

“木山，他最信服你，你去拦住他！”

郭木山果然跑过去拦住了房门，用哀求的口气对他说，要是他不说下去，这三间屋子的人今日都要睡不着觉。曹老鸭也挤到赵洛常紧跟前去，用他那沙哑的声音大声嚷道：

“你不是跟我一样，最赞成社会主义吗？要是你不说话，那怎么赞成呢？”

“曹老鸭这回这句话还像个话。”别的人马上附和了。

赵洛常被大家的热情感动了。当他重新转过身来朝着灯亮儿站着时，人们看见他眼里汪满了泪水，白胡子和两只手又抖起来了。

“真要我说？”他对着灯亮儿问。

“真要你说！真要你说！”好多人同时回答他。

“要我说，我就说。有一年，我才七岁，一场大水，房子冲倒了，十五亩地，变成了荒沙滩！完了！完了！刚刚起来又落下去了！一家人逃荒，到外县，住在个破庙里，要饭。爷爷急得在一天半夜里发了疯，一头撞在金刚神像上边，金刚撞倒了，他自己，也死了！到我爹手上，受的那苦……我，为什么搬到这村来？逃荒来的！逃荒来的！三辈子受苦，三辈子逃荒，三辈子三起三落，三辈子……我，外地人，在这村给齐家财主家扛长活，三十五年，你们想想，三十五年！以前，这村谁瞧得起我？外路人，穷光蛋，我受的那气，那苦……又置了五亩地。事变那年，国民党的土匪军队，往南退，怕鬼子追，扒堤放水，俺们村西南角上，那九百多亩好地，成了荒沙滩。我那五亩地，全都完了！完了呵！”

他把腰一弯，扭歪了脸，呜呜地干嚎了两声，半天半天，又赶紧转过身去：

“更学呢？更学呢？咱家走！”

赵更学连忙上去扶住他，一只脚跨过了房门坎时，他又很有劲地折转身来，用生气的口气对满屋子的人说：

“共产党，什么叫共产党？就是，救命党！社会主义，好！好可是好，要是你不走上去，就太不好！就是没心没肺，坏！”

忽然又摆脱了赵更学搀着他的手，全身是劲地跨过了门坎，一步一顿地走了。

满屋子的人很久很久没有说话。

天灾——水旱风雹虫，人祸——生老病死，兵荒马乱，财主剥削。娶媳妇娶不起，生孩子生不起，害病害不起，死人死不起。一辈子老是辛辛苦苦，惊惊慌慌，愁愁闷闷——这十二个字包括了一切。

赵洛常老头的性情为什么这么怪？还有老吉寡妇，还有曹老鸭……

谁家也经不住三折腾啊！前日，村里有一家人家吵架，女人披头散发地坐在街上哭，围着一大堆人看。为什么吵呢？就因为男人到集上赶集买布，不小心丢了钱，心里本来就恼，回来女人一唠叨，就吵打起来了。这就是俗话说的：“穷人的气多。”庄稼人一年到头没有松心日子。春天，种什么庄稼好呢？谁知道今年雨水怎么样呢？是春旱该多种抗旱作物呢，还是雨水太多该多种高粱？夏天，不下雨，发愁；下雨太多，发愁……总起来一句话：靠老天爷吃饭，碰运气过日子。到了秋后，庄稼收得不好，一家就该埋怨不该多种了棉花啦，芝麻啦，盘算得不对啦，为明年春天的吃喝发愁啦……怎么着才能不穷呢？才能不靠老天爷吃饭，不碰运气过日子呢……

郭大海忽然从房角里站起身来，挤到屋子当中站着，挺着结实的露着肉的胸脯，两只手插在腰上的宽皮带里，绷着脸，眼睛向满屋里扫来扫去。

“同志们，乡亲们！”他像是在用力压制着心里的痛苦，“早先，我哪里知道什么叫社会主义呵？今日我可算摸着门儿了！我这脑筋真像是在河里洗了个澡，心里呢，可是又高兴，又难受。难受什么呢？我，是个贫农，是个党员，可我糊里糊涂……可是，今日我什么空话先都不用说，今日我先有个提议：共产党员们！只要喜爱社会主义的，不管你以后入社也好，不入社也好，都自动报名吧！干什么呢？给咱们的农业社突击耕地，刨山药，摘棉花，把咱们村里搞起个高潮来……”

他的话还没完，首先就被党员王振山一声热情叫喊打断了，紧接着，就是一片鼓掌声和“算上我一个”的嚷叫声。不管是党员也好，团员也好，全都站起来了，有的人说是他出人还要出牲口，有的人问是不是要带着农具……郭大海、郭木山和李宝成回答了这边，又招呼那边。郭大海抄起衣襟来一个劲儿擦汗。

突然，杨大个子铜钟般的嗓门盖住了一切的声音：

“大海！不是党员团员的人要不要呵？”

“你是什么意思？”郭大海也大声问他。

“俺们叔侄三家决心入社，可还没有经过正式手续，能不能参加干活？”

“能！一百个能！”

“我也算上一个！”曹老鸭挤过来说。

“当然……”郭大海笑着说。

“张书记！我看这就是高潮！这就是咱们农业社这辆汽车开足了劲！”李德才站在炕对面的躺柜上，远远地对着炕上的张骏叫着，也不管张骏听得见还是听不见。

张骏深深地被这热烈的场面感动了。他没有想到自己刚才的那些话竟能够起一种点火的作用，竟能把赵洛常的热情烧起来了，把郭大海的热情烧起来了，把所有在场的人的热情都烧起来了。他兴奋，不光是因为受到了眼前这些群众热情的感动，还因为自己找到了一个发动群众的门路；因为自己从今天起才更加了解农民，更加喜欢农民，更加感到党的政策的无比亲切，和社会主义的无比伟大。他坐到炕角上的被子垛上去，后来又索性站在炕上，看着人们那些激动的脸，听着那些激动的话。他把手插在裤兜里，却紧捏着拳头，在心里说：“很好！很好！”意思是：这个！

郭大海一个人是最后从李幼章家里走出来的。刚才张骏对他说的最后几句话还在他的耳朵里响:“大海,很好!你的转变,支部工作的转变,党员们的转变,就是全村工作的转变,以后会对全县的工作都有影响的,因为你这村里有个农业社……不过,这还只是刚刚开始,下一步怎么办,以后我再跟你谈。”郭大海不完全明白这些话的意思,却受了很深的感动。现在,他对上级、对张骏、对一切应该受到和已经受到的批评,是再也没有什么委屈情绪了。他心里真像他自己刚才说的,洗了个澡,对过去的一切一切是再也不想有什么牢骚了。现在他只想,一方面马上拿出全身的劲儿投到工作里去,像在战争的年头里那样;另一方面是好好儿想一想自己这两三年来的错误和缺点,找机会当着全体党员们做个检讨,也征求一下同志们对自己的意见——只有这样,这个澡才洗得更加干净,更加痛快,以后他才能够批评别人,党员们才会团结得紧,整个的支部也才会更加转变得好。张书记刚才说“还只是刚刚开始”,说还要做下一步的工作,大概就是这个意思吧?……现在他只有唯一的一个负担了,那就是砖窑的事情。

他的脑袋有些发胀。宽墩墩的身子在昏暗月光下边摇摇晃晃,走进了胡同。

“哦,我以为是谁,是你呀!”是一个女人尖着舌头的妖声怪调。接着,从旁边一个小黑门里露出了一张白白的脸儿,和一对忽闪不定的眼睛。

这是一个三十来岁的女人,身材丰满,举动妖气,头发经常梳得光油油,又白又嫩的脸上常常擦着点粉,身上的衣裳也总有一股风流味。她的名字叫魏月英。解放以前,她男人在县城里给日本鬼子和国民党当过伪军小队长,杀过我们的人,解放以后潜逃在外,一九五一年被人民政府逮捕归案,判了十五年徒刑。以前她常常在县城里住娘家,从去年下半年才很少再回娘家去,从此村子里就发生了很多新闻,说她家天天夜里没有断过人。还有人说是亲眼看见她夜里怎么给郑老幌开门,怎么妖模怪样儿地打了郑洪兴一巴掌,才哧哧地笑着让他进了院子。甚至还有人说,连被斗地主齐世泽也跟她有一手哩!不止一回了,郭大海白天夜里走过这儿时碰见她。起先,她有时是扭着身子靠着门框子站着,用那种怪饥馋的眼神对着他目迎目送；有时从半掩着的门扇里边露出半个身子来，故意弄得门扇吱吱地响，引得郭大海看她时，就抿着嘴儿一笑。以后就索性妖声怪气地挑逗起他来了："嘻！走得这么快，不怕摔跤吗？"看见郭大海不理不睬地过去了，又小声说："哟！真是支部书记，真是官儿，见了人连眼皮子也不抬！"郭大海从小儿是在痛苦里熬大的，生就了一副刚硬深沉的脾气，从来没有对娘儿们存过什么歪斜的心思；几年来又在战争和工作里学会了仇恨那些应该仇恨的东西，所以总是对她皱着眉，虎着脸，有时很严厉地说她几句，有时候就干脆不理她。他也曾为了这事给治安员王治布置过工作，却一直没有得到什么结果。

像今天这么晚了在这儿碰到她，在郭大海却还是头一回，所以他就更加疑心了。

"嘻，"女人又笑了，"一个挺会说话的人，变成哑巴了！"

郭大海回身站住了脚：

"半夜三更的，你还站在这儿干吗？"

"吗也不干，专为等人的。"

"等谁？"

"等那个叫到脸上也不答理别人的人。"

"你把我当了什么样的人，以后少跟我来这一手！"

"哟！看你想到哪儿去了啊，人家是特为等着你过去了，好关上胡同口的门儿，你倒好意当了恶意！"

"放屁！这胡同口的门从解放以后就没有关过！"

"哟哟哟！门要是不关，要这两扇门干吗呀！"

这两扇门原是从前胡同里边的一家地主安上的。可是郭大海知道再跟她说下去也没用，就转身走了。听见那女人又在背后添了两句："哼！往后我早早儿就把这两扇门儿关上，看你进得来不！"他也没再搭腔，拐了个弯儿就到了自家的大门口。不知道为什么，他拍门时拍得那么轻，还张着耳朵听了听村里的动静，好像这个安安静静的村子有很多看不见摸不透的东西使他心里不安。在那些战争的年月里，他深夜里领着工作人员和游击队，轻轻地拍着谁家的大门找住处时，心里就是这么一股味儿。现在那些紧张年月早过去了，那股紧张的味儿却还是常常从郭大海的心坎里翻上来。

院子里哎了一声，媳妇出来开了门，小声埋怨他：

“老等老不回来，困得我眼都睁不开了！”

郭大海没有进院，想了一下，嘱咐媳妇假装着把门关得一响，可别真的插上，他还要去有点事情，等一会儿就回来。媳妇正要问他为什么要假装关门时，他做了个手势叫她不要做声，回过身来，贴着墙根，踮着脚走着。离那小黑门只有一两丈远了，只听见那女人在门口轻轻地咳嗽了两声，一会儿，小门吱地一响，从里面闪出个人影子来，走出胡同去了。小黑门又吱地一响，关上了。

郭大海踮着脚快步追出了胡同，那黑影像是有些慌张，却并不跑，郭大海超到他前面一看，原来是郭万德。

“大伯，你怎么……”

“我怎么，我怎么，”郭万德的胡子在昏暗的月光下边抖动着，等看清了郭大海的脸面时，就生气了，“你，你就不怕吓死人吗？”

“你还差点儿吓死了我呢！”郭大海笑着说，“你这么大年岁，深更半夜的……”

“我有正事！”老头子生气地说着，抬脚就走。

“跟她个臭娘儿，你有什么正事？”

“你跟着我干吗？”老头更生气了，“我有正事就是有正事！”

郭大海等他走过去了，又贴着墙根跟了他一段路，看着他走到他家的大门口，他才折回身来，又轻手轻脚进了胡同，在那小黑门旁边站了很久很久，实在听不见里边有什么动静，这才死了心。

当他走到自家的大门口正想推门时，那门却自动地开开了，媳妇站在门里边的防影下边，一只手扶着门，一只手捂住嘴在打哈欠。原来，经过了这么半天，天又这么冷，她还巴巴儿站在门里等着他的。郭大海猛地心里一热，等她关好了门转过身来时，趁势抱住了她。多年来媳妇已经习惯了这种猛烈的温存，所以并不惊慌，相反的倒是得到了无限的安慰，柔声问他：

“你刚才是去干吗？”

“我干吗……你知道村里是多复杂！”

“我知道，要是不复杂，你们干吗老是黑更半夜开会开会的……”

屋子里，窗台上豆粒大的小油灯也像是困得没精打采，两个孩子头挨头地缩在炕上的被窝里，睡得真是香甜。郭大海很快就脱掉衣裳躺下了。媳妇吹灭了灯，也紧挨着他躺了下来，把脸挨着他那强壮的光滑的肩膀，很快就响起了均匀的鼾声。但是郭大海睡不着。

他翻了个身，把睡得正甜的媳妇摇醒了，问她：

“最近这些日子，你到魏月英家里去串过门儿没有？”

“你干吗还不睡，干吗问这？我，哎，想起来了，十几天以前去过一回，是找她借面罗去……”

“你看出她家里有什么特别没有？”

“有什么特别的呢？可是，说没有，也有一点，嘿嘿，她家通共才婆媳两口人，按理说不是应该睡在一条炕上吗？冬天烧炕也省柴火不是？可你猜怎么着？她一个人睡在北屋东间里，北屋的西间里空着，锁着门；她婆婆一个人睡在南屋里，南屋的锅灶一百年也不准做一回饭，屋里又阴又冷。她干吗要跟那老婆子分开住，还不是为了干那些见不得人的勾当吗？”

“尽是谁们上她家里走动，你从胡同里出来进去的注意过没有？”

“人家夜里来夜里去，俺可没有看见过。”

“白天里尽有些什么人上她家串门儿？万德大伯去过没有？”

“去过，最近我看见他去过一两回。”

“他去干什么呢？”

“他那个老头子，反正不会有别的勾当。”

“还看见别人去过没有？”

“还碰见老吉婶子去过一回，也是最近的事。”

郭大海就琢磨起来了：这真有点奇怪，郭万德向来认为自己是个正派人，并且也这么大年岁了，他怎么也到这个不干不净的地方来呢？老吉婶子，一天到晚不是拾柴火就是干活儿，很少到别人家去串门儿，她家离这里又挺远，又向来跟魏月英家没有来往……

第二天天刚亮，郭大海一惊就醒了，告诉了媳妇一声，上一间闲屋里去找到了一把刨山药的两齿镐，扛着就出了门。

按照夜里的规定，油坊院子是大家的集合地点。郭大海真没有想到，郭木山、李宝成、李德才、王保坤，还有吴小正、贞妮子和全体青年团员们，都比他来得还要早，都把牲口牵在手上，犁搁在拖床上，两齿镐扛在肩膀上。郭大海有些难为情，脸上有些发烧。不一会儿，其他的人们也陆陆续续地来了，杨大个子叔侄三家的人也来了，连人带牲口把院子里外都挤满了。郭木山跟郭大海商量了一下，决定要闹动全村，让李德才和杨大个子这两个大嗓门到街上去嚷嚷那些还没有来的人，让李宝成和贞妮子去动员昨天夜里个别没有到会的社员们；另外，又把已经集合好了的几十口人分成了四个队，由各队的负责人带到街上，哄哄嚷嚷地从街上走过去。

太阳还没有出来，街上一片粉灰色，蜷缩在墙角里的狗们惊慌地抬起了脑袋，嗓子里呜呜着，像是怪人们吵醒了它们的瞌睡。街旁边的胡同里传出了李德才和杨大个子的喊叫声：

“夜里自动报了名的人们，集合了！下地了！”

全村里响着回声，鸟儿们从树上惊起，枯叶子从树上纷纷下落，狗们愤怒地汪汪起来。好多人家开了大门，探出了脑袋，睐着迷糊的睡眼问道：

“你们这是干什么呀？”

没有人回答他们，大家只顾说说笑笑地往村外走去。

“你们这些人呀！怎么不叫我一声呀！”曹老鸭尖着他那鸭蛋青脑袋，散披着夹袄，手里拿着一条腰带，歪歪倒倒地追上来了。

“俺们想倒是想叫你，就是有点不敢。”人群里有人回答说。

“干吗不敢？我是自动报名！”

“你昨日夜里回去那么晚，你家里的没有请你吃扫帚头儿吗？今日再早早儿把你叫起来，她不恨死俺们才怪哩！”

“嘿嘿，别又闹笑儿了，昨日夜里是太晚了点，要不我早就起来了。”曹老鸭赶紧扎好了腰带，提好了鞋，跟着人们走出了村子。

第十八章　另外一种理想

不出张骏所料，民兵队长王遇杰果然是白跑一趟。当天早晨，他走出村子十来里路就碰见了郑洪兴，两人互相说谎，郑洪兴说是把粮食拉到丰村丈人家去还账，王遇杰说是到丰村朋友家有事。两人就一块儿进了丰村，王遇杰在朋友家里等着，不时到郑洪兴的丈人家门口转转，从上午到下午，没有看见什么动静。第二天又等了一整天，还是没有什么动静。一直等到第三天傍黑时，忽然看见郑洪兴赶着空车出来了，看样儿是往家里走。王遇杰心想："这鬼家伙，莫非真的是来还账的？郭木山真害人，闹得我白跑一趟，还耽误了三天工夫！"就也骑上车子出了丰村，为了不再跟郑洪兴碰见，绕着道儿走，天黑了才到了家，把经过告诉了郭木山。

其实，王遇杰出了丰村不久，郑洪兴的大舅子胡老栋就赶着另外一辆胶皮轱辘车，拉着满车的粮食，连夜走了。

吃了晚饭以后不久，人们看见郑洪兴赶着空大车进了村子，在街上甩着响鞭，大声吆喝着牲口，好像是故意让人知道他已经回来了，好像是满得意。

其实，郑洪兴心里是并不十分得意的。他到了家，卸了车，听了老婆子告诉了儿媳妇许多不好，说她变得不像样儿，快骑到大人头上来了。郑洪兴气得很，可也顾不得管，连饭也不吃就出了门，来到他堂兄弟郑洪升的小铺里，马上就从消息灵通的郑洪升口里，听到了村子里这两三天的一些变化。不知道为什么，一阵说不出来的苦闷猛地塞上了他的心头。他一面打发郑洪升的老婆子去叫李祥、郭万德和王洛奎，一面向郑洪升要了半斤酒，二斤花生，几个腌鸡蛋，还有一壶好茶，安排在后院一个最僻静的小套间屋里，喝着茶等着这三个人的到来，要开始实现他早已经想好了的一个计划。

过了半顿饭的工夫，李祥先灰溜溜地来了。天气正是穿夹衣的时候，他却披着一件薄棉袄，一走进门来就声明："病了，病了，伤了点风……"他的眼睛泡儿有些浮肿，眼睛也没有精神，一看就知道是睡了一天闷觉刚刚才起来的。郑洪兴知道他害的是什么病，却并不说破，张罗着让他坐在炕头上最暖和的地方，给他倒了一碗热茶。紧接着郭万德也来了，看了李祥和郑洪兴一眼，什么话也没说，驼背弓腰地往另一边的炕头上一坐，缩着脖子，翘着蒜头鼻子和山羊胡子，把一张满是皱儿的圆脸缩成了扁圆形。只有王洛奎推说有事没有来。郑洪兴知道王洛奎为什么不来，黑胡子下边藏着讽刺的笑容，给每个酒杯里都斟满了酒，自己先吱地嘬了一口，然后很满意地摸了摸嘴，笑起来了：

"你们猜怎么着？事情是，嘿，不幸之幸，不幸之幸，哈哈！真是不幸之幸哩！"

他对这"不幸之幸"四个字很满意，把手举得高高的，用力地，像是老鹰抓小鸡似的抓住了一个花生，两个手指头一挤就剥了开来，把花生仁儿往嘴里一丢，像是在这里享受这简单的酒菜、朋友的友情和自己心里的得意。看了李祥和郭万德一眼，接着说：

"你们猜怎么着？头一宗，叫郭木山碰了个硬钉子，还把他那个用了多少年的宝贝粪筐子弄坏了；第二宗，让王遇杰这笨蛋白跑了一趟；第三宗，我临时拉了个差——我那大舅子正好也要到那边去办点事情，省了我跑这一趟；第四宗，嘿嘿嘿嘿……"

他笑得浑身发抖，接着就加油添醋地说他如何冷腔冷调地把郭木山气得暴跳如雷，如何把王遇杰这个脑筋简单的人引到了丰村……总之，把一切经过的情形描摹得淋漓尽致。这首先是引起了郭万德的兴趣，因为，只要是郭木山的不愉快，就是他郭万德的愉快；他暂时忘记了自己的苦恼，笑着，咳嗽着，不时插进来说两句什么。李祥也只得随着他们笑着，说着，同时大口大口地喝酒。

"你们猜怎么着？"郑洪兴接着说，"刚才我只说了三宗，还有好的在后头呢！李祥兄弟，万德叔，这第四宗就要看你们的了，要看你们是不是有这么大气魄了。你们先说说：愿意不愿意多捞一把？呃，愿不愿意？你们只要是摇摇头说个'不'字，咱们就不用说了。我干吗呢？为了俺们几家相好了一场，共事了一场，我担着风险，起五更睡半夜这么干，好处是大家的，不好处是我一个人的。你们看，洛奎这人，太怕事，没出息，听见了风儿就以为是下雨，连酒也不来喝了。咳！要是你们实在不愿意大捞，我还说它干什么呢？”

李祥和郭万德都没有回答他，屋子里只有喝酒和剥花生的声音。

“怎么样？”郑洪兴催促说，“说呀，别闷着呀，到底想不想大捞一把呵？咱们可不要学洛奎那样，咱们要干脆点。你们想想，放着捞钱的事情我不单独去干，来找你们，我为的什么？”

“侄子，”郭万德先开口了，“你给我的好处，我死了也忘不了！”他的口气里含着说不尽的苦楚，说不尽的感激。

“老叔，你怎么说这话？”郑洪兴吃惊了。

“你叫我大捞一把，我相信你，你一定是又有了什么好门路儿。可是，咳！我这一辈子啊，辛辛苦苦，保住了这么点家当，如今快进棺材了，还跟你们合伙赚钱，我为的什么？为了谁？为了我自个吃点喝点吗？我还能吃多少喝多少？为了儿和女吗？女儿早已经是人家的人，她有她的公婆，有她的儿女。儿呢？我没有儿，我没有儿……我这一辈子也没有做过昧良心的事，为什么老天爷就……”他用袖子扪住了眼睛，哭起来了。

“老叔，你这是怎么啦，嗨嗨嗨！”郑洪兴着急地拍着自己的大腿，他的最重要的一着棋还没有走出来哩，真没有想到郭万德突然来这么一手。

“你叫我说什么呵？”郭万德生气似的哑着嗓子问他，“我这是在你们面前，要是在别人面前，我哭，人家谁不笑话我呵？”眼泪从他那昏花的老眼里一连串儿流到胡子上，滴到酒盅儿里。

“我这一辈子做过什么亏心事吗？做过什么昧良心的事吗？为什么老天爷……”

李祥和郑洪兴只好陪着他叹气，心里也不免涌起了一些“人生在世”的感慨。

正在这时，一阵脚步响，门口伸进个脑袋来——是王洛奎。他一只手提着个小锡酒壶，一只手拿着个小酒盅，愁眉苦脸地顿着脚，把头缩了回去，一个人在外边屋里的黑地里叨叨起来：

“你们喝你们的，别别别，别管我，我可不能喝你们那凉酒。我这寒腿又犯了，真他娘的该死！痛得我心烦，光想找个清静暖和地方……这外边屋的炕头可真烧得热，真好，我这酒也烫得真热。呃呃，你们喝你们的，我一个人在外边热炕头上偎着，喝点热酒烫烫，舒服点，嗯嗯嗯，这炕头真好……”

他一连气儿说着，简直不让里边屋里的人插嘴。等郑洪兴跑到外边屋里想去拉他时，他已经拉开被子偎在外边的炕头上了。

“别别别，可别可别可别，可别张罗我，我这儿热酒热炕头，舒服，呃呃呃……”

郑洪兴没法，只好又回到里边屋里，重新坐了下来。

李祥的媳妇何凤仙来找李祥来了，说是县里的张书记在家里等着他的，要跟他谈谈话。

“兄弟，快去吧，”郑洪兴故意笑着说，“谈谈去吧，还是去当你的副社长吧。”又回过头来对着何凤仙挤眉弄眼：“你快把他拉到家里炕头上去蹲着去吧，别跟我这走戗风船的人打交道，要是翻了船可就……哈哈！”

“真的是张书记在家里等着他的！”何凤仙不知道郑洪兴主要是为了讽刺王洛奎的，不高兴地皱起了眉毛。

李祥摇了摇头，心想：“我去了跟他说什么？他要是问我倒卖粮食的事情……”嘴里却不耐烦地嘟哝着：

“他找我也没什么紧事，就说我不在家好了。”

“你少喝点吧！”媳妇临走时把他的肩膀推了一下。

但是李祥并没有少喝。郑洪兴又要来了半斤酒，又要了一盘炒鸡蛋，一大堆花生。刚安排好了，何凤仙又来了，坐在桌子旁边的灯亮下边纳起鞋底子来了。李祥问她：

“你上这儿来了，孩子呢？”

“孩子早睡着了，有咱娘守着他们的。”

“嘿嘿嘿嘿，”郑洪兴笑了一阵又叹了口气，“咳！像你们两口子这样的，真是全村也找不出第二份儿来，真是一会儿也离不开呀！妹子，”他对那女人笑着说，“你别担心，他今日不会喝多。”

“怎么那一回他喝得醺醺大醉呵？”

“哈！你看怎么样，我就知道你是怕他喝多了，特地来看管他的。咳，李祥兄弟真有福！”

郑洪兴确是又羡慕又嫉妒。他不转眼地看着灯光下边何凤仙那好看的侧影，那搭着一绺儿黑头发的又红又白的脸面。他猛地找到了说话的题目了，就转过脸来对着李祥说：

"兄弟，今日我得跟你说说心里话儿。你也知道，我郑某人是个爱琢磨事儿的人。自个家里的事，我当然能够看得出几步棋来，就是别人家里的事，我有时候也能琢磨个差不多。比方你们家吧，三个大人，两个小孩，一共五口人，男女两个劳动力，养着个壮牲口，有三十六亩地，粮食年年有富余；要是粪上得好，刨种得好，富余更多。要是年年这么富余下去，往后你打算怎么办？省下钱来买地？人家要实行社会主义；大吃大喝地造了它吧？心里又舍不得；并且，谁家不想年年留个后手呵？万一碰见个天灾人祸呢？我知道你两口子的为人，跟我一样，过日子心盛，只想一个劲儿往前走。就拿我来打比吧：你要是叫我不盘算，不置家业，那真比杀了我还难受！人，像万德叔说的话，活着是为的什么呵？你说说看，为什么呵？"

他停下来，看着正在出神发愣的李祥，等待着回答，然后又抿了一大口酒，才接着说下去：

"人，活着是为什么？不是为了养儿育女成家立业吗？什么叫个成家立业呵？手里存着活钱，囤里装满了粮食。大骡子新车，使着方便。青砖白墙的房子，住着痛快。出了门儿一看，一眼看不到边儿的庄稼地，平光净亮的打麦场。穿的戴的，铺的盖的，事事如意。过年过节不发愁，吃着白面浇香油。在外人面前，挺着腰板儿说话，亮着嗓门儿笑。小牛儿似的小子，花枝儿似的女儿。儿媳妇孙子排成行，这个叫爷爷，那个叫爸爸，亲亲热热的。老了，穿着又轻又暖的皮袍子，戴着缎子风帽儿，拄着拐棍往街上一走，没有人不尊敬，没有人不让路……咳！兄弟，每年麦收秋收，高车大垛地往场里拉，满场里红的是高粱，黄的是谷子，金黄银白的是玉米棒子，那股鲜花耀眼的味儿，那股焦香焦香的味儿，一家子，夫妻儿女，大人小孩，扫帚叉耙，牲口石磙，那股忙乱的劲儿呀，那股气派呀，你不觉着过瘾吗？你不觉着这才是人过的日子吗？等粮食收到家去了，大囤满，小囤流，你往炕头上一坐，闻着外间屋里锅里炒菜的油香味，在心里对自己说：'这日子可真不发愁！'……咳！"

郑洪兴并没有喝醉，但是他的心醉了，他的人生的理想——他的思想把他弄醉了。他又眯着眼看了看李祥媳妇那微低着头纳鞋底的姿势，那灵巧好看的手儿，那手指上金黄色的铜顶针。咳！人生在世，要是娶这么个水葱儿似的媳妇，可真不赖啊！

“真的，你叫我怎么办呢？”他接着刚才的话头儿说，同时翻着眼睛看着墙上“满堂喜气”的年画。“你看看墙上这张画儿吧：老两口儿，小两口儿，一对孙儿孙女，一家人穿着新衣裳，满脸喜气，围着坐在炕上包饺子。你看，那墙上挂的字字画画，是多整齐！桌椅家具明光锃亮，连门帘子上都绣了花！难道人不应该像这样过日子吗？李祥兄弟，凤仙妹子，你们家过年的时候不也是这么‘满堂喜气’吗？你们不觉着这是挺好的吗？”

“嘻，真是……”何凤仙笑了。

“妹子，你笑什么？你‘真是’什么？不是这样吗？”

“老郑哥，”李祥到底说话了，“你说的这都很对。凭良心说，我这个小日子，我这个劳动劲儿，只要没有大灾大乱，反正这一辈子是受不了多大罪。人家说，日子过得暖和，什么叫个‘日子过得暖和’？不就是穿得暖和，吃得暖和，一家人你亲我热的，睡着了做梦心里也暖和——不是这样吗？可是，这如今的世道……”

“我知道，我知道！”郑老幌连忙打断了他，“从土地改革以后，我老丈人和我舅子们，另外还有一些亲戚朋友们，都劝我说：‘别那么过日子心盛啦，这如今，谁冒尖儿谁倒霉。’那么，你让我胡吃闷睡吗？让我看着能赚的钱不去赚吗？谁叫我天生是个能跳会蹦的人呢？要是能够由着我的能耐去蹦，你想想，我会蹦多高？这跟前几个村子的人，谁能比得过我？社会主义，什么叫个社会主义？它千好万好也不过是享福吧？它不是在多少年以内实现不了吗？在这些年里我怎么过呢？我把我的家当给别人，让别人去享福吗？或许是，我不往前过了，不想进钱的道儿了，干躺在炕上等着他们也发起来了，赶上我了，我才拿出精神干起来吗？要不然，我就‘进步’，就‘革命’，我给他们‘服务’，让他们发财，把我自个弄个精穷，这样行吗？不行啊！不行啊！我办不到啊，办不到啊……”他无限感慨地摇着头，叹着气，简直是十分忧愁了。

李祥看着自己的酒盅儿说：

“人家郭木山也是为人民服务，人家可是越来越发起来了，也没有弄个精穷。”

“兄弟!”郑洪兴两只眼盯住李祥的脸，一只手摸着李祥的膝盖。“你这话不对，你这不是说的真心话。郭木山‘为人民服务’，你吃过他的亏没有？说‘劳动创造一切’，说‘土地要靠劳动才能长出东西来’，要是没有你的土地，他们到天上去创造去吗？你们两口子在社里比谁出的劳力少？你聪明，懂得新的农业技术，又会计划事情，为大家忙了一年，可你为什么没有从他们的土地上更多地‘创造’点粮食到家里来？你今年收的粮食是比往年多一点，可是他们——那些地少劳力多的，今年多收了多少粮食呵？是不是你的计划和技术——你的劳力，还有你的土地，倒给他们‘创造’了‘一切’！哈哈！这还不算。另外，你为社里无论出了多么大的力气，可总没有人家正社长说话响，人家跟你讲的什么民主？抱的什么态度？还有，他郭木山未必就不自私自利？他开口闭口‘你拆我的台’，什么是他的台？还有，他为什么那么喜欢他的马？那不是他的私有财产吗？哈哈哈……”

郑洪兴笑得把一口酒也呛出来了。他从李祥两口子的神气上，知道自己这篇话是完全把他俩的心思捏住了，他在心里说：“我要是想看透一个人，总能够弄个差不多……”

确实，李祥不得不认输。郑洪兴所说的这些话，正是他自己想过了多少遍的，而且想得还要复杂得多呢。他李祥不是一个不用脑筋的人。在这个地区刚一解放的时候，他就看出共产党是一定会站稳当的，这世道儿是一定要按着共产党的道儿走的。他看见村里好多早先跟自己一样的人，还有比自己不如的人，就是因为拥护共产党，因为进步，现在都吃得开了。他羡慕这些人，也觉得共产党确实是办了许许多多的好事情，就也想要往进步的道儿上走。在土地改革当中，他因为自己是中农不是富农地主而高兴，开始表现积极，当了农会小组长；以后又当了村里的宣传员；以后又参加村剧团，给人们编快板，唱落子，演戏。他要求入党。人们对他说：“只要你努力进步，可以考虑你的问题。”他又很想当劳动模范，很羡慕郭木山的荣誉。于是，他成立了互助组，搞得不错。接着又鼓动全互助组的人们参加了农业社，自己就当了副社长。在进行评土地产量，评劳力强弱，评牲口租价等等工作的时候，甚至在每天记工分和一些其他的事情上，总有一种怕吃亏和以为吃了亏的思想在绞他的心，总是说出话来含含糊糊，总是既不批评自己，也绝对不得罪别人。慢慢的，郭木山和一些别人就不大尊重他了，就对他提意见了。他暗地里生气，找理由辩驳，找机会发泄一下，报复一下，滑得像条泥鳅，扎手又像个刺猬。郭木山这个爽朗粗鲁的人受不了他这一套，两人就经常磕磕绊绊的了。这样，李祥就越来越苦闷了。秋天来了，眼看收成很好，郭木山高兴了，骄傲了，不光说话爱吹胡子瞪眼，甚至连走路的姿势也不一样了。李祥觉得："哼！功劳全是他的，错儿全是我的……"秋收了，开始分粮食了，李祥的眼睛红了："啊！他们地少劳力多的人家可闹好了！可占了便宜了！"以后，又分柴草……"我这算占住了哪一头儿呵？"他在心里对自己说，"我为的是哪一宗呵？要是你们看着我也还进步，吸收我入党；要是我也像郭木山似的在村里打耀得开，那么，好，我就吃点亏吧！就让你们占点便宜吧！"为什么支部委员们一直不跟他谈话呢？一直不吸收他入党呢？这一定是跟郭木山有关系，这真是太可恨了！……正在这时候，郑洪兴找他来了："兄弟，你闹了一年顶不上我闹两个月，你信不信？"李祥问他是怎么回事，他又说："我摸着了一条稳赚不赔伸手抓钱的门道儿，我是跟你一向不错才告诉你的……看你干不干吧！"干这个必须本钱越大越好，人手越多越好。就这样，李祥、郭万德、王洛奎就都走上了郑洪兴的道儿。为了好在村里和在集市上零碎收购粮食，他们下边又掌握了一部分人，有两三户自以为在社里吃了亏的社员，也有几户社外的人们。这真是一条迷人的路，不用开会，不用生气，不用绞心裂肺地怕吃亏，也不用花多少劳力，却能大把大把地进钱。就这样，在两个来月的秋收期间，他们做了三趟赚钱的买卖。但是郑洪兴还有一个更加迷人的计划。"兄弟，"他说，"咱们要是成立个互助组，闹起个公开的长远的事业来，那可就更'得'呀……"李祥就对自己做了个决定："咱就闹闹吧，闹得好，能够修改社章，能够改变分红比例，能够把郭木山和他那帮人的气势压下去，咱就两边兼着，社里也干——是明的，是个光荣的先进的事儿；老郑这边也干——是暗的，是个赚钱得益可进可退的买卖，这是名利双收。要是万一人家不依着咱的道儿走，不修改社章，郭木山他们也总得向我低低头说说好的吧？我也可以批评批评他们出出气吧？或是把社闹垮了，那也不怕，咱还有个退身路……”于是，李祥并没有费多少劲，在一部分本来就多少有情绪的社员里面顺着风儿点了点火，就带着这些人闹起情绪来了。……可是，唉！真没想到啊，如今，社章修改不了，社也垮不了（人家并且越来越红火哩），买卖粮食的事情又露了馅子，有最后破案的危险，郑老幌这条路眼看也走不下去了……

现在，李祥只好拼命喝酒，生怕媳妇抢了他的酒盅儿，一边喝一边提防着。

媳妇停住了针线。她也在出神，也在难受，叹了口气，说话了：

“唉！我早就说了，弄来弄去，一定得落个里外不是人……”

“这话一百个对！一百个对！”郑洪兴连忙接口说。

他端起酒盅儿来送到嘴唇上，扬着眉毛，抿弯了嘴唇，蛮带劲地“吱”了一声，然后很满足地一伸脖子，把酒吞了下去：

“我早看透了，李祥兄弟现在是‘十年的旧棉袄，里子面子都不好’。你想问问怎么个不好法吗？我来告诉你：头一条，在社里各方面都吃了亏，白替别人花了力气——这，我刚才就说过了；第二条，你两口子到街上去听听，郭木山是给你做了多大的普遍宣传，人们谁不知道你李祥是个闹情绪的头儿，是个落后分子的头儿，你简直成了罪魁祸首了！要是真的把社闹垮了，那也好。可人家垮不了，垮不了，不光垮不了，还有人要报名入社。今日，连党员团员们全都动员起来了——这可了不得！这可是个大事！县里来的这个拐子老张可真是个有办法的人！我说兄弟，以后你还拿什么脸见人呵？还怎么去当这名干部呵？以后是不怕丢人坚决退社呢，还是接着去当个副社长呢？人家还要你这个副社长吗？兄弟，摆在你面前的不是一条绝路吗？”

郑洪兴摊开两手做出个绝望的姿势，看看李样，又看看何凤仙。

李祥把头埋在胯裆里，两手抱住了后脑勺。

“唉！还说什么呢？”何凤仙皱着眉尖子说，“什么也不用说了，一条船要沉就让它沉到底吧！”

“怎么？让它沉到底？”郑洪兴瞪着喝红了的眼睛看着她，“我可不沉到底！”他做了个有力的手势，“我半点也不会沉！我还要高骡子大马套着我的车在街上抖几年！我二小子三小子还要娶媳妇！我往后还要盖新房！再给我三五年的空儿，我二小子就要在县城里开布匹店——当大掌柜！我这一辈子不能白活，要好好过几年人上人的暖和日子！”

“老哥，我怎么能够比你？”李祥忽然抬起了涨红了的脸。

“哈！”郑洪兴瞪圆了红眼睛看着他，“你不能比我？我算什么啊！我老婆子老得像个干茄子。我大小子是块木头。大儿媳妇呢，轻易不叫我一声爹。这还不说，这两三天……咳！”

郑洪兴真的无限烦恼了，叹的气把灯焰儿都吹动了。这两三天他不在家时，儿媳妇不知是得了谁的势，猛一下想造反了，吃饭时再也不吃那坏饽饽了，穿起从娘家带来的花衣裳，还对她婆婆吵着要上夜校，要学习。以前，她小两口儿屋里向来是不点灯熬油的，这两天却老是好久好久地点着个灯，说是要做针线活儿。婆婆说她，她就跟她硬顶，半点也不怕她。婆婆叫她做饭，也是叫半天才动身，还有意弄得锅碗乒乓响。他郑洪兴今日天黑时刚一回来，叫她烧水洗脸，她就对他丧着个脸，像是欠她二百大钱似的。连他那大儿子荣生也像是有点变，跟他说话，一问三不答，答出来也是瓮声怪气，倔头倔脑。郑洪兴想对他发脾气时，老婆子连忙做手势止住了他，又把嘴一努，意思是：可别再像早先那样嚷叫了，儿媳妇变厉害了，闹起来准没好儿，刚回来犯不着找气生。

“咳！看起来，这如今的世道儿就是这样，小人们早晚总得造起反来，早晚总要不服大人管了。我那二小子三小子，别看眼时还好，往后娶了亲，不也还是一样吗？我还有什么想头！有什么意思！你，嘿，你看你家这一口子，”郑洪兴苦笑着，对那年轻女人斜了一眼，“生了两个孩子，还是这么嫩葱儿似的，她把你窝在心坎儿上，你把她贴在心尖儿上，你两口子是怎么个和美法！还有你那两个又乖又灵的胖小子，是多逗人爱！你，嘿嘿嘿嘿，哪能跟我比！兄弟，你的道儿长远得很，就看你是怎么个走法吧！”

李祥的眼睛亮了，媳妇也兴奋得红了脸。

“老哥，你给俺们出个主意吧！”

“我刚才不是说了个‘第四宗’没有说完吗？”郑洪兴猛一下又压低了声音，“你猜我大舅子干吗愿意替我出这趟门儿？他是得了个信儿：南边清坊镇的大窑上今年又开始烧大瓮了，他本来就是要去运一趟大瓮的，给我把粮食送到省里，正好绕点道儿去打听个确实行价，顺便捎个四口五口瓮回来，至少也落个十几万。那几年打仗，人们的旧瓮叫鬼子跟中央军毁了不少，新瓮又没有地方买；再加上这几年人们加紧生产，有多少人家发愁粮食没东西装。一口大瓮在那儿买是五六万，回来至少还不得卖个十来万？兄弟！今日咱们酒也喝得不少，话也说得不少，我老郑把我的心都掏给你了。现在是两条路：一条，你还是去弄你的农业社，人家是不是还要你这个副社长，你是不是还有脸面出头儿办事，那我管不着。反正，合伙做粮食买卖的事我是不想干了，往后我要干就一个人小干，可不敢大干。我眼时是这么个打算：套着我那辆车去运几趟大瓮，先闹它个百把万再说。另外，让我大小子把弹花机开起来，这会儿人们正等着要弹棉花呢。要是有合适的人在运瓮的买卖上愿意跟我合伙呢，那也行，咱们索性走河里用船装，一船就运个几十口。反正这个事不比运粮食，不怕担什么扰乱市场的罪名儿。第二条路，嘿，咱们就合伙，还是咱们四家为头，余外带上他们那几家，先弄几趟，以后再看形势，一定需要的时候，咱们不会索性不搞互助组了，不会索性也成立农业社吗？”

“对呀，咱们不会自个也成立农业社吗？咱们对建社的一套又不外行。”何凤仙连忙接口说。

“咱们将来要真是成立社的话，”郑洪兴满有信心地说，“头一样，家家都地多，不管定什么样的分红比例，就是不定比例，各家分各家地里的粮食也可以，谁也吃不了亏。第二样，家家都有好牲口，干什么活儿也不发愁。第三样，家家都有本钱，搞起副业来保险赚大钱。第四样，咱们保险胜过郭木山。第五，我郑某人也看准了这个世道，非走社会主义不可，咱为什么不先抢在头里走呢……哎哎哎，”他把最后一口酒喝完了，“今日咱们就说到这里。李祥兄弟，我不要你今日做决定，你先回去想一想，一两天你再给我个准信儿。万德叔！万德叔！”

“我没有睡觉，我……”郭万德连忙睁开了眼睛。

“好，你也回去想一想。洛奎！”郑洪兴又伸着脖子对着外边屋大声说，“俺们说的你都听见了吧？你也琢磨琢磨吧！”

“哦哦哦，你看，我睡着了，吓我一跳！”王洛奎在外边炕头上嚅嚅着，“咳咳，我这腿，这才舒服点了。真是，人就别有病，有病就受罪……”

其实他本来就是特地来听风声的，来的时候他就抱定了主意："反正我不再跟他们掺和了，可听听风声也没有什么坏处……"所以他一直是睁大了眼睛惊疑不定地向黑暗里溜来溜去，把屋里三个人的话半句不漏地装到耳朵里了。郑洪兴的话——特别是最后那些话，句句打动了他的心。不过他暂时还拿不定主意，还得好好儿溜转着他那惊疑不定的眼神想两天。

"我这腿才舒服点了，我得走了，家里老给我等门，回去又该唠叨我了……你们谈的什么，起先我还听见了一句半句，以后就迷糊过去了……"

他溜下炕来摸着穿好了鞋，嘟嘟哝哝地走了。

三个人临分手时，郑洪兴又咬着耳朵嘱咐李祥：赶快去告诉那些有关的人家，在粮食买卖的问题上要口紧，千万不要叫人家调查出来了。其实李祥是用不着郑老幌嘱咐的，在这些事情上他并不比郑老幌差。他媳妇怕他醉了，把他拉到墙根的黑影下边，悄悄地扶着他。他也确实是有点醉，一半儿是因为酒的力量，一半儿是因为有了新的门路，再一半儿是着实感谢郑老幌这个人——正是在绝路上拉了他一把，是真够朋友，真讲义气。他在心里想："……嗯哼，另外再搞一个农业社，土地、牲口、农具、资本样样足，社会主义还是社会主义，跟郭木山他们比赛比赛，明着搞点副业，暗着做点买卖，名利双收……就算往后万一跟郑老幌合不下去，散了摊子，对别人说起来也不过是因为没有搞好团结，不丢什么人，总比现在这样里外不是人要好得多……看起来老幌这人不会是做好了圈套叫人钻，他要是想叫我上他的当，干吗一有了进钱的门道就来找我呢？反正他是看着我李祥还有点能耐，对新社会的一套，对上级的政策，也还摸得着门儿；反正他是个精灵鬼，看清了如今的世道儿，想占住名儿又图利，可他又不懂上级的政策，叫他自己去搞个农业社他可是不内行……"

只有郭万德反而更加绝望了。刚才郑老幌说的那套人生在世的道理，不是句句打动了他的心，而是句句刺痛了他的心。他郑老幌过日子有个三辈子计划，有个长远的指望；他李祥两口子也甜美得不得了，暖和得不得了；郭万德有什么指望呢？有什么甜美事儿呢？他老了，年轻的好时候过去了，成了没人养老送终的绝户头了，一切的一切都完了……"唉唉，你看人家那两口子多好，你搀着我，我扶着你，真是贴心贴意啊！我郭万德比他们的年岁大多少？我也喝了酒，谁来贴心贴意地搀着我呵？唉唉……”

郭万德放慢了脚步，让李祥两口子走远了，看不见了，自己才拐进了路北的一个胡同，在魏月英家小黑门上轻轻地敲了三下。

“咳咳。”里面，听得出来是魏月英的婆婆，轻轻地咳了两声。

“咳咳。”郭万德也回答了两声——这是他们的暗号。

小黑门轻轻地开了，郭万德走了进去，不声不响地插好了门，又不声不响地走进了南屋西间。这是一间很特别的小屋，窗子用砖块堵住的，炕上铺着一领新席，席上铺着一条毡条。炕一边的墙壁上有个凹进去的小坎坎，里边搁着个铜质的大肚子弥勒佛，佛像前面的香炉里点着三根香，旁边还搁着个小油灯。坎坎的上沿上卷着一块黄布，白天没有人来烧香跪拜的时候，把布放下来盖着，晚上有人来磕头时才卷起来。现在，郑洪兴的老婆子正跪在坎坎下边的毡条上边，合着掌，奄着眼皮，颤动着嘴唇，嘟嘟哝哝地在进行祷告，像是根本没有听见郭万德进来，像是她那可怜的灵魂已经到了西方极乐世界去了。但是，等郭万德告诉她郑老幌已经喝完了酒家走了时，她却像突然被蛇咬了一口，猛地爬起身来，开了房门，磕磕绊绊地跑去开了大门，冲出去了；魏月英的婆婆从南屋东间里赶出来重新关好了大门时，她已经走出了胡同，她那干哑的无论如何忍不住的咳嗽声越响越远了。

郭万德爬上了炕，在老婆子刚跪着的地方颤颤抖抖地跪下来，胡子颤动起来，眼泪挤出了眼眶。现在，这是他人生在世的唯一出路了。

第十九章　要多用脑筋

张骏他们也忙得很晚。他们召开了一个包括一部分支部委员在内的积极分子会议，计划新开一个豆腐坊，养猪；筹备油坊的原料——派人到县供销合作社去买一部分芝麻；讨论在秋冬两季沤肥造肥的办法；还有给赵洛常家拆房盖房的问题；决定每个人都要想办法去了解郑洪兴和李祥他们的勾当；决定派郭大海到丰村去一趟，会合区乡干部了解一下郑洪兴在那村到底有多少地，由谁耕种，怎样分收粮食，怎样拿农业税……

第二天一整个上午，张骏、郭木山、李幼章一起到一部分社员家里进行了家庭访问，征求人们对农业社的意见。张骏认为这些意见从各方面看来都是可以采纳的。他当时就对这些意见做了肯定的回答，这使得人们很高兴。另外，人们也对社里干部们的思想作风，特别是对郭木山那光凭热情办事，有时候脾气暴躁和不大能听取意见的缺点提出了批评。郭木山认真地接受了这些批评，并且进一步地问人们：

“除了这些以外，我是不是还有个自私自利的毛病？”

“这俺们倒没有什么感觉，”人们考虑着说。

“只除了你那马的事——那是别人的误会。”另一些人补充说。

郭木山又说：

“你们再想一想吧，不要有什么顾虑，都是为了把工作搞好……”

“俺们有什么顾虑呢？你是怎么个人，俺们还不知道吗？”

下午，几个社里的干部，还有党员王治和翟老印，都在李幼章家里谈论事情。张骏计划召集附近村子的支部书记、一部分乡干部和一部分党员开个短期训练班，结合这村的实际事例对他们进行一次社会主义前途的教育，同时通过跟他们的座谈，了解一下附近各村阶级变化的情况，和一般农民的思想情况。

正在这时，门帘子掀开了，曹老鸭走了进来，看见张骏在翻看一本人名册子，他本来不识字，却接过手来，一页一页地翻开来看，屋子里的人们都看着他，他也偷眼看着人们，忽然指着一个两个字的名字说：

“你们别瞧不起我曹老鸭不识字，这个名字我可认得，我看见过多少回。”

李宝成就故意问他是谁，他接着说：

“王治，还有错儿吗？嘿，这上面有老社员，有新社员，这新社员可真不少！你们笑什么？要不是有新社员，怎么会有这么多名字呵！这还骗得了我吗？嗨！人们都抢到我前边来了，怎么你们吸收新社员也不告诉我一声！”

其实，这个名字是会计助手王保坤的小子王福（曹老鸭只认得个王字，就以为是王治）。这册子也只是老社员的名册，全家人的名字都在上边，所以人名字就多，而且还有各家的土地、农具、牲畜等东西的数目字。曹老鸭看见人们笑得厉害，就红了脸：

“你们一个劲笑什么？我今日是特地来找张书记的，是特地来解决问题的，我要问问你们：为什么还不吸收我呵？为什么还不把我的名字写上呵？我是哪一点不够格呵？我这个‘特别社员’的绰号还不该摘掉吗？”

张骏看见他真的着了急，就安慰他说：只有一样，怕他媳妇的思想还没有打通。

“早——打通了！”曹老鸭把早字拉得特别长，“张书记，自从你跟她谈了一次话，后来我又对她做了一大堆工作——你知道我是对她费了多大劲！你放心，现在她是半点意见也没有了。”

张骏拉着他坐在炕上，又安慰他说：等开始登记新社员的时候，把他登记在头一名。

“那可是好！那可是好！还是张书记知道我……嘿，”曹老鸭完全满意了，连眼睛也亮起来了，“张书记，”他又转过脸来说，“呃嘿嘿嘿，今日夜里你可要赏给我个脸，到俺家吃饭去，一定要去！那年，区里的老黄同志到俺家吃了顿饭，我特别给他炒了碗鸡蛋，老黄一口气吃了三个饼子！碰见了好菜他还不吃，吃了饭他还一定要给钱，说这是制度，我不管什么制度不制度，要是给钱就是小看我……”

在座的人们正想再逗他几句，忽然，谁也没有想到，郭万德的老婆子和王洛奎两人走进来了。

万德奶奶是先走进门里的，看了看满屋子的人，轻轻叹了口气，就诉说起来了：

“病啦，躺在炕上哼哼，还是那么大的火气，还大嚷大叫地逼我，硬要我找张书记，找郭木山，干什么呢？要退社。入社，退社，我都没意见。可是，俺家小正怎么办呢？去年，他为了要入社，是闹成个什么样儿了，活儿不干，饭也不吃，说是要出远门找工作去。实在没了法儿，这才答应他了。这一年里，他是过得多痛快！多欢喜！这如今要退社，这不是要了俺家小正的命吗？不是就像把他撵出门去一样吗……”

“万德叔病啦？什么病？”郭木山扬着眉毛问她。

“夜里半夜才回家，酒气熏天……”

“跟谁们喝酒啦？”

“郑老幌，李祥，还有别人？别人还会请他喝酒？”

郭木山跟张骏交换了一下眼色。万德奶奶又接着说：

“退社，我又不知道是怎么个退法，又不知道有什么手续，非逼着我来不行。”

人们告诉她：这不需要什么手续，只要社里承认了就算数；等一两天把刚刨回来的山药分完了，把剩下的柴火也分完了，再把副业分红的零头计算一下，把秋后在她家地里种麦子用的人工、肥料、麦种算一下，看看互相应该找补多少，就找补多少。

“不行哩！”老婆子着急地说，“他说是‘空口无凭’，说是入社的时候他在名册上按了手印儿，出社的时候也无论如何要个手续。”

“手续就手续吧，”郭木山估计郭万德迟早必定退社，有些不耐烦了。

几个人商量了一下，由李幼章代替郭木山写了个条子：“郭万德退社，原有的土地由他全部带回自种，一切应该互相找补的事项，以后再行计算。”后边还盖了个社章。

万德奶奶临走时又嘱咐全屋子里的人：无论如何先不要把退社的事情告诉小正，“你们积点福吧！做做好事吧！可别告诉他！”

现在人们都在等着王洛奎说话了。王洛奎坐在炕对面柜子旁边的椅子上，胳膊肘儿撑在膝盖上，低着头一个劲儿吧烟锅子。他那一向总是犹疑不定的眼神不住地从自己的左脚尖移到右脚尖，又从右脚尖移到左脚尖。他知道人们都在看他，偏偏他是个最沉得住气的人，考虑到屋子里的人太多，不想马上开口。

郭木山想试探试探，问他：

"洛奎，社里的油坊早开了工啦，豆腐坊一两天也要开工啦，你的牲口有空儿出工拉磨吗？"

"没空儿，"王洛奎还是低着头。

"干吗没空儿？"

"家里要拉磨。"

"我找个弱一点的牲口给你拉磨不行吗？"

"不行！"

"怎么不行呢，不是一样拉磨吗？"

"你说一样，我说就不一样，"王洛奎到底抬起头来了，"春天，你们把我那壮牲口拉去耕地，给我换来个狗大的毛驴在家里拉磨。俺家二三十年也没有使过这样牲口，不吆喝不打它就不走，三斗玉米从早起磨到天黑，把俺家香儿她妈的嗓子都吆喝哑了，简直不是人使牲口，是牲口使人！是人受罪！"

"好吧，你不愿意出工就拉倒。"李宝成不耐烦地站起身来，"咱们闲话少说，各人干活儿去吧。"

大家都起身走了出来。王洛奎跟到院里，把郭木山拉到一边，等院里只剩下他们两个人了，才用犹疑不定的眼神看着郭木山的下巴小声说：

"木山，什么时候有空儿，你也给我写那么个条儿吧。"

"什么条儿？"郭木山故意问他。

"就是刚才你写的那个退社的条儿。本来么，这退社的事从开天辟地谁经着过？有个手续反正要踏实一些……"

"你全家都同意退社吗？你闺女，还有你那上中学的小子，他俩也同意吗？"

"他俩不同意还行？我不会打通他们的思想吗？"

"我看你够一打通的，嘿嘿嘿……有空儿我还想跟你好好儿谈谈，我劝你还是不退社的好。”

“就是打不通，他们也飞不了天！”

他们走到街上了，王洛奎又补充说：

“木山，这退社的事，你可先别对俺家春儿香儿说，别跟我张扬……”

郭木山笑着答应了他，独自往油坊里走去。忽然，他远远看见郭老根从郑洪兴家的大门里出来，一看见他在街这一头，就赶紧转过身去，耷拉着头，飞快地迈动着他那两条又瘦又长的腿，像跑似的走了。郭木山心里疑惑：“哼，这家伙……”

第二天早晨，郭木山从外边回来，从炕席底下摸出封皮已经烂了的小笔记本儿来，伸给贞妮子：

“来，帮我记上几笔。”

“爸爸，我不给你记，”贞妮子把嘴一撇，“劝你抽空儿上民校，你说每天晚上都有事，真的是每天晚上都有事吗？就算是农忙的时候每天晚上社里干部们要碰头儿，有事，农闲的时候也每天晚上有事吗？”

“就算不每天晚上有事，”郭木山扬着粗眉毛，瞪着大眼睛，“隔个三天五天到民校里去学一回，三天打鱼，两天晒网，中什么用呵？”

“就算上民校不中用，”贞妮子把身子一扭，躲开了那个笔记本儿，“我叫你在家里学习，你当时答应了，又为什么不实行呵？”

“我的个好闺女！”郭木山因为想到了反驳的理由，高兴得简直忍不住笑，“那不是在我闹病以前答应的吗？闹病以后，张书记就来了，你看这些天每日是多少事吧！夜里，不是你回来得晚，就是我回来得晚，都挺累的，谁不想一回来就躺下呵？”

父女俩就这么斗起嘴来。贞妮子答应他，差不多每天夜里总是她回来得早，她一定等着他，并且保证天天这样，坚持一百年也行。

最后，郭木山没话可说了，抓了抓耳朵，咳了咳嗓子，到底又想出了新的理由：

“就算你行，可是，每天深更半夜地熬油点亮，你妈不唠叨俺们吗？”

“妈！”贞妮子对着外间屋里叫道，“我不是早跟你说好了吗？不是你早答应了让俺们耗费灯油吗？”

“答应了！答应了！”她妈在外间屋里用又爱又恨的口气说，“不论老的小的，都像是三几岁的孩子。他呢，有什么事情记在心里得了呗，非叫你给记在小本儿上；你呢，说是坚持一百年也行，在家做老闺女，不到别人家去吗？”

做娘的总是知道女儿的心的。闺女最近这几天，头发梳得更光亮了，脸洗得更白净了，身上的衣裳也穿得更干净平整了。每天，当吴小正来吃饭时，当她和吴小正在一起时，她那眼神呵，做娘的还看不见吗？

“你看我妈，说什么事情都要往这上面扯！”贞妮子不高兴地红了脸，“我劝爸爸学习，还不是为了他吗？当个社长，一天是多少事情，靠我给他记，我能一天到晚老跟着他转吗？往后咱这社还要扩大，张书记说可能要扩大到五十户，就算扩大到四十户吧，事情就更多啦，我看他怎么办！他又不是脑子笨，又不是绝对不认识字，也不是绝对不会写，他就是不愿意学，粗枝大叶惯了……”

“你看这闺女，一说就是一大套！”郭木山无可奈何地往炕上一坐，“你到底是给我记不给我记？好闺女，好闺女，我拿起笔来千斤重，写的那字，老张的胳膊架在老李的腿上，老李的鼻子伸在老张的嘴上……”

贞妮子噗嗤笑了，只得接过小本儿来，却用手压住它，又提出了新问题：

“爸爸，你说夜里学习不行，早晨学习行不行呢？只要你早晨少遛一会儿马，少拾一会儿粪，早点回来，每天念半课民校课本，写二十个字，行不行？”

“行！行！行！”郭木山使劲点着头，“咳咳咳，真是没办法！”

贞妮子心想：只要你答应了，要是以后不实行，下次再找我帮忙我就更有话说了。她从怀里掏出心爱的自来水笔，盘着腿儿坐在炕上，把小本儿摊开来，睁着大眼睛等着。

郭木山开始念了：

“张书记说：‘无论什么事情，要多用脑筋，要往深处里想一想，从各方面想一想，想着想着，就明白了。’……嗯……嗯……写上了吗？写上了，好。‘把破碗片子，破药罐碴儿，留着，将来有意思。’”

贞妮子哧地笑了：

“这是什么话！我不懂。”

“张书记刚来的那天，不是说应该把摔破了的药罐儿碴儿，还有去年冬天我‘顿’破了的一个碗，都留着，等将来全村集体化了，拿出来摆列摆列，叫大伙儿回想回想从前的事情，不是也很有意思吗？”

“呵呵呵呵，是这么回事，这还用记？好，我记上了。”

“我再往下念：‘为什么打了个胜仗，倒差点儿失败了呢？’……写完了没有？”

“这我又不懂了，”贞妮子又想笑，“谁打的仗呵？这年头，除了抗美援朝，还有什么仗打呀？”

“嗨！”郭木山急了，“要是这么说一条，解释一条，再记一条，到今日黑间也记不完，我下边还多着呢！这一条是这么回事：这也是张书记刚来的那天夜里算账时说的……”

但是贞妮子还是忽闪着大眼看着他。她奇怪的是，今日叫她记的事情跟往日叫她记的不一样，往日记的尽是社里的具体问题，是哪块地该耪呀，哪块棒子地该实行人工授粉呀，哪个社员有点什么问题该解决呀。今日要她记的这些事情有什么用呢？

郭木山真的生了气，伸手就想把小本儿夺过来。这回轮到贞妮子非给他记不可了，紧紧地捏住本儿，声明不再老是这么问来问去了。

郭木山又接着往下说了：

“‘最简单的支部委员会，没有批评大家，可是很有作用。’……记下来没有？……‘村里有个郑老幌，应该了解了解这个人。’……‘党员大会，程瑞芳诉苦，原来郑老幌是这么回事！共产党员怎么为共产主义事业奋斗呢？党员们过去有光荣历史，为什么对今天村里的阶级敌人就看不见呢？’写上了吗？……这一条最要紧，可是还没有完，下边接着：‘从来没有开过这样的支部大会，真好！’……下边一条：‘试验地，将来的生活，白菜窖里一层一层的土，从古至今闹了多少次水灾啊！’”

“这个事情我可完全知道！是那天张书记参观试验地的事！”贞妮子忍不住又叫起来。

“你知道就得了呗，嚷什么？快写！……好，我再往下念：‘大苇坑，挖水沟，要想办法实现……从咱村到梁庄，有五个大积水坑，都可以利用……这是个大计划，一定要实现！一定要实现！’”郭木山捏着拳头，咬着牙，连脸都红了。

“你怎么啦？”贞妮子又睁大了眼睛。

“你快给我写！”郭木山大声命令说，“下边：‘社员们反映了很多意见，土地评产，窝工，副业计工的办法，思想作风问题。什么事情都要多用脑筋，多调查研究，真对！’下边：‘曹老鸭为什么拚命想入社？……郭万德、王洛奎，老辈子人怕小辈子人……要退社，不敢对小人说。’哈！这里边有门路儿！有门路儿！还有，下边：‘郭老根从郑老幌家里出来，要调查研究。’真有意思，真有意思……”他完全沉浸到自己的思想里去了。

“我写完了，接着往下说吧！”

“没有了还说什么！”

贞贞的娘掀开门帘进来了：

“你们父女俩这是干吗，想当状元吗？到底还吃饭不吃饭？”

贞妮子着急了，让妈妈等一等。她说：

“爸爸，我给你写了半天，现在你总该跟我说说吧？”

“说什么？”郭木山瓮声瓮气地说着，站起身来，很满意地摸着后脑勺，微微地笑着。

贞妮子把小本儿往背后一藏，说是，如果爸爸不告诉她，她就不把小本儿还给他。

“还说什么呢？”郭木山又扬起了眉毛，“用思想，就是张书记叫我用思想。是昨日夜里的事：俺们开了个支部大会，党员们专门对我进行了批评，真不错，只可惜大海到丰村去了，没有参加……哎，你先别问同志们对我提了什么意见好不好？我知道你抓住个事儿就要问到底。散了会以后，张书记跟我谈了好半天，教给我用思想。你没有看见吗？这些天张书记是怎么工作的？看着他不慌不忙，可他尽抓的主要问题，他是怎么抓的呢？他告诉我说：就是调查研究，多用脑筋。你还不知道呢，每天夜里他都睡得很晚，不是写什么，就是在幼章的院子里遛过来遛过去，再不然就是看书。早晨也起得很早，到村子外边遛弯儿，以后就串门儿，以后才回幼章家里吃早饭。他这是干吗呢？就是用脑筋吆！嘿，用脑筋，我昨日夜里想了一夜……比方刚才写的，‘开一条沟’，‘从咱村到梁庄，有五个大积水坑'，这是什么意思呢？嘿，是一个好计划，以后我再告诉你。还有，比方：'郭万德，王洛奎，退社，不敢对小人说，老辈子人怕小辈子人。'这是什么意思呢？这就是要发动青年人跟家里的老人说理……"

正说着，吴小正来吃饭来了。他的吃饭问题是这样解决的：有时候由他姥姥给送到油坊里去，有时候就到这里来。每次来时，父女俩总是像对自己人一样，对他又随便又亲热。

"对了，"贞妮子忽然想起来了，"刚才我就想问你，洛奎叔正式提出来要退社吗？"

"提出来了。"郭木山皱着眉告诉了她，不愿意把郭万德退社的事也说出来。

"小正，你也听见了，俺们可得赶紧告诉香儿去！"

贞妮子没有去帮着她娘往屋里端饭端菜，愣怔怔地坐在炕头上，大眼睛忽闪忽闪地看着她爸爸的一举一动。她奇怪爸爸突然起了一种什么变化。她从前总以为自己是了解爸爸的，现在看起来，实在并不怎么了解他。

其实，郭木山所想的比他所说出来的还要多得多。

一家人正在吃饭时，郑洪兴的儿媳妇程瑞芳悄悄儿走进来了。态度是安静的，但眼神是兴奋的；身上已经不再像老太婆似的样儿，穿得真正像个年轻的新媳妇了。

"木山叔，"她小声说，"我来告诉你个事儿。"同时好奇地对着吴小正看了两眼。

"什么事？你先坐下……"

"我坐就坐。是这么回事：俺公公又买了几亩地，是买的郭老根的，已经写好了文书……"

"你看看怎么样！"郭木山看着贞妮子，使劲把碗往桌子上一搁，"刚才我不是叫你记上'老根从郑老幌家里出来'吗？不是说'要调查研究'吗？我就知道要出事！前几天我就听说他要卖地，劝过他一回，他答应不卖了，现在又……"又转过脸来问程瑞芳，"是几亩地？"

"我在外间屋里洗碗，听见俺公公跟老根叔在屋里唧唧咕咕，零零星星听到了几句，就是没有听清是几亩地。另外还有个事情：这两天李祥叔常来找他，一来两人就一块儿出去了，也不知道干什么……贞贞妹子，你干吗老拿眼瞅我？你是瞅我穿的衣裳吧？对你说，我干吗要年轻轻的装成个老太婆呢？我干吗要怕他拿那怪眼睛盯我呢？他盯就盯吧，我不怕他了！……好，你们吃饭，我走了。”

送走了程瑞芳以后，郭木山又兴奋起来了：

“妮子，吃了饭把这个也给我记上！”

“把哪个？”贞妮子问他。

“就是刚才这媳妇说的：老根卖地；李祥找郑老幌；程瑞芳不怕郑老幌盯她了。”

“哈哈！”贞妮子笑得把一口粥也喷出来了，“老根跟李祥的事记下来也许还有点用，这‘程瑞芳不怕郑老幌盯她’，哈哈哈哈……”她索性放下碗筷，拍着手，简直笑得前弯后仰了。

吴小正也低着头捂住嘴，肩膀抖得厉害，实在忍不住，才放声大笑起来。

贞贞的娘也笑了：

“这真要叫人笑掉了牙，要是把全村这些家长里短的事都记下来，我看你要买多少小本儿吧！”

“这疯丫头！”郭木山不好意思地红了脸。

第二十章　郭老根卖地

早饭过后，郭木山跟人们一块儿去拔那十亩地的棉花棵子，从人们的口里更具体了解到了郭老根卖地的原因。他又生气又难受，就回到村里找郭老根来了。

郭老根住在齐家大院的最后一重院子里边。这齐家大院原是本村最大的地主齐荫远的院子。从前，这院子临街是一个挺高大的黑漆圆门，门前边有一对上马石，还有一对石头狮子；门上边还有一块金匾，上面有“泽被乡邻”四个大字；里边，前院是两面低矮的平房和一面牲口棚，是长工和仆人们的住屋和养牲口的地方；中院是三面瓦房，是齐荫远的二儿子齐世泽一家人住的院子；后院四面瓦房，是齐荫远和他的大儿子齐世恩住的院子；最后边还有一个挺小的空院子，是堆柴草的地方，有个小门通到村边的打麦场。现在，大门前面的上马石再也没有人用它来垫脚上马，被村里的人搬去垫磨盘去了；门两边的石头狮子也东倒西歪，门上边的金匾也没有了。现在齐荫远和他的两个儿子都住在前院那两排低矮的平房里边，中院和后院都是住的几家翻身农民。院子四周的高大院墙也已经破败了，没有了早日的那种威风劲儿。最后那个小院的院墙甚至倒塌了几个缺口，使得墙外的树枝伸了进来，成了郑老幌和老根媳妇偷情的路径。

郭木山走进了油漆脱落了的大门，看见齐世泽从西屋里提着一桶猪食出来，走到猪圈旁边去了，就问他：

“老二，你又是拿豆腐渣喂猪吧？”

齐世泽回过身来，眯着眼睛看着郭木山说：

“我不拿豆腐渣喂猪还拿豆腐喂猪吗？”

“谁叫你拿豆腐喂猪的！”郭木山生气地说，“我是问你给你们老大匀出点豆腐渣没有。”

“你看你这人，”齐世泽又假意笑了，“你问我是不是又拿豆腐渣喂猪，并没有问我是不是匀出豆腐渣来给俺家大房里。嗨！这个事，我不说，你自个瞅瞅去吧！”

原来，自从土地改革以后，齐世泽不去好好种人们分给他的那份土地，却做起豆腐生意来，一方面是因为做豆腐不像做庄稼活儿那么辛苦，再一方面，是总认为做庄稼活儿有些丢人。他卖水豆腐和臭豆腐，同时用豆腐渣养猪，日子也总算能顾得住。他哥哥齐世恩却更干脆：种地的事情完全靠给他那老实媳妇，自己成天坐着躺着不动，收了粮食就大吃大喝，粮食花费完了就躺在炕上挨饿。村里人们劝他，说他，骂他，实在看他饿得不行时还救济他，他也总是旧性难改。今年秋收以后，村里人们看见齐世恩家又像往年一样，地种得不好，粮食打得不多，就动员齐世泽每天给他家一些豆渣，让他用来掺着粮食吃，意思是让他家那点有限的粮食多支持一些日子。

现在郭木山想顺便检查一下这件事情，就走进了齐世恩家的东屋。

齐世恩正坐在炕头上眯着眼睛打盹，他媳妇和一个十二三岁的小女孩坐在炕上做针线活儿。木山没有答理他们，径直走到锅台跟前，从吊在墙上的破饽饽篮子里拿出个饼子来，啊，是黄橙橙的今年的新玉米面饼子！既没有掺糠掺菜，也没有掺豆腐渣。他马上涨红了脸，用低沉的声音对那女人说：

“吃食是不错，就是怕吃不上三个月吧？”

女人和那孩子都难为情地变了脸色，看了男人一眼，一时说不出话来。男人也睁开了眼睛，看了看郭木山，黄胖浮肿的脸上没有任何表情。

郭木山又在篮子里摸出了一样东西，冷笑了一声，问那女人：

“老大家的，是你们老二家不给你们豆腐渣呢，还是你们不去要呵？”

“哎，”女人说，“也不是俺们不要，也不是他们不给，就有一样：求人家给那么点豆腐渣，你知道是要听人家什么样的话！看人家什么样的脸色！”

“哦哦，”郭木山像是在笑，“你们也知道怕听孬话，怕看脸色，可你们为什么狗改不了吃屎呵？为什么不好好劳动呵？”

“木山，”女人苦着脸说，“你叫我有什么法儿呢？”她把两手一摊，没有看她男人，那意思是："我并不是不劳动，可光我一个人劳动，能打多少粮食呢？能供得上他这样人的消耗吗？"

"我这话也不止问过你一百遍，"郭木山往前走了一步，"现在我又要照样问你：你怎么没办法？你为什么不管管他，为什么不跟他斗争斗争？你看这是什么？"他把手一伸——手里是一块白面烙饼，显然是那男人吃剩下的，当然是用新打的玉米换的白面。

女人低下了头，不做声。她自己确实是愿意劳动，也已经练习得能够吃苦，但她从前也是地主家的女儿，是地主家培养出来的家庭奴隶。她怕这个废物男人，服从惯了，甚至在心里暗暗同情他过去享惯了福，现在受这样的罪。她直到现在有时还挨他的打，也只是哭一阵就完了。

为什么世界上会有这样没皮没脸的男人呢？为什么你就是扎他一锥子他也不流血呢？为什么他宁肯饿死，宁肯听着各种各样难听的话也不劳动？为什么这女人能跟这样的男人在一起过日子，心甘情愿替他劳动，养着他，服侍他，并且还这么怕他呢？世界上又怎么会有齐世泽这样的人呢？他的心是多么狠啊，他不光是不会痛痛快快拿一两碗豆腐渣送给自己的亲哥亲嫂，还要常常打他的哥哥，唾他的嫂嫂，连齐世恩的女儿往他家门口站站脚都要挨骂。这还不算，他对自己的父亲齐荫远也这么刻毒：嫌老头子吃闲饭，嫌老头子光要他一家养着。无论是十冬腊月，他也说是柴火太贵，让老头子睡在凉炕上，只给一条破被挡寒，他两口子却睡在煮豆腐汁煮得发烫的炕上，还盖着两条厚被。他对待自己的亲骨肉连那猪圈里的猪还不如。为什么这个人的心会这样狠毒呢……对这一切一切的问题，郭木山只能有一个最简单的解释，那就是：他们是地主。也正因为这样，他才更加恨透了这些人，但是他替他们的孩子可怜。他看了齐世恩家那小姑娘一眼，不愿意再说什么，就走了出来。

院子里，齐世泽又叫住了他：

"木山，我有个事跟你打听一下。"

"什么事？"郭木山厌恶地皱着眉头。

"听说你们农业社要开豆腐坊呵？"

"嗯，有这么回事。"

"木山，你们这不是绝了我的活路吗？"

“怎么就绝了你的活路，你的豆腐在本村卖不了，不会担到集上去卖吗？不会到外村去卖吗？俺们社里的豆腐将来就要担到集上去卖，外村去卖。你看着我干什么？又是嫌到集上卖豆腐丢人吗，受累吗？那你就干脆好好种你的地去吧！”

齐世泽用仇恨的眼光看着郭木山的背影，心里狠狠地骂着最难听的话。

郭老根正躺在炕上蒙着头睡闷觉，郭木山把他叫起来，两人一前一后走到屋后边堆柴草的小空院里，靠着墙蹲下来。

“老根，”郭木山用很低的声音开始说，“我就不相信，一个人对自个的女人这么没办法。看你住的那屋子里，家家伙伙都卖光了，窗户纸破了，也没钱买新纸糊一下；被子破得补丁摞补丁；炕席也破得成了渣儿。院子里脏得没处下脚，也不拾掇。这像人过的日子吗？土改以后，你们这几家刚住进来时倒还好，从你一成了亲就坏了，别人前脚打扫了，她后脚就给弄脏了，还三天两天跟这几家吵架。这不是让地主们笑话咱们吗？你不嫌丢人吗？”

老根没有说话，布满了红丝子的眼睛愣怔怔地瞪着，又瘦又长的脖子像拔了毛的鸡脖子一样。

“你记得不？刚分给你这三间北屋时，是多少人看着眼儿红！是我跟郭大海，看见你精精光光穷了半辈子，才一力主张分给你。早先，你在齐荫远那牲口棚里睡觉，给他当牛马，见了他口口声声叫大爷，见了他小子口口声声叫大少爷二少爷，他一个不高兴，还许骂咱们一顿，那是什么味儿？如今，咱们成了主人，叫他是齐荫远，叫他小子是老大老二。咳，你总不能好了疮疤就忘了痛吧？”

老根低下头来了。

“你还记得吗？咱俩都冷得睡不着，你抱着我，我抱着你，小驴驹子从牲口棚里跑过来，舔咱俩的脚丫子。咳！后来，在解放战争的时候，在土地改革的时候，你说过几次：‘我要坚决为革命，决不妥协！’当时你也真算不错，大雪天，穿着破破烂烂的薄棉衣去支援前线，还立了一次功。以后，村支部看见你忠厚老实，想吸收你入党。唉！土地改革了，你有了房子有了地，就着急要娶媳妇，偏偏又着急要娶这么个买卖人家的寡妇。我劝过你多少回，说：‘这女人是吃香油白面长大的，没有干过活儿，不能劳动……’我就知道，你这人，心太软，没主见，特别是对娘儿们没办法，怕你弄出坏结果来。就因为这，党才没有吸收你。现在，果然跟我想得一样。你说你决不妥协，到底妥协了没有呢？”

“木山哥，你……”郭老根抬起头来，眼圈儿红了。

“你这么瞅着我干什么？你以为自个没有妥协吗？以为是我拿大帽子扣你吗？我问你：为什么要卖地？卖地，就是往破产的道儿上走，就是让农村里出现剥削阶级和被剥削阶级。你那个好吃懒做的臭老婆，今年逼着你卖三亩，她就可以不干活，天天到小铺里去吃烧饼馃子，越吃越馋，到明年，又逼着你卖三亩。等把地卖光了，她怎么办？跟你离婚！再嫁一次人！弄得你鸡飞蛋打！你怎么办呢？只好去给买地的主儿——郑老幌家扛长活！我对你说过：你老娘死时借的郑老幌的粮食我给你还，冬天春天没有吃儿我借给。还对你说：往后还得起就还给我，还不起就不用还。你当时答应我不卖地了。今日我才听见说，你那臭老婆，她不光是为了要还债，还有别的曲曲弯弯的原因——是她自个串门儿对人透的口风，可真了不得！听说，你已经给郑老幌写了文书了，是吗？你是生怕咱们村里出现不了地主富农是怎么的？咳！我这心眼儿里，真替你难受啊……”

郭木山说到这里，声音有些变，一些带感情的话就像泉水似的往外涌。从前他跟老根是一样的人——那是受的什么样的苦！生的什么样的气！那时候，他以为自己就是像这样当一辈子牛马就完了，以为自己是天生的贱命，永世也不能翻身。他真是做梦也没有想到啊，会有个土地改革运动，他郭木山也会分到了房子分到了地；他郭木山会翻成人上人，把骑在他身上的地主老爷摔在地下，踩在脚下……如今，他办起了农业社，有了一个金光灿烂的理想，他要为这个理想使出全身的力气来，连命不要都可以……可是，他没有做好工作，他的社员，从前跟他一样的穷哥们，要卖地，要退社……

郭老根把头低到腿裆里去了。泪水涨得眼睛痛，他也不揉擦。他忘记了一切，只有惭愧和悔恨……可是，眼前又出现了他媳妇的影子，泪水牵成串儿的肿眼泡儿，说话不歇气儿的薄嘴唇，唠唠叨叨的炸耳朵的声音:“我受不了!我受不了!这猪屎似的窝窝头,不是人的吃食,你要是养不活我,咱们趁早儿各人走各人的路!你干吗不去想办法?人家郑老幌,出一趟车是赚多少钱!跟他合伙的人们是得了多大的益!咱没本钱,不会把地卖了,也跟他们合上伙,总强于一年到头死受苦吧……”这些话不止一次咬着他郭老根的心,使得他蒙头转向,不知不觉就跟自己商量起来:“要是她真的受不下去,跟俺离婚,那怎么办?”一个受了半辈子苦,三十多岁才成了亲的人……咳!别看她好吃懒做,也有她的好处呵。夜里,一高起兴来,用胳膊勾着你的脖子,一百遍亲你,在你怀里扭来扭去……唉!要是猛一下没了她,日子怎么过啊!她是怎么知道郑老幌的秘密的呢?村里人们传说她跟郑老幌有些不干不净的事,是不是真的?对这些问题老根却连想也不敢想,更不用说问她,只怕一句话问穿了,弄得她恼羞成怒,放泼打滚地嚷叫起来,他郭老根可就没脸见人了。无论怎么着,有她总比没有她好,太太平平总比吵嘴打架好,蒙着盖着总比揭开好,这就是他郭老根一向的想法。

“老根!”郭木山接着说,“张书记听说咱村最近有三起子卖地的事,有一起子是咱社的社员,很生气,着着实实批评了我一顿。我挨点批评倒不算什么,只要你回心转意,我受多少批评也愿意。老根,现在还不晚,写了的文书还可以要回来,你好好儿考虑考虑吧!”

屋子前边一阵脚步响,一会儿,墙角那边的太阳地里出现了一个女人蓬松着头发的影子。她是刚刚在外边串门儿回来,躲在那儿偷听呢。

郭木山咳嗽了一声,站起来,走到墙角跟前,没有看那女人的脸,冒出了这么一句话来:

“老根家的,你到底打算怎么着?”

“什么怎么着,我在这儿歇会儿,晒晒太阳。”女人用挑战的口气说。

“你那孩子呢?”

“玩去了,野去了,他就是爱玩爱野,你打算教训教训他吗?”这孩子是她前夫的孩子,最淘气,她偏偏又最喜欢护他的短儿。

“你怎么不叫他上学呵?”

“我就是不叫他上学,你管得着吗?”

“天到晌午了,你还没动烟火,他在外边玩了半天,不饿?”郭木山的音调表情越变越冷。

“郭木山，你今日到俺家来到底有什么事，我是见过阎王不怕鬼的，你就说出来吧！”

“没什么事，我是怕那孩子挨饿……”郭木山故意没有说完，转身就往外走。

“他是俺家的孩子，挨饿不挨饿是俺家的事，用不着你狗逮耗子管闲事！”女人大叫起来。

郭木山在过道口儿上站住了脚，半侧过身来，仍然冷冷地说：

“哼，不出三年，他就得饿死！”

“你放屁！”女人三步跳上去，“我就知道你是为了放屁扯淡才来的。你又是来拦挡俺们卖地的吧？俺们卖地，碍着你了吗？犯法吗？你办公办公，办你的公去吧，管人家的家务事干吗？挨饿？你放一百二十个心，这人们挨不了饿！”

“你今年卖三亩，明年卖五亩，怎么挨不了饿？”

“共产党的政策，不让饿死一个人！”

“哈哈！对你说，共产党的政策是不让饿死勤俭人，对你这样的货，饿死一百个也不心疼！你想年年月月靠政府救济吗？前院里地主齐世恩就是你的样儿，你看着他那日子好受吗？愿意学他吗？另外，也许你想以后再来一回土地改革吗？对你说，那更是门儿也没有！”

“以后，社会主义社会，人人有饭吃，人人享幸福！”

女人不知不觉地把心眼里的话都说出来了。她一向就是这样想的：现在成立农业社，不过是上级的手腕儿，骗人们参加了，集体了，土地就慢慢要归公，那就到了社会主义社会了。到那时，反正人人都没有土地，不如现在趁早儿把地卖了，享几天福，到了社会主义社会，还是享福。

“哦哦哦，”郭木山又好气又好笑，走过去把墙角那边的郭老根拉出来，问他，“老根，你是怎么教育她的？社会主义社会，按劳取酬，人人劳动，才人人享福，你还不知道这？”又转过身来，眼里冒火地说，“老根家的，你的算盘打得真不错啊！哈哈哈，好，你就等着吧！”他把手一甩，转过身去，通通通地走了。

女人黄着脸，手叉着腰，愣了好半天，回过头来，看见男人老根还靠着墙站着，头发乱得像老鸹窠，脖子长得像软黄瓜，两眼无神，一脸晦气，她心里猛地涌起了一股火。这几天，她受的侮辱太多了，太大了。在棉花地里，当着许多娘儿们，受几个小毛丫头的气，受郭木山的冷腔冷调；带着人们要求退社，又当着满街的人丢丑；现在又一次受郭木山的气。她知道，这时同院的人们虽然不敢出来看她的哈哈笑，却都趴在各家的窗户后边，侧着耳朵听着，不住地挤挤眼，努努嘴。她听见了：西屋里张家的窗户里面，过道那边前院王家的小门里面，都在响着哧哧喳喳的声音，都在笑话她呢。她只好对着这倒霉的男人出气了：

"你！你！成天里说，要入党，要入社，要到什么屁的社会，要享'新'福，享'旧'福，要这么好，那么好。好吧！享福吧！享你娘的屁福！开会，就是你那好处；让别人教训你，批评你，就是你那幸福；干活儿累死，就是你那社会；养不活老婆孩子，就是你那主义！放着赚钱享福的好道儿你不走，偏偏要死守着屁股大一块地上，偏偏要死钉在庄稼活上过日子。这真像俗话说的：叫你欢喜你要生气，叫你享福你要受罪，叫你歇着你要耪地，叫你吃面你要吃粃，你生成是个穷胎贱骨头！我问你：你们躲在屋后边说的什么屁话？是要想办法治我娘儿俩吗？好！你治吧！你治吧……"最后她说一句往前迈一步，眼看就要一头撞到老根怀里去。

郭老根简直气昏了头，气炸了肺，耳朵里再也装不下了，突然用打雷的声音嚷起来：

"你再嚷！"

"我要嚷！我要嚷！你敢打我吗？你敢……"

啪！她脸上重重地挨了一下。当她还来不及站住脚时，老根猛地一跳，冲出过道，跑了。

老根媳妇怎么办呢？哭吗？嚷吗？躺在地下打滚儿吗？哭给谁听呵？滚给谁看呵？只会让前后同院的人们看笑话，干吗要让他们痛快呢？不！……她干嚎了一声，又忍住了；坐了下去，又爬起来了。只得走进屋里，坐在炕沿上，眼泪牵成串儿往下流。

这是怎么回事呢？从来，他不听完"别人"的话是不走的，有时候他也生气，只不过是倔头倔脑地顶两句，别说是打人，连动动手指头都不敢呢。都是郭木山这王八羔子教唆坏了的！都是为了入社退社的事情……"男人打女人,压迫妇女,好!”心里忽然冒出了这么一句话,像是猛地得了救,倒有些高兴了,就睁开了眼。

屋子里空空洞洞。土改时分到的那个红漆躺柜,半年前卖掉了。两张椅子和一口大瓮,两个月以前卖掉了。现在只剩下一张三条腿儿的破六人桌,上面搁着一把缺了嘴儿的茶壶,一个装梳子篦子的破纸盒子。太阳从破窗户纸外边透进来,照着炕上的两床破被……

“我去告他们去!告他打老婆,告郭木山挑唆家务不和,我找拐腿儿张去!”

从桌子上那破纸盒子里拿出个烧饼来,一口,烧饼成了月牙儿;两口,成了叉鱼的三尖叉;三口四口,烧饼已经进了肚子。她抹了抹嘴,走出了大门。

在街上,打听到张骏在农业社的油坊院子里,心想:“好,到那儿找他去,那儿人多,叫大伙儿听听,这如今,还打老婆……”就扭扭歪歪地往油坊去了。

油坊院子里乱哄哄地满是人,有和泥的,搬砖的,有来这儿找王保坤买油的,有闲着没事来看热闹的,还有两个木匠师傅在当院刨木头。西屋里,人们正在糊窗户,垒磨盘,抹墙壁,准备从明天就开始在这屋里磨豆腐。李永平老头正趴在锅台前边烧火,这锅台和锅台后边的大炕都是刚刚才垒好的,他担心锅腔子不好烧,大声问着窗户外边的人:房顶上的烟囱是不是出烟很旺。外边的人也大声回答他。他们都为这一新的建设事业高兴,手和嘴都不闲着,像是人家娶媳妇办喜事一样。对面的三间东屋里边正在炒芝麻,油磨子也在隆隆地响,香气散满了一院子,屋子里的人却很安静,因为做香油是个细致活儿,粗心大意就会出油少或是不出油。

张骏喜欢这油坊屋里暖和,每逢肚子不舒服时,就跑来缩在芝麻锅后边热得烫手的炕头上呆一会儿,肚子就会舒服一些。刚才郭老根来找他,没头没脑地问他:

“张书记,这卖地的事,要是给人家写了文书还没有收人家的钱,许后悔不?”

“怎么不许?不愿卖就不卖,就去要回文书来。”

“可是,我怕,郑老幌这人,不好缠。”

"这不要紧，你去找他来，我跟他谈谈。"

现在，郑洪兴来了，不是郭老根去找他来的，郭老根怕找他不来，让郭木山和郭大海一块儿去把他叫来了。郭大海刚刚从丰村回来，还没有来得及报告经过，张骏就叫他跟郭木山一块去找郑洪兴去了。郑洪兴一走进屋里，一看见郭老根，就估计到张骏要跟他谈的可能是关于哪一方面的事，就一方面放了心——知道不是贩运粮食的事情发作了；另一方面又不放心——不知道是在买地的事情上呢，还是他跟老根媳妇的关系上出了漏子。他侧着身子往炕沿上一坐，一边跟张骏打招呼，一边在心里盘算："我跟那臭娘儿的事，按说是没人知道，除非她自个漏了口风……"当他一回头时，正好老根媳妇从门外边探进半个身子来，用她那淫荡的肿泡儿眼睛对着郭老根、郭木山、郭大海、张骏和他郑洪兴转来转去，使得他暗暗地打了个冷颤。

"郑洪兴，"张骏不慌不忙地说，"你要买郭老根的三亩地，是吧？"

"说是说过，有这么回事……"郑洪兴含含糊糊地说着，不觉又有了精神了，提高了声音，"张书记，嘿嘿，说起地的事，我又想起来了，从那天受了你的教育，这几天，呃嘿，我，心里老是怪不对劲儿的，老是对自个说：'这个事，什么时候我得找张书记检讨检讨，我得……'我这个人，从小儿就是缺管教，有时候脑袋发懵。本来，我跟地邻唐经柱家一向也没有什么过不去的事，只怪我听信了他兄弟唐经国的话，我买那三亩地时，他说他那地比他哥的地，虽说都是三亩，可实际上要宽出一尺多，偏偏他又全家都出了门儿……"

这是他郑洪兴的习惯：每逢碰到这种要紧的而又毫无准备的事情时，他就会用这种颠颠倒倒没完没了的废话来拖延时间，以便一边观察和捉摸对方的心事，一边在自己心里打主意，同时也故意要弄得对方精神疲倦。

"我不是问你前几天侵占地边子的事，我是问你要买郭老根三亩地的事。"

"这三亩地，嘿，老根也在这儿，我不能说瞎话，是有这么回事。我是说：我这心里，为了唐经柱家那地边子的事，这几天心里老是不对劲儿，总想找你检讨检讨……"

“你先别检讨了，”张骏讽刺地笑了，“你该检讨的事恐怕也不止这一桩，以后还有的是机会，今日先谈郭老根的事吧。”

“我，跟郭老根有什么事？”郑洪兴摸着黑仁丹胡子，小声对自己问道。

“他不愿意卖地了。”

“哦，是这，这好说，张书记，不卖就不卖吧，这谁也不能勉强。”

“他还没有接你的钱，你得把文书退给他。”

“老根，什么文书呵？”郑洪兴惊奇地睁大了眼睛，看看郭老根，又看看郭木山和郭大海。

“老幌，你是怎么回事？”郭老根也惊奇地睁大了眼睛。

“我是怎么回事？”郑洪兴也摸着胡子对自己问道。

“我前日给你写的文书，是中人王大发代的笔，你要是想赖的话，我去叫王大发来！”郭老根跳下炕来，想往外走。

屋子里，炒芝麻的、看磨的、买油的、写账的，还有从外边进来看热闹的，全都看着郑洪兴，好多人在暗暗地做着鬼脸。曹老鸭的个儿小，踮起脚也看不见郑洪兴的脸，只好用他那沙哑的声音来表示自己的高兴：

“这真是奇闻，文书会变戏法，写了没了……”

“王大发亲口告诉我的，说是他替老根写的文书！”李宝成也在磨盘那边大声说。

“哦，老根，你说的是那回事呀，嘿嘿嘿嘿……”郑洪兴简直笑得要咳嗽了，“你看我这人，我就听不清张书记的口音，他把文书说成——，咳，好吧，既是张书记出面调解，我就退给你，你跟我一块儿去拿吧。”

“老幌，你先别走！”一直不声不响的郭大海忽然说话了，“你买地，经过村政权了没有？”

“村主任不在家，”郑洪兴说，口气很硬。

“村主任不在家，村政权里管这些事情的还有别人！”郭大海也口气挺硬。

“大海，我不是，我是想……”

“我知道，你是想：等文书也写好了，钱也交给郭老根了，再告诉村政权，是不是？对你说，买卖土地房屋，要告诉村政权一声，你又不是头一回买地，就算郭老根这糊涂人不知道这个规矩，你也不知道？”

"大海兄弟,你怎么这么说……"

"老幌,我知道你搞的什么鬼!"郭大海嚷起来了,"你想买便宜地!你想等生米做成了熟饭,才让村政权知道,免得村政权在地价上参加意见,免得破坏了你那骗人的勾当,是不是?"

"哎哟,大海兄弟!"郑老幌哑着声音说,"什么也不用说了,这又算是我的错好不好?我是想,春天,我借给你钱和粮食做本钱,也没有经过政权,光是俺俩私下里说说就成了,也没要利钱……"

"你别跟我胡扯!借钱是借钱,买卖土地是买卖土地!借钱给人,只要不是高利贷,就不犯法!"郭大海红着脸,挺着胸,声音嗡嗡的。

"老幌,"郭木山也插口说,'你别以为借给了大海几十万块钱,两担粮食,就算抓住他的小辫子。不要紧!这点债难不倒人,一个月以内我还给你!"

"好,今日,又算是我的错!"

郑老幌嘴唇发白地说着,又第二次转身想往外走,他是只想快点离开这个地方,却又被张骏叫住了。张骏叫他等等再走,却转脸去问郭老根:

"老根,你借了郑洪兴几担粮食?"

"三担。"

"言明什么时候归还?"

"今年秋后。"

"写了字据没有?"

"写了,在老幌手上。"

"郑洪兴,是有张字据在你手上吗?"

"是,我不大记得……"

"老郑,"张骏故意把声音放得缓和些说,"要是没有立下字据,老根不还你你也没有办法。现在既是不卖地给你了,我就要帮你们解决欠债的问题,你得说老实话。到底有字据没有?"

"有,"郑老幌还是有些犹疑,声音很低。

"到底有没有?"

"有!"

"好,那你回去拿买地的文书时,把这张字据也一块儿拿来,要是真有——真的写明了是秋后还粮食，我就要督促郭老根还给你。”

郑洪兴往外走的时候，完全变得灰溜溜的了，低着头，谁也不看。老根媳妇还悄悄儿站在门外边的，用同情的眼光看着他那苍白的脸，他也没有注意到。在整个村子里，郑洪兴是她最崇拜同时也是最心疼的人。她时常对别人，甚至也对郭老根说：“人家洪兴真是个精灵人，比俺娘家哥强十倍，不论什么事儿，只要他眼珠一转，胡子一翘，嘿……”也许正因为她爱这么到处夸说，所以人们才猜出了她和郑洪兴之间的关系吧？现在，她这个最崇拜最心疼的人也碰了大钉子。她长长地叹了口气，再也不想告状子，“我来得不是时候，要是我去告他打老婆，他倒说我好吃懒做，旁边的人再七言八语一说，我还不落个满脸灰？”她这么想着，也像郑洪兴一样，低着头，穿过院里乱哄哄的人群，不去看周围讥笑的脸色，走出院子去了。

张骏和郭木山、郭大海三个人来到李幼章家里，郭大海一坐下来，就开始报告经过：

昨日一吃了早饭他就骑着车子走了，到了三区区公所，只有杨秘书一个人在家，别的人都下乡了。他就到了乡里，跟乡总支书彭少谦一道儿到了丰村，找到了丰村的支部书记胡甲寅，召开了一个支委会，支部委员们哼哼哈哈，都说不记得郑老幌在这村买地的事。后来他俩又找到村主任胡干臣，把村里的地亩册子拿来看了看，也没有看出什么来。急得郭大海直抓脑袋。乡总支书彭少谦要回去，郭大海有些生气，就一头扎到一个熟人家里去，装做到他家去讨水喝，就跟他闲聊起来，问到郑老幌老丈人家的家庭情况，这才知道：郑老幌的舅子哥儿四个是分家各过，最近两三年各家都买了点地，他大舅子胡老栋买了十亩，二舅子胡老梁买了七亩，三舅子胡老檩买了六亩，四舅子胡老椽买了九亩，一共是三十二亩。尽买谁家的地呢？有邻村的，也有本村的。后来，郭大海又找到当村一家姓黄的卖地的主儿，事先打听到他家有点烟叶子，装做是去买烟叶子的，跟那个姓黄的老头聊起天来，问他认不认识郑洪兴，这才知道，他卖了十亩地给郑洪兴，现在这地是胡老栋种着的。以后又到一家去了解了一下……当天夜里郭大海就琢磨起来了：村里发生了买卖土地的事情，村支部书记和村主任无论如何总会知道的，为什么他们说不知道？另外，明明是郑老幌买的地，户口册子上为什么不注明胡老栋等四家各种了郑老幌若干亩地呢？今日上午，他又找到支部书记胡甲寅，把调查到的情况，心里的疑问，都对他说了。胡甲寅的脸色有些变，停了好半天，才问郭大海："老郭，张书记干吗要叫你来调查这件事情？"郭大海对他进行了解释，胡甲寅才说出了真实情况……

"咳，你们猜怎么着？原来郑老幌买地时请了一桌酒，村支书，村主任，还有一两个别的干部，都去了。大家喝得正高兴时，郑老幌要求把他的地登记在胡老栋弟兄四人的名下，由他们四家拿公粮。当时干部们觉得这不是什么大问题，就答应了。可是，这次我和乡总支书去调查时，他们不知道是怎么回事，吓得不敢说真话……"

郭大海觉得自己办了一件很重要的事，显得很高兴。他本来就是这种人：喜欢活跃的工作，愿意把一切事情都办得漂漂亮亮。张骏问他：为什么郑老幌要隐瞒买地的事呢？他笑着说：

"这没有别的，就是怕别人说他是富农。"

"就是这么回事！他还怕社会主义，怕共产！"郭木山也大声说。

院子里一阵脚步响，李宝成、李幼章、郭老根三个人进来了。郭老根手里拿着一张纸，他那表情，说不清是兴奋，是惊奇，还是害怕；眼睛睁得挺大，脸拉得挺长，嘴唇在微微发抖，像是刚刚经过了一场风险一样。

"郑老幌把文书退给我了。可是，借钱的字据，他说丢了；他说：'我找不着那张字据，你要是有良心，就还账；要是想赖账，就赖吧！'他那脸相，怕人着呢！"

李宝成笑了笑：

"郑老幌那脸，嘿，真成了锡片儿——铁青！"

张骏问大家：刚才他为什么叫郑洪兴去拿字据来，郑洪兴为什么说是丢了，真丢了还是假丢了。

"哈！"李宝成那圆脸上的皱纹猛地一颤，"张书记，你这一着棋真高！"看见郭大海和郭木山都想说话，连忙把两只胳膊一扬，拦住了他们，走到郭老根跟前："老根，我问问你，你借他三担粮食的时候，言明给多少利钱？"

郭老根还是傻乎乎地瞪着眼睛，李宝成又催问了两遍，他才说道：

“言明在秋后还他五担；一年的时间，利钱是两担。”

“这一条在字据上写着的没有？”

“写着的。”

“着着着！”李宝成愉快地转动着身子，扫了众人一眼，“高利贷，犯法，这就是他不敢拿出字据来的原因！”又转向郭老根，“还言明了不准你把多大的利钱告诉别人，是不是？还说：要是你告诉了别人，下一回就连半个子儿也借不着，还要对你不客气，是不是？”

郭老根低着头，不说话。

李宝成非常得意地哈哈大笑了。

张骏把郭大海拉到对面屋里，小声问他：

“大海同志，有个问题你考虑一下：郑老幌勾结李祥他们做粮食买卖，又买社员郭老根的地，这都是破坏农业社的行为。他为什么要破坏呢？就光因为他要往富农的道儿上走吗？是不是还有别的原因呢？”

“我也想到了这一点。”郭大海咬着牙说，“他跟坏女人魏月英的关系很值得注意……”

第二十一章　一　夜

许多人家吃晚饭的时间延长了，都很久很久地围着饭桌子，筷子动得很慢，嘴在说话，耳朵向说话的人侧了过来，眼睛不是睁得很大，就是眯得很小。

“我刚好在油坊里打油，看见了……郑老幌那脸色……”

“听说，农业社里闹问题跟他有关系……”

“看样儿这一回要在他身上出点事……”

“郑老幌放高利贷，可不光是郭老根这一家……”

谈话就像这样进行下去，一直到吃完了晚饭，男人靠在炕头上抽烟，女人在小油灯下边做活儿，还在有一搭没一搭地继续着。有的人甚至还不满足，走出门来，习惯地摸到那个休息谈天的老地方——十字街口的老槐树底下，蹲下来，掏出烟袋，往烟锅子里按满了烟，划着了火柴，先说几句不相干的闲话，等到听清了四周围尽是一些什么人时，自己才说出了心里想说的话。

“看样儿，咱村这个农业社得闹兴旺了……”

“谁说不是？你没见党员团员们这两天老开会吗？”

“咳，有的人闹情绪，可又有的人一个劲儿想入社，倒把人闹糊涂了。”

“你心里怎么个打算？”

“我，咳，好容易分到手几亩地，还没有摸热乎呢，反正我得先种着过它几年瘾。”

“你单干过瘾，人家说在社里更过瘾。”

这时候，黑影里响起了一阵咳嗽声，人们听出是郭万德来了，谈话就停止了。

郭万德在人堆跟前站了一会儿，好容易止住了咳嗽。

“你们说什么？”

“闲着没事瞎扯呗。万德叔，你那咳嗽病儿又犯了？”

一提起咳嗽病，郭万德就又咳嗽起来了。他知道跟这些人说不出什么门道儿来，就用手背捶着自己的腰，继续摸索着往前走去。

天实在黑得怪，大半是天上布满了云，地上又起了雾。郭万德一步只能挪三五寸，但是他坚决往前走去，很后悔出门时太慌速，没有带灯，也没有带拐棍。他的脚尖儿忽然碰着了个硬东西，弯下腰去一摸，才知道是一个砖台阶。是谁家的台阶呢？怎么会走到街边上来的呢？他泄气了，感到头昏了，就坐了下来。眼前是一片黑，耳朵里是一片静。他可怜自己，觉得谁也不疼热他，觉得在这个世界上实在没有什么活头，就吁——吁——吁——地喘起气来。

时间不知过了多久，街那边的脚步声和说话声把郭万德从苦恼里惊醒了。他站起身来，从人们的话语里猜出了是夜校刚刚散了学，就赶紧借着人们一晃一灭的电筒光亮往前走去，摸进李幼章家的院子里。

李幼章和他娘在西间屋里已经睡了觉。张骏刚回来，点着了灯，拿出小本儿来，准备趴在小炕桌上记日记。郭万德在房门口立了一会儿，才走进门坎，他的咳嗽声使得张骏回过身来，看见他那痴痴愣愣的神气，不觉吃了一惊，忙抢上去扶着他坐下，从暖水瓶里给他倒了一碗水。

郭万德好容易止住了咳嗽：

“张书记，我知道你是个明白人，我跟你请教几个事儿。在你们这新社会里，人，受苦受累过了一辈子，有什么意思呵？”

“大伯，你怎么这么说呀，新社会不光是我们的，也是你的呀……”张骏有些吃惊地看着老头的脸。

“我不要这个屁的新社会！”

张骏有些生气了，口气不那么客气了：

“大伯，不管你要不要，新社会总是要来的。在旧社会里，让日本鬼子、国民党、土匪、地主这些东西骑在你头上，烧房、杀人、抢东西，那你就活得有意思吗？”

郭万德猛一下没有话说，愣住了。

正在这时，郭木山和郭大海走进来了。张骏对他俩挤了挤眼，正要说什么，紧接着门帘子又掀开了，进来了一个六十多岁的老太太和一个中年妇女。

这老太太人们都叫她王玉皂的娘，跟老吉寡妇一样，是村里最难办的人家之一，年年靠政府救济，又挺糊涂。她走到屋子当中，噘着嘴，转着身子对屋子里的人看了一遍，然后走到郭木山跟前：

“哟，木山，你老说开会讨论讨论，你们这两天不是老在开会吗？该讨论我的事儿了吧？”

郭木山告诉她：将来开社员大会时，大家一定会赞成她家入社的。但是老太太不听他的安慰，事情没有得到最后结果时，她大半总是不放心的。她旋着身子，一会儿看看这个，一会儿看看那个：

“你们到底什么时候才开社员会呢？到底什么时候才讨论呢？我知道，你们是嫌弃我这个没用的老婆子。我从今年春天就要求起，快一年了。我是地主还是富农？是当过伪军还是当过汉奸？今日县里的同志也在这儿，我可得让你们大伙儿评评理。我七老八十的，没儿没女，亲房叔伯都嫌我，都欺负我，地没人种还不算，连水也没人担，你们能看着我冻死饿死吗？雇人种地？我这么大年岁，上哪儿跑跑颠颠地雇去呵？我老头子跟我小子不是叫鬼子杀死的吗？他们要是当时不坚决，对鬼子供出你们这些当干部的来，你们能到今日吗？你们就不该管管我这老婆子吗？今年秋收，你们家家大口袋小口袋往家里扛粮食，我这老婆子呢？地里光收了一把柴火，我是怎么把这点柴火弄到家的呀，是滚着爬着扛回来的！我白天黑夜流过多少眼泪呀！我说：这怨我命苦，你们做宣传的人们又说：没有八字也没有命。那我怨谁呢？只好怨你们！怨你们不管我！怨你们成立什么社，种地不种我的地，分粮食不分给我……”

她往炕沿上一坐，擦起眼泪来。

郭木山走到她跟前去，恨不得赌咒发誓，表示一定要吸收她进社，希望她安安静静地听听别人说说农业社到底是怎么回事，不要像老吉婶子一样，糊里糊涂进来了，将来又后悔。

跟着老大娘一块儿进来的中年妇女是郭老圈的媳妇，她抄着手儿在门口站了半天，已经把心里要说的话打了个底子，当郭木山回身问她有什么事时，她没有回答，却走到张骏跟前去：

“张书记，你是个明白人，这话我只可对你说。说起来，这本来是他们男人们的事儿，可你不知道，今日，我对他说：‘你要入社要入社的，还不找木山他们报名去？’他卷着舌头嗡嗡着说，‘木先（山）他们老在张呼（书）记那儿，别处找不着他的银（人），一在张呼记跟前，我就不非（会）说伐（话）了。’嘿嘿，你看，就是这么个老实疙瘩，真是个一推三不转的人。不怕你笑话，今年麦秋，他爷儿俩扬场，失手打死了人家一只抢嘴吃的鸡，吓得他场也不扬了，饭也不吃了……”

郭木山又好笑又性急地拦住了她，叫她入社就说入社的事，不要扯远了。

“你看你这人，我要是不说，张书记知道俺们一家子的人性吗？”

“他不知道俺们还不知道？”

“光你们知道行吗？不是要上级批准吗？”

‘你真是，谁说要上级批准？”

“不要上级批准，总得要上级开个条儿吧？”

屋里的几个人，除了郭万德以外，都笑了。

“俺们干吗要入社呢？”她接着说，“俺一不图名，二不图利，就为这：俺家孩子他爸爸弟兄俩，还有俺公公，都是——我刚才也说了——老实得怪，当家主事儿全不行。要是入了社，你看，木山、宝成、幼章，这全都是俺们村里的能干手儿，上哪儿去找这么好的当家人！今年，社里谁家不得益？别看有人闹情绪，他们多半儿是……”她看了郭万德一眼，把半句话咽下去了。

郭大海笑着说：

“哼，你别一个劲儿呱呱呱地卖好儿，你说的这些话只有一少半儿是真的。你家劳力多，地少，觉着不走农业社的道儿翻不了身，对不对？另外，你家老圈这人老实是老实，可太爱面子，怕别人说他想到社里占便宜，所以不愿意出面，才叫你来了，对不对？”

“哼，你能掐会算，数你能！”女人一噘嘴，一斜眼，既不否认，也不同意。

郭万德看着这一切，腮帮上的皱纹不安地抖动起来了。刚才本来是郑老幌鼓动他来的，本来是想好了一肚子话要跟这个县里来的人好好儿缠搅一场的，现在却半句话也说不出来了。他拉长了脸，对屋子里的人谁也不看一眼，不声不响地走出去了。

张骏半玩笑半认真地命令郭木山：

“老郭！天这么黑，送送他去！”

郭木山抓抓脑袋，笑着看了看屋子里的人，猛一转身，冲出去了。

夜色实在黑得厉害，也许是雾气更浓了吧，简直是伸手不见五指。郭木山追到大门外边，瓮声瓮气地说：

“跟着我的脚步声儿走吧，保险你碰不着鼻子。”

“走开！别理我！”郭万德顿着脚，叫着。

“好吧，你走你的路，我走我的路，咱俩谁也别理谁。”郭木山说着，故意走得挺响挺慢，出了大门。

“不要脸，滚开！”

“怎么？你还能不让我走路吗？”

郭万德气得浑身发抖，可是眼睛和脚不听他的话。门坎呀、台阶呀，简直要命。他站住了，郭木山也站住了；他走，郭木山也走。实在没有办法，他只得跟定了郭木山的脚步声儿走去。好像这条街今天特别长，而时间也过得特别慢。也不知道是走了多半天，前面的脚步声突然停止了，响起了手拍门板的声音，接着又响起了郭木山的笑声：

“嘿嘿，这不是你家门口的那块石墩子吗？你进去吧，不过，你要记住，咱俩不是仇人。”

老婆子出来开了门，叫起来了：

“我老天爷！我当你回不来了呢，天这么黑！”

郭万德站在门口吁吁地出气，侧着耳朵听着郭木山那越响越远的脚步声，在心里对自己说：“这么黑的天，他怎么能走得这么快呢？莫非他有夜明眼吗？”他是从来也不替别人着想的，从来也没有想过，像郭木山这样的干部们，每天夜里要在这条街上跑多少遍。他活着，完全为了自己；最关心的，只有自己；想得最多的，也只有自己。

郭木山一面走一面心里想：“干吗玉皂的娘跟老圈媳妇对咱们这么不放心呢？干吗要怕咱们不要她们呢？”他走进了一条胡同，忽然听见前面有两个女人说话的声音，仔细一听，正是老圈媳妇扶着王玉皂的娘在慢慢走着。他就不声不响地跟在后面，进了老圈家的院子门，只见老圈家屋子里点着灯，窗户上晃着人影儿。一会儿，听见老圈的声音问：

"回来啦，怎么样？"

"人家说没问题，也不用开条儿，也不用上级批准……"是老圈媳妇的声音。

郭木山走进屋里一看，喝！炕上炕下坐着好多人，像是在开会。原来，这儿是村子的最北头，是一片相连相通的六七个极小的院子，一色的土坯房，住着十来家人家，从前都是地主齐荫远家的佃户，从土改以后，他们有的日子过好了，有的还是很困难，有几户是王治那个互助组的，有几户原是郭大海和王振山那个互助组的，后来组垮了，就一直是单干户。现在，这十来家的男人女人，连王振山和王治在内，差不多都集合在这儿了。郭木山一看就猜出了个大概，就摸着下巴笑了：

"哈！你们是在这儿商量大事吧？"

"嘿，"有几个人不好意思地笑着说，"事儿不大，可也不小。"

老圈媳妇连忙说：

"这不是，正好木山也来了，让他给俺们说说吧。"

郭木山问她要说什么事。王治和王振山两人就告诉他：他们刚才是在商量入社的事（他们已经像这样酝酿过三四回了），有的人已经下了决心，有的人也已经有个活动意思，可有的人还有一些这样那样的顾虑。

郭木山高兴得不得了，却又禁不住有些着急：

"你们这是怎么的？咱们不是一块儿翻身的穷哥儿们吗？干吗要有这样乱七八糟的顾虑？咱们社里开着门请你们还怕请不到呢，还会不愿意要你们吗？"

"木山，头年刚建社那工夫，你不是最欢迎李祥他们那样有好牲口好车的人家吗？"一个五十多岁的人问他。

"嗨！"郭木山抓着脑袋，"这一年，我算知道了，越是日子不好过的人家才越坚决……"

大家又扯谈了一会儿，郭木山才兴冲冲地走了出来。

当他重新回到李家院里时，只见张骏正坐在灯影下边跟郑洪兴谈话，郭大海不声不响地坐在一边听着。

郑洪兴的神气是又恭敬又诚恳：

“张书记，从我刚才的检讨里，你大半也看得出来，我不是个糊涂人，我想过不止一回，我下了决心，我要走社会主义的路，只求上级领导我，帮助我……”

“你也要走社会主义的路？”张骏侧着脸问他。

“我为什么不走社会主义的路呢？我又不是个木头人，还不知道上级的政策？我就不要求进步吗？”

“你打算怎么个走法呢？”

“要是木山他们这个社吸收我呢，我就加入他们这个社；要是他们……嘿，我就找别的路子。”

“别的什么路子呢？”

“比方，万一要是村里还有别人成立农业社的话，我就加入别人的农业社。”

“村里还有别人在成立农业社吗？”

“我这两天听见有人这么说。”

“谁说？”郭木山忍不住问他。

“张书记，”郑洪兴没有回答郭木山的话，“要是真的有人成立农业社的话，上级批准不批准？”

“这要看是什么人成立的。”张骏冷冷地说。

“什么人成立的才能批准呢？”

“首先就是要没有坏分子跟富农分子在里边操纵。”

郑洪兴回避着张骏那锐利的眼光，偷偷地咬了一下嘴唇，停了一会儿，又问道：

“按咱们村来说，不是从一九四八年土地改革以后就没有富农了吗？”

“这可不一定，”张骏微笑着说，“旧的没有了，新的也许会冒出来的。你是本村的人，一定比我知道得清楚，你看这村里有富农没有？”

“那我可说不清，”郑洪兴的脸色有些变，“反正，”他又试探着说，“我觉着村子里没有雇长工的了。”

“嘿嘿！”张骏笑出声音来了，“剥削人的办法挺多，不一定只有雇长工才是富农。”

郑洪兴猛地站起身来，但是停了一会儿才说出声音来：

“张书记……”

“怎么样，你还有什么话说吗？”张骏也站起身来，笔直地看住他的脸。

“我……哈！张书记，你真是个有才学的人，我真愿意跟你谈话，往后有空儿我常来找你指导指导，好吧？”

“行，我也愿意常常向你领教领教，我知道你是个挺有办法的人。”

郑洪兴的脸色变白了。

郭木山一直在一边盯住他那千变万化的脸，这时看见他要走，连忙大声叫住了他：

“老幌，你等一等！”

“怎么回事？”郑老幌转身问。

“你刚才说的这些话是什么意思？”

“你把我叫住了就是问这个吗？”郑洪兴显然是有些忍不住了，“刚才你也在一边听着的，你的耳朵……”

“我的耳朵不聋！我的眼也不瞎！”郭木山大声说，“我想问问你：你想走什么样的社会主义道儿？你又想搞什么鬼？怎么不说话了，说呵？”

郑洪兴愣了一会儿，猛一下又苦笑起来了：

“木山，你看你这人！这干吗要冒火儿呢？社会主义是毛主席的政策，大家都有份儿，许你走就不许别人走吗？我不知道你干吗老是跟我不对劲儿，呃咳，张书记跟大海兄弟都在这儿，咱俩有过什么过不去的事情吗……”

“你小心一点！”郭木山咬着牙狠狠地说。

“我这心本来就不大么。呃咳……好吧，咱俩反正是说不到一起，你这脾气太暴。张书记，改日见。”

郑洪兴掀开门帘子走了。郭木山转身用冒火的眼睛看着郭大海，像是问他对刚才郑老幌这些行动有什么感想。郭大海却微微笑着，没有说话。他一直像是平平静静地看着这一切，只是嘴角闭得更紧一些，牙咬得更紧一些。郭木山想说的话被郭大海的这股神气别回去了，稍稍愣了一会儿，又笑起来了，就把刚才在郭老圈家里看见的事情说了一遍。

张骏很注意地听着，转身对着他俩说：

“你俩考虑一下这个问题看看：要是在群众大会上把郑老幌破坏农业社的事情揭出来，李祥他们这几个人心里是什么味儿呵？”

“哼，反正够他们一受的！”郭木山拧着眉毛说。

“让他们受点打击，你就满意了吗？”

郭木山一时回答不出来。张骏又问郭大海：

“你呢？你有什么想法？”

郭大海敦敦实实地站着，一只手插在腰上的宽皮带里，低着头想了一想，不看张骏的脸，眉毛也拧到了一起：

“咳，痛快是一回事，对中农，恐怕也不能打击得太厉害……”

“很对！”张骏高兴了，“问题就在这里！现在摆在我们面前的问题是：继续教育党员团员，大力发动贫农和积极群众，进一步摸清富农的底细，团结中农……”

郭木山和郭大海两人在街上走着时，郭木山又兴奋起来，心里又热起来，又想亲亲热热地跟郭大海说说话儿：

“大海，你那窑上的账结出来了没有？”

“结出来了。”

“赔多少？”

“四十多万。”

“不多！”郭木山把大腿一拍，“兄弟，不用担心，我给你几担粮食填住这个窟窿，明日我就把粮食给你送去！”

郭大海嗓子里咳咳着，像是有点痛，有点痒，像是有话说不出来，猛一转身，说了声“好吧”，走进胡同里去了。

郭木山独自往油坊里走去。

油坊和豆腐坊都在开夜工。油坊里今天轮到贞妮子和赵更学炒芝麻，另外还有李永平和副业股长王保坤做出油的工作。王保坤拿着一根二尺多长的葫芦，在一个大铁锅里慢慢晃动着，锅里的酱渣滓已经沉淀了，清亮的香油浮到面上来了，他还在目不转睛地看着锅里，总希望尽量多做出点油来。李永平提着一把大铁壶站在旁边，听着他的命令往锅里加热水。吴小正和李栓子他们几个青年人挤着头围在炕桌旁边，是在编写大鼓词。因为一两天附近一些村子的党团干部就要到这村来开座谈会，再过几天又要开全村的群众会，他们要准备在这两个会上表演一些节目。他们你凑一句，我凑一段，有时贞妮子和赵更学也帮上两句，都由吴小正记录下来。在对面豆腐坊里，却只有李德才一个人在里面干活。他不用牲口，自己推磨，自己往磨眼里添豆子，磨好了又自己煮，煮好了又自己压。这点活儿是不在他话下的。别说是熬一夜不睡觉，就是连着熬几夜他也不困。别看只有他一个人，却比十个人还热闹。他又是说，又是唱，一会儿是河北梆子，一会儿是山西梆子，一会儿又是自编的快板。当郭木山走进院里来时，他正在非常得意地唱他的“豆腐经”：

我老李，真好笑，
脸又黑，皮又糙，
娘儿们看见吓一跳。
叫声娘儿们你细听，
别看我是个粗鲁人，
人是粗，心儿俊，
做的豆腐头一份，
白又软，细又嫩，
吃在口里香喷喷。
要不信，就来买，
一百块钱买一斤。

接着，他把自己当做牲口轰着：

“打！打！快点走！看你这个慢吞吞的样儿！”

磨子的隆隆声把地都震动了。

郭木山站着听了一会儿，忍不住笑出声音来，心里说：“这家伙，一个人一台戏，也不怕吵得左邻右舍睡不了觉。”他不想去打搅他，就掀开了油坊的破麻袋门帘，探进半个身子去问：

“这套油出得怎么样？”

“错不了。”王保坤连眼皮子也不抬。

“要是完得早，接班的人还没来，出来时可得关窗户锁门，还要注意灭了灶里的火，可得小心着点。”

贞妮子叫烧火的赵更学代替她炒动锅里的芝麻，走过来把郭木山拉到院子门口，小声说：

“爸爸，告诉你个好消息。”

“什么好消息？你穿的衣裳太少，这院里冷……”

“不冷，在屋子里还热得出汗呢。”接着，她又对着郭木山的耳朵小声嘘嘘了半天。

“对，可能有点门儿！”郭木山顿了一下脚，想了想，又小声问她：“老根还在这儿吗？”

“在，他打了她一嘴巴子，就不敢回去睡觉了。”

“妮子，我又想起个事儿来，你告诉小正，不要对他老爷太什么了，也应该争取争取他……”

父女俩又在这个问题上小声唧咕了好半天，郭木山才掀开了油坊的门帘，走了进来。果然，郭老根像猴儿似的缩在炕角里，瞪着红眼珠子，出神地瞅着吊在屋梁上的大罩子灯。郭木山把他叫到院里，问他：

“你不敢回家睡觉是不是？”

“木山哥，不是不敢，是……”老根怕郭木山又责备他，嘟哝不清，说不下去。

“走，我给你想个办法。”

两人走到街上，郭木山又小声问：

“你那臭老婆知道郑老幌倒卖粮食的事儿吗？”

“她光知道老郑套着大车出去，一趟赚好多钱，可不准知道是做粮食买卖。她还叫我把地卖了拿钱跟他们合伙儿。”

街当中，郑洪升家的小杂货铺的门缝儿里透出灯亮儿来。两人推开门走了进去。郑洪升两口子正在后边屋里炒花生，香味儿冲人的鼻子。郭木山呛得打了个喷嚏，把郑洪升叫出来，买了几个烧饼，一包花生，又拉着郭老根走出来，对他说：

“你把这个拿回去，哄哄她……”

“木山，你这是干吗?”郭老根慌了手脚。

“你拿着这点东西一哄，她准高兴，你就趁势儿问问她，也许她能知道详细情况哩？试试吧……”

郭老根高高兴兴地走了。

夜，是漆黑的，寂静的，只是不时有几声狗叫。听得见谁家院里牲口嚼草和顿蹄子的声音，还有小奶孩哇哇的啼哭声。没有风，潮湿冰凉的雾气使人的鼻子尖儿发痛，也许是在下霜吧?

李幼章家东屋里灯亮儿还没有灭，张书记大概还没有睡觉。这个张书记真是个怪人，脸那么瘦，身体那么弱，每天总是半夜才睡觉，总是趴在桌子上看书呀，写字呀。白天又起得那么早，一整天，不是做家庭访问，就是做什么社会调查，除外就是开会，就是跟党员、社员、团员们谈话，就是在屋里院里遛过来遛过去。从来没有看见他睡过晌觉，从来没有看见他打过哈欠，也从来没有听见他叫过累。开起会来，或是跟人谈起话来，声音又那么大，有时也说几句笑话，还哈哈大笑，眉毛鼻子一起动，像个小孩子。有时候，一高起兴来，抓住你的胳膊肘，摇着，捏得你生痛，好像他浑身是劲。有时候，不高兴了，或是他在想什么了，用两只眼死死地盯住你的脸，眼光是那么亮，简直弄得你不敢看……

郭木山想着想着，不知不觉就走进院子里了。一听见大门响，他那大白马就从草料槽子后面伸出了脑袋，对着他咴咴地叫起来。

天快亮的时候，街上更黑，更冷。

吴小正要送贞妮子回家，两人一块儿从油坊里出来，困倦的眼睛被潮湿的凉气刺激得清醒了一些。两人的手背跟手背碰了一下，小正趁势捏住了贞妮子的手，问她：

“冷不冷?”

“不冷，”贞妮子轻声说着，没有把手收回来，“你呢，你冷不冷?”

“不冷。你不冷，怎么手这么凉?”

“嘻，你的手也不热。”

但是，两只手捏了一会儿，就都不凉了。

两人的心里都不怎么平静。在这样又黑又静的夜里，只有他们两人，在劳动了一夜以后，在街上走着，手拉着手，走得这么慢，这是多好！幸亏夜是这么黑，要不然，小正一定会看见贞妮子的脸是太红了，眼睛是太亮了。

“要是你老爷坚决退社，你怎么办？”

“我早跟你说过了，你忘了是怎么的？”

“要是你到底还是别不过他来呢，要是他还是要坚决退社呢，那你就真的老是住在油坊里吗？”贞妮子噗嗤笑了。

小正以为贞妮子是想跟他闹着玩，再加上一提起这个事心里就不痛快，所以不愿意回答，就小声哼起刚才编的大鼓词来了：

我当了一年的农业社员，
心里这股痛快味儿说不完。
要是再叫我去当那单干户，
好比是叫我到那漩涡里边去撑船。
叫我一年忙到头，一天累到晚，
总是在那一小块地里打圈圈。
…………

“你光是唱，也不说！”贞妮子不高兴了。

“那你说怎么办呢，叫我去跪着求他吗？”

“谁说叫你跪着求他！我是说，一边跟他别，一边也得想办法争取他，教育他……”

小正心里有些激动了。这几天他也想过，觉着老是这么跟他老爷别着也不是办法，不说别的，光说姥姥吧，做饭连水也没有，那么大年纪还要自个到井上去提水。他可怜姥姥……可是，他问贞妮子：

“你也知道我老爷那个顽固劲，从那回你找他嚷嚷了一阵，他简直恨你恨得要死，要是到底争取不过来呢？”

“要是争取不过来，你不是说了，要一辈子住在油坊里吗？”贞妮子又笑了。

她知道小正总是觉得自己太年轻，怕自己不像个领导人，常常在人面前做出个庄重的样儿来，跟他单独在一起时，她就常常逗他，引得他现出本来的性情来。她喜欢他庄重，可又喜欢他对自己热情一些，自然一些，活泼一些。

"你看你……"这回轮到小正不高兴了。

"小正，我对你说……"贞妮子站住了脚，声音那么轻，那么柔，站得离小正那么近，低着头，小手儿摸弄着小正胸前的纽扣。

停了好一会儿，她又轻声接着说：

"我这个主意一直还没有说过，要是你爸爸妈妈不反对，我爸爸妈妈是欢喜你的，是同意的……"

她的意思是：实在没有办法时，希望小正能够就在她家过日子，变成她家的人。小正是个聪明人，猜出了她的意思。他的胸口又热又酸，心跳得厉害，也听见了贞妮子心跳的声音。两人的身子越贴越近了，小正猛地抱住了她，可又有些胆怯，问她：

"妮子，你，不恼我吗？"

"不……"贞妮子的声音轻得差点听不见。

"妮子，咱俩是多好啊！"

"咱俩，无论怎么着，也要好下去！"贞妮子柔声说。

"对！就是光为了咱俩、那个改变沙荒地的计划，我也决不、离开这个村子！决不、离开这个社！"

"要是你爸爸妈妈反对呢？"

"我妈妈是个党员，好说；我爸爸要是反对——他不能限制我的自由，我坚决跟他斗！"

"要是你老爷老找咱们捣乱呢？"

"我经过政府跟他脱离关系，不怕他捣乱。"

"对！就是光为了改变沙荒地的事，咱俩也得斗下去！"

"妮子，你的头发是香的。"

"香吗？我又不擦油……"

忽然，近处什么地方嗖的一声，接着又咚的一响。两人全身一颤，猛地分开了。

通通通通，有两个黑影子从身边跑过去了。

两人定了定神，以为一定是有坏人，就赶紧追进了路南一条胡同，一直跑到了村外，两个黑影子不见了，脚步声已经很远很远了。

一会儿，贴着村边的墙根过来了一个人，只是一个人，原来这个人离他俩并不远，两人却没有看见他。

“大海叔，是你吗？”吴小正在前边，首先从对方走路的姿势认出是谁来了。

“咳，不是我，是郑老幌，可惜我没追上他。”郭大海声音里带着点泄气的味道，连头也不抬，连看也不朝吴小正看一眼。

“郑老幌？他干吗？”

“干吗？我起五更在臭娘儿魏月英家的门口守着，他刚出来，偷偷儿躲在一边，吓唬你们，我就扑他，他就跑……”郭大海像是怕这对青年人害臊，像是怕人追赶，快步走了。

第二十二章　突然的打击

烧饼夹着花生米一块儿吃，有一股特别的味儿，只有会享福的人才会尝这样的味儿。老根媳妇是个会享福的人，所以她吃了烧饼夹花生米以后，就非常满意，非常高兴，差不多完全忘记了木山给她的气恼，还有男人老根给她的一嘴巴子。她对前后三重院子的女人们说：

“嗨！你们别看俺家老根生得又傻又倔，他可有个好心眼儿哩！完全是叫郭木山那兔崽子挑唆的，跟我嚷了几句，想打我没有打着，过了不大一会儿他就后悔了，给俺家孩子买来一大堆烧饼，一大包花生，哄俺，哄俺孩子，好话说了一千句。对这样的人，你跟他有什么办法呢？你能老是跟他生气吗？夫妻总是夫妻不是？人家说，夫妻不吵隔夜架，真是一点也不假呀！”

“嫂子，”人们微笑着说，“你真是有福，修着了这么个好心眼的男人。”

“嗨！什么福不福的！反正我用好心对他，他也用好心对我……”

这女人又到街上去串了几家门儿，说了一些同样的话，又得到了更多的满足。她觉得今天这一天一定很有运气，正想继续到更多的人家去求得更多的满足时，忽然看见党员团员们一伙一伙地往小学校里走去，这马上又引起了她的好奇心：“怎么今日他们头上午就开起会来了？为了怕耽误工夫，往常很少头上午开会的呀，莫不是有什么要紧的秘密事儿吗？”她在小学的门口遛过来，遛过去，心里实在有点痒痒。学校旁边摆纸烟摊子的一个家伙逗她说：

“你在这儿扭过来扭过去干吗，是想用你那大脚丫子量地吗？这块地人家又不卖给你！”

“你放屁！我要是买了这块地，看你上哪儿摆你这狗屁摊子去！”

“哦，”对方好像忽然明白过来了，“你大半是想去参加他们的会吧？

咳,可惜你还没有这个资格!”

“你有资格!你有资格!拿着个男人连自个的媳妇都不如,媳妇是党员,是干部,在屋里开会,你坐在街上替她守着个要饭摊子,还有脸说人家!”

原来这人正是支部宣传委员徐翠莲的男人。但是他并不在乎这些讽刺话,他笑着说:

“我不要那份资格,也看不起那份光荣,可你呢,连你家老根的脚后跟都不如!”

“你这屁越放越臭,我怎么就不如他?”

“他在里边开会,你在外边干什么?连人家郑老幌的儿媳妇也参加了会哩!你不信吗?有能耐你就进去瞅瞅吧!”

老根媳妇又恼又吃惊。愣了一会儿,就真的走进大门里去了。

前面几间屋子都有孩子们在上课,她一直走到后面,从那间原来是空着的破西屋子里传来了郭大海清清楚楚的声音:

“……从土地改革以后,俺们以为阶级斗争就完了,以后就没有什么阶级斗争了。可你们猜怎么着?这么一想,就自个把自个的眼睛弄瞎了。……郑老幌这人,咱们现在才知道他,土地改革以前他是四十五亩好地,外带着还有一架弹花机,年年秋后开弹花坊,另外还放高利贷,剥削人。现在呢,他在本村是四十九亩,在他丈人那村里还有三十二亩,是给他四个舅子种着的,他自己坐着收一半儿粮食,这也是剥削人。另外,他还偷着放高利贷,还赶着胶皮大车做大本钱的投机买卖,还拉着李祥他们走资本主义的路,破坏农业社……你们说,郑老幌够不够得上富农的份儿?”

老根媳妇倒抽了一口冷气,赶紧走到这屋子南墙外边的一个小角落里,从朝南开的窗户的破纸洞儿往里一瞅:喝!满屋子的人正听得出神呢!果然,除了党员团员们以外,还有李幼章、李宝成、王保坤、李德才、杨大个子、程瑞芳……很多很多的人,郭老根坐在李宝成旁边,伸着长脖子,傻愣着眼睛,听呆了似的。郭大海背对着这边的窗户站着,还在接着往下讲:

“……他郑老幌就是这样破坏咱们农业社的!就是这样跟咱们作对头的!这些事俺们都不知道,根本就看不见……另外,就咱们平常知道的，村里还有六七家人家，土地太多，劳力不够，常常雇短工干活儿，剥削人。另外还有十几家孤寡老弱，他们每年至少有一半的活儿靠雇短工，生活还挺困难，有卖地的危险。这几天我回想了一下，从土改以后的几年里边，村里买卖土地的事情发生了十四起。这些事情张书记都调查过，比我知道得还清楚，他等会儿还要对俺们说。我是说，在这几年里边，我这个支部书记，还有俺们党员、团员、翻身贫农、积极分子……”

老根媳妇不敢再往下听了，她简直兴奋得心都跳起来了，“我的天，这可是秘密！”她心里暗暗叫着，赶紧轻手轻脚从角落里走出来，一阵风似的出了学校门，刚才跟她抬杠的徐翠莲的男人问她参加了会没有，她也不理，一直顺着大街往前走去。一会儿，走到李祥家的大门口了，一想这个事跟李祥很有关系，就走了进去。

李祥家里这时也正在开小会，在一个挺宽大的炕上，坐着李祥、王洛奎和村里另外三家比较富裕的中农，还有原来王治那个互助组里的两户中农。这是李祥费了九牛二虎的劲才邀集起来的一伙人，都是有发财的心，家底儿又厚，嘴又可靠的人。他们像这样在一块儿已经唧咕了好几回，已经商量得有些眉目了。李祥的又聋又糊涂的老娘缩在炕角上，张着没牙的嘴，看着每一个说话的人，有时微微一笑，点点头儿，好像是在羡慕这些人既能说给别人听，又能听见别人说。李祥的媳妇靠着外间屋的门框站着，低着头掐手指头，微微地蹙着眉尖子，像是在埋怨什么，担心什么。看见老根媳妇进来了，她有些慌张地咳嗽了一下，又大声说：

“老根嫂子，你怎么有空儿来……”

一句话还没说完，李祥已经掀开门帘走出来了。

“李祥兄弟，我正是来找你的！”老根媳妇又兴奋又紧张地喘着气，从李祥两口子的脸神上猜出了什么，不觉往门帘子那边瞟了一眼。“我有要紧的话告诉你，咱们到屋里说去吧！”

“可别进去！”李祥连忙拦住了她，“我娘有病，刚睡着了出了点汗。”

两人一块儿走进对面屋里，老根媳妇微仰着头看着李祥的脸，上气不接下气地说：

“对你说，这可是个天大的秘密！刚才，我在小学里找俺家老根——我可没有想到啊，干部们这么看得起他这么个人，倒让他参加了党员团员的会！嗨！你猜他们开的什么会？他们在讨论老郑，讨论你！哼，秘密……”

“哪个老郑？”李祥有些不相信，因为这女人的话向来是十句有九句不靠实。

“还有哪个老郑呢？老幌呗！说老幌是富农，说他拉着你走什么资本路……”

“老幌是富农？”

“可不？说他在本村有四十九亩地，在丰村还有三十二亩。你看，这个事俺们连半点也不知道，老幌这人是弄得多秘密！”

“还说了什么？”李祥也真的紧张起来了。

“还说他放高利贷，做买卖赚钱，剥削人，破坏农业社，跟你们几家勾串着办坏事。还说：‘这不是富农是什么？咱们共产党员对他要放坚决一点！’”她简直信口胡诌起来了。

“这真是从哪儿说起，我跟老幌勾串……怎么坚决一点呢？”

“反正，土改那年斗争地主富农的事你也不是不知道。我这么琢磨：为什么叫俺家老根参加这个会呢？准因为他是贫农，对不对？可是，话又说回来，连老郑家的儿媳妇也参加了这个会，这才真是秘密呢！”

“你这些话有几分真几分假？”

“嗨哟！”老根媳妇小声叫起来，“我的老天爷！怎么我说了半天你还不信？你看我身上蹭的这土，”她急中生智地侧过袖子来，“实话告诉你吧，我是躲在窗户外边的，就是学校里顶后边西屋南墙的那个窗户，从窗户纸的破洞儿上，又看得见，又听得清。不信你自个去瞅瞅，他们的会准还没有散呢。”

李祥的脸色完全苍白了。老根媳妇走了以后，他一个人又在原地愣了一会儿。这女人的话要说不信呢，又像是真的；要说信呢，有些地方又说得恍恍惚惚。郑老幌是富农？这一点可从来也没有想到过。他在本村有四十九亩地，这是事实；放高利贷，不管放多放少，也是事实；做买卖，也是事实。要是再加上在丰村真的有三十二亩地……哎！当然，现在不会再闹土改，不会再斗争富农；可是，自己拉住一部分社员跟他做粮食买卖，现在又弄着一伙人，正商量跟他一块儿成立农业社，富农分子一般的是不准参加农业社和互助组的……“勾串……拉着……破坏农业社……”老根媳妇的这些话——这破坏农业社的罪名可了不得啊！哎！什么都完了！什么都完了……

他的头昏了，眼黑了，使劲抱住头，同时使劲顿着脚，像疯了一样。

“你怎么啦！”媳妇不知是什么时候走进来的。

“你猜怎么着？全完啦！”他直愣愣地看着媳妇的脸，声音很低，像哭一样。

“什么事情完啦呵？看把你急的！”媳妇也被他的样子吓慌了。

但是李祥不再回答媳妇的话。他冲出门去，走到这边屋子的门口时，又稍为定了定神，这才掀开门帘走了进去，对炕上的人们说：

“咱们暂时什么也不用谈了，先沉一沉再说吧。”

“怎么回事呵？”人们全都吃惊了。

“怎么回事吗？”李祥装做很生气的样子，“咱们全上了他的当了，全被他耍了！”

“你说的谁？”王洛奎吃惊地问。

“郑老幌呗，还有谁！咱们刚刚商量得有点眉目了，他自己先就变了卦（难怪他今日推说有事不来呢），你们说，这是人做出来的事吗？他不干，自己来当着大伙儿说出个道理来，也还像个样儿，可偏偏自个不出面，倒跟老根媳妇这么个臭娘儿说些没油盐的话，让她到处去传闲言，要是传到张书记跟郭木山他们耳朵里，那还了得？他还埋怨俺们老是三心二意，弄得他不耐烦。……没有他那辆胶皮大车，那架弹花机，咱们还有什么想头？还怎么闹法？……好吧，今日咱们各人先回家，各人把嘴封得严严的，什么风儿也别漏，等我一个人去找老幌谈谈，看看他到底是怎么回事……”

人们，有的扬眉瞪眼，有的垂头丧气，有的唧咕，有的嚷嚷，都先先后后地走了。

李祥像踩瘪了的气蛤蟆，一头倒在炕上，拉过被子来蒙住头。媳妇何凤仙进来，拉他，叫他，摇他，他连动也不动。

昨天傍黑时，郑洪兴的大舅子胡老栋给他拉来了两口大瓮，同时送来了卖粮食的钱。那边黑市的粮价多少又涨了一点，买卖更好做了。并且，这两口大瓮也真是爱人，又厚，釉子上得又好，买价又便宜，一口瓮怕不赚个三五万吗？郑洪兴真是满心高兴，心想："要是真的跟李祥他们闹起个农业社的名义来了，这个买卖可就闹大啦！"所以吃了晚饭送走了大舅子胡老栋以后，他就想找张骏探探口气了。不想探听的结果(特别是从郭木山嚷嚷的那些话看来)，觉着形势好像对他很不利。他就害怕了，想缩脑袋了，所以今天就推说有事，不去参加李祥他们的酝酿会了。现在，他正在大门洞里洗刷他那辆胶皮轱辘大车，准备一两天就拉着这两口大瓮到集上去发个利市。他暂时忘记了那些不愉快的事情，像年轻人似的吹着口哨，同时在心里幻想着：卖了瓮，腰里掖着刚赚到手的几张票子，走进饭铺里喝它几两好酒，吃它半斤熟肉，然后高骡子架着胶皮车，自己安安稳稳坐在车辕上，把鞭子甩得啪啪的响，吆喝着，飞也似的从集上的人群里冲了过去，叫人们看看他郑洪兴的威风吧，看看他郑洪兴是怎么个赶车的把式吧。

忽然，大门口一个黑影儿一闪，老根媳妇进来了，一扭身就躲到门扇后边的阴影里去了。郑老幌直起腰来，脸上的表情马上变了：一边的眉毛扬高了，另一边的眉毛压低了；一只眼睛睁大了，另一只眼睛闭小了；丢了手里的抹布，又惊又喜地走了过去。

"我来告诉你个秘密，这可真是秘密！"老根媳妇兴奋得喘着气，一把抓住了他的腰带，身子不由得扭动起来了。

"乖乖，你一天到晚老是有秘密。"郑洪兴的脸面更怪了。

"这回我可不是跟你闹着玩的，这回可真是秘密。刚才，哎，你听我说，党员团员们在学校里开会，我躲在窗户外边……可跟你有点秘密关系哩！"

"跟我有关系？"郑洪兴脸上的轻佻样儿一下子没有了。

"嗯，他们讨论的就是你！"

"怎么讨论的？"

"说你是富农！"

郑洪兴猛地向后一跳，像是想逃跑，又探过身子去狠狠地盯住女人的脸：

“还说了什么?”

“话可多呢,一句半句的也说不清。”

“快! 快!”郑洪兴扬了一下胳膊。

凭过去的经验,女人知道他的意思,就赶紧闪出了大门,顺着墙壁拐了两个弯儿,飞快地往屋子后边去了。

郑洪兴故意要让自己沉住点气,先把抹布拧干了往车辕上一搭,又把洗车的那桶脏水提到大门外边倒了,这才经过前院,走过过道门,反身把过道门牢牢地反扣上了,来到后院里,轻轻地把后门打开了,让老根媳妇闪了进来,然后把后门关上。老根媳妇看见了搁在后门里边的两口新大瓮,正要说什么时,郑洪兴把她一拉,两人就钻进柴火屋,郑洪兴把柴火屋的门也闩上了,然后返过身来,脸色苍白,眼珠子发亮,紧挨着老根媳妇的身子:

“快说!”

“你要吓死我了!”老根媳妇又惊又喜,惊的是郑老幌的神气,喜的是自己的秘密竟能把郑老幌弄成这样。

“快说!”郑老幌又小声嚷了一句。

“哎,是这么回事:是郭大海正在讲话,说你是富农,说你放高利贷剥削人,还做投机买卖,还在丰村有三十二亩地,还破坏农业社……”

她加油添醋地把自己听到的和看到的事情描述了一通,最后又想起了更重要的一条:

“还告诉你个事,你儿媳妇也参加了这个会!”

“是真的?”

“我要是骗你就叫我不得好死! 就叫我嘴角上长疮! 连俺家老根也参加了这个会哩!”

“好——!”郑洪兴咬着牙哼了这么一声。

停了好半天,他忽然使劲抓住女人的两只胳膊,用身子把她挤得贴着墙,像是要挤死她,同时咬着牙说:

“我问问你,这些话你除了告诉我以外,还告诉了别人没有? 你没有到李祥家去串门儿吧?”

“我谁也没有告诉,只除了……只除了你一个人。”女人已经吓慌了。

“对你说，我知道你这张关不住唾沫的嘴，你要是去告诉第二个人，就小心你的狗命！”

“老郑！”女人喘着气说，“难怪人家说你，翻脸不认人。我今儿来告诉你，是个好意。我干吗要去，告诉别人？我闲疯了吗？你看你挤得我，连气也出不来了……”

“我就是要治死你！谁叫你是郭老根的媳妇？谁叫你们卖了地又后悔？”

“卖了地又后悔，那怪我吗？”

“不怪你怪谁？你为什么不管住你那傻男人？他后悔还不算，还要到县里的干部面前告我，弄得人家注意我，调查我，对你说，我的事就是坏在你们手上的！”

“哎呀！哎呀！”女人小声叫起来了，“这都怪郭木山那兔崽子！为了这，我还挨了俺家老根一嘴巴子呢！”

“郭木山？”郑洪兴像被什么螫了一口似的。

其实，他早就料到了大概是这么回事，现在更是完全明白了，眼见得人家是有计划地整他，他四面都是敌人了，连他自己的儿媳妇也是敌人了。他为什么要向这个女人出气呢？她能算个什么东西？他坐在一堆柴火上边，眼睛看着从门缝儿里漏进来的光亮，定了半天神，这才冷静一些了，抬起头来，看着那正在发呆的女人，用认真的哀求的口气说：

“老根家的，你是我的亲人，你今日来告诉我这个事，也不枉咱俩相好了一场。现在，你先回去吧。不过，头一宗，你不能把这些事情告诉任何人。第二宗，你跟我打听打听，看看俺家荣生媳妇参加过几次会，人家为什么要找她去参加会。你问问你家老根也许就知道。第三宗，他们以后要是再开会，你一定要去照样听一下，把听到的事儿记住了，来告诉我。你办得到吗？”

老根媳妇被感动了，高兴了，她挨着他坐下来，问他：

“你刚才干吗要生我的气？不怕吓死人！”

“我不是生你的气，我是……我再告诉你，除了我刚才说的三条，我还给你规定一条，从今以后，你要老是为了退社的事情跟你那傻男人吵架，叫他在社里不能正干，在家里也不能安生，白日夜里都不能落家。你要是把这四点都办到了，我就保险你吃的也有，穿的也有，就完全养着你，还叫你夜夜不落空，你愿意吗？”

“哎哟——，我的个亲人……”女人一扭身扑了过来，手勾住他的脖子，脸挨着脸地问他，“亲人，要是那么着，你真的能天天夜里……你说话算话吗？不骗我吗？”

“你要是事事听我的话，我叫你做什么你就做什么，我就保证在这村里只跟你一个人好，保证夜夜跟你亲，保证叫你享福！”

女人欢喜得用全身的力气压住了他，用火一样的眼睛看着他的脸。

“你这个骚货！你知道我干什么一定想买你的地吗？”郑洪兴又突然问她。

“乖乖，我哪知道你肚子的秘密，你那鬼心眼儿比井还深！”

“你个死人！我多一半儿就是为了你！为了要弄得你那傻男人没法过日子，养不活你，他就不能不把他的炕头儿腾出来让给我，不能不当明王八。可是你这个骚货不懂我的心，反倒坏了我的事，我真是恨死你！”

郑洪兴的这些话是咬着牙说出来的，同时使劲拧住女人的脸，眼睛里满含着狠毒和淫荡的火焰。女人大大吃惊了，简直傻了，简直忘记了脸被拧得痛，心里说：“这可又是个秘密，这可好……”可又不能确定到底是好还是不好。但她心里是高兴的，因为有郑老幌这样一个男人，她所最佩服最疼爱的一个男人，要完完全全占有她，捏住她，恨不得把她拧死。不过，她也有她的心眼，有她的嫉妒：

“乖乖，我不信，那么着，你把姓魏的那个妖精往哪搁呵？”

“她，老实说吧，是比你漂亮，又白又嫩，又比你妖气，可我老是捏不住她，我恨不得杀死她！”

“我不爱听这话，我恨你，你真是坏死了！”

“哈！我就是坏，一点也不假……”

几分钟以后，女人走了，郑洪兴一个人在这小屋里坐了很久很久，然后站起身来，走到前院，推开东屋儿媳妇的房门。儿子郑荣生下地刨山药去了，房子里果然空空洞洞地没有人。他叹了口气，退了出来，又坐在院子里一个捶衣裳的石头墩子上，咬着牙，瞪着眼，出起神来了。

学校里开的是一个党员团员、积极社员、一部分翻身贫农和一些平素表现积极的人们的会议。会的内容是由张骏报告村子里几年来阶级变化的情况,和一般群众的心理,以及进步势力和落后势力的冲突。刚才郭大海所说的不过是一个开场白,郭大海说完了以后张骏就开始报告,他从土地改革刚结束时村里的阶级情况说起,说到土改以后各种各样的变化,说到若干人家为什么要卖地,若干人家为什么要买地;若干人家为什么缺乏劳力,因此每年有多少土地少打了多少粮食,造成了多大的损失;而另一部分人又有大吃大喝不过日子的思想;以及青年男女的婚姻问题,妇女在家庭中的地位……

直到村里人们都吃完了晌午饭,会才散。

程瑞芳非常兴奋地红着脸,挺着胸,走出了学校。在娘家做姑娘时,她也多少参加过自己村里的一些群众会、妇女会、青年会,却从来没有参加过今天这样的会。张书记说的话,句句都是实在事儿,句句打到人心坎里去了。特别是说到妇女的地位那一段,张书记又不是个娘儿,怎么对妇女的事儿知道得这么多?看起来,这村里的妇女谁也比她程瑞芳强……对!妇女们非自个起来斗争不可!非自己起来斗争不可!她程瑞芳本来也不是那没心眼的人,以前只因为自己是个刚娶过来的新媳妇,怕村里人们说她一来就闹得婆家家务不和;再加上,公公又是那么个厉害人,村里干部们又不给她做主,男人荣生又那么老实,所以只得暂时忍着。可是,她越是忍着,公公郑老幌就越是把她两口当做切菜的案板,受气的蒸笼。她再也忍不住了。从那回当着上级和党员们干部们哭诉了一场,并且得到了支持以后,她就开始挺起腰来了,开始跟婆婆讲起道理来,再也不吃那坏饽饽,再也不故意穿扮得难看,再也不低着头走路和小着声儿说话了。连她的老实男人也在家里挺起腰板来了。她看得出来,公公郑老幌近来更加恨她恨得要死,常常偷着用毒蛇一样的眼光瞅她,表面却装得和气起来,再也不吹胡子瞪眼地嚷叫,有时还假装着笑脸,说一些亲亲热热的话儿哄她两口子呢!谁受你的哄?谁不知道你那坏透了的心眼儿?从今日会上张书记说的这些话,就更看得出你那坏劲儿来了。哼!富农分子,破坏农业社……好吧,决不当你这样富农坏分子的儿媳妇,一定得跟你斗斗,一定得闹分家。分了家,入到社里,夫妻俩跟吴小正和贞妮子他们一块儿干活儿，一块儿学习，不受任谁的气，是多痛快啊！

她走进了自家的大门。这才觉着肚子有点饿。就走进过道屋，揭开锅盖，锅里是空的；摸了摸饽饽篮子，里边什么也没有。返身又回到前院，进了自己住的东屋。男人郑荣生正歪在炕头上歇晌，看见她进来了，连忙坐起身来，又惊又喜地问：

"散了会啦？"

"散了。"她得意地掠了一下头发，坐在炕沿上。

"一吃了饭我爹就把饽饽藏起来了。"

"我一点也不饿，开十次这样的会我也不饿。"

"尽开的什么，尽谁们讲话？"

"张书记做的报告……"

院子里脚步响，婆婆那带痰的嗓子咳嗽了一声，问道：

"荣生家的，你回来啦？"

"回来了！"程瑞芳没好气地回答说。

"怎么他们叫你去开会呀？"

"人家愿意叫我么。"

"人家叫你你就去吗？"婆婆的声音提高了。

"我当然要去嘛，为什么不去呢？开会又不犯法！"

"我好心好意问你，你就是这样跟我说话吗？"

"要我怎么样跟你说话呢，要磕头作揖吗？"

"你不像个做儿媳妇的！"

"那是因为你们不像做公婆的！"

"哎哟！俺们怎么不像做公婆的呀！"

"连饭也不给我吃，这还像什么公公婆婆！凭左邻右舍的人们说说看，凭村里干部们说说看，开会是犯法吗？为什么不给饭吃呀？"

"哎哟，越来越翻天了！越来越没王法了！我豁出这条老命不要了，我要打你的嘴！"

"你想打我？我看你敢动动手指头不，你试试看？你试试看？"程瑞芳冲地站到外间屋的门口来了。

老婆子被这种大胆的反抗吓坏了，把手一拍，一屁股坐在地上，只剩下咳嗽的份儿了。

郑洪兴出现在过道屋的门口了，他脸色铁青，但还在尽量压制着，用低沉的声音说：

“荣生家的，谁说俺们不给饭你吃呵？你这不是无事生非吗？不是特意要让街坊邻舍听见了笑话俺们吗？你去开会，也不告诉俺们老人一声，谁知道你是干什么去了呵？俺们是听见街上的人们说，才知道你是开会去了。俺们也不怪你，吃了饭就跟你把饽饽盖在锅里热着，好容易等你回来了，你婆婆怕你饿，去问问你开的什么会，意思是叫你吃饭，你就跟她嚷起来了。这像话吗？这对吗？平等自由也得有个边儿吧？也不能翻转来让小人欺负老人吧？”

程瑞芳猛地被这篇话说得愣住了。但她到底是个有主意的人，很快就压制住了怯弱的心情，马上就猜出了是怎么回事，就故意问道：

“你们什么时候给我留的饽饽？”

“哦，你不信，来看看吧，看看锅里有饽饽没有？”

程瑞芳果然三步做两步走进过道屋，揭开锅来一看，里边果然横三竖四丢着几块棒子面饼子。她既是料到了这一点，就并不慌张，又弯下腰去往锅腔里边看了一眼，然后直起腰来，冷笑了一声，对着随后进来的郑洪兴说：

“这锅是洗过的没有？锅腔里边的灰火是不是有意弄灭了的？这就叫盖在锅里热着的吗？要是锅里真的热着饽饽的，还洗锅灭火干什么？我刚才清清楚楚看见锅里是空的，当时你老两口子就在这房门里边，没有听见我揭锅吗？为什么还要特地到前院去叫我吃饭呢？那不是叫我吃饭，是特地去管教管教我的，对不对？”

郑洪兴真没有想到儿媳妇竟这么厉害。他向来认为自己是最会看人的，却没有想到竟连自己家里的人也看不透。他看着她那理直气壮的样子，不觉问出了一个最愚蠢的问题：

“荣生家的，你怎么一下子变得这么厉害？你是要造反吗？”

“我就是要造反！”

“你凭什么要造反，你怎么有这么大的胆子？”

“就凭你的心气不正，还虐待我！”

“我怎么心气不正？我怎么虐待你？”郑洪兴简直连嘴唇都发青了。

“你那心气不正的事连邻壁左右的人都知道。说到虐待我，我只举一桩事实：你给俺们——我跟你小子吃的什么饭食，八百年的霉玉米面掺糠！你们吃的什么？”

“你还凭什么，索性都说出来吧，我心里没病就不怕鬼叫！”

“还凭什么吗？”程瑞芳的胆子更壮了，“还凭这一点：你是富农，是坏人，全村的人都在反对你！”

郑洪兴气得靠着碗柜站着，用饿狼一样的眼睛看着程瑞芳，一只手不知不觉摸了一下插在碗柜上的一把菜刀，马上又像烫着了似的缩了回来，然后又使劲咽了口唾沫，用发抖的极低的声音说：

“荣生家的，你不是要吃饭吗？我叫你婆婆给你做，叫她伺候你，行不行？”

程瑞芳不转眼地看着他那只摸刀的手，被他的神气给吓住了，一颗心像敲鼓似的跳起来，心想：“他真的敢杀我吗？”又自己说：“我决不能胆小，闯过这一关去就好了！”她把牙一咬，把头一摆：

“要吃饭我自个会做，这个家有我一份，我要吃什么就做什么。可是我现在不饿，用不着吃饭，我还要去开会！”

说完了，就挺着胸脯，通通通地走出了过道屋。婆婆还坐在地下没起来，用吃惊的眼睛看着她，像是不认识她。男人荣生叉着腰站在东屋门口，像是在准备打架，又像是有些害怕。她对他努了努嘴，两人一块儿进了房门，她拿起一块包头的手巾擦着脸上的汗，小声对他说：

“我还去开会。等我走了，你那怪物爹也许要来找你出气，你要是能顶他几句，就大着胆儿顶他，什么也别怕。要是不能顶他，就索性不做声。要是他想打你，你就赶紧跑到学里开会的地方去嚷叫，干部们都在那里，保险有人出来帮你说话，咱们就趁机会提出来跟他老两口子分家。”

郑荣生像棵大树似的愣在那里，看着媳妇对着镜子拢好了头发，又用手巾包好了头。他忽然胸脯一起一伏，鼻子里响起了粗大的声音。媳妇吃惊地回过身来，他猛地抓住了她的肩膀，用亲热的感动的声音说：

“我也开会去！”

“你也去开会？”程瑞芳看着他那忠厚憨直的大脸，“好倒是好，可就是不知道他们要不要你。”

“为什么不要我？我不是也跟张书记谈过话吗？”

“好吧，咱俩一块儿去，先找张书记要求一下，要是答应了，就更好；要是不答应，你再回来，也没关系。”

他俩锁上了房门，走出去了。

郑洪兴躲在过道屋的门后边，他老婆子刚刚从地上站起身来，两人都愣怔怔地看着小两口儿走出了大门，郑洪兴的眼光里是仇恨，老婆子的眼光里是惊慌。

第二十三章　王则昆的烦恼

县委扩大会议开会的前一天，县委书记王则昆派通信员小赵骑着自行车给张骏送去一封信，请他回来参加这次会议。当天傍黑时，小赵跑得满身大汗回来了，带回了张骏亲笔写的一封厚得使王则昆吃惊的信。王则昆带点讥讽味地笑着把信拆开了，抽出写得满满的六页信纸，从怀里掏出老光眼镜来戴上，耐着心地读起来。这信从开头到第三页，大半都是重复上两次信上说过的在曲堤村工作的情形，根据这些情形，接着就说明他不能回来开会的理由："……老王，我觉得县里的汇报会有你和老黄以及别的县委们参加就行了，不需要让全班人马都出场。我这次从县里来的时候也跟你说过，我要在曲堤村切实地深入地弄一下，要多呆些日子。……曲堤村的农业生产合作社是全县工作上关键性的问题……另外，如前信所述，这村的阶级分化的问题，党组织涣散的问题，在全县范围内更是很典型、很重要的，跟农业生产合作社的问题连在一起，总起来说，就是两条路线的斗争。我认为，把这村阶级分化的情形和资本主义自发势力对我们进攻的情形调查得清清楚楚；把党员的思想觉悟提高一步，引上正路；把农业社加以巩固扩大，并且将他们一年的生产成绩加以总结，进一步制订出今年冬天和明年一年的生产计划，这就会成为一份很完整、很重要的材料。用这样的材料和经验去教育全县的干部和群众，去开展互助合作运动，一定会使得本县的工作起相当大的变化，会赶上其他的先进县……"

王则昆再也念不下去了。不知道为什么，他的心情有些沉重，有些紧张。当他在读信的时候，一边不住地在心里叨咕："哼！跟前两次的来信一样，又是这个问题，那个问题，凭你一年多的农村工作经验，去了这么些日子，就发现了这么多问题，你以为村子里的问题是那么好发现的吗？

……哼！‘党的组织涣散’，‘涣散’是什么意思？我不懂这个奇里古怪的名词！‘很典型’，‘很重要’，‘使得本县的工作起相当大的变化’，好，你大半是想让咱这县的工作一步就迈到社会主义去吧？先进县份，我知道，至少也有一半儿是克里空……”

他不相信某些先进县的工作会好得那么厉害，而本县会落后得相差很远。他以为：别看他们向上级报告说组织起来的户数达到了百分之多少，咱这县去年突击组织互助组时，不是也向上级报告说是达到了百分之六十吗？实际上怎么样呢？组织的互助组倒是不少，一阵风儿过去了，都垮了，到今年，剩下的连十分之一都不到。什么叫“克里空”？这就是实实在在的“克里空”！说到农业生产合作社，他们可能是多一些，报纸上常常登着那些社的名字，这可能假不了。可是，他们的条件跟咱们不一样，咱这地区过去受战争的损害大，村里的基层组织被敌人摧毁得太厉害，所以工作基础差。另外，他们这些农业社不能说没有“盲目冒进”的倾向吧？先进，这个名词好听，“纠偏”可就叫人难受，嘿嘿。北边乌城县不是把两个农业社弄垮了吗？群众的觉悟没有到那一步，硬打着鸭子上树，不摔跤等什么！农民，各人单干惯了，猛一下把土地入到社里，统一经营，集体耕种，可不简单！

但是他心里到底又有些沉重。原来，在近一两年里，他也曾注意过和考虑过这样的事实：各个村子里边，都有一些缺少劳力的军属、烈属和孤寡老弱，有地没法种，想卖地，或者已经卖了地。他的老家范家铺就有几家人家卖了一些地。他也为这种情形忧虑过。从一九四三年毛主席号召“组织起来”以来，他就不断地在报纸文件上看到由于“组织起来”增加了生产的例子。他也模模糊糊地知道，“组织起来”可以防止农村中的阶级分化。可是，组织起来，多不简单！一九五二年搞互助组，不是个很好的教训吗？幸亏上级没有派人来深入检查，不然的话，一定会“找到了典型材料”。咳，也不光咱这一个县，全专区都有这样情形，全省也有这样情形，上级也是睁一只眼，闭一只眼。今年不是又提出了“反对盲目冒进”吗？并且，到底阶级分化的问题还不是太严重，还没有到叫人伤脑筋的时候……

对于那些重大的、自己钻不进去的、困难很多的工作，除了上级规定了完成的日期和数字以外，总是越慢越好，越“稳当”越好，否则，就容易出娄子，就要受批评。这是王则昆多年来从工作里得到的一条经验。而所谓“慢”，所谓“稳当”，实际上就是不去想，不去钻；实际上就不知不觉地变成了回避、拖延和放弃领导的借口。他所解释的“反对盲目冒进”就是这样的例子。但是，有时候，当他还没有看到这一工作是严重的、困难的、不容易掌握得很准确的——在这样的时候，他还是会用很大的热情去做的，有时甚至想拼命干出点成绩来；等到因为考虑不周，方式简单，或是其他的原因而出了娄子——在这样的时候，他就要回到他那条老的经验上来，就要想尽办法来回避这样的工作了。王则昆在去年——一九五二年那么积极地用强迫命令的方式组织互助组，而今年又这么消极冷淡地对待互助合作运动，老实说，这就是隐藏在他那内心深处的原因。

在这个县里，像这样对待党的事业的人决不止王则昆一个，他们互相传染，他们的影响是很深很广的。而他们也都像王则昆一样，艰苦朴素，忙忙碌碌，看起来也不是很坏的人。

可惜的是，对于这样的工作盲目乱干，和对于这样的工作盲目不管，是同样会引起很多不愉快的结果的，是会使人有时候感到良心不安的。

一个县的工作，一个县的命运，一个县委书记的职位和名义，这担子是很重的。

所以王则昆现在有些心情沉重了。

他把这一叠讨厌的信纸往桌子上一搁，把两腿一伸，身子往椅子背上一靠，不知不觉地长出了一口气，不知不觉又责怪起张骏来了：“……鼓捣这么一个农业社（才二十三户人家），用得着这么多天吗？连县里必要的会议也不回来开！咳！也许你是鼓捣得出了乱子，脱不开身了……材料，你弄那么多材料干吗？想将来把它带回来，在县委会上嚷叫一通吗？想往报上投稿儿出风头吗？……报社里这些拿笔杆子的人，成天坐在屋子里，一点‘实际’也不懂，光想从一些稿子里边找突出的东西，好的，也要突出，坏的，也要突出，也不管实际情况怎么样，也不管是不是‘克里空’……要是你真的在那儿鼓捣出乱子来，那才该往报社里投投稿儿呢……”他很不放心了，从好的方面估计——如果张骏在那村搞得好，也不放心；从坏的方面估计——如果搞坏了，也不放心。他一扭脖子，粗声粗气地朝窗户外边叫道：

“小赵！”

小赵一阵风地跑了进来，睁着天真无邪的大眼睛：

“我刚到厨房里看了，饭还没熟。”

“你光记得吃饭！我问你：你在曲堤村看到了什么情形没有？”

“什么情形？”

“张副书记怎么样？”

“我去的时候，他不在家。我看见他桌子上搁着一个装苏打片的盒儿，一看，里边只剩下四片了。我再一检查他的文件包儿，原来带去了三盒，是我亲手给他搁在包儿里边的，现在只剩下一整盒了。这么些天，他整整吃了两盒苏打片，他那胃病一定犯得很厉害。我就去问房东，房东说：他每顿饭只喝一两碗稀粥，要不就是茶汤面……”

“你又说到吃饭上头去了！我是问你听见村里人们说些什么没有。”

“村里人们能说什么呢？县委副书记亲自去给他们解决问题，一住这么些天……”

“你找见他的时候他在干什么？”

“他正跟郭大海他们谈事情。”

“谈的什么事？”

“王书记，我真不明白张书记是怎么回事，脸白得像纸，瘦得不像是人，曲堤村的事情像是还不够他干，还要开什么座谈会。”

“开什么座谈会？”王则昆吃惊了。

“他叫郭大海他们好好儿照管那些人的生活，又吩咐他们找一个大一点的会场，说是当天夜里就要开始跟那些人，还有村里的党团员，和一部分社员，开一个会。我问郭大海是怎么回事，他告诉我说：是从近处各村来了一些人，要开一个短期座谈会。”

“他真的闹起座谈会来了吗？上回他来信倒是提到了这个事……”

“看样儿可不是真的呗！接着，他们又谈到了吸收新社员的问题，我就小声问郭木山：‘怎么，社垮不了吗？’你猜他说什么，他说：‘垮？五十户，六十户！’我问他什么五十户六十户，他说：‘你等着瞧吧，咱这社就要发展到五六十户啦！’”

"发展到五六十户?"

"嗯,他说得可有把握呢!"小赵挺高兴地笑了。

王则昆愣住了。他更加不放心了,"哼!五十户六十户,真像闹着玩儿似的!"又想道:"又说问题那么严重,可又要把这个社一下子发展到五十户六十户,这不是胡闹?"他真想到曲堤村去一下……

他就这么呆呆地坐在那里,也不知道过了多长的时间,最后,心情总算稍微平静了一些,这才走出了屋子,开始着手来准备明天的会议。

这次会议的内容是这样的:汇报普选重点试办工作的情况,布置下一步全面开展普选运动。所谓"准备",只不过是给各区来的干部安排一下食宿问题,看看秘书老田同志把一切必要的材料弄好了没有。现在是下午,离得近的两个区已经来了几个人,正在黄永清屋子里说笑话,打扑克。这些人一年到头总是在下边忙得不得了,所以总是把到县里来开会当做同志们互相团聚的机会,大家一见了面就会说个不了。王则昆很体谅他们这一点,所以不打算找他们进行什么个别谈话。

两天以后,当会议的内容已经进行了一半的时候,地委会忽然来了长途电话,是一个有些沙哑的声音——是地委会的胡秘书:

"是王书记吗?刚才接到省委的紧急通知,紧急通知,对了,紧急通知……"

王则昆最怕的就是长途电话里的紧急通知,每次都是这样:又有了临时的紧急任务,要改变原来的工作计划,打乱原来的一切部署。这一回也不例外,要王则昆停止推行全面的普选运动,在规定的时间内赶到省委招待所报到。

"胡秘书,又是有紧急任务吗?"

"任务是有,"电话里幽默地说,"省委召开县委书记以上干部的紧急会议,对了,紧急会议,有重要工作,比一切重要工作都要重要的工作……"

"比一切都重要!"王则昆使劲挂上了耳机,"难道还有比普选工作更重要的吗?真怪!"

他对这次的普选工作是很重视很兴奋的,因为这是新中国的一件大事,他真不愿意把这样的工作改期推行。

他皱着眉头,回到会议室来,把从电话里听到的话对大家复述了一遍,正要宣布散会时,二区的区委书记尹华珍突然举了一下手,说话了:

"下一步的工作不布置了,不用调配干部了,这正好。不过,我还是要把这个意见提出来。其实我这个意见也不止提过一回,总是没有引起注意,现在我再提一回:我希望县委会以后在调配干部的时候,不要乱抓一把,不要老是移苗儿——老是让干部们打游击,不要为了临时性的中心任务,就忘了长年的压倒一切的中心任务——生产工作和互助合作运动。这次曲堤村的农业生产合作社闹问题,要不是张书记去了,我真不知道要落个什么结果。据马健同志说,张书记在那村对他发了一顿脾气,说我们区干部对这全县唯一的一个农业社不管。张书记发脾气当然是应该的。可是,我们是真的不愿管吗?区里别的同志没经验,不敢管,我也没经验,可我还是想去学着管管的,偏偏硬要把我调到西槐村去……"

尹华珍是全县唯一的一位女区委书记,二十八岁,苗条个儿,脸盘端正,一对很秀气的眼睛,态度稳重大方,在工作上也有些能力。以前她也对王则昆提过类似的意见,不过总是用写信和个别谈话的方式提出来的。像今天这样在会议上直截了当地批评领导,在她是头一回,在全县的区干部里边,这样的事情也不多。所以她有些激动,所以别的区干部们也都用又紧张又尊敬的眼光看着她。

"好啦好啦好啦!"王则昆打断了她的话,"同志,这次县委决定把你派到西槐村去搞重点,是完全正确的,是经过考虑的。西槐村有一部分回民,要是派个别的人去,捅出娄子来,不是要影响回汉关系吗?这一次你在那里是搞得不错的,加强了民族团结,创造了经验……"

"我没有创造出什么经验来!"尹华珍倔强地说,"有什么经验呢?不过是选出了几个乡人民代表,群众对这几个代表都还满意,就是这。我听了这一天半的汇报,觉得咱们谁也没有创造出什么经验来,不用说经验,连一个像样儿的问题也没有提出来。过去我也参加过无数次这样的会,都是这样的情形。县委委员们听了我们的汇报,发表了什么意见?总结出了什么问题?没有!比方,大家所汇报的、各重点村乡人民代表的政治倾向和阶级成分是不是都符合实际?我看不一定。这次我到县里来时,在黄湾村歇了一会儿，那村老百姓就对我反映：有一个名叫范德仁的代表选得不合适，因为他是个错定成中农成分的富农，是在土改以前就把土地分散了的……”

“谁掌握的黄湾村？”王则昆冒火地问。

“我。”县政府建设科的科员张洁三回答说，“尹华珍同志说得不对，范德仁不是旧富农，我调查过，村里人们也很拥护他。”

“你知道没有我知道得清楚，”尹华珍沉着地说，“我的老家尹岗离黄湾才三里路，我还不知道吗？只因为他一直在村里假装进步，时常帮助村干部们出个小主意，或是画个统计表儿，算个账儿，所以干部们都依靠他，都愿意让他也在村里正式管点事情，就都愿意选他，就拼命在村里宣传他的好儿，一部分人就受了迷糊……这还不去说他，以后县委会可以进行调查。我再回到本题上来：王书记说西槐村非我去不可，我看不一定。县委宣传部的赵部长，县委办公室的一些同志，县政府各科的科长，不是都下去了吗？从这些人里边不论挑出谁到西槐村去，都比我强。”

她坚持自己的意见是有道理的，因为曲堤村所在的乡——刘庄乡，是二区的重点乡，也是全县的重点乡，她兼任着该乡的总支书记。这一重点措施是根据地委的指示确定的。地委之所以有这样的指示，就是因为该乡有一个农业生产合作社，互助组也比较多，希望把该乡搞成为先进乡，以带动全县。事实上呢，自从确立了重点乡以后，已经有两三个月了，尹华珍并没有能够深入地在这个乡搞一个时期的工作。随着每一个临时性的中心任务，她不是被调配到这里，就是被调配到那里，像她所说的：还是个水上漂的干部。她是非常渴望在刘庄乡，在互助合作工作上摸索出一些经验，搞出一点成绩来的。所以她今天无论如何忍不住要在会上提提意见了。

她接着说：

“我们天天搞重点，只要是一个中心工作一来，就先确定各区各乡的重点村，可是，这些重点起了什么作用？刚才我也说了：正像这一回搞普选重点一样，没有一回总结了什么经验，提出了什么重要的问题。说到全县长年的重点乡——刘庄乡，就根本把它忘了，好像谁也不知道有这回事情一样。要是这回曲堤村的农业社没人管，垮了，我不知道县委会是不是要受上级的批评，反正我这个兼乡总支书记的，咳！到时候准得把主要责任推到我身上来！”

她说这最后两句话时，特别严厉地看了王则昆和黄永清一眼，使得王则昆感觉到了最尖锐的指责，他还很少在下级面前受过这样的批评，所以连头带脸都红了。他看了黄永清一眼，想从他那里得到同情和帮助，但是黄永清用手捧着头，眼睛看着面前的笔记本儿，一动也不动。王则昆连眼光也没处放了，他虽然不看大家，却觉得大家的眼光都在看他。不过，他到底是比较老练的，到底想出解决问题的办法来了。

“哎呀同志！”他像叫苦似的说，“消消气儿吧！冷静一点吧！对领导提意见，是可以的，我们从来没有压制过民主。可是，也该替领导上想一想吧？你怎么就知道曲堤村农业社没人管呢？这次发现这个社有问题时，正好张书记回来了，所以他就去了。要是张书记没有回来，你怎么就知道没有别人去呢？同志，对领导上提意见，也该通过通过脑筋，不能瞎说八道，是不是？”

这一回轮到尹华珍红脸了。她明明知道王则昆是有些强词夺理，却找不出话来进行反驳。另外，她还有些顾虑，还在考虑：是不是要彻底地干一下，是不是要把上下级的关系弄得很僵，如果弄僵了，是不是对今后的工作有影响。

幸亏宣传部长赵克文救了她。赵克文也是这个县里比较年轻的负责人之一，对工作也有些意见，曾经个别跟王则昆谈过，只因为他不是县委委员，所以谈的时候总有些顾虑，总是因为自己的意见没有引起王则昆的重视而感到烦恼。现在，他站起身来，咳嗽了一下，也多少有些紧张地说：

“我觉得尹华珍同志的意见是值得考虑的。不管这次农业社的问题有没有人去解决——是张书记去解决也好，是别的同志去解决也好，反正，刘庄乡既是全县的重点乡，尹华珍同志既是兼任这个乡的总支书记，就应该尽可能不要随便调动她，不然的话，是搞不出成绩来的，那就不符合上级的意图……”

参加会的其他的人：银行的行长、县供销社主任、妇联会主任、武装部长、公安局长、税务局长、县长，这些人都是正式的县委委员，但是他们只懂本身的业务，一谈到互助合作的问题，他们就不愿也不敢发言了。

现在轮到县长林树直出来打圆场了：

“好吧，大家对县里的工作还有什么意见，以后有机会再来讨论。今日，已经九点四十分钟了，各区的同志们，离得远的也正好能赶回去吃晌午饭，咱们早点散会吧！”

“对，这么着办吧：尹华珍同志既是挺想到刘庄乡去，也好，我在去省里以前也要到曲堤去，张书记身体不好，也该去看看他去，咱们一块儿走。可有一点：我倒是想明日再去，让你们两口子，呃，再多团圆一天，呃嘿嘿……”王则昆看着黄永清笑了。

他是想用这样的玩笑来缓和一下会场的空气，来遮盖一下内心的气恼。不想他这个玩笑又开得不大对头，尹华珍猛地站起身来，把头发一甩：

“我不知道什么今日明日，我马上就走！”

这几句话更重要的是伤了黄永清的自尊心，因为王则昆的玩笑话正是他的希望。他猛地变了脸色，赶紧收拾起面前的笔记本儿，走进自己屋子里去了。

会议就这样散了。

尹华珍到厨房里去喝了一碗开水，也不休息，就不声不响地在外间屋里往自行车上绑行李。黄永清走过来了，对她说：

“你这一下可达到目的了！”

“你这话是什么意思？”

“嘿，你别心虚，我什么意思也没有。”

“我干吗要心虚？你是怎么回事？”看见黄永清老是那么冷笑，她更加发火了，“我看透了你！”

“我看不透你，你倒看透了我，你看透了我的什么？”

尹华珍低着头干自己的事，一时不愿回答。

他们夫妻之间的感情不好，已经有两年了。这原因，在尹华珍看来，是因为她对自己的工作不满意，对本县的工作也有意见，希望黄永清能够帮助她，并且帮助全县改变现状；她的希望很热烈，但她所得到的不光是失望，而且是对黄永清的反感和憎恶。她觉得黄永清慢慢变了，特别是自从被提拔当了县委组织部长以后，就满足自己的地位，处处迎合王则昆的心意，同时对于她的努力和进步又采取嫉妒的态度。在黄永清这方面呢，只怪尹华珍太逞强，太骄傲，懂得的空理论太多，自己简直没有办法对付她。他认为，以前她不过是个高小毕业的小姑娘，是他黄永清发现了她，培养了她，逐步把她提拔到县政府里当副科长，夫妻俩天天能团圆，是多好！可她偏偏左要求，右要求，硬是要到基层去。特别是自从张骏来县里工作以后，她只要一回到县里来开会，就最爱找张骏谈问题，总是谈得那么投机，甚至把张骏在会议上的发言记录下来，对他黄永清却爱理不理。这一次，她又那么着急地要到曲堤村去，要跟张骏在一起工作……

黄永清心里的味儿简直说不出来。他在屋里来回走了一圈，又回到尹华珍跟前，尽量压制着心里的气恼，低声说：

"咱俩好好儿谈谈好不好？"

"谈吧！"尹华珍已经绑好了行李，直起腰来，一只手扶着车子，冷冷地说。

"你刚才说把我看透了，到底看透了什么？"

"好吧，谈吧。我问你：今日我在会上提的意见，前日我刚回来时跟你谈过没有？你要是不同意，当时就应该反对我，不该那么哼哼哈哈；要是同意，今日你在会上为什么半句话也不说？"

"你又在这样的事情上怪了我了！我还没有考虑成熟……"

"又是没有考虑成熟，还要再'考虑考虑'，又是你那老一套！在同志们中间说些无聊的话，开个小玩笑，打扑克，你那脑子快得很，谁也比不过你；对下级，对老百姓，说一套空空洞洞的大道理，把上级文件上的话背两段出来，你也挺有本事；对你所不满意的人尖酸刻薄地批评一顿，拿大帽子扣人，你也挺拿手；对上级，对王书记，说几句顺顺当当的话，讨他们欢喜，你也挺内行；可一谈到真正有用的事情，一谈到重要一些的问题，你的脑子就不管用了，就哼哼哈哈，就'没有考虑成熟'，就用别的话把问题滑到一边去。你到底像个什么人？老实说，我还是那句老话：瞧不起你！我对王书记的意见还没有对你的意见大！"她说到这里，连对黄永清看也不看一眼，搬起车子来就走出门去了。

王则昆正在大门口扶着车子等着她的，他俩就一块儿上了路。

今日正是城里赶集的日子，街两边摆满了各色各样的货摊子，人们在街当中你撞我我撞你地拥挤着。

集市的尽头，县供销合作社棉花收购处的席棚面前，排列着一群人，每个人身边都有一个装满了棉花的大包袱或大口袋，都皱着眉头，哼哼嗨嗨。这情形引起了王则昆和尹华珍的注意，都跳下车来，走了过去，尹华珍跟认得的人打起招呼来：

“大伯，来卖棉花啦？”

“咳！不是来卖棉花，是来，咳，受罪！”一个白胡子老头很气愤地说。

“怎么回事？”

“哼，这不？就是这个样儿。”有两三个人同时回答说。他们都认识尹华珍和王则昆，尹华珍和王则昆却记不清他们是哪个村的。

里边有个胆子大一点的中年人，挺气愤地说：

“俺们一清早就来了，他们说是学习时间，不收购，就排着队在这儿等着吧。人越来越多，从这儿排到了牌楼那儿了。学习完了，打钟了，该收购了吧？不，要吃早晨饭哩。好，等着吧。俺们几个人还要赶集买点东西，就走了，等回来一看，喝！人排到十字路口那儿了，俺们就从排头变成排尾了。又打钟了，大半是吃完了饭，这才来了三个人，开始收购：看成色，过磅，算钱，开发票，不慌不忙。还有这么多人，眼看快到晌午了，他们就又该打钟吃饭了……咳！你看，这是让俺们在这儿受锻炼哩！他们要学习，要吃饭，要休息。俺们是用不着吃饭，办事，休息的。俺们的肚子跟腿是铁打的，俺们的工夫是不值钱的……”

“老天爷！俺家还有个病人，等着俺卖了棉花打药回去救命哩！”一个中年妇女胆怯地小声说。

王则昆的脸猛一下难看起来了，把车子交给尹华珍扶着，两步挤进了席棚，这个争论问题时不爱嚷叫的人，现在却忍不住要对一个正在往囤子里倒棉花的职员嚷起来了：

“你们是在替国家收购棉花不是？是，我知道是。不是老百姓欠你们的账吧？就是来给你们还账的，也不能让人家排着队从早站到晚吧？这简直是胡闹！人家老远地背着棉花进了城，不是专来伺候你们这些老爷们的！”

三个职员都停止了工作，想着对王则昆解释，分辩，王则昆把手一挥，严厉地打断了他们的话：

“为什么不多添几个人到这儿来？为什么不把学习时间挪到晚上？为什么不换着班儿吃饭？都是死脑筋吗？以后我再来检查，看你们还这样不！”

停了一会儿，看见面前的三个人都低着头不说话，他的怒气才缓和了一些：

“同志，你不能怪我发脾气。做事要动脑筋，要将心比心。你是人，人家老百姓就不是人吗？你家里的父亲母亲兄弟姐妹大半也是种地的吧？大半也要卖棉花的吧？赶紧回去跟你们领导上商量商量吧，改变一下这个乱七八糟的情况吧！”

一直到三个职员再三答应改正缺点，王则昆才完全心平气和地走出了席棚，跟尹华珍一块儿骑上了自行车，飞快地出了城。

第二十四章　看准了方向的人们

经过范家铺时，王则昆顺便回家吃了一顿饭，对家里嘱咐和安排了一些什么。家，也是使他烦恼的问题之一。他有弟兄三个，因为妯娌间不和（当然弟兄间也暗地有些意见），分家各过，六十多岁的老父亲就在三家轮流吃饭。父亲是个个性刚强的人，一辈子靠自己辛苦劳动养大了三个儿子，置了一点点地，再加上大儿子当了县里的领导人，所以很自豪，越老越爱面子，在村里，总忍不住爱对一些事情参加一些意见，村里人们也爱利用他对某些问题的态度来暗暗地闹宗派山头活动；在家里，对大儿媳妇（王则昆的老婆）和老三家两口子有偏爱之心，对老二家两口子却常常叮叮磕磕。老二两口子过日子行事都是很仔细、很克俭，常常嫌老人在村里多事，嫌老人在轮到他家吃饭时爱挑吃喝，也嫌老人对三家的孙儿孙女们疼热的程度不一样。这样，老二家就常常跟老人争吵，而三房妯娌之间也就免不了常常因为一些鸡毛蒜皮的事情怄气。王则昆每次回来时，老人就要向他诉苦，不是说村里这个不对、那个不好，就是说老二家如何如何不孝顺。老二、老三家也来找他诉苦，不是说老人糊涂偏心，就是两家互相攻击一番。另外，还有他老婆在背地里向他唠叨不清。王则昆是"清官难断家务事"，差不多每次总要费很多口舌，才能把各人的火气暂时平静下来。今天幸亏有尹华珍在一起，老人和兄弟才不好意思来诉说什么，他才免除了一场烦恼。他很快吃了饭，就跟尹华珍一块儿上了路。

等赶到曲堤村时，太阳才刚刚偏西，两人都出了浑身大汗。王则昆跳下车来，一边擦着脸上的汗水，一边对尹华珍说："我真没有看见过你这样的女同志，走路像冲锋！"

街上的人们告诉他们：张骏住在村外赵洛常家里。王则昆就又推着车子走出了村子，心里不觉有些烦躁："真见鬼，到这村来解决农业社的问题，不住在社员家里，也不住在干部家里，倒住在村北这家孤孤零零的人家，我看你还怎么接近群众！还怎么了解情况！”走到赵洛常家院里时，看见十几个人在院里拆房和抬土，非常热闹。张骏不在家，赵洛常老头愣头倔脑地告诉他们：

“那人，又搬回李幼章家去了。这会儿，他们，在小学里，开会。”

他俩只得又往回走。王则昆对尹华珍说：

“你听见没有，这老头子把张副书记叫成‘那人’，像是对他有些不大满意呢。”

“不一定，”尹华珍摇了摇头，“我认识这老头，脾气有些古怪，说话就是这么个味儿。”实际上，她的感觉刚好相反，认为“那人”两个字是欢喜张骏的意思。

“也许就是这么个倔把头也说不定，”王则昆也不得不同意，“可是，他们在小学里开会，人家小孩们不上课？”

“这村的小学里有的是空房子。”

他们快要走近小学时，看见从侧边胡同里跑出个人来，矮小个儿，散穿着一件破夹袄儿，两只手扪在头上，一面跑一面叨叨：

“这还有什么活头！这日子还怎么过……”

王则昆和尹华珍认得是曹老鸭（只要是到这村工作过的人，曹老鸭总会让你认识他的），就迎了上去，问他：

“老鸭，你怎么啦？”

“哦！”曹老鸭站住了，愣了一会儿，“哦，是你们俩呀，说不得！说不得！”他苦着脸，顿着脚，一只手抓住胸前的衣裳，像是要把心里的痛苦抓出来似的。“你们俩来了，也好，我就用不着去找张书记了，我就对你们说说吧！”

“怎么回事？跟谁打架吗？”

“王书记，咳！”曹老鸭又长长叹了口气，“说不得！说不得！”

已经围拢来了几个看热闹的人，有人插嘴说：

“不用问，又是跟他家里的吵架哩。他，像疯了一样，一心想入社，他家里的老是不愿意。前日听说她愿意了，老鸭也报了名了，今日准是他家里的又后悔了，两口子又吵打起来了。嘿嘿……”

“你们看！”曹老鸭回身往胡同里一指。

果然，胡同里边远远地站着一个中年妇女，叉着腿，背着手，披散着头发，微低着头，两只冒火的眼睛死死地盯住这边，像是一只挨了打的狼一样。一个十二三岁的女孩子和一个六七岁的小男孩，一个抱住她的腰，另一个抱住她的腿，瞪着恐怖失神的小眼睛，一声一声地抽咽着。

曹老鸭接着说：

“你们看看她那股凶神样儿吧！把手背在背后，不让人看见，不看见我也知道，她拿的不是剪子，就是菜刀。她简直不像个人，疯脾气一上来了，什么都干得出来。我坚决要求上级，把她关起来，给点颜色她看看，看她还顽固不顽固。要是好言好语地劝她，那你就劝去吧，凭你说破了嘴，她那脑子，门儿也没有！”

如果让曹老鸭继续说下去，看样儿他那疯女人一定会从胡同里跳了过来，当着众人跟他吵打起来。幸好这时李宝成和王保坤两人走过来了。王保坤手里拿着一支自来水笔和一个小白纸本儿，是刚刚到要求入社的人家去办了土地农具登记的事情。他们先跟王则昆和尹华珍打了招呼，然后了解了一下发生的事情。李宝成向来是最爱跟曹老鸭开玩笑的，这时倒像变了个人，认真地说：

“老鸭，当了社员了，还在大街上这么嚷嚷，你怎么就不嫌丢人！”

“嗨！你们不知道，真气死人……”

“别说了，走，找个地方歇会儿去！”

李宝成和王保坤把曹老鸭的肩膀一抓，曹老鸭就老老实实跟着他俩走了。

王则昆和尹华珍就推着车子走进小学校里了。

学校里安静得很。原来今天是星期日，孩子们不上课。

一间宽大的北屋里有开会说话的声音，屋子外边却有三个女人靠着窗户站着，看见两个工作人员进来了，像是吃了一惊，一个个低着头溜走了。

张骏和郭木山从门里走出来了。张骏比以前确实是瘦多了，不过看起来劲头倒还是很足，态度也很亲切，热情地拉着他俩的胳膊，小声告诉说：

“正在开党团员会，检查去年跟今年的工作……”

“嗯，”王则昆疑惑地点了点头，又在心里对自己说，“干吗要检查……”

张骏又补充说：

“参加会的不光是本村的党团员，还有附近村子和刘庄乡的党、团支部书记，支部委员，像个短期的小型训练班——他们住在这村里已经有两天了。”

“哦，那好，”王则昆又疑惑地点点头，“刚才有三个妇女在这儿偷听，看见我们进来就走了。”

“唏！”郭木山把手一摆，像赶鸡似的，“又是那三个娘儿们！王书记，是这么回事：她们三家的男人都是党员，经过这几天开会教育，决心要入社，可这三个娘儿们老是疑疑惑惑，又听了村里坏人的谣言，以为是上级强迫他们入社的，就来偷听咱们的会。听就听吧，又没有什么秘密，嘿！”他又天真地对着张骏笑了笑。

王则昆觉得郭木山说这些话时有一股得意的夸耀的味道，所以就故意装出不大注意的样子。

张骏走到尹华珍跟前去，愉快地笑着：

“你来了，好极了，对妇女们的教育我就不发愁了。你们不知道，我最怕跟妇女们开会，叽叽喳喳，小孩哭，大人叫，我又不是本地口音，她们听不懂，哈哈！好吧，都进屋里去吧，郭大海正在发表意见哩。”

尹华珍不好意思地笑着，客气着，一只手把吊在肩膀上的挎包带子提了提，一只手掠了一下头发。她是有些兴奋。一路来时，她就急于要快点赶到，好赶快知道本县这个唯一的农业生产合作社到底怎么样了，好早一点向张骏学习一些东西。

他们走进了屋子。

这座小学，过去原是一座破旧不堪的龙王庙，叫做“曲龙神庙”。在战争的年月里，人们就已经不大敬神了，就已经在这里办起小学来了。近年来虽然多少经过了一些修理，看起来还是相当破旧。说是教室，里边并没有一排排木头做的桌椅板凳，只有一些坯垒泥糊高低不一的土台子，高台子就是桌子，低台子就是凳子。现在这些“桌子”和“凳子”上跷脚架手地坐满了人，都用高高兴兴的眼光迎接着进来的人，有的人小声说着什么，有的人对着王则昆和尹华珍打着手势，咳嗽两声，看起来他们的情绪都不坏。更特别的是，越往主席台这边，人们坐得越挤，越往后排倒越松，完全不像平常村里人们开会的那样。

只有教员讲课的地方有一张木头桌子和几条真正的板凳，进来的几个人都在板凳上坐下了。尹华珍马上发现了郭贞贞和王香儿她们那一群姑娘们。在所有的人里面，只有她们穿的衣裳最鲜艳，脸色最白，头发最黑，眼睛也最亮。尹华珍用眉毛眼睛的颤动和嘴角的笑容跟她们说话，她们也用同样的表情来回答她。

郭大海一个人站在那张唯一的木头桌子后边，毡帽头扣在后脑勺上，脖子下边的扣子解开了四五个，露出了胸前一片有弹性的肌肉。看见新进来的人都坐好了，他就扫了会场上一眼：

“咱们还是接着开会。今日天冷，大伙儿不嫌这样的座位冰得屁股痛，情绪都挺好。嘿嘿，这用不着我说，这两天张书记早用‘社会发展前途’开了我们的脑筋了。等将来，咱们的社扩大到一百两百户，打的粮食没地方盛了，咱们就修学校，盖洋楼，窗户上安玻璃，顶棚上吊电灯。到那时，让俺们的孩子们享享福吧！让咱们开会的时候也舒服点吧！你看我这人，话又扯远啦……”

他停下来，又一次对着王则昆和尹华珍瞟了一眼。在王则昆看来，郭大海也跟刚才郭木山一样，有故意向他夸耀什么的意思。

其实，他猜得对也猜得不对。郭木山和郭大海确实有向他夸耀的意思，却不是为了叫他不高兴，相反地，倒是为了向他表示欢迎，是为了让他也同样高兴起来。

郭大海的态度突然变得又认真又严肃了，甚至有些激动了：

“刚才大伙儿对我提的那么多意见，我都百分之百地接受，都掏出我这心来接受。老实说，这几天我一直在琢磨，我说什么呢？想来想去，只有一句话：‘蒙头转向’。什么叫蒙头转向？光知道对工作傻卖力气；光是想要跟别的村比高低，逞英雄；光知道上级怎么布置就怎么干，干完了怎么着呢？结果怎么样呢？咳，总以为：反正完成了任务，反正没有落在别的村子的后边。要说缺点，谁没有缺点？谁在工作里不出一点不大不小的毛病？就这样，糊里糊涂。去年，上级号召组织起来，增加生产。就连着开它几个会，把从县里会上听到的，一传达，一鼓动，再加上点强迫劲儿，呼啦一下，就把全村百分之八十的人家都组织起来啦！在全县里闹了个突出的啦！全县的模范红旗该是我们的啦！要增产，地里就要多上粪，怎么办呢？让家家养猪吧！防旱抗旱，怎么办呢？号召打井吧！怎么动员的呢？召集人们开会，开一次不行，开它个三次！'上级的任务是增加生产，抗美援朝，你是中国人不是，你不爱国？'不愿意来开会吗？就让村剧团给他们演戏，等他们来看戏就把会场门儿一堵，谁也不准出去——开会！就这样，可真闹了个突出的啦——倒突出的啦！就这样，俺们村里也跟别的村一样：互助组伙买的猪发瘟啦，互相埋怨啦；伙买的牛，抢着使，使完了没人喂；打的土井，糟蹋了地，不出水，一个也用不上；互助组评工记分不公平，吵架……就这样，互助组'百分之百的完成任务，百分之九十九垮台'。去年秋后，整党啦，反对强迫命令啦，反对形式主义啦，检讨啦，克服啦，整得可真是不轻。咳！以后怎么工作呢？可就没了招儿啦！还有，因为垒猪圈需要砖，就大伙儿集股开窑，结果，两座大砖窑，像两座山一样，压在我身上啦！"

他停下来用肩膀上的脏手巾擦了擦满头满脸的汗，又接着往下说：

"就这样，今年，村里的工作就散了架子啦！社会主义，听倒是听见过这个词儿，也知道往后反正有一天要实行，可总以为，这是上级的事情，咱等着吧，等着上级给咱们发拖拉机吧，到那一天还远着呢！组织互助组，以为这跟社会主义没关系，不知道这是个细致活儿，光知道乱干一气。就这样，口里说要到姥姥家去，屁股可坐在炕上不动。村里有个农业合作社，以为这不是我支部书记的事，是郭木山他们的事——让他们去当劳模吧，去光荣吧，咱又不懂那勾当，要是管坏了，还得受批评。村里出了破坏农业合作社的坏人了，看不见。心不在那上头，怎么会看得见呢？就这样，咳！……现在，你们以为我这心里好受吗？我，咳！我下了决心啦！这几天，我动员家里的，把她说服了，我入社！坚决入社！……同志们，咱们打了仗，受了苦，镇压了反革命，搞了土地改革，为了什么？为了现在蒙头转向地瞎干一气吗？是为了建设社会主义呀！怎么建设法？我算明白了，切切实实地走互助合作的路，一点一点地从头学起，就是这……”

他那脸成了紫茄子，闪到一边去擦汗去了。

人们爆发了暴雨一样的掌声和嚷叫声，会场上骚动起来了：

“有劲！说得有劲！”

“要是早一点这样……”

“俺们村跟你们村一样，也该这么来一下！”

“回去咱们好好儿闹闹……”

“人，就是怕不开脑筋，一开了脑筋，你看说的这些话……”

“他一边说，我这脊梁骨一边发凉，就像是说的俺们村的事，就像是说的我……”

烟气在乌黑的房顶下边飘飘晃晃。不抽烟的人呛得受不了，咳嗽起来……

郭木山从座位上站起来，不慌不忙地走到刚才郭大海讲话的桌子后边，故意捺住劲儿，不让脸上现出笑模样，不让咳嗽声冲出嗓子眼儿，把新的小薄棉袄儿从肩膀上扯下来，卷成卷儿，把桌子上的粉笔灰吹了吹，才小心搁了上去，然后使劲咽了口唾沫，开始说话了：

“同志们，刚才听了俺村支部书记郭大海同志的发言，有什么想法呢？我说什么呢？刚才大海同志说，猛一下反对了强迫命令，工作就没了招儿，我现在就来说说这个事。”

他觉得自己说得不很带劲，心里一急，刚才那股兴奋劲儿就没有了。只得停下来沉了沉气，从怀里掏出两张纸来，眯着眼，翻翻弄弄地看了又看。后边有人在小声嬉笑，女儿贞妮子伸着脖子瞪着大眼看着他。足足过了三分钟的时间，他忽然把眉毛一皱，生气地把纸揉成了一团，往门外一扔：

“去你娘的蛋！”

人们轰的一下笑了。他自己也笑了：

“这真是，俺家贞贞老是逼着我学写字，所以我也学张书记，写了这么个发言提纲，谁知道一有了它，脑子就光惦记着它，倒糊涂了，连那几行歪歪扭扭的字也看不清。嘿，这一扔，脑子倒清楚了。今年，春耕开始以前，上级布置春耕准备工作，号召每亩地上三千斤粪。俺们村跟别的村一样，开了几天会，对群众动员了动员，把数目字报上去了，各家平均起来，不多不少，正好每亩地三千斤。真的有三千斤吗？哈！郭大海、我、村主任王建、填报告表的王先生，我们四个人知道，按各家的粪堆估计，每亩地也许够得上五百斤吧！你们想想，牲口，猪，养得少，猛一下哪来的三千斤粪呵？谁家往年种地每亩地上过一千斤粪呢？全村谁真正够得上这个标准呢？老实说，只有俺们农业社！俺们发动社员挖了一个多月的臭坑泥，再加上油坊里出的油酱，再加上各个社员家原有的粪肥，结果怎么样呢？老实不客气，每亩地上了两车半，足有四千斤！你们想想，每亩地上四千斤粪，庄稼怎么会不比别人强！这是我说的第一条。第二条：接着，上级又布置作生产计划。我问问你们，谁知道生产计划怎么做法？连区县干部自个都不知道。又是大会小会，开了几天，家家都做出来了，你去看吧，都是：第一条，爱国增产；第二条，精耕细作；第三条，多锄多耪多上肥；第四条……咳，是怎么回事呢？文书先生可忙坏啦，跟这家抄了，又跟那家抄，抄来抄去，家家不是一样的还往哪儿飞！哈哈！老实不客气，就是这么回事。谁真正做了生产计划呢？没别人，又是俺们社里。……俺们这个生产计划可不简单，有各种作物的种植亩数，有耕作过程，有技术措施，有丰产和增产目标，有副业计划，有劳力分配计划……详详细细，还经过社员们反复讨论。老实说，俺们社在秋收以前没有闹大问题，就因为大伙儿都被这个计划吸住了，就像是前边挺远的地方搁着一堆金子，只要我们走到地方，就可以拿到手。结果怎么样呢？增产了百分之三十五！这是好玩的吗？这，就是农业生产合作社的好处！”

他停了停，好像是为了站得更稳当些，说得更有劲些。

“第三个事情：刚做完了生产计划，紧接着就是婚姻法宣传月。村里干部们从县、区、乡，到村里，开会开会，整整开了一个月。要不要开会呢？当然要开，不开会不明白婚姻法的内容。有没有成绩呢？有。现在村里压迫妇女的事，除了郑老幌家这一两家，差不多没有了；父母给儿女订婚，也要让儿女先看看对象了。可是，你们看看俺们社里吧，自由恋爱的有三对儿！都挺正确、挺好。看着他们，咱们这些老头子心里不是挺舒服的吗？”

他扬着眉毛，愣着眼睛，手托着下巴，是欢喜，是自豪。

姑娘媳妇们哧哧地笑了，男人们也咧开了大嘴，贞妮子和王香儿都低下了头，吴小正和赵更学都别过脸去了。

“为什么咱们农业社在男女恋爱的事情上也突出呢？就因为，像张书记说的那话，人，一集体劳动，就容易互相摸透脾气，就容易靠近。就因为，男的女的心气儿都一样，都喜爱农业社，都喜爱社会主义。……这些事，说起来真没个完……”

他往旁边走了两步，想去坐下来，却又回身站住了，把手一招：

“我说，同志们，不用鼓掌，不用来这老一套。要是我说得不对，鼓掌干什么？要是我说得对，光鼓掌有什么用？同志们，走社会主义的道儿是有瘾的，只要你走上来了，你的心气儿就变了，你就像换了个人，你就会天天觉着心里有股味儿——像过年一样。你们别怪我说话这么愣声愣气，我是高兴，是心里有劲使不出来。这一年，我日里夜里都像做梦……嘿，鼓掌有什么用？”

果然，会场安静下来了，人们像是在思索什么。也许他们觉得奇怪：怎么郭木山今日这么会说？怎么他这些平平常常的话会这么动人？

郭大海问大伙：

“谁还有话说？”

吴小正扒着人们的肩膀，从高高低低的土台子上跨到前边来，在主席的位置上站住了，像平常在民校上课一样，故意叫自己沉住气，先把头上的灰制服帽子的帽檐儿摸正，然后把两只手往小夹袄儿的斜口袋里一插，声音并不高，脸也不怎么红，只是漂亮的眼睛睁得很大，闪着兴奋的坚决的光亮：

“为什么我要这么坚决呢？为什么这么喜爱社会主义的道儿，这么喜爱咱的农业社呢？这，各种各样的好处说不完，现在我只说一样具体事儿。春天，天旱得地里挖进半尺深见不着湿土，庄稼种不上。单干户怎么办？白瞪眼，老太太们念佛，老头儿叹气。俺们社里的人们怎么办？不瞪眼，不念佛，不叹气。男女老幼，七十多口人，天刚亮就集合，带着水筲扁担瓢。组长分配了各小组的地块儿。你就看吧，地里，一堆一堆的人，挖坑儿，扔籽儿；道儿上，人牵成了线，一直牵到河里，水担子接着水担子。听吧，唱歌儿的，哼哟嗬的，说笑话的，嚷叫的……同志们！这叫干活吗？

早先，咱们把干活儿叫做‘受苦’，把庄稼人叫做‘受苦人’，对不对呢？对！单干户，一天累到晚，干不了多少活儿，着急；黑间躺到炕上，想起明天的活儿还有那么多，又着急；春天种上了，着急夏天的活儿；夏天累完了，着急秋天的收成。苦，是苦！可入到社里就不苦了……”

“还有个事你没说！”下边忽然响起了一个青年妇女的声音。人们都以为是贞妮子，都朝她看。但是贞妮子并没有说话，看样儿她是在聚精会神地想什么。

“什么事呵？”吴小正问。

“那天夜里下雨的事！”原来是王香儿的声音。

“哦，我想起来了！”吴小正到底不能再装得那么平平静静的了，掖在口袋里的手拿出来了，声音提高了，脸有些红了。“一说起这个事来，我心里就跳……春天，俺们社里晒着七八千斤芝麻酱，还有几千块土坯子——是为了给社员们换炕用的。半夜里下起了大雨，社长跟农业股长在街上一筛锣，一嚷叫，哈！各个社员家的人都出来啦，谁也没有问筛锣干什么，都自动地往场里跑，垒坯呀，收酱呀，抱的抱，抬的抬，铲的铲。淋着雨，践着泥，像打仗一样，直干了一夜。哈！等天亮了一看，每个人都没头没脸了，都变成水鸡儿、泥猴儿了！你瞧着大伙儿这一乐吧！这一笑吧！哈！同志们，这还不算乐，这还不算好……”

他把帽子往后脑勺上一推，甩着手，嚷叫起来了：

“什么时候才算好？真正到了社会主义社会，那才算好！现在农业社是小好，那时候集体农庄是大好；那时候，遍地绿油油，麦子高齐头；种地不用牛，点灯不用油；骡马满村叫，汽车到处遛；走路不小心，苹果碰破了头。哈哈！你们说，那时候好不好？”

人们像打雷一样轰叫起来了。吴小正轻轻地跳上了土台子，扒着人们的肩膀，很敏捷地回到座位上了。

一个六十来岁的老头——王庄的支部书记王老梗，从后面挤到前边来了，红着脸，抖动着胡子，结结实实地站在桌子前边，用出人意外的洪亮的嗓门叫道：

“大伙儿让我说几句好不好？”

“好，你说吧！”好几个声音支持他。

人们已经忘记了主席，忘记了先举手后发言的规定了。

老头子摸了摸胡子，开始说话了：

“昨儿后晌和夜里听了张书记的报告，我不知道别人怎么样，我们住在一起的几个人可是都没有怎么睡觉，只有杨庄的支书杨生才一个人后半夜睡着了，睡着了可是睡着了，说起梦话来了：‘你这多半辈子受苦还没有受够？俺家这三起三落的日子……’俺们几个没有睡着的人在干什么呢？俺们在讨论：是不是能用村里原来的互助组作基础，怎么样发动党员团员，社章怎么订法，一句话：回去以后怎么干，怎么成立社。杨生才又做梦嚷起来了：‘你不同意拉倒，你自个过你的去吧，你破车挡不了俺们的道儿，俺们入！’他把胳膊从被子里伸出来，晃了一阵，又猛地坐起来了，瞪着大眼：‘这二十亩地不是你挣的，是土改时分的，有俺们一份！’说完了，看见俺们几个人都在笑，又听见俺们在跟他说话，才醒了。你们猜是怎么回事？原来他在做梦动员他老人入社，父子俩吵起来了。咳！就是这么回事，俺们这心里，像有火一样。你们想想吧，各村里，正像张书记说的一样，有多少人家经过了三起三落呵？为什么三起三落呢？天灾人祸，生老病死，……闭着眼睛俺们就想起这些事来了，这就是农民的苦处。三十亩地一头牛，老婆孩子热炕头，一场大水，两场虫灾，就能叫你丢家弃业去逃荒！社会主义……咳，我这心里，像有火一样！”

他抓住胸前的衣裳，手在发抖，脸上的皱纹也在发抖，好半天不动。

“完了没有？”郭大海问他。

“完、完了。”他叹了口气，但是还站着不动，好像还有满肚子话说不出来。

天不早了，郭大海宣布散会。人们轰一下站起身来，一群青年妇女抢先挤到尹华珍跟前，拉手，牵衣裳，扶肩膀，“你可来了！”“可想坏俺们了！”唧唧喳喳，没完没了。

王则昆和张骏也被一群人包围住了。刚才发言的老头儿王老梗站在王则昆跟前，对他说：

“王书记，我有个问题：俺们村里的贾至贤在县委会里当干事，据他说，曲堤村这个农业社请求县委批准时很费了点劲，差点儿批准不了，有这个事吧?”

“贾至贤干吗对你们说这些事?”王则昆问他。

“是这么回事:去年,我也跟郭木山一块儿到省里去受了互助合作训练。回到家里以后,也是怪我上了点年岁,小心谨慎得有些过火儿,没有木山同志那股火性,就没敢一下子闹起来。后来听说木山他们的社建成了,我这心里可就有点慌啦。俺们的互助组也有两年历史,又都是好翻身户,干吗不大家商量商量转成社哩?正好这时贾至贤回家过年,跟他一商量,他把头一摇,劝我趁早儿拉倒,说是保险批不准。”

“嗯。”王则昆疑疑惑惑地看着大家,大家也疑疑惑惑地看着他。

“王书记,是这么回事儿吗?”王老梗又追问一句。

“你问这干吗?”王则昆有些不耐烦。

“俺们是这么想:建社,是个天大的大事,走一步得踩下个脚印儿,不能不在上级面前讨个心里有底。要不然,回去热火朝天地闹起来了,把人们的劲儿鼓起来了,到了儿上级不批准,怎么交代呢?”

王老梗说到这里,回头看了看周围的人,意思是希望得到他们的支持,好像他不光是代表自己说话,也是代表大家说话。

一个中年人又提出了问题:

“王书记,你对俺们贾各庄最熟,你看俺们村能建社吗?我可是想回去好好儿闹一下哩!”

其他的人也七言八语。

“王书记,你还是先回答我的问题吧!”王老梗又要求说。

“考虑考虑再说吧。”王则昆犹犹豫豫地说了一句,转身想往外走。

张骏看着事情不能下台,正想说什么时,尹华珍却分开众人,走了过来:

“我代表二区的区委会,同意你们的要求。我想张书记也会同意,只要合乎条件,上级就应该批准。王书记,我觉得这没有什么好考虑的,你说是不是?”

“同志,走社会主义的路是好的,可问题也不那么简单……好吧,等我跟张书记研究研究再说吧!”王则昆不高兴地看了她一眼,分开众人,走出去了。

第二十五章　头脑"冷静"的人

在战争的年代里，在多少回带领民兵破坏敌人的交通和围攻敌人的据点时，在以后的反霸和土地改革等运动中，王则昆不止一次体会过群众的政治热情，不止一次受过感动。从土地改革以后，特别是最近两三年来，他觉得人们的政治热情像是慢慢冷下来了，工作也越来越难做了。"为什么呢？"他曾不止一次问过自己，又很快地对自己做了回答，"这没有什么奇怪的，因为架在人们脖子上的刀没有了——敌人打走了，土地也分到手了，人们就想松松快快过过日子了，就对各种各样的工作疲沓起来了。"如果你这样问他："这是不是跟工作里边的乱抓一气和强迫命令等等缺点很有关系呢？"他就会回答说："咳！当然是有关系的啰。""那么，为什么不改正呢？""改正，咳，可不简单！比如像去年突击组织互助组的事情，上级这样主观主义要求县里，县里有什么办法呢？""那么，为什么不对上级提意见呢？""咳，不体谅上级的困难，胡冲八撞提意见，不怕受批评吗？不怕弄坏了上下级的关系吗？""那么，为什么不整顿下级呢？""咳，整当然也整过，可是，下级，文化低，能力差，任务又多，能怪他们吗？""那么，你自己有没有责任呢？""咳，我当然有责任。我也是个大老粗出身，无论从哪一方面说，反正就只有这么两下子，有什么办法？""那么，就这么马马虎虎下去吗？""当然不能马马虎虎，一个县的担子，是多重！马马虎虎地干，出了错儿，上级的批评下来了，谁去扛着呵？""那怎么办呢？""所以就要从两方面考虑问题嘛：一方面，群众落后；另一方面，主观力量差。""那就不做工作了吗？""怎么能不做工作呢？主要的是看怎么个做法。""怎么个做法呢？""咳，有的工作，应该突击完成；有的工作，应该稳步前进，那就是慢慢来，慢慢来，因为，有些事情，真不是那么简单！"……

今天王则昆却有些受到了震动。近两年来他还是头一次参加这样的会。从在会场上的时候起，他就一直在让自己冷静下来，一直在心里说："这可要好好儿考虑考虑……"他差一点不相信自己的眼睛，不相信人们对互助合作的道路竟有这么大的热情，竟能够对工作提出这么深刻的意见。人们的这股劲儿是不是实实在在的呢？是不是一鼓作气呢？是不是对的呢？这些对工作的意见真正是他们自己的意见吗？不是别人教给他们的吗？让下边的干部像这样控诉工作里的缺点——简直是在当着我的面批评县委的领导，是不是恰当呢……

王则昆又有些心情沉重，又有些担心害怕，他脑子里有些乱。他一定要冷静，一定要沉住气。

"可不简单！"他对自己说。

吃晚饭的时候，他尽量装出很愉快的样子，跟张骏谈着这次普选重点试办工作的一些情形，问张骏的身体情况，劝他要注意休息，甚至偶然也跟尹华珍说两句玩笑话，也向坐在一边的郭木山和李幼章他们问问村里和社里最近的一些情况。直到吃完了晚饭，别的人都走了，屋子里只剩下他们三个人，他才问张骏这里这一摊子是不是快结束了，希望张骏在一两天之内就回县里去，因为他要到省里去开会，可能得十天半月才能回来。他说："家里那一摊子没有人管是不行的！"他是想先做个试探，引起个话头儿，下边才好一步一步谈到正题目上去，免得太突然了会引起争吵。

张骏没有做肯定的回答，只说是："等我想一想，看看情形……"他也很想避免像过去那样发生争论，愿意让王则昆多看看这村里的情形，也许会受点影响，那就比较好谈了。他也是有一些问题要跟王则昆讨论的。

尹华珍却有些忍不住：

"依我看，张书记无论如何在一两天内是回不去的。"

"为什么呢？你又不是神仙，怎么知道他的想法？"王则昆半开玩笑地问她。

"刚才我跟人们谈了一阵，知道一点情况。张书记，你一两天之内走得了吗？"

张骏微笑着没有回答。他知道尹华珍是怕他猛一下走了，这里的担子就完全落到她身上了。

他们各人都喝了一碗白开水，决定分头去参加人们的小组讨论会，就一块儿走了出来。

王则昆决定参加住在支部宣传委员徐翠莲院里的那一组。

天色刚刚黑下来，街上过来过去的人彼此还看得清面目。王则昆看见一个黑胡子三角眼的大个子从他后面走过来，很特别地看了他一眼，匆匆忙忙地走过去了。他本来也没有怎么注意，不想走了不远，这家伙却站在一棵老槐树下边，装出甜腻腻的笑脸，跟他打招呼了：

“王书记，今日来的？”

王则昆心想：大概是在县里的集市上看见过他吧？看样儿有些像个买卖人……

“王书记，”对方又走上前两步，像是抱着什么希望似的说，“我有个问题想跟你讨论讨论。”

“什么问题？”

“这街上不好说话，你到俺家去坐会儿好不好？你要是还没吃饭，嘿，正好儿，俺家今日晌午有个客，弄了点菜，还留下了一半儿……”

王则昆自然不会受这样的邀请。两人就在槐树底下蹲下来，对方就正式谈起问题来了，说话时声音很小，眼睛不住地朝街两边溜来溜去，好像生怕有人看见了似的。

他的问题是：比方，有这么个人，凭劳动起家，把日子闹得好过起来了，这算不算犯法？

“你这问题是什么意思？”王则昆盯住对方的脸，觉得这里边有勾当。

“我是说，呃咳，政府不是提倡生产吗？为什么现在又有些人不敢好好儿闹生产了呢？”

“谁不敢好好生产？”

“反正，俺们村里有不少这样人家，说是快到社会主义社会了……咳，反正，他们就大吃大喝，说：这年头，还不如吃点喝点，落个嘴头子享福。有一家，最近宰了一口猪，对人家说是个病猪，其实，他那猪什么屁病也没有。咳，他把一半儿弄到集上去卖了，一半儿自个留着吃。一边吃着，还一边难受。猪还没长大，又不是喂养不起，吃着怎么会不难受？咳，不光是把猪宰了吃，还要吃白面，吃小米面蒸糕，反正是吃好的呗！前日，张书记在一次会上说，这村里有些人家有浪费现象，聘闺女，娶媳妇，发送老人，请多少桌客，他说这不对。不对是不对，可人们没有过日子的心思，你叫他怎么办？他省着干吗？”

“张书记是在什么会上说的？这些现象是最近才有的，还是以前就有？”王则昆以为，如果张骏是在群众大会说的，如果这些浪费现象是在最近才发生的，那就是个严重问题了，就很可能是张骏的工作搞出了偏差，影响到人们没心思过日子了。

“咳，什么会上，我也是听见别人说，反正张书记是批评过。要说是不是最近，咳，宰猪，平白无故像过年似的吃饺子，这可是最近的事。”

“是谁家这样？”

“郭万德，你知道吧？六十多岁的老头子，辛辛苦苦干了一辈子，这如今……咳！”

“还有谁家？”

“还有……咳！”

“你怎么老是咳呀咳的，你贵姓？”

“王书记，你要是不相信，就在村里调查调查吧。”

王则昆忽然笑起来了：

“我不用调查，你自己就是一家，对不对？”

“王书记，你怎么……”

“我问你还有谁家，你不说，问你贵姓，你又不告诉我；老是这么咳呀咳的，我看你这人不怎么老实！”

王则昆以为这些话一定打中了这狡猾家伙的心眼儿，没有想到这家伙并不慌张，既不承认，也不否认，却把眼珠子一转，又提出最初的那个问题来了：

“王书记，比方：一辈子劳动起家，挣了一份家业，这如今儿女都大了，想把老人丢在一边不管，要跟老人分家，这事对不对？”

“这，”王则昆考虑着说，“要看情况……我也问你一个问题吧：你刚才叫我到你家里去吃饭，说是有好菜，大半就是宰了猪做的好菜吧？”

对方嘿嘿地笑着，满不在乎地摇了摇头：

“王书记尽开玩笑……”

这使得王则昆不大舒服了，觉得自己碰到了一个很狡猾的黏皮家伙。他皱起眉毛，口气也不那么软和了：

“你到底贵姓，叫什么名字？”

“王书记，”对方忽然也像是有些不高兴了，“你尽问我姓甚名谁，这有什么用呢？我跟你讨论了半天问题，你一个问题也没有回答我！”他站起身来要走。

“啊！你这人倒有些奇怪！”王则昆也站起身来，“你不对我说实话，叫我怎么回答你的问题呢？”

对方站着愣了一会儿，像下了决心，回过身来说：

“好吧，王书记，我不是不对你说实话，实在是……你要知道，要想碰见个明白人，说说话儿，可不容易哩！我，你去打听打听吧，前半辈子受人的剥削，给地主扛过几年长活，这如今熬出了一点家当，村里人们就看着我眼红，土改的时候就想给我扣上个富农帽子，土改以后，我听了政府的话，加紧生产，这如今，说是要实行社会主义……我不知道俺们老百姓还怎么过日子法！我想找个明白人研究研究，可是，什么也不用说了！什么也不用说了！”他直着脖子，甩着手，一说完了，就迈开大步通通通地走了。

王则昆心想：“咳，别看表面上闹得热闹，也许里边还有坏馅子呢……农民，我就知道，可不简单！”他很想到郭万德家里去了解一下，希望能够发现一点问题——他真有些担心。

这时，猛地从背后的胡同里闪出个人来，一把抓住了王则昆的胳膊，原来是曹老鸭。

“王书记，你怎么跟他坐在一块儿谈起来了！我正想躲在胡同里边听听哩，没想到他就走了！”

“他是谁？”

“郑老幌，富农，破坏农业社的头号坏蛋！”

“哦！”王则昆半信半疑地小声叫起来了，又半真半假地说，“他真的是富农？真的有破坏行为？你可别随便给人扣帽子呀！”

“怎么？张书记还没有告诉你吗？”曹老鸭觉得非常奇怪，“好，我对你说说吧。”

听说王则昆想去找郭万德，曹老鸭就自告奋勇领着他往村西头走去，一路走着，一面说着郑洪兴的事情：

"……咳，八十多亩地，放高利贷，勾引咱们的社员去做投机买卖……可是，不怕他再精灵，张书记有孙悟空的火眼金睛，一下子就看透了他！"

"怎么一下子看透的？"王则昆微笑着问他。

"张书记刚来的那天就抓住了他的小辫子，就着着实实给了他一下子。"

"真不简单！"

"怎么会简单得了？"曹老鸭大声说，"没有点把子文才还行？做工作，比方，像庄稼人两口子吵架似的，你一句，我一句，说的尽是些鸡毛蒜皮，芝麻绿豆，说得对就乐了，说得不对，就大眼瞪小眼，菜刀擀杖一齐来，那还行？"

王则昆哈哈大笑了。又故意问他：

"你家两口子吵架大概就是这样吧？"

"嘿嘿嘿嘿……"曹老鸭不好意思地笑着，忽然又想起了一个问题："王书记，你怎么尽去找这样人？你找郭万德干吗？"

"他是个什么样的人，为什么不该找他？"

"顽固老头子，脑筋比石头还硬！"

"听说他最近宰了口猪，是吧？"

"哦喝！"曹老鸭自以为明白过来了，"你大半是还没有吃饭，想买点猪肉炒个菜，是吧？哈！在俺们这个小村里，你算是白想！"

"郭万德家没有宰猪吗？"王则昆又想笑了。

"他宰猪？猪还要宰他呢，猪生他的气！"

"怎么回事？"

"你想想，咱们社里最近买了四口猪，养得挺好，可郭万德就是在社里呆不住。他要是跟猪比赛，看看谁是头一名糊涂蛋，猪准得输给他，还能不生他的气？"

王则昆到底忍不住又哈哈大笑了。

他们已经走到郭万德家的大门口了，曹老鸭推开了大门，先走了进去，大声叫起来：

"你们家宰了猪吗？买肉的来了！"

王则昆随后跟了进去，正想拦住他时，只见从屋里慌慌张张走出个老太婆来：

“老天爷，可别这么大嚷大叫的哟！什么猪呀肉的，老头子刚吃了药睡着了，大夫叫他捂着被子出点汗。天都黑了，我连灯都不敢点呢……”

王则昆连忙拉着曹老鸭退了出来。曹老鸭又一路呱啦呱啦地陪着王则昆往东头走去，一直走到十字街口两人才分手。

这个小组连徐翠莲在内一共是七个人。炕上有个小炕桌儿，搁着一盏小豆油灯，铺着几张纸，一个青年小伙子正趴在灯亮下边做记录。其他的人都围着炕桌背靠着墙坐着，只有徐翠莲一个人是坐在炕下边的板凳上的。看见王则昆进来了，大家都像是有点出乎意外，连忙站起身来，打招呼，让坐。王则昆不愿意上炕盘腿，就在徐翠莲旁边坐下来。

没有人说话。年岁大一点的人都掏出了烟锅抽起烟来，年轻一点的袖着手儿低着头。当记录的拿着笔等着。王则昆很快就看出是因为他来了，人们有些拘束。他想把这不自然的空气缓和一下，就笑着对徐翠莲说：

“妇女们坐惯了炕头儿，怎么你倒坐在下边？”

“嘿，”徐翠莲笑了，“要是在别人家里开会，我早就跳到炕头上去了；在自个家里，嘿嘿……”

“这才怪了，在自个家里就不兴上炕吗？”

别的人们也都笑了。做记录的青年说：

“咳，在家里有人管着她的。”

“谁管着她？”王则昆奇怪了，“我知道，她又没有公公婆婆，除了她两口子就是一个孩子。”

“嘿，管她的这人比公公婆婆还厉害呢。”做记录的青年又说。

“就为了这，俺们还后悔不该住在这院里呢！”别的人也笑着补充说。

“俺们出来进去的就不敢跟翠莲同志肩并肩地走。”第三个人也发言了。

会场活泼起来了，王则昆猜到了一些，但还不十分清楚。徐翠莲只好自己来说明：她是由父母包办，嫁了这么个男人，庄稼活不爱干，每天除了到河里去打鱼，就是在街上摆纸烟摊子，还老是嫌她开会多，跟男人并起并坐。最近，她想入社，他不愿意……

“他为什么不愿意呢？”

“你想想，入了社他还好意思偷懒吗？”

“嘿，你是真心想入社吗？”

“怎么不是真心呢？我是共产党员，不走社会主义的路，别人谁还走？”

王则昆不说话了，别的人也都闭住了嘴巴。王则昆拿起记录来，就着灯亮儿一页一页地翻着看。这记录记得很简单，可也看得出来，刚才大家发言是很踊跃的，都是谈的对过去村里工作的感想，其中个别人的发言也牵涉到上级的领导问题；另外，就是关于怎样成立农业社的一些问题。王则昆问大家：为什么刚才大家还讨论得挺热烈，现在都不发言了。

“是呀，”主席徐翠莲附和说，“谁还有意见就接着发表吧！”

“对，有话就说吧！”

“对啊，别闷着啊！”

每个人都在催促别人发言，自己就把发言的责任推卸掉了。王则昆过去也参加过若干次这种有顾虑的会，如果他愿意，是有办法打破人们的顾虑的。现在他却不想去打破这样的僵局，他等了一会儿，就故意问道：

“是不是大伙儿的意见都发表得差不多了？”

“大半都差不多了吧。”有人含糊地说。

“好，”王则昆把记录往桌子上一丢，“你们说得差不多了，我就来说说。大家都知道，走社会主义的道路，这是好事。可是，建设社会主义，这不能像赶行市似的，这要看各种各样的具体条件。我们去年搞互助组还不是个例子吗？曲堤村这个农业社也是一个例子，要是他们晚一两年，让人们的思想进步得更好一点了再建社，今年会少出一些问题吧？要是成立的时候户数少一些，比方，只弄个十来户的社，今年的问题也会少一些吧？你们想想，幸亏今年这个社没有垮台，要是真的垮了台，那以后要是再成立社可就困难了。所以一定要稳步前进……”

最后，他也谈到了本县工作上的一些缺点——缺点是有的，这是谁也承认的，可这些缺点是怎么来的呢？是因为任务繁重，而干部们的水平又不高，尤其是村级干部，又要照顾自己家里的生产，又要搞工作。所以，就必须接受以前的教训，稳步前进……

“大伙儿琢磨琢磨，我这些话对不对呵？大伙儿是不是还有什么意见，可以讨论讨论。”

大家还能发表什么意见呢？

“大伙要是没有什么意见，咱们就散会。”徐翠莲伸了个懒腰，打了个哈欠。

其实她很兴奋，一点也不困，王则昆前脚走出了大门，她后脚也跟了出去，悄悄地走进组织委员翟老印的院子里，把正在开小组会的翟老印拉到大门洞里，小声地、兴奋地说：

“你看出来没有？王书记跟张书记的劲头不一样。”

“什么劲头不一样？”

“你怎么这么糊涂！下午散会的时候，王书记那个态度，你没有瞅见？”

“下午一散会我就走了……”

“刚才他参加了俺们的小组会，说了好些话……”

两人就这么在大门洞里唧咕了好半天。

“既是这么着，我也等等再说吧。”翟老印考虑着说。

“对！咱们也‘稳步’一点吧！”徐翠莲说着，返身走出门来。

翟老印仍旧回到屋子里去开会。他发起言来也跟别人一样多，一样的情绪热烈，好像他完全克服了过去的错误思想了。这正像王则昆最爱说的那句话：“无论什么事情，可不简单！”王则昆正是根据这样一类的经验得出这句结论来的，而且他自己就是一个活的经验，就是一个真不简单的充满了矛盾的人。

第二十六章 “走社会主义的道儿不犯法!”

张骏现在很明确地得出了一条经验:在群众里边不光是要一般地去进行工作,而且应当特别注意去了解人,了解各种各样人一辈子的经历,了解他们为什么会形成各种各样的性情特点。他觉得,通过这些了解,你会常常受到感动,会不断地加强对于党的事业的理解,和对于工作的热情,并且也常常会找出一些解决问题和推动工作的办法。他认为这是他最近两年来读了一些文学书籍的好处。他不是因为了解了郑洪兴,才更好地推动了工作吗?不是因为了解了老吉寡妇一家三口和一些别的人的生活情形,特别是那天晚上听了赵洛常老头子“三起三落”的经历以后,才引起了很多很多感想,才更进一步认识了个体农民的痛苦吗?他不正是因为分析了农民的痛苦,联系到未来的远景和本村农业社的实例,才唤起了人们强烈的改变命运的愿望和信心吗?最近他到赵洛常家里去住了两天,就是为了要更详细地了解一下这个老人的身世,了解一下他对新社会、对社会主义前途的看法。他确实是从这个老人那里学到了一些东西。刚才傍黑时,曹老鸭找他谈跟老婆吵架的事,他又从这个谁也看不起的人的口里,知道了一个不幸的人不幸的身世,又学习到了一些东西,并且马上把这些东西应用到小组会上了,所以他所参加的这个小组会散会特别晚。他又一次觉得:用农民自己的事实去教育农民和农村党员,是一个很好的经验。当人们散了会往外走时,他才发现徐翠莲那个小组的两个人坐在门口台阶上等着他的。张骏问他俩有什么事,他俩说:“这里这个小组会是开得多好,俺们那个小组……”就把王则昆参加了小组会的情形说了一遍。

现在,王则昆已经睡着了。李幼章睡在炕的另一头,也在呼呼地打鼾。可是张骏睡不着。刚才在小学里看见了王则昆对人们的热情那么冷淡，那么犹豫，他心里就已经有些冒火。他很同情尹华珍后来放的那一炮，觉得那正是自己所要说而当时不便于说出来的话。现在，知道王则昆又在小组会里有了那样的表现以后，他已经不是冒火，而是痛苦，是一种说不出来的郁闷味儿。一方面，人们对于社会主义的道路是那么热情，正像王老梗说的，“心里有火”，这是社会主义和党的政策的热力烧起来的火，是农民用自己的眼泪，用自己的向往烧起来的火。这些火要是汇合到一起，就会形成一股无比的力量，就会改变几千年来农民们痛苦的命运。这是多么好的事情啊！多么伟大的事情啊！张骏在过去——在部队里扛枪杆子时，在那些非常艰苦的年月里，想到过今天这样的事情吗？……哎，有一次，自己和几个战士隐蔽在高粱地里，四面是敌人的枪声，三天三夜吃不上饭，喝不上水，身边还躺着一个伤口流血的伤号。那时候想些什么呢？又有一次，部队两天一夜快速行军三百三十里，累得困得一站住就要睡着，自己却又无论如何不能睡，还要替那些走不动的战士扛着枪。那时候脑子里尽想些什么呢？还有一次，敌人大“扫荡”，他带着一个被打散了的连，日日夜夜跟敌人在青纱帐里兜圈子。有一天夜里到了一个人跑空了的村子，战士们一往街两边的墙根下边一坐，不到半分钟就全都打起鼾来了，简直都像是死了一样。“睡吧，同志们，再不睡困也得困死了！”张骏这么想着，决心不喊起他们来，自己想办法爬到街当中一座最高的房顶上去，坐在上面放哨。夜，是多么黑啊！多么紧张啊！一连人的生命完全寄托在他的两只眼睛和两个耳朵上了，完全依靠在他一个人的不睡上了。他看着远处那黑得看不见边的庄稼地，眼睛不听命令地合上了，就从皮带上的刀鞘里抽出一把小日本刀子来，用刀尖在自己的大腿上刺了一下，心里说：“我叫你困！”远处什么村子被敌人放火烧着了，可是，眼睛又不听命令地合上了，就又抽出刀子在大腿上刺了一下，心里说：“我叫你困！”啊！离村子不远的一条南北大道上走着一条长长的黑线似的队伍，脚步踢踢踏踏的声音，枪托碰着水壶的声音，长官骂人咕咕噜噜的声音，啊！是鬼子兵！怎么办？看看敌人是顺着道儿往南走了呢，还是进村吧。只要那蛇头一朝村子转过来，别看战士们睡得这么死，只要他张骏从房顶上往下一跳，大家一定会猛一下惊醒过来，还是来得及迅速转移的。敌人的队伍果然顺着道儿朝南去了，真长，真是一条看不见尾巴的蛇。张骏不眨眼地盯着它。可是，眼睛模糊起来了，什么也看不见了，眼皮不听命令地合上了。“我叫你困！”——他又照着自己的大腿狠狠地刺了一刀……啊啊，在那样无数艰苦的时刻里，还有那更加回忆不完的、无数胜利的时刻里，张骏想些什么呢？难道没有幻想过全国胜利以后的情形吗？难道没有幻想过祖国未来的远景吗？他想过的，而且想过的次数很多很多。可是，有时候，他虽然很渴望想一想这些事情，虽然一想起来心里就像喝醉了酒一样，有时却不敢想，因为没有时间去想，因为敌人不允许他去想，因为连睡觉的时间都没有；因为，那时候想得更多的是怎么消灭敌人，怎么多打胜仗。那时候，因为自己水平低，就是想，也是想得很模糊，而且以为是非常非常遥远的事情……现在，这样的时候来了，就在眼前了！自己天天做的就是这样工作了！现在，农民们心里的火已经烧起来了，这火一定会越点越多，一定会合成一股无比巨大的力量，会烧毁那个苦难的旧世界，旧生活……可是，另一方面，自己的同志却老是想向群众这种火一样的热情泼冷水！唉唉，这真叫人难受！真叫人生气！

“我的同志，”他转过头来对着黑影里的王则昆，“你也是艰苦奋斗过来的，你革命是为了什么呢？莫非就是为了像这样蒙头转向地做工作吗？就是为了对农民的社会主义热情泼冷水吗？……咳！我爱了解人，可我怎么就摸不透你的心性呢？怎么就说服不了你呢？”他的头有些发胀，眉棱骨那儿有些痛，很害怕要一夜失眠，不愿意再想下去了。可是脑子不听他的指挥，听着王则昆那刺耳的鼾声，思想不知不觉就又走到那上面去了。“咳！看起来，也许总是要大大地争吵一场的，这是不能避免的。真没有想到，一回来就要争吵起来，并且很可能比去年还要争吵得厉害。……既是免不了要争吵，那就好好儿想一想吧……可是，怎么想呢？想什么呢？有什么妙法儿呢？过去，我是硬攻战术，他是坚守软磨，避免决战……哎哎，在党校学习时，我本来是下了决心，想回县以后决不再像过去那样犯急躁病，决不再跟他大嚷大叫。那么，就尽可能压着点火性吧，尽可能跟他诚诚恳恳谈一谈吧……”

院子里通的一响，像是有个人从院墙上轻轻地跳下来了。张骏吃了一惊，猛地坐起身来，反手摸着了枕头下边的手枪，同时在心里说：“莫非刚刚以为打完了仗，就马上要来个枪上膛吗？”只听见两声轻轻的脚步声，接着就有人在窗户外边轻声叫他：

"张书记，睡着了没有？"

"你是谁？"张骏也小声问他，同时飞快披上了衣裳，一翻身下了炕。

"我，王老梗，有点事儿找你谈谈。"窗子外边的声音像是有些发抖。

张骏猛地想起了：王老梗白天在会上发言时那么激动，话还没有完，就说不下去了，后来又那么着急地问王则昆是不是可以批准他们建社……"不过，"他又对自己说，"现在他这么晚翻院墙进来，一定不是为了建社的事，一定是有别的事。"他连忙穿好了鞋，为了不惊醒炕上的两个人，轻轻开了房门，走到院里。王老梗的黑影子颠颠倒倒地向他走来，一把抓住了他的胳膊，竟抓得像两把铁钳子一样的有力，同时用很低的声音要求他不要出大声说话，免得惊醒了屋子里的王书记。

"张书记……"他声音发抖地说，"张书记，我实在憋不住了，我要跟你谈谈，我求你救救我！"说到这里，他猛地往台阶上一坐，两只手抱着头，一动也不动了。

"同志，有什么事你就说吧！"张骏也挨着他坐了下来。

不知道为什么，他猛地可怜起这个老头儿来了。他不知道是叫他同志好，还是叫他大伯好，也不愿意像平常那样叫他老王或是老梗。他知道，这王老梗是全县最年老的一位村支部书记，入党已经有十几年了。在从前，只因为不识字，又加上家庭负担很重，而村子里的工作又少不了他，所以他一直没有脱离生产出来工作。在战争年代里，他那破破烂烂的穷家里隐蔽过多少干部和战士啊，他为这些同志们担过多少惊险啊。只是因为有一把灰白色的大胡子，他才能够多少次在敌人的盘问和拷打下蒙混过来，才能够活到现在。现在，他又精神百倍地想往社会主义的道儿上走。他有什么苦恼呢？为什么这样呢？

"我这心里，真难受……"老梗的声音是嘶哑的。

"好同志，有什么难处，说吧！说吧！"张骏简直是哀求他了。

"我，跟你坦白吧，去年，我没有让上级批准，偷偷儿成立了社……"

"哦！"张骏这回是真的吃惊了，同时也兴奋起来了，"很好，说下去吧！"

"俺们原来是个办了两年的互助组，都是翻身户，觉悟都挺高。去年冬天我从专区受了互助合作训练，回到家里跟他们一说，又找到支部妇女委员韩春娥，把带回来的书本儿叫她念给人们听。张书记，真没想到啊，经过了几次学习讨论，人们都入了迷啦！连韩春娥也入了迷啦！你不知道，这闺女能写会算，是个好会计人才。她就日夜帮着我动员各个组员们的家庭，也动员她自个的家庭，就这么酝酿了一个多月。后来，听说郭木山这个社报到县里批准时很费了点周折，又听说你调到省里去了——贾至贤说你跟王书记是不一样的……我跟韩春娥两人心里可就为难了：建社，怕批不准，反倒给大伙儿浇了冷水。你不知道，人们说：要是不能建社，俺们就没了心劲了，就连互助组也不用搞了。人们不光是一心想争先进，争光荣，更主要的，都嫌互助组不如农业社更简便、更痛快，又更能够增产。怎么办呢？大伙儿就出了个主意：反正咱们这几家的土地劳力各方面都差不多，都是一块儿翻过身来的贫农，都大伙儿不分彼此惯了，又都把我这老头子看成比他们自己家的老人还好；咳，另一方面，也免得明着嚷嚷出去，将来增不了产显得丢人。就这么着，俺们就闹起了土地统一经营，劳力统一调配，就算是跟农业社一样吧。就这么干了一年……"

老人停下来，不住地用袖子擦脸。张骏猜出他在擦泪，觉得自己心里也有一股热在往上涌，简直不知道怎么说才好了。他咳了一下嗓子，把身子挨得老人更近一些，像是怕他冷似的，同时也用嘶哑的声音说：

"好同志，往下说吧！"

"咳！"老人长长地叹了口气，又开口了，"这一年，我是操的什么心！真像郭木山说的，天天都像是做梦。互助组的时候，收成好坏，还是各家负各家的责任。这统一经营可了不得，要是闹个歉收，全体几十口人的生活，我这个当家人怎么担得起！这还不说，我难受是难受在这里：秋天倒是落了个好收成，各家都比往年多收了粮食。人们正在高兴哩，正好俺村在县委会工作的贾至贤又回了家，我就去探他的口风，问他：'听说某个地方有人自动办起农业社来了，这算不算犯法呵？'张书记，我跟你坦白吧，我入党这十几年没有犯过错误，没有受过上级的批评，没有丢过老脸。在这一年里边，我有一千个、一万个担心，可最担心的还是以后的批准问题，我怕犯自由主义。可你猜贾至贤怎么说？他说：'那可了不得！要是真有那样的事，要是领头儿的是党员，除了受严重处分，还得把他们的社解散！'张书记，听了这话，我全身的劲儿一下子就散了，咳！有整整两天我吃不下饭……这次我来开会，就抱着这么个心思：'就对上级说俺们村有建社条件吧，让上级派人来帮助俺们建社吧，争取公开合法吧。'所以我一直没有跟你坦白这个事。今日，王书记一来，我想，这是个机会，问问他是不是能让俺们建社吧，可是他……"

张骏再也忍不住了，一把拉住老人那粗糙的手：

"老梗同志，我向你保证！"

老人转过脸来，张着嘴，颤动着胡子，眼角上好像还有眼泪。

"我相信你说的这些都是事实。我向你保证，走社会主义的道儿不犯法！"张骏简直大声嚷起来。

"可是……"老人还是不大放心。

"你放心吧，我批准你们！我保证王书记也能批准你们！"

"可是，"老人脸上仿佛现出了笑容，"刚才，人们还说，王书记在徐翠莲那个小组里，反对盲目冒进，把人们训了一顿。我想，我可真是犯了盲目冒进啦！散了会，我躺不下，睡不着……"

"这是谁告诉你的？"张骏猛地有些冒火了。

"翟老印，他说……"

"他是胡说！"张骏挥了一下胳膊，跳起身来，"犯了错误不改，还造这样的谣言，我要处分他！"他真是气得厉害，恨不得马上把翟老印叫了来，当着老人的面批评他一顿。

王老梗也站起身来，愣愣地看着张骏的举动。他不明白，为什么县里这两位领导人的态度不一样。他凭着几十年的世故经验，知道张骏是个热心快肠的人，是个有理论的人，可他是副书记，那位正书记好像更能够掌权主事，县里的事情一向都是王书记做主的。

张骏又抓住了他的胳膊，声调又平静下来了：

"老梗同志，你是个好同志，有功劳的人，明日我就要在会上表扬你。你先放心回去睡觉吧，天不早了……"

老人受了感动，可还是有些犹疑，慢慢走到靠房的梯子跟前，扶着梯子往上上，怕惊醒了屋里睡觉的人，动作那么轻，那么慢。人们秋天要在房顶上晒粮食，所以家家房檐上都靠着个梯子的。王老梗是住在李家后边的邻院里的，两家的房顶是挨着的，所以他刚才是从房顶上下来的。刚才那么通的一响，大半是因为他年岁大了，心里又太着急太紧张，所以蹬空了一脚摔了一跤吧？张骏这么一猜测时，心里就更感动了，劝老人开开大门从街上过去，可是老人说那边院的大门没有开，拍门砸户怕惊醒人。

老人走了以后，张骏再也不想睡觉了，在院子里来回遛起来。“好了！”他在心里说，“咱们县里已经有两个农业社！”他完全忘记了刚才的不愉快了。天气有些凉，他的手心却在出汗，不住地在裤子上擦着，“另一方面也很奇怪，在这一年里边，我们只知道有一个社，而这一个社还差一点垮了台！”他的脚步越走越重，使得四周围的墙壁响起了回声。

没有风。院子角上的一棵老槐树一动也不动，繁乱的枯枝子像是向天空撒了一面鱼网。天空是那么深远，星星是那么繁密，夜是那么安静。几片残叶从树枝上掉了下来，也几乎没有声音。

“这是多有意思！这是多有意思！”张骏看着天空对自己说，“可惜我不是文学家，要不然我真要写写这些事情……”他很想马上找个人说说自己的感想，却不知不觉地又想起他那年轻的知心的爱人来了，就急急忙忙地回到屋里，轻轻地关好了房门。

“张书记，”李幼章在炕上叫他，“这个王老梗可真有意思，这个事可真是咱们县里的好消息。”

“老李，是我把你吵醒了吧？”张骏高兴地问他。

“你们说话声音那么大，还怕吵不醒人？连王书记也醒了，刚才还在翻身呢，这会儿又像是睡着了。”

张骏听见王则昆在打鼾，猜着王则昆也许是不愿意谈论这件事情，所以才假装睡着了。他本来很想知道王则昆对这样的事情作何感想，可又怕王则昆说出了什么相反的意见，破坏了自己愉快的心情，就决心不去惊动他。就不声不响地摸着走进了他的办公室——套间屋，点着了炕桌上的小油灯，从文件包儿里拿出了信封信纸来，开始给爱人吕玉莹写信。这是他来到曲堤以后第三次给吕玉莹写信了。每逢在工作里碰到了高兴的事情，他就想到要给她写信，要对她说说自己的心情。

小莹：

现在是深夜，我又在给你写信了。对你说，在工作里边是多有意思啊！各种各样的事情是多丰富啊！我深深觉得，只要我们加强领导，只要我们去宣传教育，农民是很愿意走社会主义的道儿的。

写到这里，他的笔停住了。他本来想接着这样写：“今天，发生了这样一件有趣的事，”他怎么能够把刚才王老梗的一切情形描写出来呢？还有今天下午的那个会，那是开得多好！怎么能够不告诉她呢？又怎么能够描写得出来呢？“唉！”他不觉叹了口气，对着灯亮儿出起神来，“可惜我这支笔太笨……”

第二十七章　不可避免的争论

第二天早晨，王则昆起得很早，张骏也由于心情兴奋，一惊就醒来了。两人一块儿到了村外，信步走上了曲龙河的大堤，沿着大堤上排列得很整齐的杨树行列，踏着银白色的薄霜，迎着初升的太阳走去。张骏又一次向王则昆详细介绍着村子里各个方面的情况，说明自己是怎样在进行工作，看起来已经收到了一些什么效果，以及从附近各村来的这些人的思想情况里看出了一些什么问题……

粉紫色的原野展开在他们眼前，碧绿色的河水流在他们脚下。宽而深的河床像大地的一条巨大的裂缝，两边的堤岸矫健雄伟地弯弯拐拐，伸向无边无际的远方。从远处来了几只不挂帆的大船，满载着麻袋和面粉袋，大半是给县粮食局运来的粮食。乡村里把麦子和谷子运往城市，城市又把面粉和小米运回乡村，这景象是令人高兴的。几个小伙子在船边子上来回走动着，把身子趴得很低，撑着长长的篙子。船身慢慢往上水移动，平静的河水漾起了一条条灰白色的波浪。

"情况就是这样，你看看你有什么意见没有？"张骏看着那大船，结束了自己的长篇介绍。

"老张，"王则昆说，"看起来这个社算是垮不了，这也真亏了你。你也够累的了，要是再拖下去的话，你这身体恐怕要垮到不可收拾。我真替你担心，所以我还是劝你早点回去。家里那一摊子虽说有老黄守着，可我总还是不大放心。"他总是习惯地把区、乡、村叫做下边，把县里叫做家里，把县委会叫做家里的摊子。

张骏的意见却刚好相反，他觉得：回去，那是另外一个问题——要是弄得快，三四天就可以走。他倒是希望王则昆能够在这里多呆一天，多看看人们的热情劲儿，也许会受点影响。他知道，王则昆就是明天下午再走的话，赶到省里也并不晚。王则昆想了一会儿，用很低的声音说：他倒是想在这里多呆一天，不过他还有些事情要向家里的人们交代一下，也需要一些时间。

张骏又问：

“你对我刚才说的这些，到底有什么意见没有？”

“我这脑子里有些乱，”王则昆拍着前额说，“咱们坐下来谈吧。”

两人在两棵杨树下边坐下了。王则昆两只手搭在膝盖上，看着远处出了一会儿神，忽然叹了口气：

“咳！老张，今日我得跟你说真心话。我从一事变就在村子里参加了工作，开始是当村农会主任，村支部书记，以后上级又把我提拔到区里，到县里……现在，一个县的担子完全落在我肩膀上了，我怎么扛得起！我，一个庄稼人出身的大老粗，党把我培养成这样，我是天天提着一份心，生怕辜负了党对我的培养……”

他的声调很诚恳，脸孔很严肃。停了一会儿，又接着说：

“说我不是在努力工作吗？我不是表功，从在村子里的时候起，我就不知道什么叫累，什么叫怕死，什么叫不能完成任务。自从挑起了全县这份担子，我更是日夜操心。就拿这个大堤来说吧，每年汛期一到，我就日夜不离这道堤，无论日头怎么毒，雨怎么大，泥怎么深，堤怎么危险，我总是跟民工们一块儿抬土，分派事情，用电话跟各个工段联系，一连几夜不睡觉，眼熬红了，嗓子喊哑了。我，总是一心一意想对得起党，对得起老百姓。所以我生怕做事情冒冒失失，犯错误。多少年来，我看见过一些同志在工作里犯过错误，无论是“左”的错误也好，右的错误也好，都一样要造成很多损失，一样要来纠正偏向。纠偏，咳！下边的干部，老百姓，最怕的就是纠偏！”

他想起了这一地区在解放战争当中发生过的一些事情。那时，这里一直是根据地的边沿区，敌人长期的骚扰掠夺，使得人民生活很苦，地主们又暗暗地跟敌人勾结起来，破坏我们的工作。当时，为了要加强人民支持战争的力量，要巩固根据地，就在一些重点村试行土地改革；刚刚把群众发动起来了，把地主的财产没收了，敌人又大举进攻了，地主们就组织还乡团和清乡队，对群众进行血腥的报复……王则昆是永远也不能忘记这些事情的。

“我知道现在跟那时候不一样。”他接着说，“现在是和平环境。不过，你知道吧，一九四八年，这里解放了，又全面开花实行土地改革，群众还害怕变天，发动不起来。当时地委就派人来纠正右的偏向，提出大胆放手的口号，结果，有一些村子让一些唯恐天下不乱的流氓分子当了权，搞得过‘左’，错斗了中农，打击了一部分作风稳重的好干部，弄得情形很混乱。后来上级党委就又派人来纠正‘左’的偏向了。就这么纠过来纠过去，工作是造成了多大的损失！”

张骏猜出了王则昆说这些话的用意，就插嘴说：

“这些情形我也知道一点，主要是因为我们当时缺乏经验，政策水平低。并且，你只说了缺点的一面，其实当时成绩是主要的，错误并不是普遍的。我们不能被那些错误吓住了……”

“现在我们也没有经验，政策水平也不高。所以我们要接受过去的教训，不要被一时轰轰烈烈的现象迷惑住了，要稳稳当当。”

“老王，”张骏故意压低了声音说，“正因为我们的经验还不足，所以我们要学习，向党的方针政策学习，向别的先进地区学习，向群众学习，从工作里学习。我完全同意做工作，掌握政策，要全面，要稳当。可是，要是我们根本不去学习，也不去实际做，那我们什么时候才有经验呢？什么时候才能提高呢？要是老躺着不动，要是不往前走，那可就要后退呵，有人就会要向我们进攻呵，这村里的郑洪兴就是一个例子。并且，群众不会等我们，他们自己会动起来的，昨儿夜里王老梗的事，你大半也听见了。”

“我刚才也说了，”王则昆无可奈何地苦笑着说，“我也并没有老是躺着，像死人一样。要真是那样的话，上级早把我撤职了。”

“老兄，”张骏压制着心里的不快，“我不是说你没有做工作，我是说，咱们整个县委会的同志们都是这样：成年里忙于每一个临时的中心任务，或者只是忙于各人小范围的本行业务，对于长期的、最主要的中心工作——对于互助合作运动，对于宣传社会主义思想，是很不热心的，是冷淡的。不光是我一个人有这样意见，赵克文同志，专职干部胡凤如和张鸣山，还有尹华珍同志，都有这样意见。”

“去年我们不是也大力组织过互助组吗？结果怎么样呢？”

“去年是用突击中心工作的思想去搞互助组的，是一阵风，突击完了就不管。”

两人都感觉到很难再谈下去了。王则昆昂起了他那头发灰白的头，看着远处隐在一片模糊的树影里的村庄。村庄里，家家屋顶上都升起了的淡蓝色的炊烟，在树梢儿上结成了一条灰蓝色的雾带。太阳已经在大地上镀上了一层淡淡的金色，银白色的薄霜已经融化了，土地看起来是又湿润、又柔软，简直像糖一样。麦苗儿受到了水分的滋润，显得格外葱翠，像春天雨后的青草。只有那些土堆子土埂子的背阴面还残留着一些白霜，闪着银灰色和淡蓝色的光亮，像是一块块透明的玻璃。在那些弯弯曲曲的黄色丝带子一样的道路上，偶然出现一两个走路的人……

难道王则昆不热爱这样的土地吗？难道他没有一年到头从这个村庄走到那个村庄吗？难道他没有“泡”在群众里面忙碌过吗？……他心里又烦乱起来了，头也有些昏了，他有些慌张地看了张骏一眼，好像是怕他猜出了自己的什么心思。

张骏也在抱着膝盖对着原野出神。他心里也难过起来了。从一到这个县里来，他就看出了工作中的问题，在去党校学习以前的两个月的工作里，他没能改变这种情况。他为什么就硬是不能说服王则昆他们呢？如果说过去那两个月里都是空口说大道理，没有做出实际的样儿来，所以不能说服人，那么，现在总算是多少做出点实际样儿来了吧？……他回过头来，对王则昆说：

“老王同志，我真希望咱俩这一次把心里的话都痛痛快快说出来。我问你：你是不是觉得我在这村里搞得有些过‘左’？”

“过‘左’不过‘左’我现在还不能下结论。不过……”王则昆说到这里顿了一下，看见张骏的脸孔并不紧张，才接着说了下去，“不过，我觉得你做事情是有点急躁，有点冒失，比方，你上次给我的那封信上，只说想召集刘庄乡少数几个村子的支部书记开座谈会，昨天我来了才知道，你搞了这么大一个座谈会。这是个大事，应该先在县委会上讨论一下，由大家做个决定，才合乎集体领导的原则。”

王则昆到底提出了一个问题，这使张骏有些高兴，所以脸上有了笑容：

“好，我们就先拿这个问题来讨论一下吧。我的看法是这样：对党员干部宣传社会主义，扩大曲堤村农业生产合作社的影响，这是每一个县、区干部都应该做的事情，是随时随地都可以做的事情，只要不妨碍别的工作，是无须乎预先在县委会上提出来讨论的。”

“你说这是一般的对党员干部进行教育吗？这是发动各村的支部建立农业生产合作社，是大事。要是各个村子真的都动起来了，而县委会事后才知道，那是不大对头的。我觉得这是个原则问题。”

“是什么样的原则问题呢？”

“提到原则上看，就是无组织无纪律的行为。”

王则昆下了决心：如果张骏暴躁起来的话，他也一定要态度冷静，同时又一定要坚持原则。他看见张骏的脸色并没有改变，相反地倒在微笑，这使他有些放心，同时又有些奇怪。

“我不是这样看法。”张骏摇摇头说。

他的看法是这样的：起初，他召集这些人来开座谈会时，确实是只想用曲堤村的例子对人们进行一些教育，而且向人们了解一下附近各村的情况。他并没有想到一下子就把人们的情绪鼓起来了，既是鼓起来了，既是有一些村子的干部非常热心地想回去办社，那是什么可怕的坏事情吗？不，那是天大的好事情！是本县工作上的喜事！他可以亲自到这几个村子里去做一些了解，看看他们到底是不是有条件酝酿建社，然后再回到县委会里去向大家做个报告，让大家来讨论一下，做个决定。这违反什么原则呢？在工作里边不是时常会发生这样的情况吗？

王则昆听了张骏的解释以后摇了摇头。他不相信事情真是这样的经过，以为张骏是怕事先在县委会上提出来讨论时通不过，为了免得麻烦，又加上性急，所以就冒冒失失这么干起来了。他以为：无论怎么说，现在这个局面是不怎么好收拾的。他说：

“老张，我再问问你：你说可以亲自到各村去看看他们到底是不是有建社条件，要是你以为他们有这个条件的话，那是不是马上就答应让他们酝酿建社呢？”

“县委会当然应该要让他们酝酿。不光要让他们酝酿，还应该马上派人去进行帮助。”

“派谁去帮助呢？并且，要是他们真的都酝酿成了呢？”

“怎么会没有人派？办公室里有两个搞互助合作的专职干部，还有我，还有区里的人们。我可以召集一部分区县干部开个短期训练班，把外行变成内行，不是就不用发愁没有内行了吗？”

“比方，要是猛一下新成立起来十几个农业社，那怎么办？”

“那有什么不好办的？”张骏的浓眉毛扬起来了。

“照顾得过来吗？”

“怎么会照顾不过来？只要多训练出几个内行干部来……从全国出现第一个农业生产合作社的那天起，到现在已经有五年了，全国已经有几万个农业社了，又不是什么从来没有人干过的新鲜事，就不可以学习吗？”

“咳！”王则昆皱着眉头叹了口气，“学习，可不简单！”接着他又把口气一转，“我并不是绝对不同意建社。王老梗那个社，既是偷着办起来了，了解一下没有什么偏差的话，是可以批准的。不过，也得认真地批评他一下。另外，就是批准他，也不要公开宣布，怕的是各村都像他这样闹起自由行动来了，那还了得！说到其他的村子，也可以看情形再建立一两个社。总起来一句话，要特别慎重，最好全县不要超过五个社，免得出娄子。”

“我不同意……”张骏摇了摇头。

他没有说出不同意的理由，觉得简直是无从说起。为什么要批评王老梗呢？为什么要像这样限制建社的数目呢？莫非走社会主义的道儿真的有罪吗？王老梗不敢公开提出来要求批准，不是正好反映了领导上有错误吗？数目，数目首先应该根据群众的情况来规定，不能自己主观上先定出个框子来限制群众……

王则昆看见张骏说了半句没有说下去，以为他在这一点上是没有多少反对的理由好说了，就想另外引起话题了：

“老张，就算你做得对，就算你没有违反集体领导的原则，你在召开这么大的座谈会以前，也就是说，你改变了前一次给我写信时所说的计划，不光有刘庄乡少数几个村子的支部书记，相反的是这么多党员干部参加，那你也总该再给我个信儿跟我商量商量吧？对这样的事情，我也总有一份责任吧？”

“谁说我没有给你写信?”张骏那浓眉毛又猛地一扬。

“你什么时候给我写了信?”

“这回你让小赵来叫我回去开会,我没有叫小赵给你带一封长信去吗? 你没有收到那封信吗?”

“哦,是那封信……”

“怎么样? 我的同志,大概是我写给你的信你连看都没有看吧?”张骏这回是到底忍不住要生气,脸色有些可怕了。他费了那么多时间诚诚恳恳地写了一封很长的信,而王则昆竟连看都不看。

“我看了,可是我没有看完!”王则昆故意不看张骏的脸。

“为什么不看完?”张骏却偏偏要倾过身子去,盯住王则昆的脸。

“我不同意你的意见!”

“什么地方不同意?”

“你要一下子把这个社扩大到五十户,这对吗?”

“谁说我一定要一下子扩大到五十户? 我在信上是这样写的吗? 我不过是说可能要扩大到五十户。如果真的能扩大到五十户的话,那有什么不好呢? 那只有对富农郑洪兴这样的人不好,对革命没有半点坏处!”

“嘿,不管‘可能’也好,‘也许’也好,我的天,五十户,可不简单!”

“要是根本没有人管的话,就是五户也很简单——垮台!”停了一会儿,张骏又严厉地说,“我真不明白,你为什么对社会主义这么冷淡! 简直不像个……”他的意思是“简直不像个共产党员”,可是他没有说出来。

“好吧,”王则昆站起身来,尽量压制着心里的气恼,“我不像县委书记,你像,你够格。我把咱俩争论的问题,把你在这里搞的这一套,都带到省里去,跟上级谈谈,要是上边认为你是对的,我就检讨;认为我是对的,你就考虑考虑;以后咱俩就再也不会发生这样的争论了。还有一条,我索性告诉你吧:你发动人们检查过去的工作,这是谁也不反对的。可是,让下边的干部把县里过去的工作说得那样糟糕,这有什么好处? 还有,鼓动王老梗这样十几年的老党员对我不满,像那样称赞他,以后县委还怎么领导工作呢? 这是故意破坏我的威信,是有目的的,是十分严重的!”

“好吧!”张骏也跳起身来,“这一条你也报告上去吧! 我现在不跟你争论,我不承认这是事实,不过,关于这一切的一切,我也要给上级写个报告!”

“你也……”

“我当然要写报告,我为什么不能写呢?”

“好吧,我早就知道你是要往上边写报告的,你不是早就搜集了很多材料吗?”

王则昆快步下了大堤,向村子那边走去了。

王则昆那矮矮的身影在早晨的阳光下一颠一颠地走得那么快,这给了张骏一个很深的印象。他愣在那里看了好久好久,不觉痛苦地叫出这么一句话来:“哎呀呀我的同志!”又转过身来,把手往裤兜里一插,把披在肩膀上的棉衣颠动了一下,大踏步地在堤上来回走起来。

“好,好,真正开起火来了也好!”他看着脚前面松软的沙土,开始在排除心里的懊恼。“我不怕开火,不怕斗争,我就是怕斗争不起来,就是怕,像老百姓说的,一锥子扎不出血来。现在好了,你到上级面前去说说你的意见吧! 就说我犯了原则性的错误也可以! 到底是谁对谁不对,且听下回分解吧……”

一想到事情到了非“分解”不可的地步,他的心情反倒慢慢平静下来了,反倒不再苦恼了。

天气这么好,空气这么新鲜,河水的声音这么轻柔悠远,堤两边高大的杨树做着各种各样雄伟挺拔的姿势……这宽阔的土地啊,你有多宽多远! 在你这宽大无比的胸膛上面,人们世世代代都是以一个两个人为劳动的单位,各人在各人的小块土地上孤孤单单地干着活儿,世世代代,人们把干活叫做受苦。现在是时候了,应该到处都看见一队一队的人马,到处都有农业社的生产突击队,到处都是人群的嚷叫声,吆喝声,歌唱声;应该掀起一个千百万人的生产热潮来……

“我有什么错误呢?”他回过脸来对着眼前的一棵大杨树说,“我到底是不是真的有错误呢?”他又在心里反复地问自己,“我不过是像王老梗这些人一样,心里有火,压不住,无论怎么着也压不住;无论怎么着也不能不死不活,敷敷衍衍……”

“为什么他们就愿意敷敷衍衍过日子呢?”他不知不觉地一直往前走

去，好像要躲开什么东西似的。“根本的问题在哪里呢？农民很难走上社会主义的道儿吗？很难教育吗？一沾上互助合作的边儿就容易犯错误吗？所以社会主义搞得越慢越好，最好是根本不搞吗？哎咳咳，这真是岂有此理！……一年到头老是事务主义形式主义地‘突击中心任务’，老是要农民开那些形式主义的会议，熬他们的瞌睡，这怎么能不脱离群众！怎么不叫党员干部们疲沓起来！怎么能防止阶级分化！怎么能建设社会主义！难道就忘了今年是五年计划的第一年吗？”

他看着远处地平线上那些树影朦胧的村子，思想越跑越远了，心情也越来越兴奋了，脚步也越走越有力，把堤面上松软的沙土震得飞了起来，沾在裤腿上面。

“农民不愿意走社会主义的道儿吗？这真是笑话！同志，农民是很愿意的呀，不过是，有的觉悟得快一些，有的觉悟得慢一些，特别是那些穷苦一些的农民……像这村这个社似的，每亩地增产百分之三十五，他们为什么不愿意呢？难道他们是对受穷受苦有瘾吗……要是全县的土地都能增加百分之三十五的话，那是给国家多增加多少粮食呀！要是全省全国都这样呢？哎嘿，那简直是……不可能吗？可能的！一九四三年毛主席发表《论组织起来》的文件，陕甘宁边区掀起了大生产运动，这不是明摆着的事实吗？为什么在全国范围里就不能组织起来搞生产呢？只要全省全国的农村干部都把思想打通，脚踏实地地搞互助合作运动，那是能够逐步做得到的！现在国家正需要大量增产粮食啊！……我这决不是没有根据的幻想，像小莹常说我的，‘你那脑子里尽玻璃窗户’。咳，小莹呀，玻璃窗户有什么不好？四面透亮，看得又宽又远，风景又挺好，哈哈！”他简直笑出声音来了。

一想到爱人吕玉莹，他就想起了他俩一块儿在耀华县工作的一些情形来了。有一次，她骑着车子从乡下回来，跑得满脸通红，一进门，一看见他在家，就高兴得什么似的：“你猜柳金兰那个社增产了多少？百分之二十！才十九岁的一个姑娘呢……”为什么耀华县的干部们多数都有这么一股劲儿呢？为什么这个县的干部们多数都没有这么一股劲儿呢？为什么耀华县的县委会能够对柳金兰这个青年模范那么重视，把她培养成了全县青年妇女的旗帜呢？为什么王则昆听说郭木山的社增产了百分之三十五，没有那股高兴劲儿呢……

“我看，严重的问题不在农民本身，而在于教育，在于党的领导，在于我们这些干部是不是都打通了思想，是不是真正懂得农民的要求，是不是对社会主义有认识……”

想到这里，他就又想起本省的工作发展不平衡的问题来了。他觉得，省委注意重点县的工作，这是好的。但是省委却并没有充分利用重点县的经验来推动非重点县的工作。至于各县的重点区重点乡，以这个县为例，恐怕更是不少是形式主义的。

“现在想起来，我的那份报告还写得不够充分，我为什么要有顾虑呢？这真该死……”

他不是像刚才告诉王则昆的那样，要给省委地委写一份报告，而是已经写了一份报告，而且已经寄走了。

河堤在这里向北拐了个大弯，所以他已经从村子的南面走到村子的正西方向来了。这里离村子近一些，再加上堤身很高，所以能够把村子里的房屋看得清清楚楚。看啊，在那些方方正正的房顶上，摊晒着一堆堆金黄色的棒子，深红色的枣儿，淡黄色的谷穗子，另外还有一些秫秸编成的囤子，囤子顶上盖着耀眼闪光的苇席，看起来真是满村子的珠光宝气，炊烟和树木又给这些宝气添上了一股朦胧的味道。这就是人们的家乡，是多么和平！多么好看！在那些环境残酷的年月里，人们能够像这样放心大胆地在房顶上晒粮食吗？那时敌人总是在这样的时候来进行秋季“扫荡”，来抢粮食。人们年年秋天总是“快收，快打，快藏”，总是不等庄稼熟透了就收下来，打下来，不等完全干了就藏起来。

“咳！同志，不容易呀！”张骏又在心里对王则昆说起话来了，“你也是在战争的环境里打过滚儿的人，你也知道那个味儿。难道现在就没有敌人想进攻我们吗？难道敌人不是想从朝鲜打过鸭绿江来，不是想从台湾打到大陆上来吗？我们能够像乌龟爬似的吗？我们是要‘稳步’，可也一定要前进啊！打过仗的人都知道，时间是最要紧的。要争取时间，争取快。争取——这个字眼太好了！我们今天的一切不都是争取得来的吗？我们常常碰见，有些事情猛一看好像是没有办法，至少也是没法搞得再快再好一些的，等到仔细一分析，一研究，又到底找出办法来了。一个看起来是不可能的事情，想办法创造一些有利的条件，不可能就会变成了可能。这就叫争取，这就叫创造性，这是最了不起的东西！”

过去在战争里面，张骏不是经常在跟敌人争取时间，不是天天在争取胜利吗？在未入党以前，他争取入党；入党以后，他经常争取做一个好党员。在学习上，他从最初的争取在一年里边认识两千字到三千字，到能够看报写信，能够写日记和做总结，能够看懂《论持久战》，直到现在，变成像个知识分子，又想着争取读完十二本“干部必读”。要是每年每月没有争取的目标，他就要空虚苦闷，就简直难以生活下去。所以他最怕的是休息，更怕的是在医院里养病。

“嘿嘿！”他又对自己笑起来了，“这又像小莹说的：‘你老是赶站头，火车刚刚到了保定，你马上就盼着到北京。’哦哦，我的好同志，你老是怕我赶坏了身体。对你说，不要紧的。你自个不也老是在往前赶吗？你老是说，我要争取这，我要争取那；在速成中学里夜里熄了灯，你为什么老是缩在被子里用手电筒照着看书？我知道，你大半是想跟我比赛，想偷偷儿赶上我，对不对？我一猜就猜着了吧？你呀，咳……”他觉得小莹真是太了解他了，他俩真是太投脾气了，他的心简直因为爱，因为热，因为感动，也因为想念，痛起来了。

忽然，河那边什么地方响起了一个年轻姑娘的歌声，是那么圆润轻脆，那么欢喜，那么好听。他吃了一惊：“这太像小莹的声音了！未必是一想到她她就来了吗？那才奇怪呢！”他当然不会相信自己的幻想，却禁不住心里的欢喜，禁不住要看看这个唱歌的人，就飞快地跑下了大堤，朝着歌声的方向跑去。

这里河堤离河水很远，河堤与河水之间是很大一片荒沙滩，上面不种庄稼不长草，人在上面走一步陷一步，只有中间一个较高的地方长着一片茂密的柳树丛子。张骏知道，这就是人们常常说起的，村西南角上那九百多亩荒沙地。现在，在这一片苍白的荒沙地上，却飘扬着这么美妙的歌声，好像这里是夏天丰饶的田野，是春天开满了鲜花的树林。

天呀天，

你有多么高哇；

地呀地，
你有多么宽啦；
太阳呀，
你闪呀闪金光呀。
呃嘿咦呀哟！
我们往前走哟，
把生活来改变啦；
我们手拉手哟，
把生活来改变啦。
…………

张骏辨别着歌声的方向，一步一陷地好容易跑到了树丛子旁边，出了一身大汗，简直喘不过气来，心想："也许她是在这儿拾柴火的呢，我偷偷儿瞅瞅她吧，唱得这么好，人一定也不坏……"就轻悄悄地钻进了树丛。为了免得弄得树枝子响，索性把披在肩膀上的棉衣也扔掉了，把帽子也摘下来了。

啊！是一对青年男女——是吴小正和贞妮子！两人并排着坐在一棵柳丛子下边。贞妮子今天换了一件紫红色点子花的薄棉袄儿，下身是黑夹裤，脚上是绿的绣了点花儿的鞋，两条黑油油的大辫子拖在胸前，微仰着头，亮晶晶的大眼睛仰望着前面，满脸喜气，还在出神地唱着歌儿，捏着吴小正的一只手，在往沙地上一点一点地打着拍子。吴小正穿的是黑上身蓝裤子，脖子下边露着雪白的衬衣领子，头上的制服帽子扣在后脑勺上，也微微仰着脸，眼睛里充满了幻想的和幸福的光亮。"怎么有这么好的事！这简直像电影，像小说……"张骏在心里说着，不能决定是退出来好呢，还是继续再瞅下去听下去好。偷着看年轻人的事是不好的，但是看着实在叫人高兴，这歌声也实在好听，又怕往回走弄出响声惊动了他们，那就更难为情了。"这两个小家伙，真想得妙啊，一大清早偷着到这儿来玩！大半是常常到这儿来的吧？这如今的农村青年，真了不得！……哦，别忙，这里还有别的东西呢！"

原来，这树丛子当中有一块小小的空地，空地上长满了草——不，在杂乱枯黄的荒草当中还有一条条嫩绿色的东西，是麦苗儿！不错，是麦苗！麦苗为什么种在这儿呢？为什么种在草里边呢？这两人就是为了这才到这儿来的吗？就是为了这才这么高兴的吗……张骏像猜谜似的想了半天，猛地猜出了是怎么回事来了，他的心跳起来了，手心里冒汗了，连那受过伤的腿都有些发抖了。他现在是更不愿退回去了，相反地，恨不得马上笑着跑过去，使劲拉住他俩的手，不，是使劲抱住他俩，像对自己的弟弟妹妹一样；实际上，他的嘴已经不出声地张开了，不出声地笑了。他索性坐下来了。

“妮子，像是有人！”吴小正听见了这边树枝响，猛地转过脸来。

“你们猜是谁？”张骏不得不说话了，却故意往一棵长得最密的柳丛子后边一躲。心想：“我要是猛地跑出去，这两个小家伙一定臊得不行……”

“是张书记！”贞妮子轻声说，朝小正看了一眼，脸上像擦了胭脂似的红了，连忙用牙齿咬着鲜红的下嘴唇，忍住了笑，同时轻巧地跳起身来。

吴小正红着脸站起身来。两人都朝这边走来。看见张骏从树丛子里钻出来了，贞妮子尖声叫起来：

“张书记，你怎么大清早穿这么少的衣裳！连帽子也不戴！”

张骏这才想起了棉衣和帽子，自己也觉着好笑，连忙回到树丛子里拿来披上戴上，反背着手走到那生着杂草和麦子的地边，弯着腰细细地看了一遍，完全相信了自己的猜想，就更加兴奋。又从头上把帽子抓下来，背着手在地边来回走了两趟，这才转过身来走到两个青年人跟前，低着头不看他俩的脸，用低沉的声音说：

“真了不起！很好！”

接着，又一直走到一棵柳树跟前，差一点被树枝子扎了眼，才又回过身来，扬着浓眉，笑起来了：

“哦，还在害臊吗？干了这么好的事情还害臊吗？来来来，坐下来，说说。”

第二十八章　一对青年人的故事

去年年底，吴小正刚刚把自己的党的关系转到这村来时，郭大海和党支部就决定让他担任本村青年团的支部书记，并让他帮助李幼章给民校上课。他当时才十八岁，觉得自己能力差，怕负不起这样大的责任，又怕别人看着他像个小孩，更怕青年们不尊重他，所以总是装出个老成稳重的大人样儿，轻易不说话，不跟伙伴们开玩笑。在民校上课和在会上发言时，总是要在心里做半天沉住气的准备工作，说话又故意不慌不忙，把声音放得很低很慢。像这样又斯文又漂亮的小伙子，姑娘们能不注意他吗？很快，她们就看出了他的这股劲儿，每逢他在会上或课堂上讲话时，她们就在下边用又缺德又高兴的眼睛瞟他，还互相咬着耳朵嘘嘘，又哧哧地笑着。吴小正总是被她们弄得脸上一阵红一阵白，嗓子里像有个蚂蚁爬似的，连话也说不清楚。他恨自己胆怯，特别是恨自己在姑娘们面前没有办法，可是他改不了这个缺点。当时，他觉得只有一个模样最俊的姑娘反而跟别的姑娘不同，她就是贞妮子。总是挺直了腰杆坐在位子上，正正经经地看着他的脸，专心一意地听着他的话。有时候，她还皱起眉头，正颜厉色地制止那些调皮的伙伴们说："你们不要闹了好不好？你们到底是来上课的，还是来闹着玩的呵？"那些调皮的姑娘只得抿住嘴儿忍住笑，暂时装得正经一些。

慢慢地，吴小正的胆子锻炼得大起来了，当调皮的姑娘们再那么玩着缺德的花样时，他就绷紧了脸瞪她们一眼，有时还叫着她们的名字，当面批评她们。他觉得自己的这个进步是在贞妮子无形的帮助下得到的，很感谢她，两人就不知不觉接近起来了，常常在一块儿谈学习、谈工作，也谈出路问题。自从高小毕业以后，吴小正就一直在为自己的出路感到苦闷（觉得农村里没有前途）。贞妮子是读到小学五年级，因为哥哥出去参加了工作，弟弟在上中学，自己的年岁也大了，家里又缺人干活，就不上学了。所以两人在这一点上是相同的。当郭木山领导人们酝酿建社的时候，吴小正买了一些关于农业生产合作社问题的小册子，领导着青年们进行学习，帮助了建社工作，并且硬逼着他老爷郭万德入了社。从此他和贞妮子就清清楚楚地看见了光明的前途，就纠合了村里社里几个文化程度相差不多的青年，在民校里成立了一个自学小组，一边自学（主要是学习有关农业的科学技术），一边帮助文化更低的人们学习，完全代替了李幼章的民校教员的工作。他们订了《中国青年》、《中国农民》、《大众科学》这些杂志，按照书上所说的办法帮助社里用药水浸种拌种，对社员们讲解深耕密植和使用优良品种的道理。于是，他们的脑子里产生了改造自然的幻想，产生了对于未来生活的幻想。

吴小正从贞妮子口里知道了郭木山把沙地翻成了好地的事情。他心想："这村里有多少这样的沙地呀，要是都用人力去翻，那得花多少劳力呀！能不能想个办法把这些沙地改造一下呢？"他从村子附近那些产量很低的沙土地，又想到了河堤南面那片九百多亩根本不长庄稼的荒沙地……

在七七事变以前，这九百多亩地年年是最好的一片麦子。每年五月间，麦子半人高，在微风里摇动着金色的波浪，看着真是爱死人。自从事变那年被国民党的溃军挖堤放水变成了一片荒沙以后，人们就新修了一道堤，忍痛把这片地拦在大堤外边了。但是人们永远也不能忘记它，直到现在，还是习惯地把它叫做"村西南角上的那片地"。有人也试着种过麦子，按土质情况说，这里也确实应该是能种麦子。秋天冬天时，麦子长得还好。一到春天，刮起了无情风，麦苗儿不是被沙子淤盖了，就是连苗儿根儿都刮没了。以后，有人又在这里种过树。夏天河里涨水，把树秧子淹在水里两个多月。结果，只有一片地势较高的地方活了一百多棵柳树丛子。从此人们就再也不对这片荒沙地抱希望了。在每年春天刮大风的日子里，狂风在堤里堤外的沙地上卷起一片漫天的沙雾，疯狂地旋转着，奔跑着，把遍野的麦苗儿摔打得枯干了，焦黄了；在村子里的大街上，院子里，门外边和窗子外边，堆积起来，把人们堵闭在门窗无光的屋子里；又从门窗的缝儿里钻进屋子里去，弄得炕上、桌子上、锅台上，到处是一两寸厚的沙子；人们坐在屋子里不敢睁眼，不敢张嘴，不能做饭，只好唉声叹气。

吴小正从前来这村住姥姥家的时候，听说过这片荒沙地的历史，也尝过风沙灾难的味儿。现在，他已经是这村的人了，而且是青年团的书记和农业社的社员。现在，他想在这刚刚开始的生活里献出自己的青春，替人民和替自己开辟一个建立英雄事业的道路。春天已经来了，在刮风的日子里，社员们都聚合在李幼章家里叹气。郭木山和李宝成这些人甚至在大清早顶着扑脸的风沙跑到野地里去，从南洼走到西洼，一走一两个钟头……这些事情深深地打动了吴小正的心。“要是把堤外那片荒沙地改造好了，春天风沙就小了，堤里的沙地受灾也就小些了。难道就不能改造改造吗？工业模范们有多少创造发明，农业模范们想出了多少增产的办法，书上也有多少改变土壤的办法……”他把自己的想法告诉了贞妮子。贞妮子被他这大胆的想象惊住了，睁大了她那微微有点凹陷的黑宝石似的眼睛。从此，他俩就常常一起在小油灯下边翻书，在大堤上坐着出神，在荒沙地上转来转去，想得脑子发痛，夜里睡觉尽做梦，连吃饭也不知道味儿，却怎么也想不出办法来。

在这种共同的幻想里，慢慢地，小正觉出了贞妮子对自己越来越亲热，她那深情的眼光、温柔的声调、特别的动作……常常，两人站在一起说话时，贞妮子颤动着睫毛看着他的胸前，脸色不大自然，很久很久，猛地又抬起头来，用亮得出奇的眼睛看着他，无缘无故地笑了。啊！多么可爱的姑娘！吴小正这才知道，原来，他在来这村不久，就悄悄儿在心里很深的地方留下她的影子。她真的爱他吗？他敢对她抱希望吗？敢向她表示自己心里火一样的感情吗？她是个烈性人，跟一般的姑娘很不一样，可不能随随便便碰伤她啊。可是，她那些温柔的表情……唉！真猜不透。

慢慢地，青年们在他俩身上看出什么苗头儿来了，开始有人在他俩背后挤眉弄眼了。这些青年们的脑子里是不是还有一些残余的封建观念呢？会不会有人在背后造谣言说闲话呢？会不会因为这样的事情影响到吴小正的领导威信呢？要是第一个发生这样事情的不是吴小正和贞妮子，而是别的人；另外，要是他俩不是团里边的干部，而是普通团员；那么，吴小正一定会根据婚姻法，对团员们和青年们进行教育，批评那些有封建思想和爱挤眉弄眼的人们。偏偏他自己又是团支部书记，贞妮子也是支部委员；偏偏他俩又是这村里头一对儿谈恋爱的；偏偏贞妮子又是村里最被人注意的、最漂亮最能干的一个姑娘……要是贞妮子明明白白表示了是爱他的，那他也就没有多少顾虑，也就敢大胆公开地跟一些有封建思想的人们进行斗争了。他怎么向贞妮子试探试探呢？要是碰了钉子，怎么办呢？

现在，吴小正的心里除了有一个改变荒沙地的问题以外，又加上了一层别的苦恼了。

现在，当他跟贞妮子单独在一起时，就很不自然，脸上发烧，连话也说不出来，连看也不敢多看她一眼。离开了她以后，他又像少掉了什么东西，又恨不得马上去找她说点什么。

慢慢地，贞妮子就怀疑小正是不愿意跟她好了。她心想："也许他是喜欢起别的姑娘来了吧？为什么他跟别的姑娘们在一起时，比跟我在一起时说话多一些，态度也好一些呢？"她就不再单独找他说话儿了，也不找他研究改变荒沙地的问题了，见了他时脸孔也常常是冷冷的了。

那时候，没有人知道吴小正的苦闷。人们只看见他一天天瘦下来，常常低着头，没精打采。在夜校上课时，眼睛没有精神，脸朝着窗户，不看下边一排排坐在位子上的人们。

这时正是夏初的时候。有一天中午，小正不愿意睡晌觉，一个人到堤这边这片荒沙地上来转弯儿，想顺便到河里去洗个澡。沙子热得烫脚，风吹来的热气烤人的脸，他一点也没有感觉到，慢慢走到河边，很快地洗了个澡，穿好了衣裳，站在河边出了一会儿神，心想："我还没有到那片柳树丛子里去过呢，去歇歇凉儿也好。"就一步一陷地走进了柳树丛子，找个阴凉地方坐下。人们叫这些柳树是"柳树丛子"，是因为这些柳树有些特别：树干被人们在两尺高的地方砍断了，不能再往高处长了，在这两尺高的树干上就抽长出很多长长的柔软的枝条，远看着密密丛丛，像一些绒球儿一样。有些会编筐子的人们，在农闲时把这些柳条子砍下来，编成筐子笸箩，拿到集上去卖，是一种小小的副业。吴小正朝四面一看，发现树丛子当中有一块小小的空地，空地上还长了一些青草。他心里一动："既是能长草，就不能长庄稼吗？就是怕春天刮风。风真是害死人！"忽然，他看见一丛子乱草中间有几棵特别粗壮的草——不是草，是谷子苗儿！他猛地跳起身来，跑过去一看：真的是谷子苗儿！

“哈！这儿能长谷子！”他喜欢得跳了一下，紧接着又泄了气，“唉，这儿棵谷子长也是白长，过些时一涨大水就完了。”可又一想，“怎么这几棵谷子不怕春天的风沙呢？为什么能够长得这么好呢？”他坐在滚烫的沙地上，认真地考虑起来。

就像是解答最难的算术题一样，得从问题的头一点研究起。

“为什么别的地方不能长草，这儿能长草？”

大概是在去年秋天时，也许是风把草籽儿送到这儿来的，也许是鸟儿衔来的，再不然就是狐狸兔子和砍柳条的人带来的。今年春天，因为四边有树，多少挡住了风沙，所以草就长起来了。

“那么，为什么这儿能长谷子呢？”

一定是春天种谷子时，鸟儿从堤那边的地里把谷种儿衔来了。因为地潮，就发了芽。又因为有树有草，风沙搜不动根儿也淤不了苗儿……

“是不是因为这谷子种儿有些特别，有抗风抗沙的能力呢？也许是它的根儿扎得特别深，茎儿长得特别壮，所以才顶住了风沙吧？”

他把身子挪到一棵谷子苗儿跟前，用手挖掘着沙土。越往下挖，沙土越硬越潮，原来是，谷子根和草根搅绊在一起，弄了两手湿，简直挖不动。

“哦！原来是这么回事！草根护住了谷子根，风就刮不动沙土，还能保持水分，怪不得谷子长得这么好！”

他愣了很久很久。看起来，这里并不是不能长庄稼。要是把整个的沙地都种上草的话，春天的风沙是能够制得住的。问题就是夏天要淹水。不是风沙就是水，反正不叫这片地长庄稼，真是气死人！

“要是头年秋天在这整个九百多亩地上种上草，第二年春天再在草里边种上大麦，等到河里涨水的时候，大麦早就割了……不对，刚种上大麦不久就是刮风天，沙子总还是要刮起一些来的，嫩芽儿出得来吗？就是出来了，经得住刮吗？……要是头年夏末初秋草结籽儿的时候种上草，等草长出来了就种上小麦呢？那就不怕春天刮风了吧？……等到风季过去了，麦子该有半尺高了，再把草耪掉，麦子就可以一个劲儿往上长了……哦！这是个办法！一定得试验一下！”

他喜欢得一颗心快从口里跳出来了，自己瞪着眼，咧着嘴，看了看周围的柳树，像是对谁示威似的，然后跳起身来，掐了一根谷子苗儿往口里一咬，飞快地钻出了柳树丛子，像疯了似的向堤上跑去。

这个事找谁商量去呢？要是对随随便便的人说，人家一定会好笑的。

前边远远的堤根下边有一匹白马在吃草，这村里除了贞妮子家没有别的人家有这样的马，贞妮子一定在这儿！吴小正心里简直欢喜得发狂。果然，贞妮子一个人坐在一棵大树下边，向他回过头来了。小正不觉有些犹疑了，脚步放慢了。但是贞妮子脸上那股又惊又喜的神气鼓励了他的勇气，他就一直走到她跟前了，有些口吃地问她：

"妮子，你干吗，不歇晌？"

"你问我，你呢？"贞妮子摇摇头说。

"我睡、睡不着。"

"我也是睡不着。"

两人闷了好半天。小正看着手里的谷子苗儿，心想："这个事只除了跟她商量，别人一定都不会同意……"就坐了下来，又鼓着勇气叫了一声：

"妮子！"

"什么？"贞妮子回过脸来看着他，大眼里又像刚才一样，含着惊喜，含着希望。

"妮子，我知道你今日早早儿就下了地，昨儿夜里又学习得挺晚……"

"嗯，怎么哩？"她的声音是柔和的。

"那你干吗不歇晌呢？"

"我睡不着，在屋里唱歌儿，我爸爸妈妈嫌我吵，叫我来放马。"

"我也是睡不着……"

"你干吗睡不着？"

"妮子，我不是跟你闹着玩，是真的……"

"真的什么？"

"我……咳！"小正叹了口气，"妮子，咱俩……"

贞妮子低下了头，掐弄着自己的手指头，停了好久好久，才轻声说：

"咱俩……你不是不爱跟我说话吗？"

"妮子，你就是因为这个怪了我吗？我不是，我是……"

"你是怎么着？"

“我是，不知道，你那心里，到底对我……”

贞妮子的脸刷地红了。停了好久，柔声说：

“我看你这几天瘦了。”

“我吃不下饭，就是因为……”

“我这心里也挺难受的。”

“你也……”

“嗯。”贞妮子的声音低得差点听不见。

停了一会儿，两人同时抬起头来，两人都看见对方的眼睛有些潮湿。贞妮子笑了。

小正一阵欢喜，胆子大起来了，笑着说：

“妮子，我有个挺好的事要告诉你，不过你先得告诉我，你那心里……你到底对我怎么样？”

贞妮子噗嗤笑了：

“看你，刚才不是说了半天吗？”

停了一会儿，她又说：

“反正，只要你用一百个心对我，我就用一百个心对你。”

“我用一千个心对你！”小正大声说。

“我也用一千个一万个心对你！”

“妮子，真的吗？”

“一百个真！一千个真！”

吴小正从来没有像今天这样幸福，这样愉快。今天是个什么日子呵？为什么天大的好事情都凑到一起来了呢？好像连阳光也特别亮，连风儿也特别凉。好像这河边的景致也从来没有这么好看，大地也从来没有这样宽广。他深深地吸了一口气，看看贞妮子那脉脉含情的神气，又看看手里这棵鲜嫩的谷子苗儿，到底又想出一句话来了：

“妮子，你看看我手里这是什么？”

“什么？离得太远，我看不清。”贞妮子故意摇了一下头，笑着说。

小正站起身来，走过来了。贞妮子把自己垫坐的草帽儿拉出来搁在旁边让他坐，哧哧地笑着说：

“我不知道你拿的什么，我从来没有看见过。”

“妮子,你又闹着玩了,我是跟你说真话。”

“说真话说假话的,我连谷子苗儿也不认得吗?”

“你光认得,可你猜是哪儿长的?”

“哪儿?”

“堤南边那沙地上面!”

“啊!是你种的吗?你怎么……”她的意思是,“你怎么一直没有告诉我,一直瞒着我?”

“不是,是……我告诉你吧,我有一个大计划,简直大得没法说,简直好极了!”

他扬着眉毛,咽着唾沫,简直不知从哪儿说起。贞妮子听着听着,心越跳越厉害,眼睛越睁越大,笔直地看着他的脸。多么可爱!多么好!她没有看错了人,她要鼓励他,帮助他,来实现这个计划。她两手抱住他的胳膊,脸儿贴在他的肩膀上,不住地幸福地笑着,要不是怕人看见,真想倒到他怀里去。

从此,这对青年人的命运就紧紧地胶合在一起了。

夏末秋初的时候,他俩在堤坡草地上采了一些草籽儿,把树丛子中间那片空地耙平了,趁着雨后地潮时把草籽儿撒上了。不久,草就密密蒙蒙地长起来了。两人又用锄在草地中间挖了一条条的浅沟,把麦种儿种在里面了,把希望种在里面了。

不久,麦芽儿出土了。

两人特地买了个小小的红皮笔记本儿,把产生计划的经过,种麦子的日期,麦芽儿出土的日期,霜前霜后麦苗儿生长的情况,以及两人的心情、想法、谈话……都详详细细记在上面。两人有时惦记得吃不下饭,睡不着觉;有时又欢喜得跳起来,唱起来。正因为它,当一部分社员闹情绪的时候,贞妮子才那样担心社要垮台,才特别生她爸爸的气。她知道,要是没有农业社,他们的这个计划就要落空。也正因为它,吴小正才更加不能离开农业社,不能离开曲堤村。

现在,草黄了,麦苗儿显得更壮更绿了。两人坐在沙地上,谈着现在是不是应把这块秘密的麦地向团员们公布出来,谈着最近人们踊跃入社的情形,谈着吴小正昨天下午会上的发言,谈着各人的希望和梦想。吴小正最近有了更多更多的想法。他认为:像这样年年种一遍草,种一遍麦子,这片九百多亩沙地的土质就会改良。如果再把这道堤挪到河边去,把这片地拦在堤里边来,再在地的周围种上防风林,在村子四边一切沙地的周围也都有计划地种上防风林,那就永远没有风沙的灾害,就会使得村子周围变得像画儿一样美丽了。要是将来有了拖拉机,有了渠道和抽水机,村子里又有了电灯,那是多好啊!谈着谈着,贞妮子就高兴得唱起歌儿来了。她的嗓子是那么好,而野地又是这么空旷,所以歌声飘得很远很远……

这就是这对青年人的故事。不过,他俩只对张骏讲了种麦子的故事,没有讲爱情的故事。

第二十九章　从群众的要求出发

张骏对这两个青年人有什么感想呢？他只有简单两句话的结论："真好，真了不得！"他跳起身来，在这对青年人面前的沙地上一拐一拐地来回走起来。刚才，当他从树缝儿里看见这对青年人并排着坐在一起的时候，他觉得他俩真是太天真无邪了，太幸福了，心里不觉微微有点什么感触，像嫉妒，又像是羡慕。他的爱人吕玉莹也很年轻，他自己的心情常常也跟青年人一样，他们夫妻两人在一起时也常常像两个年轻的孩子似的，愉快、甜美，有很多孩子气的举动和趣味。但是他还是有时候要羡慕那些二十岁上下的青年人，因为青年人到底是青年人，他们的心情要单纯得多，愉快得多，他们有健康的身体，饱满的精力，走路都要蹦跳，随时随地口里哼着歌儿……但是张骏现在忘记了这样的一些感想。现在他所想的是：如果这个试验成功了，这九百多亩荒沙地每年至少要生产十来万斤麦子。全县有多少这样的荒沙地呢？是不是都可以用这个办法来种麦子呢？这个办法是不是可以向全省范围推广呢？如果全县全省全国的人民都像这样费尽心思去找寻增产的办法呢？……他向这两个青年人保证：明年春天风季过去后，如果试验成功了，他就要发动全县的各级干部和党员团员们以及一切愿意来的人们到这儿来参观。他要通过这一事实发动全县的人们都为着增产粮食动起脑筋来。到那时候，这两个青年人就成了全县人们所爱戴的英雄人物了。不过，他现在先要把这件事情告诉两个人，一个是尹华珍，让她高兴高兴；另一个是县农场的杨场长。杨场长是农业专家，一定会对这个试验提出一些宝贵的意见来的。

吴小正和贞妮子出神地听着他的这些话，简直像做梦。张骏像是猜出了他俩的心思，很肯定地说：这不是不可以实现的梦想，而是可以实现的梦想。在这个时代里，只要努力干，一切好的梦想都是可以实现的。比如，这村里从去年冬天建立了一个农业社，今年增产了粮食百分之三十五，现在这个社已经可以扩大到六十户上下了；三五年以后，全村就可以集体化了。这难道不是像做梦一样吗？可是这是千真万确的事实。

贞妮子那亮晶晶的眼睛闪了一下，忽然想起个事情来，叫起来了：

“张书记，我还有个事情没有告诉你，我爸爸也有个增产计划哩！我还是前日才听见他说的，他瞒得我好紧！”

“呵？”张骏惊喜地扬起了眉毛。

“他想把咱村北那大苇坑开一道沟，把咱社那‘大片地’变成水浇地。你还不知道哩，入社的人们一多起来，那块大片地现在有九十多亩啦！另外，他说：要是试验成功了，咱全县有五个这么大小的水坑，都可以这么办。”

“好！这我可得找他了解了解。”

他们一块儿钻出了柳丛子。张骏对他俩提出挑战，看谁在这一步一陷的沙地上走得最快。三个人就甩开脚跑起来。吴小正和贞妮子嘻嘻哈哈地笑着，不一会儿就把张骏甩下了好远。张骏还是拼命追赶着，喘着气叫着：

“我这条左腿要是没有负过伤的话，你们十个也跑不过我！”

他们在大堤上碰见了尹华珍。早饭早就熟了，李幼章的娘怕饭菜凉了，催着李幼章和尹华珍去找张骏吃饭。尹华珍找遍了全村，有人告诉她：一大早看见张骏跟王则昆在大堤上坐着谈话。她就从村南的大堤顺着张骏的脚印儿找到这儿来了。

他们一块儿往村里走去。尹华珍很高兴，又加上走热了，脸孔通红，眼睛发亮，显得特别年轻，跟贞妮子并排走着，个儿一般高，竟像两姊妹一样。她告诉张骏：刚才她才知道，这个社有希望发展到六十户。另外，她又了解了很多别的情况，特别是王庄王老梗那个“暗社”，使她兴奋得不得了。这个“暗社”的事情最初是由李幼章告诉了郭木山和李宝成的，又由郭、李两人告诉了本社的社员们，又告诉了各村来开座谈会的人们，接着就传遍了全村。一整个早晨王老梗都被一大堆人包围着，向他问这问那，弄得他简直应付不过来。

张骏对尹华珍说：座谈会已经结束，从各村来的人们吃了饭就要走。他想让她吃了饭跟着王老梗到王庄去一下，把那个“暗社”了解一下，公开出来，让他们见见太阳。

"我很同意这样做，"尹华珍说，"不过，我想等一两天再去。"

"为什么？"

"我在这村里还没有了解够，还想再学习学习，要不然，到王庄去了也没有本钱，也不知道怎么做。"

"好吧，那你就等一两天再去也可以。"

各村来开座谈会的人们已经吃完了早饭，都拿着被包坐在李幼章的院子里等着的。郭大海、郭木山和社里其他一些人也在这里，大半是等着给这些人送行的。一看见张骏和尹华珍进来了，大家一齐站起身来，围了过来，大家同时七言八语地说：

"张书记，俺们这就走啦，回去啦。"

"很好，"张骏又高兴地说，"希望你们回去以后有计划地对党员们、团员们、互助组员们、村里其他的积极分子们，谈谈这几天座谈会的情形，和各人学习到的东西。可以用开会的方式来谈，只是不要想着做大报告，你们大概是做不了大报告的吧？"他有些滑稽地扬着眉毛，笑了。

"嘿嘿，听大报告还记不全哩，还做？"许多人也都笑了。

"最好是像拉家常话儿似的跟人们谈，就像你们刚来的那天我跟你们谈话那样。等引起了人们的兴趣，再谈社会主义的道理。要一步一步地来，不要着急。……我看着你们好像还有什么问题似的，是吗？"

人们犹疑了一下，有几个人试探地问：

"张书记，听说王书记没有吃饭就走了，是真的吗？"

张骏看了看靠在墙根下边的车子，果然只剩下了他自己的和尹华珍的两辆。他明白了大家的意思，就笑着说：

"王书记因为要赶紧到省里去开会，所以早早儿走了。你们问这个干吗？"

人们暂时没有说话。有几个人暗暗地递了递眼色。

王老梗背上背着一个圆圆的大被包，从人们的后面挤到前面来，神气有些紧张地说：

"张书记，我代表大伙儿说说吧，还是那句话：想讨个心里有底……"

"有底！"张骏连忙走上一步，一只手抓住了王老梗的胳膊，脸却向着大家，“同志们，有底！我心里有底，你们心里有底，王书记心里也有底！”他的另一只手使劲挥了一下，像是要赶走什么东西似的。然后走到屋门口的台阶上去，用更大的声音说，“同志们！为什么我心里和王书记心里有底呢？因为农村的社会主义方向是党中央和毛主席规定的，因为党中央发表过关于互助合作问题的决议，因为我们要把国家建设成社会主义社会。为什么你们心里有底呢？因为你们抱着很大的热情想改变旧生活，想建设新生活，想走社会主义的路。你们这个要求是正当的。党和人民都是欢迎你们支持你们的。同志们！你们回去就放开手酝酿去吧！只要掌握住自愿互利的原则，不是强迫命令，而是群众自愿的要求，只要没有地主富农和别的坏分子掺在里面，我和王书记就可以对你们负完全责任，就可以保证批准你们！你们千万不要有什么顾虑。另外，老梗同志，一两天尹华珍同志就要到你们村里去，把你们那个社公开出来。刚才我跟王书记已经商量好了，已经正式批准你们了！”

这最后一点不光是大家没有想到，连尹华珍和郭大海、郭木山他们也没有想到。每个人的脸色都红了，开朗了，笑了。王老梗像是看不清张骏的脸面，用手擦了一下眼睛，走上前一步，颤着声儿问：

“张、张书记，这是真的吗？”

“一百个真！”张骏大声说，“老梗同志，你要是还不放心的话，等尹华珍同志去你村的时候，我亲笔写一封批准的信让她带给你们，行了吧？”

“这可好啦！”王老梗两手使劲把大腿一拍，转身狠狠地扫了人们一眼，挤出了人圈，头也不回，别人跟他说话也不答理，通通通地走出大门去了。

正在这时，李幼章的娘从屋里走了出来，站在张骏身子旁边，把手一甩：

“我说人们，你们社会主义社会主义的，就不要张书记吃饭了吗？张书记日日夜夜这么说话，嚷叫，不累吗？你们要社会主义，就不要张书记活命吗？”

人们轰地笑了。张骏自己也笑了。等人们都走了以后，他和尹华珍一块儿走进屋里，看了看桌子上的饭菜，刚想上炕，却又回过身来，盯着尹华珍的脸说：

“华珍同志，一两天你去王庄时，我有两句话的意见：‘热情地肯定过去，放手地开展将来。’我相信老梗这人决不会说谎，他的社一定办得不错，即或有点小缺点，那也算不了什么。总之一句话：王老梗那个社一定要受表扬！一定要扩大！我们无论做什么事情，总应该从群众的要求出发，对不对？”

“对！”尹华珍也做了个坚决的手势，把短头发往耳朵后面一甩，“我把全区的干部都调到那村去，一块儿边干边学！”

“完全对！很好！”

两人正在吃饭的时候，曹老鸭、李宝成、李德才三个人一块儿进来了。李宝成一走进来就告诉说：曹老鸭磨缠着他们，要他们给他解决问题，可又不告诉他们他两口子吵架的原因……

“谁磨缠着求你们解决问题啦？”曹老鸭不好意思地红着脸，“我昨日夜里就在张书记跟前告了她的状，张书记早答应了要好好儿惩治惩治她……”

“你又吹大话了，”李宝成连忙打断了他，“昨日夜里睡觉的时候是谁求我来着？今日早晨吃饭的时候又是谁求我来着？转过背你就不认账，真不要鼻子！”

“昨日夜里跟今早晨……”曹老鸭看住李宝成的脸说。

“怎么着？”

“那是，那是，我觉着在你们家睡觉吃饭，怪难为情的，想早点回去。”

人们，连张骏在内，都笑了。

尹华珍忍住了笑，叫李宝成和李德才先出去干各人的事情，曹老鸭的事情就交给她来办好了。从昨天下午碰见曹老鸭夫妻俩打架，她就开始了对曹老鸭的事情的注意。傍黑时，她又从贞妮子和王香儿几个姑娘的口里，知道了曹老鸭当了一年“特别社员”的情形，这使她很受感动，使她回想起了曹老鸭在土改运动当中的一些情形。那时，她曾经亲眼看见过，曹老鸭从一个向来不被人注意，一年到头在外边给地主干活，只是在一些扛长活的伙伴当中爱哇啦哇啦说话的人，猛一下变成了斗争地主的积极分子，后来又被人们选上去当过保管股的干事。当时差不多一切的会议都是曹老鸭跑腿儿打着锣召集的。他的腰带上经常吊着一面锣和一个锣棰,走到哪里也是叮叮当当地响。再加上他那张爱哇啦哇啦的嘴,就成了大家很注意也很感兴趣、甚至也很觉得亲切的人物了。从此曹老鸭就颇为看得起自己,就爱出头露面了。特别是在人多的场合里,在有县区工作人员在场的地方,他总爱表示自己的意见,偏偏他的话又常常说得不内行,就引得人们爱跟他开玩笑。应该说,曹老鸭是一个单纯的、天真的、值得人同情的人。他不懂得旧社会里的人情世故,不会当家过日子,但是他懂得一条:把党和政府当做自家人,跟着共产党走。现在,他已经报名入社了,可为什么又跟老婆吵架呢?又为什么不把吵架的原因告诉人呢?她把曹老鸭让到炕上来,一定要他再喝一碗粥。

正在这时,郭木山和郭大海走了进来,正要谈什么事情,房门口又进来个人——是王洛奎。穿着一件挺破旧的短棉袄,腰里扎着一条粗布手巾,更显得他那身子又粗又矮。实际上他已经在房门口站了一会儿,用他那向来总是犹疑不定的眼光对满屋子的人观察了半天,这才下了决心,咳嗽了一声,走进屋里,还是他平常的老习惯,有什么事情决不在很多人的面前说出来,不声不响地把郭木山的袖子一拉,让木山跟着他,一直走到院里,把手伸到怀里摸了半天,摸出个纸条儿来,递给木山,这才不好意思地笑着说:

"木山,我把这个还是照原样儿还给你。可有一样,你可别笑话我,也别对别人说。我……咳!"

郭木山接过来一看,原来是一张退社的条子,不觉愣住了。不过才是五六天以前,王洛奎正像今天一样,走进屋里,把郭木山拉到院里来,要求给他写个退社的条儿,临走时又嘱咐:千万不要告诉别人,特别是不要告诉他女儿王香儿。事后,郭木山当然并没有替王洛奎保守秘密。前日,他在街上迎面碰见王香儿低着头走过来,当时有些奇怪:"这个平常有说有笑的闺女,怎么今日见了我连话也不说?"就叫住了她,问她为什么不答理人。

姑娘红着脸说:"我没脸见人。我,一个青年团员,自个的爸爸退了社……"嗓音都变了,话还没完,一扭身就走了。今日王洛奎为什么自动把这张退社的条儿交回来了呢?

郭木山正想问个明白时，王洛奎把他拉到南屋的墙根下边，蹲下来，红着脸说：

“木山，你觉着奇怪吧？咳！我就是不告诉你，往后你们也会知道，俺家香儿跟你家贞妮子，两人什么话不说？不过你可千万不要告诉别人。咳！说起我那个宝贝闺女来，真恨得我咬牙。就是这张纸条儿，我一直掖在口袋里的。前日夜里，也许是怪我睡得太死吧？不知怎么叫她偷去了。第二天天刚亮，她就起身出了门，一直到晌午才回来，把她姐从婆家接回来，把她兄弟从县里中学里接回来。夜里，他们姐弟四人——连九岁的冬儿也跟他们一块儿，唧咕了半夜。今日吃早饭时，他们就说话了：‘爸爸，吃了饭咱们开个家庭会吧。’我问：‘平白无故开家庭会干吗？’‘干吗？分家！’我一惊：‘干吗要分家？’‘就因为你要退社！’‘谁说我要退社？’‘谁说？这是什么？’香儿把手一扬，正是那张退社的条儿。‘这个家是我的，你们毛儿还没干，翅儿没硬，就想跟我老两口子分家？这不是反了吗？’‘俺们姐弟四人——连小弟弟冬儿在内，都有继承权……’木山，你想想，香儿是青年团员，她姐是党员，她兄弟在中学里也入了团，连最小的冬儿在小学里也是少先队，光剩下俺们老两口子是两个老顽固，俺们斗得过他们吗？……咳咳，就这么回事。”

郭木山笑起来了，心里说：“像你这么个人，怎么养了那么好个闺女，真怪！”口里却问他：

“这么说，你是真的不退社了吗？”

“咳！不啦！不啦！”

“咱们可要一言为定啊，可再也不能含糊啊。”

“木山，我说话算话……”

“洛奎，你可别怪我啰嗦，咱们是歹话说在头里，我还得叮问你一句：往后你再也不跟着郑老幌做买卖了吗？”

“嗨！”王洛奎顿了一下脚，“木山，你怎么还说这话？常言说：浪子回头金不换……我前些日子要退社，也不光是想着——像你们常说的——走什么资本主义，也是因为，觉着在社里干活拘板得慌，老是竞赛呀，挑战呀，开会呀。不拿出劲儿来跟着干吧，又怕秋后分红少，养不活家口。你也知道，我这腿有个风寒的症候儿，哪如个人单干，愿意干就干，愿意歇着就歇着……”

正在这时，大门外边脚步响，王洛奎大概是听熟了他女儿的脚步声，吃了一惊，一看，果然是香儿来了。她穿着一件绿底白花的小薄袄儿，显得脸蛋儿更加粉嫩鲜红，身段儿也更加小巧洒脱。一走进来，就用她那好听的声音叫起来：

“爸爸，你这是怎么回事？一家人都等着你开会呢，你把那张纸条儿抢过去就跑了，叫我好找……”

“你别跟我大喊小叫的好不好？”王洛奎站起身来，拍着腿，咬着牙，“死闺女小子们！把你们养大了，倒欺负起老子来了，看我总有一天要撕你们的皮！”最后又狠狠地瞪了女儿一眼，蹦蹦弹弹地走出大门去了。

王香儿看见郭木山在笑，眼珠子一转，脸上马上现出了希望的笑容：

“木山叔，他来找你干吗？不是退社了吗？”

得到了郭木山肯定的回答，又看见了他手里的纸条儿以后，她又欢喜又得意，猛一下格格大笑起来，简直笑得直不起腰来。接着，又把手一拍，像是又想起了什么新的主意，一旋身子，跳着飞着，跑出大门去了。

郭木山正想把这件有意思的事情告诉屋里的几个人，屋里的人已经都走出来了。他们已经听见了刚才的谈话，大家又说笑了一阵。尹华珍像男同志一样，把曹老鸭的肩膀一拍，推着他出了大门，悄声对他说：

“老曹，告诉你吧，摆在你面前有两条路，看你走哪一条吧。”

“哪两条路？”曹老鸭莫名其妙地问。

“一条路，你把你跟老婆吵架的原因告诉我，我就保证你永远是农业社员。另一条路，你要是老这么瞒着我，你家里的要是坚决不入社的话，那是谁也没有办法的。”

曹老鸭一面跟着尹华珍走着，生怕郭木山他们跟在后边听见了，不住地回过头去瞅瞅后面，又想了一会儿，这才下了决心：

“尹书记，我告诉你，你可真的别告诉人啊！”

两人就一直走出了村子，来到村东的地里，在一片坟地里边的一个小沙土堆子跟前停下来。曹老鸭蹲下身子，用两只手刨着沙土。一会儿，沙土下面现出了几块石头……

原来，曹老鸭的故事是这样发生的：

三天以前，郭木山他们开始登记新社员的时候，把他的名字登记在社员名册的头一个格儿上，曹老鸭高兴得不得了，用发抖的手指头往砚池里沾了墨水，在自己的名字下边重重地按了个指印，然后摇头晃脑，用他那沙嗓子对着自己的名字说起话来：

“曹老鸭啊曹老鸭，曹，就是姓曹的曹；老，就是老子的老；鸭，就是鸡鸭鱼肉的鸭。土地改革，领土地证，我第一次认得你；这一回入社，报名，我第二次认得你。大伙儿都看着你积极，把你写在头一名上啦！咳，你呀，可要对得起我呀，可别在社里给我丢人呀。为了把你这个名字写上，我跟我家那一位是做了多少宣传工作呀……”

确实，他媳妇最近已经不反对入社了，这原因很多，最重要的，是最近她家邻居左右的人家都入了社，郭木山、李宝成、李德才这些人又天天川流不息地对她进行劝说，连张书记也亲自找她谈过话，她能够不动心吗？当然，一年来曹老鸭不断地在她耳朵边嘘嘘社里的事，不断地跟她争争吵吵，也是有作用的。

当时在场的人很多，有等着登记的，有在一边看热闹的，大家都被他逗得笑起来。李幼章又拿起笔来说：

“老曹，快把你家那一位的名字也报上来吧！”

“大妞儿。”曹老鸭说。

“什么？”

“大妞儿，她的小名叫大妞儿。”

人们又轰地笑了。李幼章一边笑得喘不过气来，一边在册子上写上了“王大妞儿”几个字。

这时，李德才从人后边挤了过来，用他那吵架似的嗓门对着曹老鸭说：

“老鸭，我跟你说个事。前些日子我在地里耕地还想到过这个事哩。你家东洼里那两块地，四边都有界石，白垩垩的，远看着像死人骨头似的，我哪一回看见哪一回讨厌。你也知道，俺们社里一过了年就要去买双轮双铧犁，我这人耕地又欢喜痛痛快快儿横冲直撞，等明年春天，大牲口拉上双铧犁，入社的多了，地块儿又连在一起了，你想我还不耕得飞也似的快吗？到时候要是嫌你那界石碍手碍脚，你可别怪我莽撞，我可要……”

“不要紧，你刨掉它！”曹老鸭认真地说。

“真的吗？”

“真的，一百个真！”

“老鸭！”李德才又大声说，“你先别吹，有本事你就像我今年春天那样，自个去把那个单干户的记号拔掉了它！”

原来，在土改以后，李德才和曹老鸭都特地买了几块石头，在上面刻上“李记”、“曹记”的字样，郑郑重重地埋在刚分到手的地边子上。李德才在埋界石时还念了两句顺口溜：“这块地，姓了李，千年万年是我的。”今年春天地醒冻时，老李跟着郭木山他们到地里去遛弯儿，看看是不是可以开犁，看见自己地里竖着的界石，心里猛地一动，就跑了过去，两只胳膊抱着，三摇两摇就拔起来了，同时又念了两句顺口溜：“这块地，不姓李，它是咱们社里的！”以后，这个故事一直被社里和村里的人们传说了很久。

曹老鸭知道这个故事，而且一直是很羡慕的。

第二天，他到自家的地里去转了两趟，心里一直在很兴奋地考虑着这个问题：“我得做个样儿给他们瞅瞅！……张书记说，咱们贫农要坚决走社会主义的路……”夜里，他就真的拿着锄头，偷偷儿跑到地里去把那几块界石刨起来了。他没有想到，媳妇虽然并不反对报名入社，心里却总还是有些不安，总是想：“唉！好容易有了这么点地，刚刚脚踩熟了，手摸热了，又入了社……”她不知道往后会落个什么结果，也有点舍不得以前那种单门独户过日子的味儿。吃了早饭，背着筐子耙子到地里去耙烂豆叶子，不知不觉地就走到了自家地里，啊！地边上的界石没有了！……当天下午，两口子就为了界碑的事情吵打起来了。

尹华珍知道了这个故事以后，就赶紧走进曹老鸭家里，先亲亲热热跟老鸭媳妇拉了一会儿家常，然后突然对她说：

“大嫂，你家地里那几块界石我给你找着啦！”

老鸭媳妇吃惊了，拍着手叫起来：

“哟！尹同志，你怎么知道这个事？”

“大嫂，你跟我来吧！”

两人就一个人扛着一把锄头来到了村东地里。老鸭媳妇老远就看见，那几块界石果然扔在自家的地边上的。

“大嫂,我跟你商量商量,”尹华珍把肩膀上的锄头放下来,喘着气,“这界石要是插在地边子上,耕地时实在是碍事。要是把它埋得深深的,就不碍事了。你看行不行?”

“尹同志!”老鸭媳妇感动地说,“我,哎……好吧!就这么办吧!可有一样,你别动手,让我一个人来埋。”

两人争让了半天,尹华珍非帮着挖不可。一直忙到太阳当顶才完了工。尹华珍站直了身子喘了一口气,指着旁边一块地问道:

“大嫂,这是谁家的地?”

“他们社里的。”老鸭媳妇也直起腰来了。

“哟!怎么你还没有转过弯儿来?往日你是单干户,说‘他们社里的’,如今你入了社,还说‘他们社里的’……”尹华珍格格格地笑起来了,又问:“怎么这两块地挨得这么近,可土色不一样?看那块地土色是多黑!”

“早先也是一样的,”老鸭媳妇说,“叫社里一种,上了好些坑泥,土色就变啦。”

“你看看,难怪老鸭这么死心眼要入社呢!他眼瞅着旁边社里的庄稼那么好,还能不动心?你老说他傻,我看他半点儿也不傻。”

两人扛起农具来往村里走去。尹华珍满脸通红,把棉衣脱下来披在身上,用手绢擦着短头发下边脖子上的汗水,一边又笑着说:

“大嫂,做个女人真倒霉,一定要留头发,干一点点活儿就把头发汗湿了,真不方便。”

老鸭媳妇紧走了一步,拉住了尹华珍的手。她觉得这位尹同志真是个好人,她有好多话要告诉她,又觉着说不清楚。

“尹同志,唉,我,不过是觉着:刚刚入了社,就把界石刨掉了,那……咳!像是太不吉利似的,像是怪不得劲儿似的。我未必就真的那么落后吗?只怪他事先不跟我商量商量……尹同志,今日说什么你也得到俺家吃饭去!”

第二天早晨,尹华珍动身到王庄去时,曹老鸭不知怎么知道了,追到村口,把她的车子抢过来推着,一面走一面喳啦喳啦地说话,送了她好远好远。

第三十章　里外不像人的人

几天以来，李祥一直是躲在家里一个小套间屋里，不住地在心里埋怨自己："我上了当！我倒了霉！我遇见了鬼！我真的成了里外不像人！他们一定会把一切事情都调查出来的，要是给我加上个勾结富农破坏农业社的罪名，我怎么受得了……"他媳妇何凤仙也是天天闷在家里，坐在外边屋里的炕头上做针线活儿，也是一声连一声地叹气。

这一天早饭过后，院子里突然响起了贞妮子的声音：

"凤仙婶子在家吗？"

"哟！"媳妇大半是起身下了炕，"老天爷，你怎么来了！"她把"你"字说得很重，是又惊又喜又有点胆怯，正像李祥自己的心情一样。

贞妮子已经进来了。她比何凤仙不过才小七八岁，却习惯地叫何凤仙是婶子：

"婶子，咱们好些日子不见面了，你想我不？"

"怎么不想？我以为你把我忘了呢！"

两个人就这么寒暄了半天。贞妮子夸奖何凤仙穿的新小袄儿做得合身，何凤仙也夸奖贞妮子身上的衣裳花色好看。又从衣裳谈到鞋上，贞妮子就笑起来了：

"婶子，你怎么又拾起这双旧鞋穿上了？我一看见这双鞋，就想起了今年春天的事儿。你记得吧？那一回夜里下雨，咱们全社的人都想起了场里晒着几千块坯和几千斤酱，都怕给雨淋坏了，冲走了，都自动跑去抢着拾掇……"

李祥在套间屋里尖着耳朵听着贞妮子的每一句话，猜测着话里边的意思。贞妮子说的这个故事他是记得的：当时，媳妇何凤仙淋得浑身的衣裳贴着肉，累得走路都走不稳当，搬着几块坯，脚下一滑，摔了一跤，一只脚正好碰在郭小秃的铁锨上，鞋帮子割破了一块，脚踝骨下边流起血来。幸亏贞妮子看见了，一点也没有犹疑，马上掏出一块雪白的新手绢给她包扎上，扶着她一步一拐地回了家……

“哈哈！”贞妮子笑着把什么东西拍得一响，“当时，把李祥叔急得呀，幸亏天还不怎么亮，看不见他的脸色。”

“你这死妮子！怎么八辈子的事你也记得！”

“婶子，我不是爱记着那些没用的事，我是想着咱们那时候是多好！俺们几个人老是在一块儿下地，一块干活儿；你早先没有干过庄稼活儿，俺们教给你，是多有意思！”

“可真是，那是多有意思！多热闹！”

“我又想起个事来：那回，咱们一块儿耪麦子，休息的时候，我把你的鞋脱下来穿在我的脚上，打了你一下就跑，你就追，一下子踢在一个土疙瘩上了，你怪声怪气地叫起来了。那边，单干户杨大个子父女俩也在耪麦子，那闺女说：‘你看人家集体干活儿是多热闹！’杨大个子说：‘别着急，咱们秋后也入社！’咱们这边听得清清楚楚，心眼里可高兴呢！”

“那时候真是从心眼里高兴。”

“可这会儿你老不出门，老是不见俺们的面。”

“唉！”媳妇长长地叹了口气。

“听说李祥叔病了？”贞妮子低声问。

“嗯……”媳妇的声音更低，下边的话就听不清了。

一会儿，套间屋的门帘子一响，贞妮子轻轻巧巧地进来了。李祥看见她穿得红红绿绿，头发乌黑放光，脸儿白里透红，亮晶晶的眼睛朝着满屋里滴溜转，真像是给这间阴暗的小屋子带进来了一道太阳光。

“大叔，听说你有点病？”

“嗯，有点不大舒服，”李祥痛苦地笑着，翻了个身。

“什么地方不舒服？”

“大半是有点伤风。”

“哎，大叔，你怎么不早说！那一回我兄弟也是闹感冒，从中学里请假回来养病，从县医院里带回了一些阿司匹林，是专治伤风感冒的，还剩下了好几片……”

“我这病不用吃药，养养就好了。”

“大叔，”贞妮子猛地改变了声调，“我爸爸这两天老念叨你，老想来看你，你不知道，快把他愁死了！”

“他干吗这么发愁？”

“你想想，入社的人越来越多，加上旧社员，已经有五十多户了！往后，要是再多做一点宣传工作，你想想，还会有多少报名的？咳！凭他那两下子，哪能管得了这么大事业！虽说有大海叔——你知道吧，他也进来啦！可他猛一进来，对办社的事情不摸头。这一年，不是亏了你跟宝成叔，还有幼章叔几个人吗？我爸爸说：‘这几个人各有各的长处……’这是实话，一点也不假。”

“咳，我有什么能耐！”李祥苦笑着说。农业社已经发展到五十户以上，这使他大吃一惊，同时也就更加难过起来了。

“大叔，你怎么说这话！我爸爸还说，他一定要来找你，征求你对他的意见呢！”

李祥又翻了个身，叹了口气。老实说，他现在真希望郭木山能够来找他谈谈，哪怕是批评他一顿呢，也比这样好得多。可是他又不相信郭木山真的能来。他以为，郭木山现在一定很得意，一定是一见了他就皱着眉头，连眼皮子都不抬，嘴巴上还挂着笑，也许还会讽刺他两句，会问他：“你想破坏农业社，达到目的了吗？”想到这里，他的心猛地痛起来，脸上真的发起烧来了。

媳妇也走进来，靠着门框子站着，皱着眉毛尖儿，看着手里的针线，忘记了纳鞋底。

贞妮子接着说：

“哎！你看我说了半天，正经事倒忘了，我今日来就是为了嘱咐李祥叔一句话：要是我爸爸来找你征求意见的话，大叔，我希望你千万要老实不客气地批评他，要把心里的什么话都说出来，决不要有什么顾虑。这是为了帮助他，也是为了咱们的社。大叔，你听见了没有？你答应不答应这么做？”

李祥不能不被贞妮子的热情所打动，虽然他还是有些怀疑，也只得嗯哼着答应了。

又说了一些别的话，贞妮子站起身来往外走。何凤仙把她送到大门口，才回到屋子里来，推着李祥的肩膀：

“我说，你也该起来出去走走了，要是老这么着，真的闷出病来了呢？人家既是来找你来了，你还不就着坡儿下？”

李祥没有起来。贞妮子的探问使他心里多少轻松了一些，但是在另一方面他又更加难过，更加惭愧。他要等郭木山万一真的来了，看着他确实是在害病；要看看郭木山是不是真的不那么恨他，是不是还来拉他一把。

第二天，贞妮子真的送了治感冒的药来，又坐着跟何凤仙拉家常。正说着，郑洪兴的儿媳妇程瑞芳也来了。三个妇女就一块儿喳啦起来。程瑞芳从做鞋的事情说到公公怎么苛待她两口子，怎么不给吃不给穿，怎么给她两口子受气，如今她两口子怎么起来斗争，怎么要跟这个富农家庭分家。她说：“以前我以为他是个阎王，老是怕他；现在我把他看成鬼，再也不怕他了。他的名声在全村里都臭了，他干的那些破坏勾当人人都知道了……”这些话深深地刺着了李祥的心。等两位客人走了以后，他坐着也不是，躺着也不是，一会儿用手扪住脸，一会儿又用拳头砸脑袋。何凤仙跟他说话，劝他，他总是摇摇头不开口。孩子小胖儿找他玩，他嫌麻烦，推开了他。

吃过了晌午饭，何凤仙再也在家里憋不住，出去串门儿去了。老娘领着孩子在那边屋里睡晌觉。李祥正一个人坐在正屋的炕头上发闷，忽然听见大门推得一响，又听见是郭木山在大门洞里咳嗽了一声，他就连忙跑进套间屋，往炕上一躺，拉过被子盖上，同时故意让郭木山听见地哼咳了两声。等郭木山进来了，他又装做刚刚出了一阵汗的样子，拿手巾擦脸擦脖子，同时懒声懒气地跟郭木山打招呼：

“木山哥，你坐吧。贞贞送来的这发汗药真好，刚刚出了一阵大汗……”

“这是特效药，”郭木山坐下来说，“是贞妮子特为到镇子上去给你买来的。”

“这闺女！”李祥叫起来了，“我说怎么这么巧哩，怎么你家里偏偏有这个药哩，这我可真是当不起，咳咳咳……”他假装着咳嗽起来。

郭木山坐得靠近了一点，摸了摸李祥的头，高兴地说：

“好了，退了烧了！这就能出门儿了！兄弟，你该快点出去瞅瞅去。你知道这两天出了什么事儿吗？各个村子干部们都来咱们村子里学习来啦！都把咱们这个社当做榜样来学习来啦！除了开会的时候，一有空儿他们就来找我，找幼章，找宝成，也找咱们那些老社员，问这问那，好像咱们这些办过一年社的人们都是万事通。咳！你说这是从哪儿说起！咱们自个还不是糊里糊涂地瞎摸了一年？还敢当别人的老师？真是笑话！”

李祥翻身坐了起来，低着头不敢看郭木山的脸。

“老李兄弟，”郭木山接着说，“你知道我这心里是个什么味儿吗？第一，社要扩大，担心自个招架不了。第二，眼看别的村也要成立社——这些来开会的人们，建社的劲儿大着呢！咱们是老社，人家都叫咱们是老大哥，要是明年一年办好了，还算对得起这个‘老大哥’的名义，要是办坏了，你想想，咱们这脸往哪儿放呵？”

李祥脸上的肌肉颤动了一下，想说什么没有说出来。

“大家都来向咱学习，光荣不光荣呢？是光荣。可你猜怎么着？越是光荣，另外一方面反倒越难受！”郭木山猛地低下了头，耳根子后边有些发红。“我为什么难受呢？我说：‘我只有一条经验：领导人的思想作风，是第一要紧的事。’——我就像这样回答那些问我的人们。”他用右手的手掌搓着左手心，好像那左手心里有着很脏的东西，怎么样也搓不下来。连他那宽大的肩膀也在用劲，连他那严肃认真的脸孔也在用劲。

李祥看着他的这些举动。

“老弟，”郭木山的声音好像有点变，“这一年来，我是有好多错误，有好多对你态度不好的地方，当时我不觉，现在想起来，真是难受得很……”

李祥的心口忽然哽上了一股热，不觉使劲咽了一口唾沫。

两人沉默了很久很久。连院子里的公鸡也对这长久的沉静感到奇怪，伸长了脖子“咯咯，咯咯”叫起来了。

“我的毛病很多很多，”郭木山不搓手了，却用手拍着头，“今日我不能详细对你说，只说一样：你记得吧？那一回，咱俩嚷起来了，我说你想把你原来互助组的那帮人拉出去，另外搞一套，拆我的台。你说：‘什么叫拆你的台？农业社是你一个人的吗？’后来，我又气又急地生了病，躺在炕上，心里还老是说：‘好，你们拆我的台！拆我的台！’现在想起来，这真是胡说八道！什么都是大伙儿的么，怎么能够说是我的呢？我算个什么？连我也是大伙儿的呢！我不应该把社里的生产成绩看成是自个的功劳，应该时时想着自个的缺点，时时想着怎么着团结人，把社办好。还有我那马的事情……想起这些来，我真要臊死！”他把腿往炕上一跷，用手扪住自己的头，一动也不动了。

许多回忆涌到李祥的脑子里来了。但是，奇怪得很，不是想起了郭木山的什么缺点，而是想起了自己的一些事情。郭木山越是说得多，越是难受，他自己所想起来的就越多。他脸上的肉不住地发颤，心像是被什么东西揪着的一样，痛得很。

“老弟，你怎么不说话？”郭木山把手从头上拿开了，看着李祥那黄得难看的脸，“你大半总还有些意见没有说出来吧？那你就对我提吧，越提得多越好，越严格越好。提得对的，我一定接受；提得不对，也没关系。要紧的是咱俩的心气儿得打通，团结起来，别再受坏人的利用……”

“我说什么呢？”李祥的声音发哑，眼圈儿发红，“我没脸见人！”他忽然把脸往肘弯里一埋，呜——地哭起来了。

“兄弟！……”郭木山站起来。

“不光是没脸见你，也没脸见一切的人！”李祥的嗓子更加发哑了。

“兄弟！”郭木山着急地大声说，“你先别这么着好不好？先听我说句话好不好？”

“木山哥，你说吧！”

“我心里恨得慌，恨郑老幌！你是上了郑老幌的当！你是叫他耍了！”

“我是上了他的当……”

“不光是你上了他的当，咱们整个农业社都吃了他的亏！要不是张书记来了，咱们的农业社就得垮在他手上！最近，他还劝万德叔宰了一口猪，跟万德叔喝酒，把万德叔弄病了……这就是富农！我不知道你恨不恨他，反正我是恨透了他！”郭木山捏着拳头咬着牙，像是要打人。

“我怎么不恨他？”李祥抬起头来，眼睛愣怔怔地看着对面的墙壁，“可是，也怪我自个不好……”

“兄弟，你愿意让我对你提提意见吗？”郭木山突然问他，不等他回答，又接着说，“依我看，你这人，毛病就是……太看重个人利益。凭良心说，你今年收的粮食是不是比往年多？你为什么还以为自个吃亏？是真吃亏还是假吃亏？为什么想着修改社章？不就是因为这，你才落进了郑老幌的圈套吗？才走上了资本主义的道儿吗？”

郭木山说一句，李祥的耳朵里轰一下，听着实在难受。他把头低下来，为的是不让郭木山看见他的脸。他没有理由反驳；不光是不能反驳，而且心里有些发抖，因为，看起来郭木山他们是把什么都调查清楚了。他嘟哝不清地说：

“木山哥，说下去吧！说下去吧！你多批评着点，我这心里倒好受些；你要是不说，我……”

“你真愿意听吗？”郭木山的口气像是有些严厉，“你愿意听，我就接着说。你这人，对谁有意见也不痛痛快快儿说出来。开会发言，嘴里总像是含着块萝卜似的，每句话都像是鸡蛋黄儿，又圆又滑又软。为什么要这样呢？就是因为心里有一块个人主义的脏疙瘩吧？我看不惯你的这套作风，想批评你，话刚开了个头儿，你就连忙搬出一大堆解释来把我的话挡回去了，好像我心里有什么话你全知道。我就生你的气，就对你态度不好……兄弟，老实对你说，走社会主义的道儿，这不是好玩的事，是不能有投机取巧的心的。咱们的社今年眼看就要发展到六十来户，不到三五年，咱全村还不得集体化了吗？你要好好儿想一想自个的道儿，要往前看，要放坚决一些，可不要一错再错。你两口子都正当年轻力壮，家里吃闲饭的人也不多。今年，要不是你太疼爱你媳妇，老是怕她参加劳动太多，累坏了，秋后不是能更多地分些粮食吗？你又嫌吃亏，又怕累着了你那心上人，这不是想吃肉又怕烫了舌头吗……”

郭木山走了以后，李祥继续低着头坐了好久好久。媳妇在村里串门儿还没有回来，院子里安静得很，那边屋里传来了老娘拍孩子睡觉的声音……他的头发胀，眼发涩，想好好儿想一想，却又不知道从哪儿想起。忽然，他听见了一种轻微的响动，抬头一看，原来是郑老幌进来了，阴阴森森地站在他跟前了！

郑老幌的脸又瘦又黄，好像比平常窄了一寸并且长了一寸；眼皮子耷下来把眼珠子遮去了一半，却更显得眼光阴冷，像刀子一样；两只手的大拇指勾在腰带上面，像鹰爪子抓住树枝儿似的；黑胡子下边藏着恶毒的笑容，嘴唇动了一下，冷冰冰地说：

“老弟，你这么看着我干什么？”

“你，怎么……”李祥说。

“我怎么来了吗？”郑洪兴的眉毛跳动了一下，“我听说你病得重，就来瞅瞅你。另外，刚才，我看见郭木山从你这大门里出去了，嘿嘿，我觉着奇怪：他来找你干吗？是来给你辣的吃呢，还是来给你甜的吃？”他在炕沿上坐下来了，盯住李祥的脸，“嘿嘿，大半是辣的也吃了，甜的也吃了，是吧？老弟，你跟我一样，叫人家整得心里不怎么好受啊！不过我不像你一样闷在家里不出门……”

不知道为什么，李祥心里猛地有些冒火。他勉强压制着，声音很低地说：

“你别跟我这么说，我没病。”

“嗨！老弟，有病没病各人知道。也许是郭木山给你吃了点又辣又甜的东西，治好了吧？”

“老郑，你今日是怎么回事？”李祥也盯住郑老幌的脸，心里颇有点忍不住了。

“咱俩别扯这些闲谈了，说说正经的好不好？”郑洪兴摸了摸胡子，眼珠子转动了一下。

“依我看，没有什么正经事好谈的。”

“嘀嘀，老弟！怎么没有什么正经事好谈？前两天也对你提到过，今日我再对你说得具体一点：第一宗，做粮食买卖的事，固然是我先邀合你的，可也是你自个愿意的呀！并且，我也是一片好心，让你赚几个活动钱呀！万德和洛奎这两家，是你去邀合来的吧？你不也是一片好心，让他俩也进几个活动钱吗？第二宗，我劝你跟我一块儿成立互助组，成立农业社，凭良心说，也是为了你好吧？到如今，你总不能把黑的说成白的吧？第三宗，我劝过你鼓捣农业社的人们闹情绪要求退社没有？我没有干过这样傻事吧？对你说，你应该把这些事情弄清楚，万不能含含糊糊！”

“我没有闲工夫想这些事！”李祥把脸往一边一扭，用了很大的劲才使得心里的火气没有冒出来。

"你没有闲工夫？我问你：有人说我勾串着你破坏农业社，这是不是事实？要是有人问你，你怎么答对？"

"我不知道！"

"老弟，你不知道？"郑洪兴冷笑了一声，"实话对你说，我的事，你知道；你的事，我更知道。哼，我并没有鼓动社里的人们闹情绪——这不是我干的。万一有人问到你呢？万一有人问到我呢？咱俩怎么说？"

李祥更加气恼，心想："你把我拖下了水，到如今，你又……"口气却不由得软下来了：

"谁也没有问过我什么。"

"那好，那好，要是真的没问，要是你不对着我趁风儿放火……你大半也知道，人家说我是富农，要是再给我加上个破坏农业社的罪名，我受得了受不了？我能老老实实把这个罪名担起来吗？这合乎事实吗？你也知道我这人的脾气：谁要是想摔我一跤，我就得老实不客气地叫他流一摊子血！"

"你放心……"李祥苦着脸说。

"兄弟，我放心，我本来信得过你，我不过是有言在先，咱俩先小人后君子。"郑洪兴的口气也和缓下来，"来，咱俩拉拉手，算是一言为定。"他把手伸给李祥，眼睛又死死地盯住李祥的脸。李祥的手也不知不觉地伸出来了，被郑洪兴的手紧紧地抓住了。郑洪兴又给他做了个规定：就算他俩的事情被别人调查出来了，只要他俩咬紧了口不认账，总比互相坦白了强得多。他说：这样做不光是为了他郑某人，他郑某人实际上并没有破坏农业社——这是事实，农业社的社员们都可以证明这一点；这样做主要的是为了李祥，而李祥的所作所为是很多社员都知道的。

郑洪兴走了以后，李祥可就像是真的病了，真的躺在炕上哼哼起来了。也许，郑老幌在逼得没有办法时，会把一切事情都推到他身上来的，那他就有口难辩了。郑老幌这样人是什么毒招儿都使得出来的。为什么自己以前会跟这种坏蛋打起交道来呢？会把这样明明是很难缠的人，反而当成是好人呢？他懊恨得打自己的头，拧自己的肉。媳妇回来了，一看见他的样儿就吓了一跳，摸摸他的头，摇着他的肩膀，问了他一百句，他才把郭木山和郑老幌跟他谈话的经过说出来。媳妇深深地叹了几口气，甚至眼圈儿也发潮了。

两口子整整地愁闷了一个下午。夜里，媳妇勉强撑住劲儿做熟了饭，勉强吃了两口。李祥却一口饭也没有吃，只喝了一碗白开水。只有聋子老娘什么也不知道，倒以为是两口子又怄小气儿，所以她在哄着两个孙子吃饭时，一连瞪了何凤仙好几眼。

刚收拾完了碗筷家伙，郭大海通通通地走进来了，把李祥从外边屋拉进套间屋里。因为这屋里没有点灯，又加上门帘子挡住了外边屋的灯光，所以谁也看不清谁的脸。

"刚才郑老幌来过是不是?"郭大海声音很低。

李祥吃了一惊，一时不知道是说实话好，还是不说实话好。郭大海笑起来了，说话的声音还是很低：

"嘿，你不说我也知道。今日我挺忙，不能跟你多谈，我只告诉你几句话：你的事，郑老幌的事，你跟郑老幌是怎么回事，我们都摸得清清楚楚。我们对你是什么态度呢？刚才木山为什么要找你来谈话呢？你是个精灵人，应该明白这一点。我们对郑老幌是什么态度呢？这一点，以后你会知道的。我只是提醒你一下：上了郑老幌一回当，不要再上第二回当。"

李祥心里犹疑了半天，想试探试探了：

"大海哥，你怎么知道他上这儿来过?"

"嘿嘿，"郭大海又笑了，"老实告诉你吧，最近这几天，他到哪儿去过我们都知道。"

"大海哥，"李祥哭着声儿说，"我犯了错误！我这心里……我真不知道张书记对我是怎么个看法，我……"

"张书记的看法很简单：希望你不要一错再错。郑老幌，富农，那才是我们的敌人。好吧，我今日没有空儿，不能跟你多谈。你好好儿想一想，咱们以后再说吧。"

郭大海说完了，掀开门帘子就走了。何凤仙在外边屋里睁着漂亮的大眼睛看着他，连一句客气话都忘了说。等他走了以后，她走进套间屋，对着正在发愣的李祥小声叫起来了：

"我的老天！你不能叫人家这样一趟一趟地来找你啊，你该想想办法啊……"

第三十一章　仇　恨

郑洪兴从李祥家里出来以后，又去找到王洛奎，想同样要一下威胁的手段。不想王洛奎这人最有个看风使舵的鬼心眼儿，一见了面就先用话封住了郑洪兴的口。

“老郑，”他装出个很关心的样儿低声说，“咱俩往后可得少来往着点。”

“怎么哩？”郑洪兴用生气的口气问他。

“按说，咳！”王洛奎挺苦恼地叹了口气，“咱俩相好了一场，我也得过你的益——人不能昧着良心说话。可是，咳！”

“洛奎，你有话就说好不好？”

“怎么，你还不知道？”王洛奎突然不胜惊讶地睁大了眼睛，“兄弟，咱们买卖粮食的事情全叫人家调查出来啦！我还听见说，人家正要想办法整治俺们哩！”

郑洪兴问他是怎么知道这些消息的，他含含糊糊地不做正面回答，又赌咒发誓地说，无论人家是真知道还是假知道，他王洛奎是一定会紧紧地闭住嘴巴，是决不会出卖朋友的。

郑洪兴掌灯的时候才回家，一走进大门，就看见东屋的外间屋里晃动着火光。他站在院子里想了一下，以为是儿媳妇在那儿烧水或是烧炕，他没有说什么，就走进了过道屋。他老婆子迎着他小声说：

“喂，看见了没有？两口子出去了一个下午，刚刚才回来，自个在他们那东屋里做起饭来了，也不知是怎么回事。”

“这个事你跟我说什么，不会去问问去？”

“我还敢问她？人家成了人王了！”

“她吃不了你！”郑洪兴不耐烦地把手一甩，走进了睡觉的屋子。

一会儿，听见老婆子在那边跟儿媳妇说起话来了。

“荣生家的，你怎么在这边锅灶上做起饭来了，是嫌天凉了想烧烧炕吗？我跟你爹原是这么想的：等你二兄弟从城里回来了，人多点了，再起始每天上你们这边的锅灶上做一顿饭，烧烧你们的炕。你们年轻人火气足，这会儿天也不算太冷……”

“俺们做俺们的饭，跟你们不相干！”是儿媳妇的声音。

“孩子，你这是什么话！什么俺们你们的！”

“不是前两天就告诉你们说了吗？俺们跟你们过不到一块儿……”

“嗨呀！儿子儿媳妇真的要跟老人分家啦！荣生，荣生！”老婆子像求救似的喊着儿子，“这是你的主意吗？”

“是我的主意！”荣生瓮声瓮气地说。

“哎喝喝喝喝……”老婆子又像哭又像笑的怪叫起来了，“前日我还以为只是说说就算了呢，没有想到，真的翻了天了！真的翻了天了……”

“娘！”儿媳妇尖声说，“俺们不跟你嚷嚷，你也是受了一辈子气的人，你也不想想，你这一身病痛是怎么得的；你不可怜俺们，俺们倒是可怜你呢……”

老婆子再也不说什么了，走进北屋，站在郑洪兴的黑影子跟前，两只手轻轻地拍了一下，意思是：“这怎么办？”看见男人不答理，就又咳嗽着，叹着气，走到外间屋里点着了灯，抱来了柴火，做起饭来了。

郑洪兴一个人在屋里的黑地里坐了很久很久，等老婆子快把饭做熟了时，他却不声不响地走出了后门，在正对着后门口的一个大枯树墩子上坐了下来，像一尊倒了庙儿的佛像，让满天的繁星照着他那孤独的身影。野地里吹来了刺脸的寒风，心里的火却烧得他浑身冒汗。他把手心放在枯树根上使劲擦着，眼睛狠狠地看着昏暗无边的田野。

“我累死累活一辈子，置了这么点地，就是为了叫你们拿去入什么社的吗？”他差点儿叫出声音来了。

真的，他郑洪兴这一辈子是真不容易。从年轻的时候他就死了爹娘，就靠着十几亩地的一个小家当，单人匹马地干起来，发誓要挣起一份大家业来。他起早睡晚，像疯了一样干活。开始的时候他没有养牲口，是怎么在低声下气地求人家啊！比如，冬天，井台上结了一层很厚的冰，郭万德这人向来胆小，在井台上打水总是怕滑到井里去。他郑洪兴就出现在他的面前了："大叔，你站到一边去，我给你帮一把。"他力气大，手脚快，两下子就打满了两桶水，担起来飞也似的送到郭万德家里去了。又比如，老吉寡妇背着一小口袋粮食去赶集，脚小粮食重，走得气喘汗流。郑洪兴就从后面赶上来："婶子，我也去赶集，给我捎着吧！"就接过口袋来，背起来飞跑。又比如，李祥的父亲李老则最爱贪便宜，郑洪兴就时常告诉他各个集市上各样物价的行情，什么东西看涨，什么东西看落，如果家里存着棉麻之类的东西，是应该赶紧卖出去呢，还是应该留着。总之，他总能够打听到某些人家缺少什么，需要什么，总是在最恰当的时候走到人家面前。等到需要用牲口的时候，他就去开口了："大叔，借借你的牲口耕一天地……"人家常常就不好意思拒绝他了。在秋收麦收活儿最忙，万一借不着牲口的时候，他总是很快把自己地里的庄稼割下来，搁在地头上离车道近的地方，然后回到家里，拿着两块饽饽蹲在村口上吃，看见谁家拉庄稼的最后一趟车回来了，就跳起身来迎上去："大叔，你忙了一天，先回家吃饭去吧，我给你把车赶到场里去！"就抢过鞭子来，举起来对着牲口晃几下，蛮有精神地"喝！喝！"几声，把牲口车轰得飞也似的跑到了场里，手脚真是快得惊人，三下两下就把一车麦子卸光了，又赶起来跑到自己地里，等人家吃完了饭，他的麦子已经拉完了，正在场边树荫下边给人家饮牲口呢。那时候，他郑洪兴就是这样省下了买牲口的钱，养了两三口猪。母猪生了小猪，他怕那些柔弱的小家伙被肥大的母猪压死，就跟他媳妇轮换着守在猪圈旁边，一连好几天不睡觉……

"富农，富农是我的错处吗？我一辈子是吃过多少苦，花过多少心力！还不是为了把日子过好吗？要是想过好日子也有罪，要是会想进钱的道儿也有罪，天底下那些懒货，那些没用的人，倒有了功了。他妈的巴子！这是什么世道！合作，共产，土地归公，儿媳妇造反，老头子不准打儿子，好他妈的！你要是逼急了我，我郑洪兴决计也叫你们快活不了……"

从土地改革的时候，农会的人们给他评成分，几次差一点把他评成了富农——从那时候他就恨死了这个绰号（他把"富农"两个字叫成是"倒霉的绰号"），就恨死了那些跟他作对的人。他不是认为自己跟别人作对，而是认为别人跟他作对。去年郭木山他们酝酿建社的时候，他又大吃一惊：

"怎么着？这个屁的社会主义这么快就开始了吗？不是说要好多好多年以后才实行吗？"这"好多好多年以后才实行"，是他在土地改革以后从一些区干部那里听来的。那时候，他怕还有个第二次土改，见了村区干部就打听，人家就告诉他："安心生产吧，再也不实行土地改革了；社会主义，早着呢！"不过，最初他还不相信农业社这样的"社会主义办法"会行得通，心想："'人不为己，天诛地灭'，这多人合在一块儿过日子，还不乱成一窝蜂？"一整个春天，他都是用一只眼睛看着这个社，总是在背地里说各种各样的讽刺话。可是，后来他的眼睛慢慢睁大了，他越来越吃惊了。啊！社里人们干起活来是这么冲，这么齐心；社里的庄稼是长得这么好；村里不少的人家在羡慕社里的事儿；几家原来想卖地的人家，因为入了社，就不卖地了；有一些需要借钱买牲口的人家，现在也不借钱了。要是这个鬼玩意就这么越弄越好，不到几年，村里人们不都得吸进去了吗？一些别的村子不也会照样儿学吗？哎呀！往后他郑洪兴还到什么地方去伸胳膊转身子呢？还上哪儿去实现他那个步步登高的三辈子计划呢？并且，现在各样货物都由公家的粮食局呀，合作社呀，商店呀，掌握着物价，由公家大买大卖，私人的买卖很难做。看起来，共产党的手腕真高——这就是一步一步地共产！总有一天——这个日子不会太长的，猛一下实行土地归公，他郑洪兴千辛万苦挣了一辈子的事业就一下子完蛋了！他又怕又恨，他不能老老实实等着人家把他的脖子越掐越紧……但是，他失败了，反而被人家抓住了辫子，农业社反而热火朝天地大发展了！

"是我破坏你们还是你们破坏我？"他对着黑暗的旷野狠狠地问，"是你们不让我伸胳膊伸腿！是你们不让我走长远道儿！是好汉就凭本事比个高低吧，干吗要拿富农的大帽子压人？干吗要拿破坏分子的大帽子压人？干吗要用这么不要脸的手段——挑唆我自个的儿子儿媳妇跟我分家？这不是跟割我的肉一样吗？你们大半就是要这么一刀儿一刀儿把我剜得光剩下一把骨头吧？你们的手段好毒啊……"

他猛地跳起身来，返身走进了后门，一阵风似的走过过道屋，连老婆子叫他吃饭也没有听见，走到前院东屋门口，压了压心里的火气，尽力装出平静的声音问：

"荣生，你们真的要跟爹妈分家吗？"

儿子在屋里嗯了一声，儿媳妇没有说话。

“荣生，要分家总有个理由吧？”

听得见儿媳妇小声嘘嘘了半天，儿子才杵头杵脑地说：

“你压迫俺们，苛待俺们，俺们受不了！”

“还有什么理由吗？”

“还有什么你自个知道，用不着说！”

“要是我不答应呢？”

“俺们就去告你去！”儿子出人意外地大声说。

郑洪兴全身一颤，却还是尽量压制着。

“告我什么？我犯了什么法？”

“你做的事你自个知道！”

屋里屋外两方面都不说话了。整个的院子出奇地安静，只有大骡子在棚子里嚼草和顿蹄子的声音。

郑洪兴突然顿着脚，哭起来了：

“荣生，我对不起你们！我对不起我的孩子！我一辈子当牛当马，起五更睡半夜，只差骨头没有累散，把你养大了，给你娶了媳妇……呜——！那一年，你才五岁多一点，病了，我半夜跑出十几里地给你请医生……我对不起你！我不像个老人！呜——！……”

他猛一转身，冲出了大门。

“我的手真痒得忍不住，我真想揍他们一顿！”他一边走一边咬着牙说，“老子打儿子还犯法？……真他妈的毒啊！”

忽然，他的胳膊被人抓住了——是老根媳妇。

这几天村里的秘密事儿这么多，而郑洪兴又常常给她钱买香油馃子吃，所以老根媳妇天天是心情兴奋，忙忙碌碌。但是她也并不觉得日子是十全十美，因为这个变得很快的世界好像对她也不怎么有利。一方面，从前那些爱跟她在一块儿胡扯的娘儿们现在都不大爱跟她胡扯了；另一方面，因为大家都在说入社的事，她那想退社想卖地的事就再也嚷不出口了；而更重要的是郭老根现在再也不怕她，动不动就要拿拳头揍她，并且也知道她没地方告他的状；所以她不能把郭老根赶出门，也就不能天天夜里跟她的老郑在一块儿亲热了。

天很黑，她看不清郑洪兴的脸，却心疼地小声说：

“我的天，你今日那脸色更难看了！”

“有什么事你就快说吧！”郑洪兴的口气很不耐烦。

“是李祥……”

“李祥怎么啦？”

“到李幼章家里找拐子老张去了。”

“哦！还有什么？”

“还有，翟老印跟徐翠莲两人准是受了批评。”

“你怎么知道？”

“傍黑时我见他们党员们从小学里出来，他俩掉在后边，脸上的模样挺难看。”

“你跟我说这些废话干吗？……好，你去吧，别在这儿叫人瞅见！”

老根媳妇走了以后，郑洪兴就一个人站在当街的胡同口等着。大约过了一顿饭的工夫，只见李祥那又瘦又长的黑影子果然走过去了，他就赶紧跟在后边。一直到进了大门，李祥才发觉了他，吃了一惊，在大门洞里站住了，顺手把大门关上了。

“兄弟，”郑洪兴声音有些嘶哑地说，“我郑老幌不管怎么着总没有死罪。只要我活在这个世界上一天，咱俩总还有见面的时候。你可得在心里琢磨琢磨，我这人，要是逼急了，反正人是一个，命是一条，我是做得出来的！”

“洪兴哥，你怎么说这话？”李祥的声音也有些变。

“刚才你找拐腿儿张去干吗？”

“是他叫我去的，征求我的意见，问我是不是还愿意在社里，说是入社退社，听我自愿。你想想，这会儿人家想报名还怕报不上哩，我还能退出来？”

李祥是想一连气儿说下去，不让郑洪兴有插嘴的机会，不想郑洪兴却提高了声音打断了他：

“哼！副社长的位子叫人家坐去了吧？”

“洪兴哥，你想想，这如今我还争这……”

“说老实话吧！拐腿儿张还问了你一些什么？”

“别的什么也没有问。”

“你也没有告诉他什么吗?”

“洪兴哥,”李祥的嗓音里带着点苦味,“我对你赌咒,我要是……”

“赌咒有个屁用!”郑洪兴向前凑上了一步,“你摸摸我手里这是什么?”

李祥果然摸了一下——是一把冷冰冰的小刀子。他不觉往后一闪,全身打了个哆嗦。

“你要当点心。在咱们几个人里边,洛奎是个口最紧又最怕事的人,人家要是跟我打起官司来,他决不会当证人揭我的底。万德叔是病得快要死的人——就是不病,他也决不会说。别的人,像郭汝安、唐经梁,都知道得不详细。兄弟,只有你!到了劲头上你要是卖朋友,咱俩一年不见两年见,两年不见三年见!你知道他们打算把我怎么着吗?你从拐腿儿张那里听见了什么口风吗?”

最后这两句话是郑洪兴最担心的问题。富农,破坏分子,跟农业社做对头,事实早就调查清楚了,难道人家会轻饶了他吗?可又为什么一直不下手呢?有朝一日这一拳头砸下来,有多重呢?他郑老梶是不是夯得住呢?不管夯不夯得住,难道就这么夯着吗?要是不愿意夯着,又怎么办呢?跑吗?跑了就永远不回来,就不要这份家业了吗?并且,一跑不是更显得罪过重了吗?那么,就只好等着了。他天天在街上走过来走过去,碰见了郭木山他们这些忙忙碌碌的干部们,还有像李德才和杨大个子这样一些社员们,就装出个和颜悦色谨慎小心的样儿,有时也跟一些他认为可以打招呼的人打打招呼,可是,好像所有的人都约齐了,都眼里有刺地看他。这样,他越等着,越看见村里人们对农业社的事情热得冒汗,他就越着急,越恨。

李祥当然不能回答他这个问题。等郑洪兴走出了大门以后,他心想:“他带着把刀子的,这可了不得!这我可得赶紧跟张书记说说……”他媳妇本来早就躲在墙角那边听着的,这时正想赶过来跟他说什么时,他却已经开开了大门,走到街上了。郑洪兴的身影就在他前面不远,他赶紧贴着墙根,脚步很轻地走着。只见郑洪兴进了路北的小胡同,又听见坏娘儿魏月英家的小黑门轻轻地一响,郑洪兴就不见了。李祥心里说:“这家伙,这么个时候他还寻乐儿！”正想继续走路时，突然觉着有人从后边走过来了，推了一下他的胳膊，一看，原来是郭大海和王振山。

“你站在这儿干吗？”声音很低。

“我找张书记去……”

“张书记在翟老印家里跟老印谈话，快去找他去吧！”

第二天吃早饭时，儿子郑荣生愣头愣脑地走进屋里来，往炕沿上一坐，眼睛看在一边，瓮声瓮气地说：

“爸爸，你答应跟俺们分家吗？”

郑洪兴愣了一会儿，猛地把碗筷一撂，两只手抱着头，颤动着肩膀，像是在哭，却没有声音。

“荣生！”老婆子在一边生了气，“看把你爹难受的，还不快走？”

郑荣生有些慌张了。从昨天他爹那一哭，他就有些心软，今天又更加心软了。真的，这份家当难道不是他爹辛辛苦苦一手挣起来的吗？他口里嘟哝不清地说着什么，身子却不知不觉站起来了，两只脚不知不觉地在往外挪动了。

媳妇突然撩开了门帘，站在门口拦住了他：

“事儿还没有说清，你干吗走？”

“荣生家的！”老婆子颤着声儿，“这份家当是俺老两口子半辈子当牛当马挣来的，这个家说什么也不能分！”

“要是不让分，俺们就到政府里说话去！”儿媳妇红着脸说。

“就是你这个烂货挑唆的！我要跟你拼命！我不活着了……”

“别瞎嚷嚷了！”郑洪兴突然用打雷一样的嗓子向老婆子吼起来，“你再嚷嚷我就先揍你，滚到一边去！”

老婆子吓傻了，不声不响地退到一边的炕沿上坐着，流起眼泪来了。

“荣生，”郑洪兴转过脸来，“你真的能拉着你老子一块儿去过堂吗？”

郑荣生像一段粗木头桩子似的站着：

“反正，俺们要分家。”

“反正俺们要分家！”程瑞芳在门口接着说，“过堂的事用不着俺们拉，有政府做主！”

停了一会儿，郑洪兴好容易压住了心里的火气，嘴唇动了几动才说出声音来：

“孩子，这家业虽说是老子挣下的，按政府的章程说，你们哥儿弟兄们是各人有一份。咱们无论怎么说总是亲骨肉不是？就是分了家，往后你们也许忘记了俺们，俺们可忘记不了你们，大家总不能鼻子不见眼睛的面。所以咱们自个家里的事还是自个家里商量着解决，我倒不是怕打官司……你们觉着怎么个分法才合理，你们先提出个谱儿来吧。”

郑荣生还是眼睛看在一边，杵头杵脑地把背熟了的话说出来：

“前院东屋那三间房，后洼坝子上那十五亩地，还有大门外边那片小场。”

“还有，”媳妇连忙补充说，“牲口车俺们不要——嫌伙着用麻烦，光要点农具：一张犁一张耧，两把锄两把镰。猪呀鸡的俺们也不要。锅碗盆杓呀，水瓮水筲呀，可得分一点。另外，前院除了俺们现在住的那三间房，还得给俺们西边那间柴火屋。院子也得给俺们划出个界线来，大门也要说好了公用，免得以后哥儿弟兄们又争……八十一亩地俺们只要十五亩，多吗？牲口大车是值多少钱？俺们不要，光要点农具，多吗？”

“唉！”郑洪兴长长地叹了口气。

谈判就在这里告一段落。郑荣生当时就出了门，直到下午两三点钟才回来，把两个兄弟都叫回来了。弟兄三人在一路上就谈好了，因为哥嫂要的东西实在是不多，所以两个兄弟也没意见。郑荣生又把村里的两个调解委员请来，立了分单文书，把应分的锅碗犁耧水瓮水筲等东西当面点清楚了。小两口儿就开始一样一样地搬往东屋里去了。等把一切东西都搬完了以后，郑荣生心里非常高兴，又有些感激，觉得最后总应该跟两个老人说两句好话，就走到郑洪兴跟前，声音和悦地说：

“爸爸，我，对不住……从今日起，夜里可再也不喂牲口了。”

郑洪兴的脸色猛地变得像死人一样。大约已经有十年吧？他郑洪兴哪一天夜里爬起爬倒地喂过牲口？除了出门儿做买卖，除了农忙时干活太累，只要找得着，他夜里总是要到外边找个野窝儿寻乐儿的。难道一个千辛万苦挣了这么大家业的人，连这一点点福气也不该享吗？所以他觉得儿子的这几句话是太刻毒了，太带讽刺味了。他再也忍不住了，一扬手就给了荣生一个又脆又响的嘴巴，转身就冲出了大门。

坏娘儿魏月英那间睡觉的屋子的房顶上，趴着两个黑色的人影，耳朵紧紧地贴着房檐，听着屋里的动静……

魏月英正在外间屋的灶门口烧火。锅里的饺子煮得咕噜咕噜响，满屋子飘着热气，灯影儿有些模糊。里边睡觉的屋子里也点着一盏小油灯，炕上搁着一个小炕桌儿，桌儿上搁着两个酒盅儿、两双筷子和两个醋碟儿。郑洪兴一路顿着脚，嘴里狠狠地骂着什么，走进了睡觉的屋子，把带来的酒瓶子使劲往小炕桌上一搁，坐到炕上去，对着灯亮儿出起神来了。

南屋里，魏月英的婆婆念佛的声音，跟这边屋里锅里的响声混成了一片……

一会儿，魏月英端进两碗热气腾腾的饺子来，一歪身上了炕，对郑洪兴瞟了一眼，也没有问他为什么着急生气，拿起酒瓶子来给两个盅儿里斟满了酒，自己先拿起来一仰脸就干了一盅，然后不慌不忙地吃着饺子，同时用她那冷飕飕的眼光向着郑洪兴的脸上溜来溜去。她今日的打扮很特别，不套衣裳，光穿着一件鲜红的紧身薄棉袄儿，领口上和大襟上的纽扣解开了两个，露出了一片雪白细嫩的胸口；头发有些松乱，脸上薄薄擦了一层粉，显得眉毛更细，眼睛更亮。郑洪兴看了她一眼，不觉又有了精神，拿起了酒盅来喝了一口，叹了口气。

“老幌，”魏月英亲热地说，“喝吧，今日多喝两盅。我这人最不欢喜那种闷声不响的调调儿。别看我是个女人，我可是该吃就吃，该乐就乐，为人在世一场，要活个痛快，不能还没有尝着做人的味儿就去见阎王……来，再喝一盅！”

郑洪兴果然又一口喝干了一盅。他的一边的眉毛扬高了，一只眼睛眯细了，不转眼地看着这女人的妖形媚态。这几天来他一直很奇怪，为什么这个怪物女人天天见了面尽跟他说这些话呢？这一年来，他郑洪兴白尽义务替她种着六亩地，秋收刚一完，她就一连个把月没有开开小门儿让他进来，正像俗话说的，打好了江山杀韩信。可是最近若干天她又对他特别亲热起来了，差不多每天夜里都是煮好了饺子等着他，总是跟他说一些知心知意的话儿。

“老幌，听说今日你家小子真的跟你分了家？”

“嗯，你怎么知道的？”郑洪兴有些奇怪了。

“看你这人！我的魂儿老跟着你的，哧！”她妖媚地笑了。

确实，他郑洪兴的勾当她都知道。她从哪儿知道的呢？当然，一部分是从郑洪兴自己口里掏出去的，另一部分又是从哪儿知道的呢？郑洪兴曾经问过她多少遍，她的回答不是笑，就是撇嘴，妖声怪气，叫人毫无办法。他实在是捏不住她。一会儿冷，一会儿热；一会儿送给她东西她不要，一会儿又嫌不给她买东西；一会儿说出话来像是挺糊涂，一会儿又像是什么都知道。她在这村里到底有多少野男人？到底跟谁最相好？有时候还瞧不起他，撇嘴斜眼地说他：“亏你还总以为自个是个行得了的人！”郑洪兴向来是玩女人的，他却玩不过这个要命的小妖精，有时候还被她玩得滴溜转；他对她是又贪又恨又馋，却没有办法。

“老幌，”女人又低声说，“李祥出了门儿到街上溜达起来了，你知道吗？”

“知道。”

“嘿，我早就说了，你砸锅倒灶就在他手上。”

“我恨不得一刀子宰了这个狗日的！你以为我干不出来吗？”

“哼，”女人冷笑了一声，“李祥是个屎包货，拿着你的命去跟他换，我看太不值。”

郑洪兴手捏着拳头往桌子上一搁：

“妈拉巴子的！我恨透了这些家伙们！我连自个的小子都恨，今日我就忍不住揍了他一嘴巴子……”

“老幌，我还是昨儿问过你的那句话：你是走到绝路上来了，到底打算怎么办？好汉心尖儿褶三褶。光是恨，光是拼刀子，打嘴巴子，行吗？”

“唉！”郑洪兴长长地叹了口气，“月英，正像你说的那话，我是估不透你，也许我真的是瞎了眼。不瞒你说，我这人一辈子做事从来没有向娘儿们讨过教。早先你对我说这说那，我都不听，总觉着你天有能耐也不过是个娘儿们。可事到如今，这村里只有你是个能说说话儿的人，你给我指点指点吧，我怎么办呢？我往哪儿走呵？你说你能帮我的忙，你怎么帮法？”他把两手一摊，接着又捧住头往桌子边上一搁，一动也不动了。

“老幌，你真的愿意把我的话往心里搁吗？”

“事到如今……月英，你快说吧！”

“好！那咱们就掏出心肝五脏来说一说。这话我以前也问过你，你当时不在意，今日我再问你一遍：在这个共产党的世道里，凭你一个人单枪匹马大战长坂坡，能够杀出一条路子来吗？”

“咳！那我怎么办呢？等死？”

“等死？哼，太没有出息！对你说，我看你有点忍不住，这不对。要熬着，要忍着！要像我一样，什么不要脸的事儿都干！日头天天出来，天天落土，可是天气一天一个样儿，刮风下雹子的时候会来的！不怕是十年八年，总有那一天的！别看我是个女的，从小儿就是个笼头套不住的马，赛过男子汉。娘家的爹叫他们枪毙了，房子和地被他们分了，哥哥在中央军里给他们打死了，男人关在牢里十五年才能出来。我以前过的什么日子？享的什么福？可这如今……我受不了，要发疯，可是有人告诉我：要咬着牙，忍着！等着！可也不是干等，要干！……”

他们越说越投机。房顶上那两个黑影子已经踩着院墙头儿下来了，站到窗户跟前，把他们的每一句话都听得清清楚楚。

第三十二章　在群众大会上

群众大会是张骏一到这村来就想到了的一件事，后来因为各种情况的变化，直到今天才算开成了。

会场是在小学校侧边的一个打麦场上。主席台是并摆着的四张大方桌，桌子周围有几条板凳。桌子前面靠着两块大门板，上面贴着两大张红纸，写着农业社全年的总收入，每亩地的平均产量，以及各户今年的收入。桌子上面还摆满了大大小小的棒子、谷穗子、棉花和棉花棵子，红白黄紫，错错杂杂。群众的座位围着桌子形成一个扇面式的半圆形，最前面四排的座头是砖块子和木头条子，后面三排是庄稼人坐着吃饭用的小凳儿，再后面三排是高板凳，再后面就是场里原来就有的几个柴火垛。

今天人们不是像以前开群众大会一样一家只派一个代表，而是差不多全家都来，另外还有一部分附近各村的干部和群众。这样，会场上的座位就不够了，连四边的柴火垛上，连场边郭万德家的房顶上也坐满了人，很多人只好扯一把柴火垫着坐在地下。青年妇女们总是欢喜挤在一堆，高兴，话多，爱笑，眉毛眼睛不住地闪动着。小伙子们都故意坐得离她们很近，他们不知道姑娘媳妇们在嘘嘘一些什么好笑的秘密的事情，以为大半总是跟自己有些关系，就故意互相逗闹起来，想引起她们的注意。王香儿的姐弟们也掺和在这一群里面。好几个人在听香儿报告她的争取爸爸不退社的故事。在这群花儿朵儿似的青年人里面，却坐着一个灰扑扑的满脸皱纹的曹老鸭。他大半自己也觉得不大协调，因而有些慌张，不住地伸长了脖子东张西望。他是故意要坐得靠前面一些，以便到时候好争取发言。有几个缺德的人发现了他坐的不是地方，想逗他一下，不知是谁从后面伸过一只手来，曹老鸭头上的破毡帽头儿就不翼而飞了。

“谁把我的帽子拿去了？”他生气地站起身来，瞅着后面的人们。

帽子像耗子似的，飞快地从人缝儿里钻到后面去了。猛地，人们一面拍着手，一面呱呱叫着打拍子。原来是，那顶破帽子在最后排曹老鸭的媳妇的头上出现了，是有人在她背后用一根小棍儿顶着举起来的，像是给她打着一把小伞。这女人正在生气地看着曹老鸭那可笑的狼狈相，又加上人们并不朝她看，所以好半天没有发觉。后来她到底还是发觉了，猛地把胳膊往后一甩，那顶帽子就飞到会场外面去了。会场上立刻爆发了一阵笑声。

同样的把戏又在会场的另外一个角落里演了回。被捉弄的是一个五十来岁的麻子脸，人们之所以对他感兴趣，是因为他在今年春天贯彻婚姻法时，跟他那爱吵架的老伴儿离了婚，最近两口子不约而同地都入了社，都想到，反正往后老在一起干活儿，反正家里得有人做饭洗衣裳，所以就又合在一起了，而且确实比以前和睦了。

主席郭大海宣布开会了。他还从来没有主持过这么大的会，不免有些慌张，所以开始说话时声音有些不愿意从嗓子眼里走出来。他说，今天是个庆祝农业社大增产大发展的会，他郭大海之所以有这份光荣来当这个主席，完全是因为党教育了他，使他坚决走上了社会主义的道儿。最近，社员们选他当了副社长，别看这是个小事，他郭大海可因为这个事有两晚上没有睡着觉。接着他就宣布：农业社现在发展到六十户了，在全村的二十一名党员当中有十八名报名入了社；另外，村里还有多少人家正在考虑入社的问题，将来可能要发展到七十户八十户。他说：

“同志们！乡亲们！就是这么回事。在全县里边，咱们曲堤村算是带了个头儿，这是咱们的光荣。可是，在这一年里边，咱们还没有当着全体乡亲们说说社里的详细情况，今日就要当着大伙儿报告报告了，就是这么回事……”

“这里边的事儿谁也没有我明白！”下边有人插话了——是曹老鸭的声音。

“你还没有咱们的郭社长明白吧？”郭大海有些不高兴地问他。

“那倒是……”曹老鸭只好承认了。

“那好吧，就请木山同志报告报告吧！”

郭木山在没有说话以前，心里就考虑过这样的问题：“哼，别看我尽说的是些数目字，人们可是早就想知道知道，保险谁都爱听。”所以他满有信心地走到桌子前面来了。

“同志们！乡亲们！”他用粗大的声音开始了，“社里的庄稼长在地里时大伙也都看见过，今日我再来说一说。活了七十八十的大伯大叔们，你们看过这么好的棒子吗？”他从桌子上拿起一个棒子来，晃动着。“你们看见过这么大，又棵棵长得这么整齐的谷穗子吗？”又拿起一把一般大小的谷穗子来，晃动着。“你们看过棵棵都是这么高大，都是这么多枝杈儿的棉花棵子吗？”又拿起两棵干枯了的棉花棵子来。“你们看，这是咱们村里种地种得最好的一家的棒子，跟咱们社里这棒子比一比看？”他高举着一大一小的两个棒子。“你们看看这桌子上的两堆，为什么社里的长得格外大些呢？为什么社里的棒子从根到尖儿都是籽粒饱满，这家人家的棒子一长到尖儿上就松了劲，就籽粒儿又小又稀了呢？是不是老天爷有偏心眼儿，向着这块地，不向着那块地呢？乡亲们，不是的！那么是怎么回事呢……”

接着，他就把普通人家的耕作措施和社里的耕作措施很详细地做了一番比较，比如，耕多深，耕几遍，上多少肥料，耪几遍，用的什么种子，采用了什么科学技术……总之，用不可辩驳的事实证明了：社里是必定要多打粮食，单干户是无论怎么着也比不过社里的。接着又把二十三户社员各家有多少地，多少劳力，往年收入多少粮食，今年收入多少粮食，详详细细地做了比较。所有这些内容都离不开数目字，但是，真的不出郭木山所料，会场上安静得像平静的湖水一样，只听得见轻微的呼吸声、咳嗽声、叹息声。这是当着一切当事人和非当事人报告出来的，难道还假得了？难道人们祖祖辈辈地辛辛苦苦，不正是想达到这样的数目字而没有达到吗？

郭木山出了满脸的汗，也忘记了擦，完全被自己的演讲所造成的印象迷住了。

忽然，听众里边有人提出了一个问题：

“木山，你刚才说那小棒子是全村种庄稼种得最好的一家的，到底是谁家的呀？”

郭木山摸了一下脑袋，笑起来了：

“你看我这人，脑子一紧张，就忘了。你们猜猜看，到底是谁家的呵？”

人们交头接耳地议论起来了，“郑老幌”三个字像一阵风儿似的刮遍了全场。

“就是郑老幌的！”郭木山大声说着，挥了一下拳头。“就是郑老幌的！往年，郑老幌夸口，说连互助组种庄稼也比不了他；说连我郭木山种庄稼也比不上他；说种庄稼靠本钱，他家是既有肥料又有劳力，本钱足得很！可今年怎么样？咱们农业社把他比下去了吧？乡亲们！这就看出来了，到底是走郑老幌的路子好呢，还是走农业社的路子好……”

会场的西南角上响起了轰轰的声音，有一个老太太在哭——是郑老幌的老婆子，因为是扪住脸忍住劲的，所以哭声像是从地底下响出来的。坐在她旁边的老根媳妇和地主齐世泽在对她说着什么。全会场的人都向她回过脸去了，有的人从座位上站起来了。

郭大海在一边猛地站起身来，用雷声一样低沉的嗓子吼叫起来：

“老根家的，你在那儿喳喳什么，是吃饱了撑得慌吗？”

老根媳妇吃了一惊，回过脸来，跟郭大海面对面地互相瞅着。

“你喳喳什么，说呵？”郭木山也催她。

“哎哟大海兄弟！”老根媳妇把手一甩，“这可不怪我，这可跟我没关系……”

“跟你没关系你喳喳什么？”

“人生着嘴就不兴说话吗？”老根媳妇胆怯地嘟哝着。

郭大海还是不放松，他要把这个事情搞清楚：

“这是开会，不是平常说闲话的地方，有话你到主席的位子上来说！”

会场里有些别的人也对这女人生了气，附和着说：

“对！哪一次开会也少不了她喳啦，今日叫她到主席台上去说个痛快去！”

“老根家的，说呀？”郭木山又大声催促着。

老根媳妇生气了，疯狂了（郭大海和郭木山都注意到，地主齐世泽在旁边对她做眼色）。她站起身来，用她那破锣似的嗓子叫道：

“这个屁事跟我有什么关系？是人家她在哭，又不是我哭。人家她说，儿子儿媳妇跟她老两口子分了家；郑老幌昨儿夜里出了门，也不知上哪儿去了；棒子叫人家偷出来了——这真是新闻！”

“什么棒子叫人家偷出来了?”郭木山连忙问她。

“就是桌子上的那堆棒子,不是郑老幌家的吗?”

“哦,是这么回事。”郭大海和郭木山都笑起来了。

郭大海叫老根媳妇坐下了,又在会场里找郭老根。有人从一个角落里把郭老根那瘦长的身子推着站了起来。风儿吹着他肩膀上的破衣裳片子,他慌张得手没地方放,脸涨得通红。郭大海对他说:

“老根,你当着大伙儿说说,你怎么把这些棒子送到木山家去的,是谁给你的?”

在众人的鼓励下,郭老根那长脖子上的喉头骨动了几动,到底说出声音来了:

“是这么回事:前日夜里,郑老幌给我背来了一口袋棒子个儿,我当时就把它背到木山家里,对木山说了,木山说:‘好,你先搁在这儿吧,以后怎么处理,以后再说。’我就搁在他那儿了。大半这桌子上的棒子……”

郭木山连忙打断了他:

“老根,你再说说,郑老幌当时对你说了些什么话呵?”

“他说:‘老根,咱俩一向是水帮鱼鱼帮水的朋友,你要是有什么困难,尽管对我说。’他还说,以前借给我的粮食呀,钱呀,都不要利钱了,也不要着急还不起,什么时候有就什么时候还,实在还不起就拉倒……”

郭木山很满意地让郭老根坐下了,大声说:

“乡亲们!就这么回事:郑老幌放高利贷,被咱们调查出来了,他有点怕,就想来个黄鼬给鸡拜年……不过,这个事等会儿再说。郑老幌昨儿夜里到哪儿去了呢?这个事也等会儿再说。现在我先问一问:老根家的,你听清楚了吧?这可真像你刚才说的——是个‘新闻’吧?你自个瞅瞅你那八尺厚的嘴脸吧!还有什么问题?是谁指使你这么喳喳闹闹的?你旁边坐的是谁?是地主齐老二吧?我可对你们说,要小心一点!”

老根媳妇缩得不见影儿了。齐世泽也低下了头。会场又完全安静下来了。

郭木山用自豪的热烈的眼光看了会场一会儿,又大声接着说起来了:

“乡亲们!刚才我说的都是咱们社里的生产成绩。这些成绩好不好呢?好!为什么好呢?有了这点成绩,咱们的社会主义的头一步就走稳当了，咱们的社一下子就发展到六十户了。得到这点成绩容不容易呢？很不容易！比如，咱们的会计李幼章，他那睡觉的屋子夜夜都是社里人们的办公室，他夜里说梦话都说的是数目字。咱们的农业股长李宝成，你们问问他，这一年他在家里睡过整宿觉没有？他家里的对他是有多少意见啦？”

人们轰的一下笑起来。李宝成在下边对着左右前后的人做了个鬼脸。

“不要笑！”郭木山用更大的声音盖住了大家的笑声，“这两人是好样的！还有咱们的李德才老大哥，更不用说，简直是对社会主义铁了心。咱们支部最近就要讨论他们入党的事。说到我自个，这一年，我吃饭咽下去的是什么呢？社里的事情。睡觉做梦梦见什么呢？社里的事情。天阴，我看一百遍天，希望它下雨。下雨，我不是怕它下多了，就是怕它下少了，恨不得数数雨点儿……容易吗？不容易啊！可是，要往坏里干可是很容易啊！要是被破坏可是很容易啊！李祥老弟，”他突然转过脸去对着坐在前排一边的李祥说，“去年刚建社的时候，你对我说：‘咱们要是把社办好了，到秋后咱俩喝它二斤酒庆祝庆祝。’秋后咱俩为什么没有喝这二斤酒呢？我是说，咱们要接受这个教训啊！我自个怎么接受这个教训呢？俺们已经讨论好了，我决定把我的马入到社里，为什么要这样呢？因为今年一年大伙对我这马有意见，嗨，不，是对我的人有意见，我要把我的这点私有观念割掉了它！干干净净割掉它狗日的！连我的其他的一切一切的缺点……我就坚决这么干！另外，我还告诉你们，李德才、王治、李宝成、王振山，他们几家的牲口也归了社。现在咱们正在开展冬季生产，闹起积肥运动来，争取明年再比今年增产百分之二十。做不做得到呢？做得到的！你们看见没有？村里的大街小巷都打扫得干干净净了吧？脏土打扫到哪儿去了？因为社员们家家都挖了积肥坑，都倒在积肥坑里去了。还有副业：香油房、豆腐房、养猪，还有大苇坑——养鱼！……好，我就说到这里。”

在暴雨一样的掌声里，还夹杂着断断续续的议论，特别是对郭木山的马，对增产指标议论得最多。

下边都是新旧社员们讲话，各人讲讲为什么要入社，在社里有些什么好处。

要讲话的有李永平、李德才、唐经柱、杨大个子、吴小正……可是事先说好了，由曹老鸭头一个出马。当郭大海向大家宣布现在由曹老鸭讲话时，所有的人都出乎意外地吃惊了，都立刻安静下来了。曹老鸭直直溜溜儿站在那里，把刚刚从会场外面拾回来的毡帽头儿从头上摘下来，对着大家鞠了一躬，看了看会场，然后把身子向前一倾，像小孩玩顶牛儿似的，把头伸向众人，停了好久好久，才用他那沙哑的声音大声说：

“你们看看我的头吧！”

他的头是凸凹不平的，比一般人的头显得小，灰黄色的头发当中还有几块光光亮亮的疤痕，远看着像草地当中的石头一样。

会场上立刻爆发了潮水一样的笑声。有的人在拍手顿脚，有的人在哎哟哎哟地呻吟。老头老婆们笑得咳嗽起来。刚结婚不久的新媳妇不好意思张嘴大笑，就用一只手扪住嘴。有的人已经笑住了声，一抬身子看见曹老鸭还在伸着脑袋不动，就又笑起来了。郭万德家房顶上的人有的笑得躺在房顶上打滚。坐在后面柴火垛上的人甚至笑得摔了下来。老根媳妇笑得哎呀哎呀地叫唤，要不是刚才碰了钉子，她真不知道要闹成什么样儿了。

“曹老鸭，你别在这儿又耽误时间又丢人好不好？”不知是谁这么嚷了一句。

“这是谁说的？”曹老鸭生气地直起腰来，猛一下忘记了胆怯。“你怎么知道我是又耽误时间又丢人？我这是闹着玩儿的吗？是张书记让我在这儿说话的！我有好多话要说！”他示威似的扫了会场一眼。“刚才我把头低了那么半天，大半大伙儿都看清楚了吧？我干吗要让大伙儿看看我这个宝贝脑袋呢？哈哈！”他自己也觉得好笑了，引得人们又笑起来。“我，头是头，脚是脚，也像一个人；可我又不像……我，咳，怎么说呢？乡亲们不要笑，一笑我就发慌。……小时候，俺爹俺娘生了俺们兄弟姐妹一共是八个，我是个最小的。五亩地养十口人，养得起吗？儿多女多就成了罪过啦！我是个最小的……‘你为什么生下来？谁叫你到这世界上来的？’——爹娘养不起儿女，不着急吗？不心烦吗？就断不了打我，骂我，管不过来就扔在一边不管我。没吃没穿，冻着饿着，头上常常是红一块肿一块，鼻涕眼泪一年到头不断线……咳！我怎么说呢？我也不知道我是怎么到底没有死，怎么长大成人的！……我怎么说呢？这怪谁呢？爹呀娘的没有可怜过我吗？没有往我身上掉过眼泪吗？这怪穷！怪俺们是受剥削的人！……往后，我大哥二哥长大了，出去当兵一直没回来；三个姐姐都给人家当了童养媳；还有两个哥哥——一个死了，一个出去给木匠师父当徒弟（后来又过继给俺叔家当了小子，到三十岁他就得痨病死了）；我呢，这说起来，就说到郑老幌身上来了。那时郑老幌的爷爷还在世，在贾庄集上开着个杂货铺——挺赚钱的买卖，人们谁不知道？后来是他爹抽大烟，靠娘儿，把日子闹垮了，到老幌手上就只剩下了十几亩地。可是，如今郑老幌又……哎，我说这些干吗？我是说，当时我到他家那杂货铺里当小做活的，给他们倒夜壶，洗烟袋，上门板。你们看看我头上这疤，就是当时他们给打破了，长了疮……往后，我爹娘又死了，五亩地卖得剩下三亩了……”

他说不下去了，背过身来，蹲了下来，把脸埋在胳膊里擦了又擦。会场上响起了纷纷议论的嗡嗡声，谁也不知道他在下边还要说些什么，有的人好奇地站起身来朝这边看了看，又坐下了。在那边角里，几个男女在对一个中年妇女说些什么。这女人不住地用衣襟揉眼。她是郭桂容，大半是曹老鸭的话使她想起了自己的命运，想起了她那可怜的瞎孩子吧？

曹老鸭重新立起身来站在大家面前了。

“乡亲们，”他的声音更加沙哑了，“这些苦处说得完吗？我怎么说呢？我的脑袋为什么长成这么个怪样儿呢？我的身子个儿为什么长得这么瘦小呢？我的脑子为什么这么不好呢……”

他这几句问话引起了人们很多的回忆。比如：他的媳妇比他个儿高大，身体有劲；他下地干活时常常丢了家伙；他有时候把东西拿在手上还到处找；他说出话来总是不内行，总是让别人发笑，他出奇地怕老婆……

“我干吗坚决要加入农业社呢？”他接着说，“我怎么说呢？不加入农业社我有个出头之日吗？土改了，不错，我总算有点地种了！可为了这点地我是遭了多少难啊！发了多少愁啊！我怎么说呢？我劳力弱，没牲口没车，又不会操持，干活又爱丢三落四，年年都快要把我累死急死，年年打的粮食比别人家少，年年月月，为了一些芝麻绿豆的事情跟我家里的吵嘴打架，我过得什么样的日子啊……”

他又停下来了，眼睛向会场里找来找去，最后停在他媳妇身上了。这女人是坐在最后排的高板凳上的，原是想万一要是听不懂没意思，就悄悄儿溜回家去的。不想这个会却不比往日，她完全被人们的讲话吸住了。她坐着坐着，猛地看见男人曹老鸭在大家面前鞠起躬来了，低起脑袋来了，全会场的人都在哈哈大笑了。她吃惊了，生气了，横眉鼓眼的了……但是她的气恼慢慢地平静下来了，她真没有想到，她那没用的男人今日会说得这么动人，会引起这么多人的同情，会有这样大的出息，她真没有想到……她的眼里噙满了泪水，跟曹老鸭的眼光碰在一起了，大家也都回过脸来看着她。

“家里的！”曹老鸭隔得老远地叫她，“我说要入社，说了一百个‘要’，你答应了一千个‘不’，你跟我吵，跟我嚷，说我一定是受了别人的骗，一定是心眼里发了魔气；说我就是入了社，也得受人欺；说俺家好容易有这么点地，还不好好儿守着它？你说，你说……咳咳！我怎么说呢？乡亲们！从去年冬天，我就觉着农业社是咱们穷人的好道道儿，我就没了命地喜欢这个道道儿，可我还不放心，就当了一年‘特别社员’，参加他们的会，就研究了这里边的道道儿。我研究了快一年了。在别的事儿上我爱出错儿，在这个事儿上我可是不错啊！现在我怎么说呢？家里的，今日你也看见了，农业社是骗人的吗？不好吗？没有多打粮食吗？郭木山，李宝成，这不是天字第一号的好当家人吗？咱们家入了社，受什么屁的欺负？吃什么屁的亏？咱们天天只要听分配下地干活就成，还用得着求爹爹告奶奶求牲口借车吗？咳！我怎么说呢？往后，社会主义，社会主义，社会主义要让咱们穷人大翻身！我干吗喜欢农业社？我干吗……”他忽然顿了一会儿，把话头儿一转，“我说，家里的，我说的这些你听清了没有呵？我说得不对吗？”

在这样的大会场上，在演讲的时候，突然跟自己的老婆像谈家常似的说起话来了，这在别人是做不出来的，在曹老鸭——当他管不住自己的时候，却并不觉得特别。他站在那里等着回答，不想他老婆却别过脸去，接着又站起身来，挤着挤着，走出会场去了。曹老鸭愣住了，猛地转过身去，也从桌子旁边的人缝儿里挤出去了。

“老鸭，你干吗？”郭大海大声问他。

“我到一边去歇会儿去！”他已经走到人圈外面去了。

人们这才发现曹老鸭的讲话已经完了，同时又发现有新的人站起来要求发言，就鼓起掌来了。

站起来要求发言的是个老头，是曹老鸭的叔，名字叫曹福泉。他站在自己的座位上，得到了郭大海的允许以后，不管人们的掌声是不是落下去了，就大声说：

“我报名入社！”

“你为什么要报名入社？是不是也要讲讲话哩？”郭大海问他。

“我不会讲话，反正，我要报名入社！”他说完了，就坐下了，却又追问了一句：“允许我入社吗？”

“你跟家里的人都讨论过吗？”郭大海又问他。

“讨论过，都打通了！”他又站起来了一下，那脸上的神气是自豪的，有把握的。

同时又有好几个人嚷叫着举起手来了，都是要当场报名入社的……

这时候，曹老鸭已经回到家门口了。今天学校里停课一天，两个孩子都在院子里玩。曹老鸭招着手儿把大女孩小桃叫出院子门，问她娘回来了没有。小桃告诉他：“妈在屋里呢。”他就走进了院子，朝满院子看了看，忽然埋怨起小桃来：

“你看你们这两个孩子！猪饿得嗷嗷叫，也不喂！”

“谁说没喂？”小桃不服气地尖声说，“妈刚刚才喂的呢，你朝猪圈里瞅瞅看？”

曹老鸭往猪圈里一看，果然那猪正在大口大口地吃着呢。他又找新的话头儿了：

“小桃，该做饭了吧？”

“爸爸，你今日又是怎么啦！太阳还老高的就做饭？”

小桃噘着小嘴，她弟弟小椿也瞪着小眼睛看着爸爸，都不知道爸爸今日又要出什么花样。

曹老鸭朝北屋的窗户看了一眼，转着身子，轻轻地顿了顿脚，又长长地叹了口气。他本来以为媳妇是嫌他在会上讲话丢了人才赌气回来的，所以总想逗得她在屋里答了腔，听听她的口气是好是坏，自己才进屋。不想媳妇一直是闷声不响，他就有些生气，心想："别的时候你怪我，今日你也怪我？"就不管三七二十一地走进屋里来。只见媳妇坐在炕角上，低着头，眼圈儿像是有些潮。他吃了一惊，正想说什么时，媳妇却先开了口——她的声音是柔和的，亲热的：

"回来了，也不说进屋里来，在院里跟孩子们嘟嘟什么！"

"咳，我……"曹老鸭说。

"我是想跟你商量商量。咱们既是入了社，就得把过日子的心思搁在社里。社里不是要找社员们借钱买牲口吗？咱们那买牲口的钱还留着它干吗？你说呢？"

她所说的买牲口的钱，是两口子省吃俭用积了三年的一点钱，原是准备在明年开春的时候买一匹小牲口的。现在既是入了社，自个家里还买牲口干吗？这点钱搁着也是白搁着，不如投资到社里去哩。她溜下炕来，用钥匙开了箱子，从箱子角上摸出个小布包来，用微微发抖的手指头打开它，拿出票子来，一张一张地数起来。

两个县公安局的同志押着魏月英和郑洪兴走进了会场。魏月英还穿着她那件刺眼的红棉袄儿。当她走到群众前面靠着桌子站着时，故意勾着腰，低着头，让松乱的头发搭下来遮住她那灰白的死人一样的脸，一对眼睛却躲在头发的阴影下边闪着仇恨的光。郑洪兴的脸色比魏月英的更难看，眼神也是灰溜溜的。在他俩后边，民兵队长王遇杰提来了一个蓝布包袱。满会场的人们都站起来了，有些人在往前挤，有些人在嚷叫着埋怨别人占了他的位置，郭大海站在一条板凳上，差不多嚷破了嗓子，好容易才让人们安静下来。

县公安局的一个同志讲话了。他穿着一身干净整齐的黄绿色的军服，中等个儿，浓眉大眼，是个二十六七岁的挺精明的小伙子。人们还记得，在战争的年代里他才十几岁，在县游击队里当通信员，经常挂着一支崭新的盒子枪在各个村里跑来跑去，人们都叫他小王。现在人们都很尊敬地叫他是老王了。他把手枪往腰上的皮带上一插，用很响亮的声音说：

"乡亲们！好新鲜的事儿啊！今年是一九五三年吧？从七七事变算起，咱们这一带的人们闹革命也闹了十几个年头了吧？把日本鬼子、蒋介石匪帮、美国鬼子都打走了吧？咱们今日开这个会，是为了走社会主义的道儿吧？可是，说来你们真不信，还有人想阴谋推翻劳动人民的天下呢！你们看，这就是那搞阴谋的人！"

他半侧着身子看着那僵尸鬼一样的魏月英。这时候，郭大海已经把桌子上那个蓝布包袱打开了，拿出一个颜色发黑的约有五寸高的小铜佛，举起来对着大家晃了晃。又拿出一件雪白的和一件鲜红的道袍来，都是宽领大袖，背后都有个太极图，图外边有"混元一气"四个字。另外，还有一些类似小旗儿的五颜六色的布块子，每个布块子上都有一些莫名其妙的花样。

"这叫做'混元道'。"老王同志接着说，"是一种迷信的反动道门。说是加入这个道门以后，连自己的妻子儿女都得瞒着，长期烧香磕头，真心真意听师傅的话，就可以有病的去病，没福的得福，气恼变成欢喜，忧愁变成安乐。乡亲们！你们看，这就是那有仙风道骨的女真人——恶霸地主魏三麻子的女儿，伪军小队长的老婆，回到这村以后尽干一些偷人养汉的勾当，跟富农分子郑老幌在一块儿睡觉——这就是女真人，女师傅！你们这村里有没有人信她这一套呢？有！尽什么样的人呢？咱们已经调查清楚了，都是一些老太婆呀，老头儿呀，咳！说起来真好笑，老太太们舍不得吃，舍不得喝，倒舍得拿钱往这个坏娘儿手上送，让她买白面买肉，包饺子给她的野男人吃。这还不算，在另外一个村子里还有一个男真人，这个男真人常常夜里偷着跑到这个女真人这儿来，藏在她家里，一住好几天。你们想想，他俩干得出什么好事情来吗？乡亲们！现在这个男真人也叫我们逮捕起来了！另外还有几个别的人，也都一网打尽了……"

靠着桌子站着的魏月英的两条腿发起抖来，站不住了，猛一下坐到地上去，头耷在胸前，像死了一样。这一来，会场上的秩序再也维持不住了，前面的人都挤到桌子的紧跟前来，后面的人都站到板凳上，大家都嚷嚷起来，有的人叫着："装死！把她拉起来！"有的人讥笑地说："她那道法到哪儿去了？怎么不腾云驾雾啊？"还有的人叫着："拿根针刺刺她的脸，看看她是真死还是假死！"特别是娘儿们和姑娘们叫的声音最炸耳朵。有一个站在前排的中年妇女甚至往魏月英脸上吐了口唾沫。人们忽然看见，老吉寡妇从桌子后面绕着挤了过来，站在魏月英的紧跟前，弯下腰去对着她的脸看着，人们以为她不过是来看稀罕的呢，谁知她猛地伸出手来揪住了那女人的脸上的肉使劲拧起来，一直到那坏女人像杀猪似的叫起来，老王同志赶紧挤过来扯开了她，她才撒了手，咬牙切齿地挤到一边去了。她是痛恨这女人骗了她的钱，却又不能把这件丢人的事情当着众人说出来。人们大声笑着，有些人还拍起手来。郭大海只好跳到桌子上去，挥着胳膊，声音嘶哑地叫着：

“乡亲们！事情还没有完，还有郑老幌的一段哩！”

一听说还有郑老幌的一段，人们这才慢慢安静一些了，靠前面站着的人都坐回原位了。

“乡亲们！”郭大海还是站在桌子上，接着说，“你们以为这个坏娘儿光是搞点迷信勾当骗骗老头老婆们就算了吗？嘿嘿，她的计划长远着呢！老王同志不打算在这里详细谈，现在咱们先问问郑老幌吧。老幌，你过来！”

当人们都在注意魏月英的时候，郑洪兴一直是缩在桌子后边，两手抱头地趴在桌子上，像是希望人们再也不要想起他来。可是人们并没有忘记他，他只得站起身来，走到桌子前面来，哭丧着脸，对着人们鞠了一躬，就自动地用一种半真半假的悔罪的腔调说起话来了：

“乡亲们！我郑老幌犯了罪，办错了事，我对不起乡亲们，对不起村里的干部们，对不起咱们的政府，对不起张书记给我的教育，对不起农业社里的人们……”

他大概想说出一百八十个对不起。郭大海大声打断了他：

“老幌！你这是干吗？想用这一套来耽误时间吗？咱们来个简单干脆的吧，我问你：俺们叫你考虑的问题，叫你今日在大会上坦白的问题，你考虑好了没有？”

“好、好了。”郑洪兴说着，不知道为什么又对人们鞠了一躬。

“那我就问你：你为什么要破坏农业社呢？”

“为了，咳，为了……”

“坦白了才能宽大你！”

“说！”

群众里面响起了雷一样的声音。

特别是李德才的声音最大。他把一些挡在他前面的姑娘媳妇们扒得东歪西倒，也不管她们骂他推他，一直挤到最前面来，硬着脖子看着郑洪兴的脸，又大声说：

“你干吗要在咱们的汽车道上挖坑儿想叫咱们翻车？快说！”

郭木山也红着脸瞪着眼睛站在郑洪兴旁边。按他的意思，不光是让郑洪兴在群众大会上坦白悔过就算了，他恨不得像对付魏月英一样，把他弄到县法院里去——至少也要判他半年三个月的徒刑才解恨。所以他在旁边等着，如果郑洪兴再不坦白，他就要领着群众喊起口号来。他却没有想到，这时大家已经用不着他领头儿了，嚷嚷得像山崩海啸一样了。

“我，咳，我……”郑洪兴在群众的威力面前发抖了，不得不说话了，“我，富农，富农就是富农。乡亲们，你们琢磨琢磨，我这思想是多错误啊！我怕社会主义，怕土地归公，还怕，咳，还怕不能赚钱，买地，不能……咳，乡亲们，我该死！我该死！”他顿着脚，做出个后悔得不得了的样子。

郭大海又大声问他：

“昨日夜里，你跟这个反革命的坏娘儿说了些什么话？”

“我说，我儿子儿媳妇跟我分了家，我难受。”

“你是说你难受吗？你半句话也瞒不了俺们，这一点我早就告诉你了。”

“哦哦，对了，我说我，咳，我说我，恨——！”这个“恨”字郑老幌是费了很大的劲才说出来的，连他那本来是铁青色的脸也憋红了。

“恨谁？干吗要恨？”郭木山忍不住大声插嘴了，“是恨社会主义吗？是恨共产党不让你变成大财主剥削人吗？是恨农业社吗？”

“木山，你算说对了。是，是……”郑洪兴本来想看看郭木山的脸色，却又赶紧低下头去了。

“我再问你，”郭大海又说，“你是打了你小子一嘴巴吗？”

“是，我该死！”郑洪兴顿了一下脚，又抬起头来向着会场里找他小子。“荣生啊，我这手……该死啊！我还拿着刀子，吓唬李祥……”他又低下头去了。

“坏娘儿魏月英教给你一套什么办法呵?”

“她叫我……忍着。”

“还有哩?”

“还有,叫我……咳,叫我装做是挺进步的,顺着,咳,顺着风儿走船……”

“还有哩?”

“还有,叫我,瞅空儿。”

“还有哩?”

“叫我,咳,等着。”

“乡亲们!”郭大海气愤得浑身发抖,又大声嚷起来了,“这就是反革命分子的阴谋诡计啊!忍着,顺着,瞅空儿等着。忍着干吗呢?就是心里有气,表面上不露出来。顺着干吗呢?就是假装进步,叫咱们相信他。瞅空儿,就是找弱点进行破坏。等着什么呢?就是等着蒋介石再回来,等着那些地主恶霸呀,还乡团呀,清乡队呀,再回来!……”他因为全身用劲,弄得脚下的桌子都摇晃起来了。

“你们一万年也等不着!”郭木山使劲往桌子上砸了一拳。

“叫你等着我的拳头吧!”李德才伸出拳头在郑洪兴的鼻子跟前晃了一下。

吴小正跳到自己坐的板凳上,领着人们喊起口号来了:

“你们一百万年也等不着!”

“你们一千万年也等不着!”

在这惊天动地的嚷叫声里,郑洪兴抱着头,蹲下去了,像是自言自语地说着:

“我知道,我知道,我并没有答应她啊……”

当郑洪兴当着众人写了悔过书的时候,大会就快要结束了,人们却多少还有一点不大满足,因为张书记没有给他们讲话,郭大海和郭木山两人在会场里到处找他也没有找着。其实张骏本来是不预备在会上讲话的。他觉得自己无论如何也不会比郭木山、李德才、曹老鸭这些人讲得更动人。他一直是一会儿在会场的这个角儿上站一会儿,一会儿又在那个角儿上站一会儿，为的是要看一看人们的情绪和反应。郭大海和郭木山发言时那种充满了信心的自豪的味儿，曹老鸭和别的几个社员的发言，全会场紧张兴奋的情绪，好多人当场报名入社……所有这些都深深感动了他。曲堤村的社会主义热潮这才真正地到来了！这样的热潮将要影响到和扩大到全县的范围。可见农民是愿意走社会主义的道儿的，是有着无限热情的，问题就在于领导——在于党的领导……他注意到，只有很少数的人中途退出了会场，多半是一些老年和中年妇女，看样儿是为了回家做饭或是家里有什么别的事情。曹老鸭两口子走了以后又回来了，一直是站在最后面的柴火垛上的。只有两个人的中途退场最引起张骏的注意，一个是郑洪兴的老婆，另一个是地主齐世泽，都是在郑洪兴和魏月英被带到会场以后退出会场的。郑洪兴的老婆是抹着眼泪走的；齐世泽却低着头，脸绷得挺紧，发现张骏在看他时，赶紧把脸扭到一边去了。据村里人们说，这家伙跟魏月英也有来往，到底是什么性质的来往呢？这一次没有把这一点侦查清楚，未免是个缺点。看起来，村子里的阶级斗争还不能算完，还不能对一些应该引起警惕的事情"精兵简政"，也许郑老幌还不能接受这次的教训，以后还会捣鬼的吧……

在快要散会的时候，张骏转到了会场旁边郭万德家的大门口。"这老头现在怎么样了呢？他的病是不是好了？"他正在这么想着时，忽然听见了里面有老太太的哭泣声，他吃了一惊，就走进了院里。

最近几天来村子里飞快的变化使得任何人都受到了影响，郭万德虽然是一直躺在炕上不出门，也没有例外。吴小正早已经搬回来了，郭万德现在再也没有力气跟他吵架生气。并且，水要人挑，牲口要人喂，牲口圈要人上垫脚，请先生买药要人跑路。有什么办法呢？每当小正这孩子从外面回来时，老婆子就跟他叨叨起村里的事儿来，比如谁家又入了社呀，谁家因为入社的问题家庭闹矛盾呀，现在已经有了多少户社员呀，人们准备怎么开展冬季生产呀……郭万德不能不尖着耳朵听着，不能不一次一次地受到了震动。有很多事情是郭万德所万万料想不到的。比如像民兵队长王遇杰的爹，是个多么死心眼的人，一年到头眼睛光看得见自个的家，老是嫌儿子当干部耽误了家里活儿，现在连他也入了社！还有王洛奎，决心不退社。连李祥也不愿意退社。为什么所有这些人都不怕土地归公呢？都相信郭木山是好人呢？莫非所有这些人都是对的，只有他郭万德是错了吗？莫非这个世道生成了是要按着共产党的道儿走吗？郭万德越来越糊涂了——当他糊涂了的时候，实际上他倒慢慢有些明白了。他开始后悔听了郑老幌的话——不该宰了一口猪，喝了一通酒，又半夜出门受了风，弄得自个害了这么大的病。"我能吃多少，喝多少？能把这个家当都吃到肚子里去吗？就算都吃到肚子里去了，又顶个屁事？反倒弄得自个要闹病，要早死几天……唉唉，人要是死了，什么也带不走！什么也带不走……"

今天，群众大会的会场偏偏正好在他家的院子外边，偏偏人一躺在炕上，耳朵就格外灵敏，会场上的每一个声音，人们所讲的每句话，他都听得清清楚楚。"人们疯了！"他不断地在心里说着这样的话，并且总想找出一些理由来反驳人们的话。"别看你说得好听，要是今年没有在社里占便宜，你准不会这么说！""说来说去，你还不是想在社里得益吗？"但是，好像所有这些自以为很充分的理由，其实都并不怎么充分，并不能挡住那些钻进耳朵里来的声音，也并不能使得自己的心情安定下来。"唉唉，怎么办？活着，怎么办？死了，又怎么办？"他用嘴唇咬着胡子，眼睛看着房顶上颜色发黑的房梁和檩木，不能回答这个问题，心里有些作痛。忽然，会场上起了一阵异样的骚动，群众的声音，郭大海的声音，县公安局里老王的声音，魏月英，郑老幌……"我犯了罪！……我该死！……"——郑老幌的声音……郭万德吓得睁大了眼睛，耳朵里嗡嗡地响起来了，眼前的一切东西都旋转起来了，他昏过去了。老太太从会场里回来，看见他仰着脸躺着，眼睛发直，呼吸微弱，叫他不应，摇他不动，就哭起来了。

当张骏走进屋里来时，郭万德正在刚刚苏醒过来，眼珠子活动了，像是不认得这个家，不认得他的老婆子，眼光陌生地看着周围的一切，忽然听见老婆子在叫他，又听见她在跟什么人说话，他这才看见了张骏，吃惊了，眼睛可怕地睁大了。张骏问他好些了没有，他也不答应，只是看住张骏的脸。大约过了好几分钟，他才喘着气对着老婆子说：

"我，不中用了，去叫，小正……"

正好散了会，小正回来了。郭万德眼睛看着房顶，颤动着嘴唇，好半天才说出话来：

"张书记,什么时候,土地,归公?"

不知道为什么,张骏被他脸上那种诚恳的表情,那种贪恋生活和记挂着什么的表情所感动了,坐到炕沿上,摸着他那枯瘦的手,告诉他:现在不要想这些事,要好好儿安心养病;将来就是实行土地不分红,那只有好处,没有坏处,那是为了人人都过好日子。郭万德的嘴唇又颤动了一会儿:

"人人,有口饭,吃吗?"

张骏告诉他,不光是人人有饭吃有衣穿,而且生活会比现在好得多。

"唉唉,"郭万德慢慢摇了摇头,"小正,你,年轻,不懂事……"他很费劲地转过脸来望着小正,眼睛里突然出现了慈爱的怜悯的光亮,"你,不懂事,不知道,我的心。我这家当,活着,是你的;死了,也是,你的。只要、公家给你、饭吃,我……唉!张书记,我,惦记不了、他了,照管不了、他了;我把这孩子,靠给你们,你们,公家人……"

他疲倦地闭上了眼睛,轻轻地捏了一下张骏的手。他还没有死,不过,在这个世界上他是再也活不了多少时间了。

第三十三章　意外的事情

事情完全出乎张骏的意料之外。当他回到李幼章家里时，通信员小赵给他送来了一封急信，正焦急地在屋子里等着他的。这封信是县委办公室的田秘书写的：

> 张书记：刚才接到省委的长途电话，请你连夜赶到省里去，说是省委有要紧的事情要跟你面谈，请你见信后马上动身……

张骏立刻兴奋起来了。他计算了一下，王则昆走了连今天才三天，他给省委的报告送走了也不过六天，怎么省委对这个问题处理得这么及时？为什么又叫连夜赶去？"看起来……有两个可能：一个，是我那个报告引起了特别的重视；再一个，是老王的意见引起了特别的重视。是不是我的报告里有什么错误？或者是，我在这村里的工作有什么错误？不，我想不出我有什么错误来。难道一个人应该敷敷衍衍地做工作吗？难道我们可以不实行社会主义吗？人人都在盼望社会主义社会早一天出现，简直像大旱盼雨似的。那我们为什么不尽可能切切实实、细细致致、满怀热情地多做些工作呢？如果能够搞得快一点，为什么偏偏要故意搞得慢一点呢？群众是很热情的。像王老梗这人，这么大年岁，心里却那么热，希望早一天达到社会主义。而我们领导上倒不慌不忙，还要去妨害他们，限制他们，生怕他们搞快了——我认为这简直是罪过！"他觉得，也许到了省里还会跟王则昆有一场激烈的争论。争论就争论吧，反正是到了解决问题的时候了，反正不会还是照老样儿下去了。"好吧，今日就连夜赶到县里去！"他下了决心。

李幼章的娘点着了灯，把饭菜端进来了。幼章还没有回来，张骏也不等他。他一边吃着饭，又想起了一件事情：今天早晨王庄有个人送来了一封信——是尹华珍写来的，告诉说，王则昆那天离开曲堤村以后到王庄去了一趟。接着她就谈起了王庄那个社的情形。她说，那天，王老梗那个社的全体社员早就在村外老远的地方等着她的，一看见她来了，就高兴得什么似的，抢着把她的车子和挎包都接过去，一直把她领到王老梗家里，马上就让她给大伙儿开起会来。总之，用她自己的说法就是："群众教育了我，感动了我，我兴奋得不得了……"在信的后一半里，她又谈起了私人问题："……群众这么热情，就更可以看出我们过去工作上的缺点，我就难受，就越觉得我跟老黄两人的心情太不同，就越觉得跟他生活在一起太痛苦！我简直忍受不住……"她本来早就想跟黄永清离婚，只因为有两个怪可爱的孩子，都在黄永清的老家养着的，离婚会给孩子们造成不幸。她请求张骏给她出主意。在这样的问题上张骏能够出什么主意呢？他同情尹华珍，对黄永清也有很多意见，可是……生活，真是复杂啊！他只得提起笔来简简单单写了几个字，装在信封里，一面嘱咐小赵往车子上绑行李，一面拿着信走出了门，到王遇杰家里，托王遇杰明日把信送到王庄去，然后往郭木山院里走去。

郭木山院里像过年似的。贞妮子、王香儿和几个男女青年在院子里围着那匹白马，叽叽嘎嘎地嚷着笑着，讨论着怎样把这匹马妆饰一下。明天它就要跟李德才、李宝成、王治儿家的牲口一块儿归到社里去，要住到油坊院子里去，要由李永平老大伯负责喂养了。这是第一批归公的牲口，所以青年们要欢送它们同时也是欢迎它们，所以想用村剧团里演戏用的红布扎几朵光荣花。沿着北屋的墙根蹲着几个人，噙着烟锅子小声地兴奋地说着什么，都是在这儿等着报名入社的。屋子里也挤满了人，有些人也是来要求入社的。李幼章趴在炕上的小桌子上登记人名，鼻子尖儿在冒汗，老是用另一只手托着眼镜。郭木山缩在炕角上，在笑眯眯地跟坐在旁边的李德才说着什么，不住地用手摸着下巴上的胡子楂儿。张骏很费劲地挤进了屋子，把郭大海从人缝儿里拉出来，走到院子门外边，小声告诉说，他马上就要回县。

郭大海吃了一惊，等到知道张骏是非走不可时，转身就跑进院里喊叫起来，立刻就惊动了所有的人。这一来，好像张骏从此再也不到这村来了，临走时跟着大群人，一直送出了村子好远，都抢着对他嘱咐一些什么，告诉一些什么。贞妮子小声告诉他，河边那块试验地里的麦苗儿越长越好。曹老鸭告诉他，他媳妇自动拿出钱来投资到社里买牲口。赵洛常告诉他，他再也不准别人说他是特别社员了。李宝成和李幼章对他报告着又有多少户人家报名入社。等这些送行的人都转身回村了以后，郭木山给张骏推着车子，小赵推着他自己的车子，郭大海空手走着。天气还不很冷，空气是潮润的清爽的，月光把道路照得清清楚楚。四个人的精神都很爽快，谈着今后的工作，一起走了好几里路才分了手。

幸亏曲龙河上的公路桥修好了，张骏用不着像上回回县时那样坐二百里路的大车。天刚麻麻亮他就从县里汽车站上了长途汽车，九点多钟就到了火车站。他买的是卧铺票，在火车上一觉就睡到了省城，下火车时正是下午五点钟。他却没有想到，还有好多出乎意料之外的事情在等着他的。当他在省委收发室里填写了会客单以后，收发同志显得很高兴，没有让他等着，马上就把他领进了二层楼上办公室旁边的休息室里。一会儿，通办公室的门开了，矮矮胖胖的刘秘书笑着跑了出来，一把拉住了他的手。张骏是在前年刚刚复员到省时跟他打过交道的，这位刘秘书的记性很好，并没忘记他。

"没有想到你能来得这么快。你不是身体挺不好吗？好，我马上给二〇三打电话，两个钟头以前他还问过我你来了没有呢。"

刘秘书说着，一只手已经拿起了墙上的电话耳机：

"要二〇三。哦，你就是二〇三吗？龙河县的张骏同志已经来了。对了，正在我这儿的休息室里等着的……是，是，好……"

挂上了耳机，他又面带喜色地看了张骏一会儿，很确信地指着他的脸说："你一定还没有吃饭。"张骏正要声明在火车上吃了饭时，他已经转身走出了屋子，在外面告诉公务员：叫伙房里马上开一个客饭来。话刚一完又回到了屋里，像是抱歉又像是高兴地搓着手，笑着，坐到沙发上了：

"你不要客气，这都是二〇三同志事先吩咐的：从下边来的同志们都很辛苦——比我们常在省里的人要辛苦得多，应该在生活上多照顾他们一些，让他们像回到家里一样。说到这一点上，过去我们确实是有缺点的……"

"刘秘书,"张骏连忙打断了他,"这二〇三是谁?"

"哎嘿,你看我这人!"刘秘书用手拍了一下自己光秃的前额,接着又压低了声音,"荆国卿同志。为了保密,我们都叫他是二〇三。是中央特地派到我们这儿来掌握这一次工作的。你知道这一回中央布置的什么工作吗?嗨,这一句两句话说不完,也许等一会儿你就知道了。现在先说说你的事情吧……"

接着他就告诉说:张骏给地委和省委的报告来得正是时候,省委杨书记看了就转给了二〇三,不想二〇三看了以后,马上就告诉办公室:赶快给龙河县打长途电话,叫张骏同志到省里来一趟。……他说得很快,张骏并没有完全明白这些话里边的意思,却已经兴奋得坐不住了。他没有想到自己的那份报告甚至引起了中央一位负责同志的重视。刘秘书刚一走,他就跳起身来,在屋里来回溜达起来。"他会问我一些什么问题呢?我应该怎么回答他呢?……"他抓着自己的头发,又不安,又高兴。忽然,他看见了墙上的电话机,心里猛地一跳,就走过去拨了号码,对方有人问他找谁,他说了三年级学员吕玉莹几个字以后,听得见对方搁下了耳机,是去叫人去了。他焦急不安地等着,不时看看手表。三分钟过去了,五分钟过去了,快有十分钟了!"也许她吃了饭出去散步去了?真倒霉!"突然,耳机里响起了小姑娘似的好听的声音:

"喂,你是谁呀?"

张骏在心里说:"看我跟你开个玩笑吧!"就装出又粗又老的声音说:

"你猜猜我是谁?用你那千里眼瞅瞅看?"

"怎么?你这人……你到底是谁?"对方像是有些不耐烦,又像是有些惊讶。

"我到底是谁——你到底猜猜看?"

"喂!"对方的声音提高了,显然是着急了,"你要是故意跟我开玩笑的话,我就把耳机挂上!"

"很好!"张骏突然恢复了自己本来的腔调。很好两个字是他的口头语,是吕玉莹所最熟悉的。

"哦!"对方叫了一声。接着又格格地笑起来,听声音,大半是捂住耳机把脸扭到一边去笑的。笑完了以后，又用响亮的声音说："行！满行！"——这三个字也是她的口头语，是张骏所最熟悉的。

"很好！"张骏无限高兴地又重复了一句。

"满行！"对方也像唱歌儿似的重复了一句。

接着，两方面又都笑起来了。张骏告诉她：他刚到，现在在省委会，一会儿就到省委招待所——解放饭店里去住。他问她今日是不是有时间，是不是能见面。

"不能！"她说。

"为什么不能？"

"就因为你跟我开玩笑，讨厌！"

张骏又哈哈大笑起来。

第三十四章　在伟大的时代面前

王则昆那天离开了曲堤村以后，走了不远，心里忽然一动："咳，说来说去，王老梗那个社到底有没有毛病呵？"他很不放心，就绕着道儿特地到王庄去了一趟，找了个别的支部委员和王老梗那个"组"的组员们了解了一下。这个"组"一共有十二户，都是翻身农民，只有一百六十多亩地，三个小牲口，各种农具也不很全，有一半的地要靠人拉犁来耕种，今年他们却增产了不少粮食，并且搞了副业，各家的生活都有些改善，都添置了一些衣裳被子，最近还准备凑点钱伙买一匹大骡子。他们口口声声只是说"俺们这个互助组"，并不提农业社。王则昆还不能完全相信自己这些简单的了解，要详细了解又没有时间。他也并没有戳破他们。说实在话，他不很懂得农业社的勾当——可以说只是知道一点政策条文，在具体的做法上是半点经验也没有，戳破了以后，万一人们提出一大堆问题来要求解决呢？农业社这玩意比互助组还要复杂得多，万一解决错了呢，不闹笑话吗？另外，万一人们当面要求批准呢？要是当面批准了，以后责任就完全落在他身上了；不批准，咳，也不简单。这样，王则昆当天晌午时就又重新上了路。"咳！"他一路走一路想，"增了产，当然好，好可是好，可不简单，上级要是知道俺们县里有一个暗社，闹了一年县里才知道……咳！真伤脑筋！"而更伤脑筋的是张副书记那一摊子，莽里莽撞，越闹越不像话，恨不得一步就迈到社会主义，还说别人是躺着不做工作，是盲目不干，是不像县委书记……

到了县里，他很气愤地把这些情形跟黄永清一说，黄永清微笑着摇了摇头："胡闹！"又点了点头："实在应该跟上边好好儿谈谈……"这些话又加强了王则昆的决心。到了省里以后，人们叫他住在省委招待所的解放饭店里面，正好跟地委会的几位负责同志住在一个楼上。大会还没有开始，大家都没有事干，王则昆就趁机会找到地委会的三位正副书记反映了情况。“好吧，”地委书记们说，“我们考虑考虑再说吧。”

不想第二天——全省县委书记以上干部会议的头一天，荆国卿同志代表党中央传达了国家在过渡时期的总路线和总任务，第三天又传达了粮食统购统销工作……党的伟大的社会主义思想——光芒万丈的灯塔，将要在全国人民中间鼓舞起多么大的热情，产生出多么大的力量啊！从此以后，在一个六亿人口的伟大的国家里，社会主义建设和社会主义改造的事业将要更加突飞猛进了！但是，并不是每一个到会者——每一个党的干部，在总路线灯塔的照耀下，都能够信心百倍欢欣鼓舞。有的人在光芒下边不敢一下子就睁大了眼睛，有很多拖泥带水的思想藏在他们的灵魂深处。王则昆就是这类少数干部当中的一个。他紧张，兴奋，为国家的前途高兴。革命这么多年，现在才算知道什么时候可以达到社会主义社会，现在才算清清楚楚地看见远景了。但是他又有些不安——既不敢正视自己过去的错误，又对眼前的工作任务感到困难。大力发展农业生产合作社，又要多又要好——不，这还不算最困难的事，还有粮食统购统销工作哩。粮食，是农民的命根子。要从每一个农民手里把剩余的粮食都购买出来（从今以后根本禁止私人经营粮食买卖），可真不简单啊！并且，分配给龙河县的数目字很大，龙河县并不是一个挺富足的县，有那么多余粮吗？就是有，能够全部购买得出来吗？这个工作是太繁重了！

在各县的县委书记们进行分组讨论的时候，多数人发言都很热烈，有的人检讨了过去在工作当中缺乏社会主义思想，盲目性很大；有的人对传达的内容提出各种各样的疑问，进行研究。王则昆却总是避免发言，在不得不发言时，也只是说一些含含糊糊模棱两可的话。他心里不断地在敲小鼓，生怕刚来的那天对地委反映的情况会成为“典型例子”。

今天下午，是省委会的吴副书记作报告。在严格检讨了近年来省委领导上的缺点以后，接着就表扬了一些对于农业合作化的工作开展得好的县份，批评了那些落后的县份。他提出了不少的典型例子，而龙河县——正像王则昆所预料的——恰恰是比较突出的典型例子之一：全县只有一个农业生产合作社，还几乎垮了台，绝对多数的县委委员们都只是满足于土地改革以后的现状，满足于一般地、甚至是形式主义地完成上边所布置的任务……

王则昆听着听着，脸发烫，头发昏，脑子里乱了。散了会以后，他简直不知道自己是怎么走出了会场，怎么回到省委招待所来的。他还从来没有在这样大的会议上受过上级这样尖锐的批评，特别是省里最高领导者的批评，特别是在这样重大的问题上受到批评。他从来就害怕被上级当做“典型例子”。他在工作中总是尽量地去完成上级所布置的任务。在向上级汇报工作时，总是既有优点也有缺点；总是注意不要把优点说得太过分，也不要把缺点弄得太突出；总是尽量使得优点和缺点都合理，都“说得过去”。他王则昆之所以不愿意搞农业社，之所以老是怕盲目冒进，在很多的原因里面，这不也是原因之一吗？他真是万万没有想到（直到现在也还没有明白），在各种各样的原因里面，正因为也有上面这样一条原因，他才真的把自己弄成了一个不折不扣的典型例子。他难过，心里有一股倒了霉的味儿，和一种说不出来的苦闷情绪。

吃了晚饭，各个县的同志们都到街上去散步或是买东西去了。王则昆一个人留在屋里，在心里发着牢骚：“革命这么多年，没有功劳也有点‘苦劳’吧？不想今天落了个这！”“盲目冒进是错误，不盲目冒进也是错误，到底怎么着才不是错误呢？”“哦喝！”他在心里叫起来了，“你说很多事情省委会要负责任，地委会也要负责任；你又说党的总路线在一九四九年中央的二中全会上就有原则规定，你又说你们对二中全会的决议领会不深；那你干吗还要批评俺们？”他想用这样一类的理由来解除心里的苦恼，但是苦恼到底还是塞满了心坎。没有办法，他只好坐到桌子跟前，打开了笔记本儿，想把思想钻到关于总路线和总任务的报告里去。电灯光照着本子上那些密密的歪歪扭扭的字迹。人是老粗，写的字笔道儿也是粗胳膊粗腿。他找着了自己画了红杠儿的一段，念起来了：“……从中华人民共和国成立，到社会主义建设和社会主义改造的基本完成，称为过渡时期。这一时期的总路线和总任务，是要在相当时间内基本上实现国家社会主义工业化和对农业、手工业、资本主义工商业的社会主义改造……要在三个五年计划以内，将国家建设成为一个伟大的社会主义国家……”他合上了笔记本，自己盘算着：“三个五年计划，十五年，到那时候我就成了六十多岁的老头子。工作，批评，七七八八的麻烦事儿，也许早就把我压扁了，挤干了……咳!”无名的苦恼又回到他的脑子里来了。他把笔记本往抽屉里一扔，正想到外面去散散步时，一个工友从门外伸进头来，叫他去接电话。他很奇怪:“也有人给我打电话?”就跑到隔壁的电话室里，拿起了耳机，是省委办公室刘秘书的声音，告诉他:“……二〇三要找你谈话……”他的手一抖，耳机差一点掉下来。他实在猜不透，为什么荆国卿同志要找他谈话?“我到底犯了多大错误呵?就是有天大的错误，也犯不着要他亲自跟我谈话吧?他怎么会知道我王则昆的呢?也许有什么别的事情?有什么别的特别事情呢?……我王则昆革命这么多年，还没有跟这么高的负责同志谈过话呢!莫非这个‘典型例子’太‘典型’了，弄得中央都注意了?咳——!”

他急急忙忙来到了省委会，传达室里的一位同志领着他走进了一座楼房，上了楼，在光滑的洋灰地板上他甚至走路都不敢用劲。传达同志开开了一间屋子的门，叫他在这屋里等着。在电灯光亮的照耀下，王则昆还没有看清屋里的陈设时，一个人从沙发上跳起身来，“哦!”了一声——是张骏。

王则昆愣住了。

“有点事耽误了，叫你们等了很长时间，真是对不起!”荆国卿同志一面说着，一面跟两人握手，又让他俩坐到沙发上，自己也坐了下来。

接着他又问他俩:

“从龙河县到这儿有多远?交通不很方便吧?”

他身体魁梧，微微有点发胖，头发有点斑白，脸色却很红润;穿着一身深灰色的哔叽制服;坐在沙发上时不往后靠，却微微地向前探着身子，两只手搁在沙发的扶手上面;左手的中指有点弯曲，一看就知道是在战争当中负过伤的。当张骏告诉他从龙河县到省里有多远和怎么走时，他脸色和蔼地听着，却微微皱着眉头，眼神凝视在一个一定的地方。这在张骏看来，是一种经常思考问题所养成的习惯。在王则昆看来，却是一种不高兴的、有些严厉味儿的、至少也是一种心不在焉的表现。

“交通，倒是不算不方便。”张骏微笑着把自己的话做了结束。

“嘿嘿，方便不方便看怎么要求。”荆国卿同志笑起来了，“比起走路和坐大车来，当然方便得多。不过，要坐二百里路的敞篷大卡车，比起将来坐有篷子、有玻璃窗户、有弹簧椅子的长途汽车，当然差得很远喽。也许第一个五年计划完成了以后就可以做到这一步吧？王则昆同志，你看做得到吗？”

王则昆没有想到谈话会像这样开始，更没有想到这样的问题会问到他身上来。回答做得到吧，有什么根据？回答做不到，未免又是“看不见前途”吧？他只好嘿嘿了两声代替了回答。不过，现在他倒多少放了点心，好像这位上级倒不见得是很严厉的，倒不定像个要批评人的架势。

谈话的中心就从坐敞篷大卡车，说到坐车的人跟汽车路上的尘土的关系，又说到龙河县是不是沙地很多。张骏回答说：

“沿曲龙河两岸沙地不少，大部分能种庄稼，可产量很低，小部分根本不能种庄稼，主要是因为春天的风沙太大……”

“嗯，这是华北地区的特点之一。”荆国卿同志像是自语地点着头，“是不是有办法把沙地改造一下呢？你们想过这个问题没有？王则昆同志，你在农村里工作的时间很长，群众里面总有一些改造沙地的经验，你大概知道一点吧？”

这个问题立刻唤起了张骏的热情。看见王则昆迟疑着没有回答，他就用郭木山他们翻改沙地和在地边插柳条的例子，来说明群众有着很迫切的改变沙地的要求。

“这个经验你们为什么不推广呢？”荆国卿同志连忙问他。

“推广是一定要推广的，必定要把劳动力组织起来，要不然就办不到。”

“很对！”荆国卿同志肯定地点了点头，“只有领导群众走上了集体劳动的道路，很多事情才办得到。”

张骏又谈起吴小正和贞妮子的新的试验来了。这立刻又引起了荆国卿同志更大的兴趣。他要求张骏说得更详细一些，并且要张骏做出是否能够成功的判断来：如果认为能行，为什么能行？如果认为不行，为什么不行？接着，他俩又从改变沙地的问题谈到了兴修小型水利，谈到曲龙河大规模的水利工程，谈到全县范围内大面积增产的问题，造林的问题……张骏说，龙河县有五个大积水坑，如果从河边挖一条渠道把它们连贯起来，就至少可以把几万亩的旱地变成水地——这也是县里的劳模郭木山想出来的计划。另外，曲龙河两岸有不少荒沙地可以造林。这样就可以改变全县的面貌，也可以减少水灾的威胁。荆国卿同志一会儿皱着眉头沉思着，一会儿又有点怀疑似的看着张骏的脸，一会儿又同意地点着头，甚至很爽朗地笑起来。当张骏的话告一段落，空气有点沉闷时，他就用两句很随便的话提出了新的话头。他不做结论，不认为自己比别人知道得更多。当张骏说得不很透彻，或是理由不很充分的时候，他不提出令人难堪的质问和反驳，而是用商量的口气提出疑问，或者是做一些提醒和补充。这就使得张骏几乎完全忘记了他是在跟什么人谈话，就越说越有精神了。

王则昆却在一边很少插言，希望这两人忘记他，不要问他任何问题，因为任何这一类的问题他都很少想过，都不能马上回答。他心里很不安，很别扭。

“老王同志，”张骏一谈到农业社的事情，就偏偏想起他来了，“你猜曲堤那个社这会儿要发展到多少户？”

“多少？”王则昆有些慌张地问他。

“我临走时看见群众报名入社的劲头，顶少也要达到八十几户！”

王则昆猛一下张开了嘴，眼睛发呆，没有说出话来。在这几天的会议中他是想过这个问题的。曲堤村的农业社，要说发展到五十户，现在他也觉得不算多了。可要发展到八十几户，好家伙……

“张骏同志，”荆国卿同志用严肃的口气说，“你给省委的报告我看了，写得很好。现在我想问问你，根据你的经验，你是不是觉得发动农民走合作化的道路并不十分困难？”

“我觉得，”张骏也很严肃地说，“一般地说，农民们是很热情的，特别一些翻了身的农民。问题就在于党的领导。”他把“很热情”三个字说得很重。这个问题他这些时是反复考虑过的。

“你很有信心吗？”

“很有信心！”

“要是让你放手去做，在今冬明春这个期间里边，你觉得龙河县能够建立起多少个社来？”

张骏想了一会儿，很肯定地说：能达到一百个左右。

王则昆又在一边吃惊地张了一下嘴，没有说出话来。他原是想：这回回去就依张骏的，建立起十几二十个社吧，多了是掌握不了的。

荆国卿同志大概也有些兴奋，不过表面上不大看得出来。他站起身来，背着手，皱着眉，思考着，走到王则昆跟前，有意无意地盯住王则昆的脸，弄得王则昆又有些紧张了，他却又慢慢转过身去，一步一步往那边墙壁跟前走去，同时像是自言自语地说着：

“你在报告里说到怎样发动群众的问题，有几条经验：发动党员团员来带动群众，来全党办社；分析个体农民的苦处，用农民自身的事实去教育他们；宣传农业社的优越性和社会主义的远景，总起来一句话：唤起农民对社会主义、对改变自己命运的热情。这是对的，你是用过脑筋的。不过，根据这一次传达的精神，可以用更简单的几句话来概括一下你的意思：‘批判旧道路，认识新道路’；在‘批判旧道路’这个问题上，又可以用这样一句话来概括：‘批判小农经济的落后性和不稳定性’，对吧？另外，‘发动党员，全党办社’，‘依靠贫农，团结中农’，这两点在这一次的传达里都有……不过，工作一定要细致，要切实，要耐心，不能再像过去搞中心那样，形式主义的大呼啦，一哄而起，一哄而垮，这一点很重要！”

他坐在张骏旁边的沙发上，看着张骏往小本儿上记着这些话，等他记完了，又对他说：

“张骏同志，你对农业合作化的工作有认识，有热情，也有信心，这很好。你刚来，大半还不大知道省委这次召集的是什么会吧？现在也没有时间详细说，我只先告诉你一点：毛主席说了，在宣传总路线和推行粮食统购统销的工作当中，农业社要大发展，要翻一番，翻两番，翻三番……那就是说，要成倍成倍地发展。所以你这份报告来得正是时候。我想让你在大会上做一次中心发言，给大家一个具体生动的教育，你看怎么样？”

张骏口里说着“恐怕说不好”，心里却在想着毛主席的话，想着什么叫粮食统购统销工作。他模模糊糊地觉得：一种新的大的事情发生了……但是他还来不及细想，只是心里有一股特别的说不出来的味儿。

“怎么说不好？你说得好的！”荆国卿同志很肯定地说，“我特地叫你来，就是为了这个目的。不光有你一个人做中心发言，还有一些别的人，不过你的发言时间要长一些，我给你半天时间。你可以根据原来的那份报告，再充实一下，准备一下。”

接着，他从桌子上的公文包里拿出那份报告来，把里面的一些缺点指了出来，希望张骏在做中心发言时有所改正。他最后说：

“你应该尽量发挥你的思想，不要有什么顾虑。比如，你说在工作里应该有热情，是一种什么样的热情？是从哪里来的这些热情？怎样去发现去认识客观情况里面的积极因素？很多同志为什么老是对农业社会主义改造这样大的工作缩手缩脚？省委在这个问题上为什么也老是不敢大胆放手？比如，各县都有搞互助合作的专职干部，为什么要让两三个人去专职？其他的干部就都可以不专职吗？为什么不利用这两三个专职的内行的人去训练那些非专职的不内行的人？有的县不是连县委书记们也应该受受训吗？另外，为什么不组织那些落后县的负责人到那些先进县去看看呢？又为什么不经常把先进县的经验总结出来让落后县来学习呢？为什么从解放以后，无穷无尽的中心工作都往农村里压下去？为什么每一样中心任务都一定要开那么多会？还有，随着春夏秋冬季节的变换，水旱虫雹灾害的发生，是不是有盲目布置、强迫完成、只要数字、不问实效、干部和群众忙得团团转的现象？是不是我们进城以后就逐渐忘记了过去根据地时代那种切实的、细致的、讲实效的、群众路线的作风？是不是我们逐渐滋长了脱离群众的官僚主义作风？这可是个大问题呀！这些你在报告里是多少提到了一点，是提得很好的，可就是提得很不够分量。你在发言的时候还应该大胆地发挥一下……”

张骏一边听着，尽可能把每一句话都记录下来。一股松快的、温热的味儿流遍了他的全身，他猛地觉得自己变得更聪明了，更有信心了。跟上级党这样的负责人谈一次话，有时候能使人得到多么大的温暖，多么大的勇气，多么大的欢喜啊！一个人常常就是在这样的时候才更感觉到党组织是何等的亲切；才更加觉得自己应该变得更纯洁一些，更坚强一些，以便对得起党，以便为党做更多更多的工作……

荆国卿同志又跟王则昆谈起话来了。

“则昆同志，你们的工作很忙吧？”

“嘿，是很忙。”王则昆笑着说。

“为什么忙呢?”

“反正,任务是不少。”

“为什么任务多呢?”

王则昆回答不出来,不好意思地红了脸,心里说:“您不是知道吗?上边交下来的嘛!”荆国卿同志就解释说:任务多有两个原因,一个是上边有官僚主义,把不应该布置的工作布置下去了,或者是主观主义地布置一套,不合下边的实际情况,弄得下边忙乱不堪,难以完成,就强迫命令,而强迫命令所造成的脱离群众的恶果,又给以后的工作增加了困难和增加了忙乱。另外一个原因,建设社会主义,这个任务本来就是很繁重的、很忙的。特别是在农村里,国家所要求的计划性,常常跟分散的小农经济发生矛盾。怎么克服呢?我们能够用盲目乱干的形式主义作风,依靠小农经济,在两极分化的趋势里,在农村里建设社会主义吗?

王则昆又不能回答,他低下了头。

“王则昆同志,你是县委书记,负的责任不算小,又是个老同志,在工作里有了缺点,受了上级的批评,就应该很快地改正过来,更好地为党工作。”荆国卿同志说着,又站起身来,背着手走动起来。“刚才我跟张骏同志说到改变荒沙地的问题,兴修水利的问题,发展农业社的问题,你为什么不说说你的意见呢?”他站住了脚,看着王则昆的脸,“你好像……大半以为都是做不到的吧?”

王则昆感觉到了荆国卿同志那尖锐的眼光。他看着自己的手,一动也不动。他确实是不大相信刚才谈到的那些事情“是那么简单的”,要是在今天以前有人跟他谈到这些,他也许会说:“你那脑袋瓜子在发胀吧?”

荆国卿同志又说,在他看来,王则昆应该到党校去学习一个时期,他问王则昆自己是不是也有这个要求。王则昆想了一下,声音嘶哑地说:

“上级要是决定让我去学习,那是太好了。”

“你参加革命也有这么多年,应该赶上去,去学习一个时期是必要的。不过,你再考虑一下:是现在马上就去学习呢,还是先回去完成了这次工作再去学习?”

王则昆心想:学习,要是脑子里装不进东西,也不是怎么好受的;先回去工作,任务太重,也够呛……不过,反正迟早总得去学习,那就不如早去吧。他还没有把自己的意见说出来时，荆国卿同志又说话了：

“我觉得，你应该先回到县里去完成这次任务。你要知道，这次工作一传达到下面去，农村里很快就会掀起一个伟大的社会主义改造的运动，就会展开复杂的斗争，就会引起很大很大的社会变化，这对我们每一个人都是一个锻炼的机会。在这次工作里，你们那个县是不是可能——像张骏同志所说的——建立起七十多个农业生产合作社来呢？只要做细致的工作，把全县绝大部分的干部和党员们都发动起来，我看不光是可能，还会大大超过的。你，县委书记，难道可以不关心这样的工作吗？……张骏同志，你看王则昆同志的问题就这样决定好不好？”

张骏也低着头没有回答。他在替王则昆感到羞愧和难受。

这时候，刘秘书走进来告诉说：又来了三位县委书记。张骏和王则昆知道他们也是来跟荆国卿同志谈话的，就站起身来，准备告辞。荆国卿同志也站起身来，眼里闪射着兴奋的诚恳的光芒，笔直地看着他俩，热忱地感慨地说：

“同志们，党和毛主席的领导是英明的、伟大的，人民的潜在力量是无穷的，今后国家在各方面的进步会比前几年更加快，快得很！我们每个党的干部都应该认清这一点，都应该好好儿想一想……”

他分别跟两人握了握手，握得很紧，并且嘱咐张骏：希望他回县以后，到明年春天，如果那两个青年人改变荒沙地的试验成功了，写个信告诉他一下。

大约是九点钟的光景，已经没有了多少车辆和行人，大部分商店已经关了门，宽广而清静的街道上铺着一层银白色的月光，远处传来了“硬面饽饽”的叫卖声。人们在经过了一件重要的事情以后，在马上又要去迎接未来的任务以前，在这样的街道上走着，心里总不免要有一些感想的。是的，国家、人民，进步得很快。只要是一个活人，只要是还能够考虑一些问题的人，难道会感觉不到时代前进的速度，听不见时代前进的声音吗？所有这些，对于那些坚强的、对于党和人民的事业无限热情的人，是一种最好的兴奋剂，是力量的源泉、欢乐的源泉；而对于那些怯弱的、对党的事业缺乏热情的糊涂人，却往往感觉到是一种负担不起的压力，感觉到苦闷。

张骏和王则昆都低着头走着,各人有各人的心情。

“老王,”张骏试探着说,“会开了几天?”

“连今天三天。”王则昆的声音很低。

“到底是一些什么内容,我一点也不知道。”

“你看看我的笔记本儿就知道了。”王则昆从口袋里拿出了笔记本儿,交给了张骏。

停了一会儿,张骏又说:

“老王,这回回去咱们可得好好干干啊!”

“唉!”王则昆长长地叹了口气,“老张,什么也不用说了,我落后了,落后得不是一点半点的了,我……咳!”他想起了以前跟张骏之间的那些争论,感到羞愧,却又不愿意说出来,怕张骏会得意,会瞧不起他。

“老王,”张骏带着安慰和希望的口气说,“我觉着今日这个谈话是太好了,我一辈子也忘不了……”他也猛地觉得,要是再说下去,王则昆会以为他是得意,是骄傲,所以顿住了。

就这样,一直到走进了招待所,两人都没有说话。

张骏向招待所的人问明了自己的房间的号数,就急急忙忙上了楼,急急忙忙找到了房门口,看见门上的玻璃块儿上透着灯光,知道一定是他的小莹在里面等着他的。他的心就跳起来了,就轻轻地毫无声音地把门开了一道缝儿,轻轻地走了进去。

吕玉莹背对着他,正趴在电灯下边的桌子上写着什么。她穿着一件中国式的深藕荷色的薄棉袄儿,微微偏侧着头,背后拖着两条辫子,辫梢儿上结着两个雪白的蝴蝶结,全身一动也不动,笔尖儿在纸上写得沙沙地响。“看你是多聚精会神、多用功吧!”张骏狂喜地又带点埋怨地在心里说。“进了学校才一年零两个月,你已经升到三年级了,真是‘速成’!”他不觉又笑起来了。忽然,也许是她听见了他的心跳的声音吧?回过头来了,那漆黑的亮晶晶的眼睛睁大了,笔从手上掉到地上了,哎呀了一声,跳起身来,向张骏扑了过来,张骏也把手里的挎包往旁边的床上一扔,迎了过去,就势抱起她来,用力地旋转起来,两人都哈哈大笑了。

“你干吗要悄悄儿吓我一跳?真讨厌死了!”吕玉莹红着脸笑着,喘着气,说得很快,“我要不是想赶完几道数学题,早就到大门口去等着你了。

怎么样，最近你这身体……”

“来来来，”张骏把她拉到灯光跟前，把她额前的短头发往后一抹。“我看看你的脸，不坏，倒是没有瘦，就是比早先白了点儿——很好！哈哈！”

她那鹅蛋形的脸儿确实比以前更加光洁细嫩了，好看的眼睛也更加清亮了，大半是因为好久没有受到风吹日晒的缘故吧？他轻轻地亲了她一下。

“我早就对你说了，我是累不坏的。”她说着，又有些害羞地笑了，“最近这次月考，五门功课我都得了五分，正想写信告诉你呢，你正好就来了。”

“这么说，你把数学的难关也克服了吗？”

“反正，现在看见数目字不发愁了。”

“很好！可是，你就有这么一件好事情告诉我吗？嗨呀！我要告诉你的好事情可多呢！你猜是谁叫我到省里来的？你猜我刚才跟谁谈了话？真了不得呵！……哦，想起来了，我还给你带来了一样挺特别的礼物呢！”

张骏说着，跑过去从床上的挎包里拿出一个挺大的玉米棒子来，很得意地举了起来：

“龙河县曲堤村农业社出产的，好吧？”

“啊，行！真行！”吕玉莹小声叫着，一跳就抢了过去，又两步跳到灯光下边，举起来，像小孩看玩意儿似的，惊喜地睁大了眼睛。

张骏禁不住又跑过去把她拉到怀里来，很感动地捏着她的手，轻声说：

“小莹，我要对你说的好事情太多了！我是太高兴了，太幸福了……”

尾声

在动身回县的头一天夜里，王则昆到张骏的房间里去闲坐，两人谈起了回县以后怎么完成这一次任务的问题。张骏的意见是，一定要结合着对于总路线的学习，来整顿一下县区领导干部的思想，要不然，就不光是这一次的严重任务不能很好地完成，今后的工作情况也一定不能得到很大的改变。他相信，由于党的总路线和总任务的传达，由于毛主席对于农业合作化问题的指示，是可以在很短的时间里把大部分县区干部的社会主义觉悟和工作热情提高一步的。在急遽变化着的历史面前，在党的重大任务面前，在上级和同志们的帮助下，一个共产党员，当他并没有完全丧失党性的时候，他怎么能老是停留在原来的地方一点也不往前走呢？所以王则昆同意了张骏的这些意见，并且表示，要好好儿想一下自己的思想毛病，准备回去以后在一定的会议上做一次自我检查，以便带动大家来展开批评和自我批评。有一件事情出乎他的意外并且使他受到了感动，那就是张骏在大会上做中心发言时，虽然把龙河县的工作缺点揭露得很尖锐，却并没有直接地批评他王则昆，也根本没有提到他俩之间过去的一些争论；相反地，张骏倒是口口声声说他自己应该负很大的责任，因为他自己是县委副书记，是应该负责任的。这一点，也是王则昆能够跟张骏谈得比较亲切的一个原因。

第二天早晨，吕玉莹送着他俩上了火车。她穿着一件天蓝色的短大衣，脸被早晨的冷风吹得绯红。当火车开始移动的时候，她站在月台上向着这边微笑着点头招手。表面上看不出她有什么惜别的情绪，可是，一直到火车已经出了站，还看得见她那苗条的身影一动不动地站在月台上面。

火车离开省城了，向着旅客们的目的地奔驰起来了。旅客们都坐好了位置，不少的人已经互相交谈起来，成了萍水相逢的朋友了。

张骏和王则昆两人紧挨着车窗坐着，喝着茶，看着窗外的景物，出神地想着心思。当一个人一坐上了火车，当火车兴奋而紧张地在田野上奔驰着的时候，人会觉得自己过去的生活已经告一段落，现在是在向着未来走去，人的心情就会振奋起来。现在王则昆正是在这样的心情当中。看吧，那边那山脚下边又新修起来了一座工厂，那烟囱是多高！旁边那一大片红房子，大半是工人宿舍吧？沿路有多少这样的新修起来的工厂啊！每一个车站都布置得像个小花园，待运的货物都堆得像山一样高大……所有这些，跟几天来会议的内容，党的总路线的内容，跟荆国卿同志的谈话，都在王则昆的脑子里交织在一起了。一切都进步得很快，人人都进步得很快。就拿张骏的爱人吕玉莹来说吧，在刚解放的时候还是某个村子里的一个黄毛丫头吧？现在她的言谈举动却已经是满带知识分子味儿了。她对王则昆说，将来毕业以后，情愿在某个村子里当一个农业社的社长——她愿意深入下层。他王则昆的儿子今年也要初中毕业了，他将来还要上高中，上大学，将来会成为一个什么样人才呢？正像荆国卿同志所说的，在这样的时代面前，每个人都应该好好儿想一想。现在，王则昆很愿进党校学习学习了，下决心要好好儿钻钻理论了。他在心里说："我这脑瓜子，就是得多受点刺激才行……"

张骏却比王则昆想得更宽更远，心情也比王则昆要更加兴奋。龙河县全县的工作马上就要来一个根本的变化了！郭木山、郭大海、尹华珍、王老梗……所有这些人，当他们听了总路线的传达以后，将是多么欢欣鼓舞啊！如果再从全国范围来想一想呢？党的总路线将要在六亿人民里面激发起多么大的热情啊！这将要形成一股多么大的力量，将要在我们这广大的国土上创造出多少伟大的奇迹啊！在将来，在这车窗外边广阔无边的田野上边，就会出现一架一架的拖拉机；就会到处是渠道，到处是水闸，到处是防风林，到处牵着电线，到处是机器的响声，连村庄房屋的面貌都会变样……到那时，郭木山、郭大海、贞妮子、曹老鸭这些人会变成什么样儿呢？那时候，农民们想起了旧时代的日月，想起了个体农民的生活，将会觉得像是在很久以前做了一场噩梦一样吧？

火车，它象征着我们的国家，也象征着我们的农村。它有着坚强的头脑、火热的心、光芒远射的眼睛和无穷的力量。它骄傲地狂喜地奔跑着，吼叫着。“努力工作！努力工作！努力工作……”没有什么东西能够挡住它的进路，连广阔的田野也因为它的奔跑而欢喜得旋转起来，抖动起来……

再版后记

本书在一九五六年三月初版时印了三十八万册。初版之前，书中的一部分曾以《两位县委书记》为题在《北京日报》连载，《人民文学》也曾选登过一段。但从一九五八年以后，在二十几年漫长的岁月里，却再也没有任何人在公开场合里提到过它，因此我自己也几乎把它淡忘了。不料，近年来却又有不少在上世纪五十年代读过此书的读者常常在口头上和来信中对我提起它来，几位前辈老作家也曾一再向我提起。有些读者把这本书一直保存了二十多年。特别是陕西某县一位不相识的朋友，二十多年一直因此书而引起了对我所写的一切文字的关注，并把小心保存了二十几年的书寄来要我题字留念，诚挚之情，出我意外。我怎能不深深地受到感动和鼓舞！因此，我要趁此书再版的机会，向这些无私的热情的同志们致以衷心的谢意！

这就是我在书再版时唯一要说的话。

作者　1981.8.30于北京

注：本文为再版《在田野上，前进！》而作，但未刊出。